春
undercurrent
河

洛凡 ○ 著

台海出版社

图书在版编目（CIP）数据

春河 / 洛凡著. -- 北京：台海出版社, 2021.3
ISBN 978-7-5168-2793-2

Ⅰ.①春… Ⅱ.①洛… Ⅲ.①长篇小说—中国—当代
Ⅳ.①I247.5

中国版本图书馆 CIP 数据核字 (2020) 第 210315 号

春河

著　　者：洛　凡
出 版 人：蔡　旭　　　　　　　　　封面设计：洛　凡
责任编辑：俞滟荣
出版发行：台海出版社
地　　址：北京市东城区景山东街 20 号　邮政编码：100009
电　　话：010-64041652（发行，邮购）
传　　真：010-84045799（总编室）
网　　址：www.taimeng.org.cn/thcbs/default.htm
E-mail：thcbs@126.com
经　　销：全国各地新华书店
印　　刷：北京美图印务有限公司

本书如有破损、缺页、装订错误，请与本社联系调换

开　　本：880 毫米 × 1230 毫米　　1/32
字　　数：337 千字　　　　　　　　印　张：12.25
版　　次：2021 年 3 月第 1 版　　　　印　次：2021 年 3 月第 1 次印刷
书　　号：ISBN 978-7-5168-2793-2
定　　价：49.80 元

版权所有　　翻印必究

目录 Contents

第一章 ...001

小孩嬉笑着泼出最后一捧水花,水簇拥着极速奔向高空,抵达制高点,猛然炸开,在半空中绽放,瞬间,时间静止。

第二章 ...051

窗外的野猫断断续续地发出婴儿般的哭声,她在分不清是谁的哭声中一次次惊醒,一次次又在自己的哭声中入睡。

第三章 ...121

日子在寻常的人家就是这样,不论多大的灾祸,只要他们还有家,便总能顽强地生活,就像那一地的野草,它们成群结伴地生长。

第四章 ...149

生活原本可以平静地在一条道路上行驶,只要你不回头、不左顾右盼、不驻足停留,那些通往幸或不幸的岔路便会从你的视野里消失。

第五章 ...173

钱财与时间是一组相反的关系,人们看见的钱越多,看见的时间就越少,在忙忙碌碌中,时间又消失了两个月。

第六章 ...233

盛夏的太阳是不讲情面的,它赤裸裸地挂在空中,尽情释放它的火气,烧得整个城都湿答答、黏糊糊的。

第七章 ...347

又是一年新春的轮回,万物再次复苏,大地怀了一冬的身孕在春天破土。

第八章 ..365

新年意味着什么,意味着团聚,意味着终止,意味着开始,意味着记住,意味着爱,意味着强行给予人生一个结点,一个喘息。

第九章 ...373

窗外的风,卷着沙砾打在窗户上,噼啪作响。野猫闯进邻家的院子,惹得院里的狗连连吠叫,一只狗叫,便招来数只狗叫。谁也不懂它们的语言,听不懂的话与听不到是一样的。

第 一 章

　　小孩嬉笑着泼出最后一捧水花，水簇拥着极速奔向高空，抵达制高点，猛然炸开，在半空中绽放，瞬间，时间静止。

"好久不见。"

对面的小孩没有回话,泼着水花冲着徐浩傻笑。

"我现在已经在B城了。"

"真的?!"

"真的。"

"在这座城里,我还有份工作。"

小孩嬉笑着泼出最后一捧水花,水簇拥着极速奔向高空,抵达制高点,猛然炸开,在半空中绽放,瞬间,时间静止。

连成一片的水滴,迎着阳光,显现出无数张稚嫩的脸。8岁、10岁、15岁、18岁、20岁……徐浩仔细观瞧,才认出这些都曾是自己的脸。阳光拨动着水珠,脸庞开始转动,过往的情景重现。

一系列细碎的声音从水滴深处划开,倏尔停止。紧接着,所有的水滴"轰"的一下倒塌,像是成群的人,心照不宣地站在24层高楼上,一起跳下。

"快点啊,该上工了。"徐浩回头看见勇哥正拍打着裤腿上的灰尘说。徐浩心想,你以为你这是干啥体面活儿呢?"哦"了一声,便不再理勇哥。

马路对面的小广场上,有一群活蹦乱跳的孩子,正围着间歇式吐水的小喷泉吵闹。

徐浩心头一紧,九年前,就在这座城里,他第一次看到光秃秃的地面上突然涌出了水,这个景象足以让年幼的他惊奇。他盯着水花,仿佛看到的不是水,而是一群披散着银发的小精灵,跳着他不懂,但看起来欢快、神圣的舞蹈。不一会儿,这些白色小精灵就召唤来一群"朝圣者",一群比徐浩矮很多的小孩,他们围着它不知疲倦地又跑又跳,欢笑声不断。夏日正午的阳光洒在小精灵身上,梦幻的小彩虹若隐若现,连那群小孩似乎都变了模样,神圣的、具有魔力的样子。如果天堂果真存在的话,那么在他的眼中,这就是天堂。

徐浩被这种仪式所吸引,笨拙地闯入其中。突然,他身后遭受撞击,身体失去平衡,迎面趴在地上。眼前跳跃的小精灵们集体消失了,同时卷走了周围的声音,他踉跄着爬起来,水又携带着欢闹的声响从地底涌来。这幅景象从此便化作进城的种子,埋在徐浩心里,随着时间的推移,种子破土,长成一副更为神圣的模样。

如今,他已在这座城市度过了三个春秋,跟着勇哥、吴老头、大柱他们盖楼,做建筑工人。他初来时,带着所有的激情与梦想,当然还有浑身的气力,干了人生中第一份工程。他期待着工期结束,揣着工资走进他梦中的城市中心。一个多月后,工程结束,他的汗水换来500块,他握着钱,心里有说不出来的喜悦。勇哥却对他说:"没事,这是常有的,只能自认倒霉了……"

他这才知道他的汗水应该值 1300 块。这是这座城给他的成人礼，他兴奋地接受，全然没有勇哥一般的气恼。后来，他在城里的工地东奔西跑，再没遇到少给工资的情况，不仅如此，他的工资还上涨了，可他却兴奋不起来了。就这样，他在砖瓦泥浆中熬到了 22 岁的年龄，他知道这应该是大学毕业的年龄，因为小冉最近正忙着她的毕业论文。一阵风迎面劈来，徐浩一口含住剩下三分之一的汉堡，并用大手按住可乐的吸管，待风消停了，徐浩吐出食物，用手一把抹掉残留在嘴唇上的沙石土粒，灌了一口可乐，继续吃刚才吐出来的食物。直到他吞掉最后一口凉透的汉堡，朝工地走去。

"哟，吃完你的下午茶啦。"大柱一边搅拌水泥，一边朝其他工友挤眉弄眼。

"还不够你忙活的了？小心砖头崩了你的牙。"徐浩拎起手边的砖头，作势要砸向大柱。

大柱赶忙抽出正在搅和水泥的手护住嘴巴。但他忘了手上的泥，结果当他把手拿开后，引得工友们开怀大笑，徐浩笑得最大声，好像刚才的忧郁属于另外一个人。

一间偌大的自习室，窗明几净。小冉埋在一群人与一摞书还有一台借来的笔记本后面，抵挡着春日的困乏。距离她解脱的日子还有 5000 字。一个亲切的本子从左边移到小冉的面前："困，出去走走？"小冉转向左边，获救似的点点头，又朝向右边小声嘀咕一句"帮我看一下东西，我一会儿就回来"，右边用一副闺蜜之间特有的嫌弃表情回应。两个年轻的身体走出自习室，走向含情脉脉的春日校园里，汇入这个季节脆弱的情侣大军中。

"毕业后,你会留在这个城市吗?"男孩搂着小冉的肩膀问。

"你呢?"

"你在哪儿我就在哪儿。"

小冉看着左边这个高高瘦瘦的大男孩,那时她没有告诉他答案,虽然她很想告诉他。她把没吐出来的话藏在一个吻里送给他。

"俺啥也没有了,啥都没了,没了!没了!王八蛋!"

…………

　　醒来后,徐浩躺在床上,浑身像是被汗水洗了一遍。徐浩再次醒来,他不确定自己刚才是否醒来过,他勉强睁开眼睛,模模糊糊地看到一个背影,很快,再次进入睡眠状态。奇怪的梦境中断,徐浩又一次睁开眼睛。这一次他目光直视,他不清楚自己醒来过几次,甚至怀疑自己是否醒来过。他定了定思绪,确定自己是从噩梦中惊醒,但完全不记得噩梦的情节。他下意识地安慰自己:没事,只要醒过来,一切都没事,生活还是会继续,吴老头总说规矩和勤奋将会使你成功。没用,吴老头的声音无法淹没心里的不安,那种感觉就好像有无数只老鼠在黑暗的角落里窸窸窣爬窜。他觉察到口鼻上罩着个不舒服的东西,抬起手摘掉,吃力地坐起身,他定在那里,等待四肢慢慢逐一回落到它原本的位置上,好像它们曾离开过似的。大概坐了一分钟,身体的力量就已消耗干净,他费力地把自己重新平铺在床上。他像只迷路的羔羊,怯懦地打量自己身处的世界,那是一个冷清的白色空间,旁边有两张白色的空床铺,顺着床铺延伸过去是白色的墙壁,有一扇窗户,他想走到那儿,但他知道他做不到。当他放弃抵抗时,痛感苏醒了,他伸出手朝着疼痛的来源摸索,他仿佛摸到了自己的脑袋，手上传来的却不是熟悉的有些自来卷的杂乱头发，而是光秃秃有些微涩质感的东西。未完全苏醒的意识还来不及向徐浩解释，吱呀呀的推门声伴随着没头没尾的"醒了"二字，打断了徐浩的所有感知。

有个人一脚门里一脚门外，伸长了脖子冲门外喊："护士，护士……"不一会儿，进来几位穿着与这个房间相称的人，其中高个子的拿着什么东西在徐浩身上摸索，并向他提出各种问题，他麻木地回答着……空荡荡的房间里只有徐浩一个人，他疑惑着刚才是不是进来了一群陌生人。他呆滞地望着白色的天花板，蒙眬中看到一个人向他走来，坐在他旁边的床铺上，那人好像说了些许的话，他听不清，好像淹没在浪花里。浪花……流水……水……喷泉，孩子们……砖头，大柱在笑……水声、笑声卷在不断向上翻腾的浪花里，冲撞着他的头部。他隐约听到自己发出声音，模糊看到那人出去了，又进来一群人，他好像看到了针，然后，他什么都不知道了。

二叔赤裸的肩头搭着一条汗巾，站在院子靠近大门的位置，两只大手捧着有半张脸那么大的一块西瓜，不时发出稀稀拉拉的声响。母亲背对着二叔，弓着身子，一手按在西瓜上，一手拿着看起来比实际要沉的菜刀。父亲在院子里用他自己的节奏踱来踱去，跟二叔一样赤裸着上身，跟二叔一样只有胸口和肚脐是白的，远远看上去还以为他们穿了一件白色背心，只是父亲的"白背心"比二叔的至少小两个码数。父亲背着双手，偶尔抬起右手挠挠头发，或者扯下肩头的汗巾擦脸，嘴里嘟囔着："咱不能让他去……他个愣头小子啥也不会，去干啥……再说那行当多危险，咱不能让他去……"

奶奶坐在院子里的苹果树下，这棵苹果树是奶奶生下爸爸后亲自种下的，它看起来不那么粗壮，但也足以为干枯的奶奶遮挡阳光。奶奶一手放在膝盖上，一手举着拐杖，快速地敲击地面，配合着她的点头动作还有身体前倾的节奏，嘴里念叨着："对，不能让娃去哩……不行……咋个都不行哩！"

二叔的嘴巴像机关枪似的吐出一连串西瓜子，淡红色的汁液顺着嘴角一路奔向他雪白的大肚子上。"咋个就不让去，你们都宠着他，将来有个熊出息。娃自己想的比你们都明白着呢！""咔嚓"一声，又一块大西瓜一切两半，这是母亲的杰作，她闷着头，一声不吭，只听到冰冷的大刀穿过红色的西瓜用力落到案板上的声音，仿佛案板都被切成了两半。

"知了——知了——"的蝉叫声愈演愈烈，针脚细密地织成了一张大网，从四面八方围拢过来，盖住了院子里的其他声响。

徐浩睁开眼睛，原来是一场梦，一场异常清晰的梦。他摸摸脑袋，粗糙的质感还在，原来这个不是梦。

"是不是头疼？"

那人还在，徐浩盯着那人的脸。

"哪儿疼，哪儿难受？你说话啊……你别吓唬俺，俺是你勇哥……"

徐浩依然盯着他，脑中不断回荡着"勇哥"二字，紧接着一阵窸窣的声响出现，仿佛要钻出他的脑袋。徐浩努力操控他的手，做出轻微摇摆的动作。随后他紧闭双眼，脸上写着一场与痛苦的战争。那人无力地坐在他身边。时间过去了许久，徐浩才睁开眼睛，脸上的肌肉放松了许多。

"勇……勇哥。"他试探性地朝着那人说。

只见那人五官突然扭在一起,有眼泪也有笑容。

"好……好……记得俺就好,好。"

"我……怎么了?"

那人的嘴角开始向下坠,五官依旧纠结在一起,咬肌突突地颤动着,整个人一点一点地向后退,好像有可怕的怪物正在逼近他,直到他坐在旁边的床上。

徐浩侧过脸,紧紧盯着那人,谨慎又迫切。那人脑袋越来越低沉,随后十指交叉锁在一起,抵在额头上。徐浩像个侦探,冷静地挖掘细节。深蓝色的牛仔裤上印着灰白的污渍,深蓝色的夹克袖口已经飞边,里面嵌着淤泥,肩膀处已经泛白,托着杂乱油腻的头发,大块的头皮屑点缀其中,清晰可见。那双手……那双特别粗壮难看的手……干裂的皮肤刻着污垢,深邃得不可能洗掉的污垢……哥,你这手太难看了,你人20岁,脸长得像30,这手得50……熟悉的片段猛然涌入脑中,他热切地迎接着记忆,热乎的眼泪滚了下来。

"哥,勇哥……"他叫着他,像儿时一般。

勇哥抬起头,眼睛里布满血丝,嘴里喃喃地说:"大柱……吴大爷……没了……都没了……他们……他们都死了。"

"53号,徐浩,到你了。"不知什么时候进来的护士,用清脆的嗓音冷漠地打断悲剧。

勇哥慌忙站起身,用他粗糙的大手抹掉脸上的泪水,搀扶着徐浩坐上护士推来的轮椅,推着他出了病房。

眼前就是小卖部了,几个小娃娃你追我赶地奔跑着,绕过昨晚雨后的小水坑,踮着脚把小脑袋挤进狭小的用棉被包裹的纸盒里,劫持他们最爱的冰棍儿。徐浩一手举着一根冰棍儿,一手举着一枚5分硬币。交易成功后,几个小娃娃把冰棍儿放到口中,一脸毫不掩饰的满足。徐浩瞥到躲藏在小卖部门后的眼睛,一个瘦瘦的光着脚丫的小女孩。在徐浩朦胧的意识里,他知道这是大人们口中禁忌的人物之一,虽然他搞不懂其中的道理,但他懂她眼神的意思。徐浩犹豫地看着冰棍儿,慢吞吞地走向女孩,他先是舔了一口冰棍儿,再举到女孩面前。女孩咬着下唇看着冰棍儿,不动。徐浩收回冰棍儿,费了好大力气咬断一小截,吐在手里,递给女孩,女孩看看徐浩又看看冰棍儿,还是不动。徐浩着急了,含住整根的冰棍儿,腾出手去抓女孩的手,把快化掉的一小截冰棍儿放在她的手心里,就跟着其他孩子跑掉了。

这是医生在给他拍片时,他脑中突然涌出的画面。勇哥推着他回到病房。

"小……小冉呢?"

"俺……还没来得及告诉她。"

躺在病床上,他尝试梳理他的过去与现在。现在他知道自己生病了,醒目的条纹病号服正囚禁着他的身体。吴老头、大柱,他觉得十分亲切,好像就在眼前,他伸出手去触碰,他们就像烟雾般散开了。还有小冉,他知道她对他很重要,但也是模糊不清的。他试图回忆自己是怎么来到这儿的,他开始用力地想,一阵阵眩晕式的头痛发作,喷泉的声音再次涌入脑中,钻出一条记忆裂缝,他仿佛看到他手里拿着汉堡,看到大柱的笑脸……他在记忆的裂缝里行走，这条裂缝间歇式地收紧，每一次收紧都带给他一阵强烈的痛感。

"吱呀呀"的推门声把徐浩从迷失的记忆中救出，是勇哥。他不知道他是什么时候出去的。勇哥手里拿着盒饭，让他吃。徐浩咬着牙冲勇哥摇了一下头，这个微小的动作让他再次感到一阵眩晕。

他只好放弃回忆，放弃思考，抓住他脑袋的大手也逐渐松弛下来。他感觉好多了。勇哥扶着他坐起来，他看着食物，本能驱使他吃了个精光。

"看你这样，俺就放心了，你安心在这儿养着，俺回去看看吴婶。"

"哥……我……我想见小冉……我想现在就见她。"

勇哥的眉头再次上紧弦，徐浩看不出来，因为自从他醒来后，勇哥的眉头就没有舒展过。

"好。"说完，徐勇走了。不一会儿，他又折返回来，问徐浩想不想上厕所，徐浩挥挥手。勇哥走到床尾，迟疑了一会儿，掀开被子，抱起徐浩的双腿，褪掉他的裤子。

"哥，你在做什么？！"

勇哥不说话，徐浩似乎感觉到他在自己的裆部与臀部抓捏了几下，随后给他提上裤子，盖好被子，走了。他挣扎着坐起身，忍受着眩晕，强撑着唤起身体的力量，扒开裤子，看到纸尿裤。他近乎疯狂地撕扯它，也只不过让它破了两个小口而已。徐浩垂下双手，倒在了床上。

夕阳从城市的楼宇中费力地挤出一条通道，播洒在徐浩的病房里，蒸腾着温热的空气。他再次醒来，朦胧中感受到一抹粉红的气息，还有小腿上温柔的触感，视线定格后，他看到了在这该死的病房中最为美妙的画面。

"小冉。"

猝不及防的声音让她颤抖了一下身体，她转过脸说："天哪，你终于醒了！感觉怎么样，哪里不舒服？"

徐浩皱着眉头，吧唧一下干裂的嘴唇说："有水吗？"

小冉慌张地站起身，端起水壶，水流摇晃着注入水杯。她抓住水杯，提起，又迅速放下，她犯了两个错误。滚烫的热水溅在她的手上，红肿了一片。她知道他在看她，就像他伸出手抓住她的手一样真实，她停止了所有的动作，忍受着疼痛，就像切掉电源的木偶。

徐浩感受着手上的温度，试图回忆对他最重要的东西。

小冉吸了一口气，伴随着微弱的声音与抖动的手。

"对不起，对不起，弄疼你了吧。"徐浩说。

"没事……我去冲下凉水。"小冉抽回她的手，走出病房。

再回来时，她端了一盆水。水杯坐在冷水盆里。她坐在隔壁的床铺上。

"冰棍儿，还记得吗？"

"什么？"

"我吐出的冰棍儿。"

"什么？"

"没……没什么了。"

护士推门而入，走到床尾，摇动把手，床头举着徐浩的脑袋缓缓升起。

"你就是接班照顾的家属？让他尽量侧卧……给，把药吃了。"护士说。

护士走后，小冉说："出这么大的事，你们才告诉我……幸好你没事，勇哥跟我说，你要是昏迷超过三天就有危险了……幸好你醒过来了……"

"我到底怎么了？"

"你都记得什么？"

徐浩揉搓着紧皱的眉头，挤在一起的皮肤被他推得一会儿向左一会儿向右，浓重的呼吸声从鼻孔挤出。

"你最后的记忆，是什么？"

现在徐浩脸上的各个部分都朝着鼻子挤去，他的声音和记忆一样，不绝如缕："……喷泉……汉堡，我在吃汉堡……"

"还有呢？"小冉把身体前倾，努力分辨他说的话。

徐浩倒吸一口气，停顿了几秒，缓缓吐出："……勇哥叫我回工地……大柱在笑。"

"还有呢，再早点儿也行，昨天晚上，一个星期前，过去的……都行！"小冉说着，身体继续向前倾，现在她的耳朵快要贴近徐浩的嘴巴了。白皙的脖颈展露在徐浩的眼前，化成一张白纸，五个黑色的小痣趴在上面，就像黑色的字……他猛然想起他给她写的信。他支支吾吾地告诉小冉，右手揉搓额头的动作变得舒缓。

"什么？"

"没什么了……"

"你快说啊，你都还记得什么啊，急死人了。"

"就是上工地，干活儿……"徐浩抓住记忆丢给他的词，扔给小冉。

小冉收回上身，把自己倾倒在后面的病床上，沉默了一会儿后说："嗯，好事，你只是把出的事给忘了……这我就放心了，勇哥说了，你可能会出现这种状况，但不要紧，恢复恢复就好了。"

"出事？什么事？"

小冉躲开徐浩的注视。

"快说啊，到底怎么了？"

小冉咬着下嘴唇，在徐浩再三地逼问下，她吐了口气，说："勇哥说,装着砖头的小车从楼顶坠下……幸好,你只是被小碎块砸到……"说话时,小冉的双手像蔓条一样缠绕在胸口,阻挡着可怕的幻想。

"……大柱……吴老头……他们呢?"徐浩想起勇哥的话。

放在小冉胸前的双手有那么一秒不易察觉地松懈后,缠绕得更紧了。血液从指头流逝,努力逃回心房,让这颗不大不小的器官产生激烈的震颤。

"我……不知道……你没事就好……"

"勇哥说他们死了,这是真的吗?"

"我……不知道,你问勇哥吧。"

徐浩再三追问无果后,死而复生的谈话迅速跌入沉默。小冉放开那双被揉搓得可怜的手,让它们继续舒展在徐浩的腿上,在这片久被阳光浸泡的黝黑的皮肤上。

时间一点点流逝,如果你想捕捉时间逃走的样子,最好是在傍晚,这个时候它逃离的心情过于急切,你看那光,迅速地缩小,那黑暗的影子追着光急切地生长,转眼间就被拉得超过它的主人。这个傍晚也是如此,刚才还逗留在涂着一抹粉红的病房的光,几句话加少许沉默的工夫,就在小冉的指尖溜走了。这次时间的逃跑,徐浩全部捕捉到了,他的眼神茫然地落在小冉的指尖上。

"你在做什么?"

或许是小冉沉浸在她的心事里,突如其来的声响让她的手指猝不及防地抖动。

"我……我不知道能替你做些什么，想着你躺了那么久，浑身应该都不舒服，我能做的，就只有按摩了。"

一股暖流从她的指尖传到徐浩的心里，徐浩沉默地独享着这份微弱的温暖，但他并没有享受多久，最后一份阳光掉到黑暗里时，他的脑袋开始撕扯般地疼痛，他闭上眼睛与痛苦安静地交战。

"对了，要不要告诉家里人？"小冉一边说着，一边按下灯的开关，冰凉的灯光扑到徐浩的眼睑上。

"不，不要！先不要！你先告诉我，我现在是啥情况，有多……"体内急蹿的液体冲刷着语言，随着"哇"的一声，从他口中喷出，万恶的地球引力让污秽的液体摊在徐浩的脸上、枕头上。猝不及防的呕吐让徐浩紧紧闭着眼睛。空气静止几秒后，小冉慌乱地翻动病床旁的抽屉，找到一条白色的毛巾，手忙脚乱地帮徐浩擦拭。当毛巾第二次落到他脸上时，徐浩突然用力将它扯下，向看不见的远方丢去，空气再次冷凝。小冉从包里掏出纸巾用比之前更温柔的方式擦拭徐浩绷紧的咬肌。

"走，你快走！"徐浩咆哮着。那声音像是受伤的野兽，小冉这样想着时轻轻地走开了。不一会儿，小冉跟在两个护士的身后再次进来，她们嘟囔的话语，她们手上的动作，徐浩全部排斥在外。

直到"咯吱"的关门声后，病房里的空气才恢复正常的流动，徐浩长长地吐出一口气，睁开眼睛，从眼眶里不断向外涌动着泪水，这让他又想起了小喷泉，只是他的泪水不是朝向天空的方向流动，也没有舞姿，就是这样静静地流淌着，无法回收。

"为啥不让俺跟她玩啊?"

"你个娃娃问啥问?"母亲把半舀子水倒进面粉里,两只粗糙的手来回拨弄着两种截然不同的物体。

"不行,俺就要知道!"徐浩在进家门前,与小女孩玩着木头人游戏,心情很好。他背着小书包迈过院门槛,就被母亲叫到灶屋,紧接着就是一顿盘问与否定。他心里燃着一碗水就可以浇灭的怒火。

"你咋这么不听话?让你别跟她玩,你就别玩,不让你问,你就别瞎问!"面粉在母亲的手中汇聚凝结。

"不,偏不,你不告诉俺,俺就问奶奶去。"徐浩转身想走,母亲把面团用力砸到案板上,说:"回来!"徐浩心里的小火苗"噗"的一声瞬间熄灭,他低着脑袋挪到母亲身旁。母亲继续揉面,过了一会儿说:"去,把书包放下,洗个手过来按剂子。"徐浩走出灶屋,一溜烟地跑进堂屋把书包扔在太师椅上。奶奶刚从茅房里出来,在院子里拦住了刚从堂屋跑出来的徐浩。奶奶弯着腰,双手捧着徐浩的小脸蛋亲了又亲,这才放他走。徐浩回到灶屋,撸起小袖子,看着面团在母亲手里变换着形状,一会儿瘪,一会儿重新隆起,一会儿又揉成长条,最终被揪成一堆小面团。他知道该他上场了,他拿起一个小面团,在手心里揉搓,直到它变成圆形,然后放在桌子上,小手一拍,面团被压扁。随着一个又一个的小面团在他的小手心里顺从,他的喜悦情绪越来越饱满,刚才的小闷气早就不见踪影。

母亲开口了:"那闺女,你以后少跟她玩,她不是好人家的孩子。"

"是坏人吗?他们干啥坏事了?"徐浩抓了一把面粉撒到小面团上,

盯着母亲等待她的回复。母亲熟练地擀着面皮，徐浩在心里数数，数到母亲擀出第五张面皮后，才听到母亲张口说话："小娃娃哪来那么多问题，你就知道他们都不是正经人就行了。"

"她为啥没有爸爸，她爸爸去哪儿了？"

母亲用鼻子"哼"了一声后说："估计她妈都不知道她爸是谁吧！还去哪儿了？那，也就天知道。"

"妈，啥是破鞋啊？"

母亲瞪了眼徐浩，还是那句话："小孩子家家的，瞎问什么？"

徐浩若有所思地按扁一个小面团，说道："妈，俺知道了，她妈妈肯定不是好妈妈，她整天穿着破布鞋，今天班里的同学还笑话她呢，说'妈妈是破鞋，生个女娃穿破鞋，破鞋露脚趾，妈妈脱裤子……'"还没等徐浩说完，他的脑袋就挨了一巴掌，突如其来的惊吓，让他的眼泪在眼眶里打转，他不明白，原本他还很满意自己，因为他提供了可以与大人同谋的证据。

"小孩子家家的，说啥浑话！"

徐浩顶着一头的面粉，含着泪花，斜眼偷偷地瞄妈妈。他不敢看妈妈的脸，因为在这个家里他天不怕地不怕，就是怕妈妈，虽然她大部分的时候都是温柔的，但只要她脸色一变，他就不敢与她对视了。现在，他屏住呼吸，一边继续按剂子，一边偷瞄妈妈的手，他看到她手上的速度变缓，他在心里暗暗数数，数到妈妈擀出第三张面皮后，擀面杖的转动频率才恢复正常。一阵冷风钻进窗户的缝隙，他打了一个冷战，朝着

-017

风来的方向看去，他的瞳孔开始放大，里面闪现着一团白色。

"出去玩吧。"

徐浩赶紧扔掉手中的面团，获救似的冲出房门，雪花与面粉混合在一起，给他盖上一顶白色的帽子，他开始啊啊乱叫地在院子里奔跑。母亲抬头看了一眼窗外的雪花继续低头包饺子。

饺子噼里啪啦地下锅了。徐浩坐在奶奶怀里玩着奶奶给的新弹弓。他捡起一个个小石子，装在弹弓上，瞄准飘浮在空中的雪花。

眼前白茫茫的一片，他眨了眨眼睛，看清了雪白的天花板，想着刚才那碗热腾腾的饺子还没吃上，他叹了口气，原来又是一场梦。梦太真实了就不再像梦了，更像是某个遥远的过去，他想着。对面的白墙上有一块儿几何形的暖橙色块，他想起小冉，视线上移，看到墙上的钟表的指针指向六点，他糊涂了，傍晚与清晨，小冉在与不在，思考让他痛苦……几声鸟叫从窗外零星传来，天又亮了几分。徐浩试着坐起身，他成功了，他扒开裤子，看到纸尿裤还在，但好像不是同一个，因为它上面没有被他抓坏的小口子，他疑惑着自己是不是已经失禁，勇哥给他换掉了，或者是护士，还是……小冉。他不敢再想，不要回味侮辱。他试着站起来，他扶着床，一点点唤醒罢工的身体，再一次成功。两个日常的举动让他欢喜，力量与希望回归了。他果断地踏出第一步，猝不及防地眩晕，喷泉声突兀地在脑中涌起，他闭上眼睛，稳住身体，等待水流降落，回归大地……鸟叫声清晰了，他睁开眼睛，"规矩和勤奋将会使你成功"，他轻缓地挪动左腿，再迈出一步，一切都变得可以忍受了。他终于移动到窗前，缓缓地吐出一口气。窗外，下部空间被车辆填充着，中部点缀着几棵不算茂密的树，几只小麻雀飞来飞去，徐浩缓慢地向左下方弯曲颈部，头部朝右上方运转，他收获到几朵不算白的云还有强烈的眩晕感。他双手抠着窗台板,模糊的视线渐渐熄灭光亮,陷入一片黑暗。

突然丢过来的粉笔头砸中了徐浩的脑袋,他抬起头,碰到老师尴尬的表情。

"大柱,站起来!"老师拿着黑板擦用力敲击讲桌。

大柱扭动着屁股抬高到距离凳子15厘米的地方,铃声响起,大柱抓起早已收拾好的书包,从教室后门飞奔出去,全然不顾身后老师的咆哮:"大柱,大柱!"

徐浩慢腾腾地收拾自己的书包,不时地瞄向左前方第二排靠窗的座位,那个扎着马尾的姑娘。姑娘背起书包,他三步并作两步追过去,两人在门外相遇,门旁挂着一个牌子,上面写着"四年级(1)班"。

"真倒霉,又砸中俺了,这个星期,俺被砸中三次。你快瞧瞧这,是不是画着靶子?"徐浩张牙舞爪地在自己的头顶比画着,引得姑娘发出阵阵笑声。从学校到家里,也就是几个笑话的工夫,再拐个弯,就到徐浩家了。两人默契地拉开彼此的距离,小冉放慢脚步逐渐向右边的房子靠拢,徐浩加快脚步向左边靠拢,直到徐浩看见门口站着的奶奶,一头钻进家门。

"奶奶……奶奶……俺不要……"走廊里传来孩子撕心裂肺的哭喊声。

徐浩睁开眼睛,光明刺进瞳孔里,身后的声音嘈杂、尖锐、渐行渐远……徐浩叹了口气,他站在原地,感受身体的存在与状况。

"你下床了,你能下床了!"

徐浩顺着声音缓缓转动身体，僵硬得像是老化的机器。黑乎乎的病房里闪动着一个身高足有170厘米的纤细身影。随着徐浩的瞳孔慢慢变大，逐渐调节着强光到弱光环境的转变，一张圆润小巧的脸越来越清晰，越来越近。眼前的这张脸与那个扎着马尾的小姑娘的脸不断重合又分离。

"太好了，你能下床了，开始恢复了！你感觉怎么样？头还疼吗？腿有力气吗？"小冉不停地问这问那。他一句都没有听进去，脑中不断闪回着这张脸的过去。

"能下床是好事，但咱还是得量力而行，我先扶你回床上，然后我再叫医生过来看看。"

徐浩又被扔在病床上，小冉离开了。再进来时，带来那位高个子医生，又是一番检查询问。医生笑着说："你们现在可以放心了，基本没事了，再观察几天，恢复恢复应该就没有大碍了。"

小冉送走医生后，七手八脚地忙活起来，她先是拿出一个袋子，一堆热腾腾的包子冒了出来。香味唤醒了徐浩沉睡的胃，他觉得自己好久没有吃东西了。

"你先吃着，这儿还有粥……哎呀，早知道你快好了，我就不买这些了。"小冉一边说着，一边从背包里拿出一个又一个物品，什么牙膏、牙刷、毛巾、香皂，还有一盒内裤……她利落地安置着它们。

徐浩吞咽着食物，眼中飘着小冉忙碌的身影，疑惑与愧疚紧跟幸福的脚步爬上心头，他想起自己似乎……他再次瞄向窗外，明亮感沉默地为昨日的存在作证，为他的猜测与记忆作证，那么失禁、呕吐还有对小冉的态度……都是真实的。他轻缓地移动脑袋，发现小冉又消失了。他夹起最后一个包子，报复似的吞进嘴里，感受真切的充实与咀嚼。

病房门再次响动，是小冉。她端着脸盆，走到徐浩身边。她蹲下身体，热腾腾的空气向上飘散。她捞出毛巾，拧干，温柔地擦拭徐浩的脸、脖子，仔细地躲避伤口。徐浩一言不发，闭上眼睛，感受热气的进入与离开，在来去间，他变成梦中的小男孩……小男孩可以哭，但他不能。

"躺一会儿吧，头晕不晕？"

"不……不晕。"徐浩顺从地听她指令，仰卧在已被抬高的病床上。

"你吃了吗？"

"我吃完过来的。今天上午我都在这儿陪你，下午学校那边有点事，我必须回去，忙完我就过来。家里人还都不知道，你放心，我不会说的，你也快好了，就没事了……"

徐浩呆滞地听着，直到小冉提起自己的病情时才集中注意力。

"医生说是脑挫裂伤，只要三天内醒来，就应该不会有更严重的后果，起码不用做手术了。但是你还得在这儿多待几天观察观察。医生还说你可能会出现什么记忆障碍，他说应该是短期的，恢复恢复就好了。你醒后马上就能认出勇哥与我，我们就不担心了。另外，身体其他部位都没什么事，所以你放心好了。对了，这些天你尽量侧睡……其他的我也不懂了，总之听医生的说法你是幸运的，那我们就都放心了。……还有啊，哪里不舒服、感觉不对，你一定要及时告诉护士或者医生，千万别自己憋着，别怕给别人添麻烦……那个呕吐、头晕、嗜睡都是正常现象，我问过医生了，所以你别多想，要保持好心情，这样才能尽早出院，还有……"

徐浩听见小冉说呕吐，心里更加不好意思了，他想说点什么抱歉的话，但实在张不开口。好在他现在大概清楚自己的状况了，虽然听不太懂，但至少也算是个答案了，他舒了口气。

"那在这儿得花多少钱啊？"

"钱这块你也不要担心，勇哥说都有办法，现在你需要做的就是保持愉快的情绪配合治疗。要不然才是给我们大家添麻烦呢，知道吗……"

小冉滔滔不绝地说着话，徐浩面向窗外，起初她的话语他还能接收，后来就变成一段频率柔和的音乐，他蜷缩在其中……

"大柱！大柱！"

伴随着剧烈的头痛，徐浩睁开了眼睛，惊魂未定。病房里空荡荡的，小冉又消失了。天还是亮的，他费力地坐起身，梦，该死的梦，更让他烦恼的是，这是一场空白的梦。他开始感到气愤，他想发作，可是头痛夺走了一切，他只能看着自己的胸口上下起伏。等他感觉好些时，才注意到床头桌上放着一个保温饭盒，还有一张字条，上面写着"我去学校了，傍晚再来看你，醒来把饭吃了，要吃光光哦"，后面画着一个笑脸代替句号。

一伙白衣人进来，那位高个子医生像昨天一样碰碰徐浩这儿又摸摸徐浩那儿。徐浩告诉高个子医生自己头疼，高个子医生解释了一堆话，徐浩听不懂也听不进去，只接收了一个词语"正常"。高个子医生又问了一堆问题后离开了。护士们一会儿进来往他嘴里塞进一堆药片，一会儿又拽起他的胳膊扎针输液，一会儿又给穿上新的纸尿裤。徐浩停止了思考，麻木得像一个提线人偶，唯一的感知就是头痛。他呆滞地看着窗外，鸟儿飞走了，半个太阳躲在窗边……突然，太阳融化了窗户，飞快地奔到他的眼前，又猛然退去，缩成一个小点……他闭上眼睛，逃避……幻想、噩梦？他不知道，他只知道自己的脑袋像铅球般坠在枕头上，又像云彩般飘荡。时间过去多久，他不知道，他安静地躲避在黑暗里，直到重新获取感知。不管什么感知，只要是他熟悉的就好。嗡嗡声渐退，指尖有柔软的触感，他缓缓睁开眼睛，太阳消失了，屋内一片暗粉色。他长长地呼出一口气。紧接着他感觉到臀部一片湿热……他间歇式地吸气……门开了，小冉来了，带着盒饭。没过多久，勇哥也进来了。小冉询问徐浩下午过得怎么样、哪里不舒服。勇哥坐在隔壁的空床上，揉搓着双手。徐浩咽下委屈，随意地问勇哥工地还有住院费用的事，勇哥挤出笑容一一回复，最后的结束语总是"没事，你放心"。小冉拎着水果走出病房。

徐浩小声说："哥，赶紧让她走！"

"过会儿吧，俺送她。"

"不行，现在，必须，让她走，我……"

勇哥恍然大悟，他端起盆，走出病房，再进来时，他关上门，掀开徐浩的被子。

"不行，小冉还在，她的包还在，她必须走！"

勇哥叹了口气，拎起小冉的书包再次出去。

"她走了吗？"

"走了。"

"你没告诉她吧。"

"没有。"

徐浩不再说话,任由勇哥摆布。直到勇哥扔掉旧的纸尿裤,再进来时,他背对着勇哥说:"你也走吧,走,快走!"

门关上了,门外的两个人沉默地走出医院。门内,徐浩关上灯,恶臭在他的脑海里挥之不去……

他醒了,周围黑乎乎的,他翻了个身,看到一小块冰冷的光亮,那是走廊上的灯穿过房门上方的窗户照进来的。他侧耳倾听,走廊静悄悄的。他叹了口气,放平身体。他先是感受头部,发觉异常清醒,没有晕感,接着他感受自己的膀胱。随后他小心地坐起身,下床,推开房门,每走一步,他都仔细感受头部的分量,需要压制激动的心情,一步,一步,扶着墙,他推开厕所的门,褪下裤子,稳了稳身体,脱掉纸尿裤,黄色的尿液滋出,就在那一刻,他觉得自己是王。纸尿裤还在手中,下一秒就窝在纸篓里。还没完,他还要大解,硬挤也要挤出一条,他握紧拳头,褐色的粪便"扑通"一声坠入水中……"规矩和勤奋将会使你成功"……在等待中又是几声闷响,他才心满意足地提上裤子。

回到床上,他踌躇满志,睡眠也没有找上来,他在床上翻来覆去,迫切地期待天亮。时间嘀嗒嘀嗒地爬行,像个软体动物,而他像是困在这混沌柔软的时间肉体中。他尝试梳理,开始思考。他想起这两天的梦境与幻象,这些他过去很少拥有,不曾注意,而现在彼此纠缠的东西。他按下头脑中的回放键,梦与幻重现,清晰异常,隐痛的舒适感……这是他的故事，他的过去。

他看到一个背着书包的小男孩，他确定又是一个自己，小男孩无意中发现身后跟着一个留着寸头的小孩，他没有放在心上，继续踢着小石子走。接下来的几天那个小孩都在，一直与他保持着不远不近的距离。他开始调整脚步，或慢，或快，但不论他怎么调整步伐，只要回头，那个小孩都在，还是那样的距离。几个来回后，他感觉特别开心，好像在玩着什么游戏。他开始琢磨如何让游戏升级，他边走边想，突然他放开双腿，用他最快的速度奔跑，前面就是路口了，他咧开嘴角，最后的冲刺，一个急转弯，停！迅速转身，1，2，3，4，5，6，小孩出现，四目相对的瞬间，两个人摔倒在地。"6个数，你可真慢！"徐浩捂着肚子一边笑一边说。小孩跟跄地爬起来，拍拍身上的泥土，愣愣地看了他一会儿后，也跟着大笑起来。从那时起，他们就再没有分开过，那个寸头小孩，那个他给了她一截冰棍儿的小孩，那个被村民嫌弃的小孩，一直都在，在他的过去，在他的现在。

深呼吸，病房里的空气仿佛带着甜味，徐浩微笑着跟自己点头，确认这就是他们相知的开始。顺着这条线往后走，他需要回忆，他贪婪地向过去索取，画面丢失，继续自我提问、寻找，有些过去他怎么也找不到，有些事情轻轻一敲就浮出水面。他按捺住开始躁动的情绪，继续追寻。画面丢失，丢失，还是丢失，他问得越多，答案跑得越快，那些理所应当属于自己的东西。头部开始隐隐作痛，还不能放弃，他在迷宫里执着着迷失，在一片混浊中找到一个线头，突然又被剪断，像有人在他的脑袋里不断加快地按着删除键，留给他一个黑洞，又扔进一堆炸弹，一小撮明火释放了一枚炸弹，紧接着所有的炸弹都沸腾起来，令人窒息的头痛炸掉了所有问题。

徐浩睁大眼睛，望着黑漆漆的天花板，他呼吸急促，从未有过的恐惧。他疯狂地抓起手边能抓到的东西向四周扔去。随着清脆的声音，破碎的玻璃在空中迎着月光落入黑漆漆的地面，散成一片，向这个黑夜宣泄不甘。

病房门被推开，进来两个值班的护士，年纪稍大点儿的护士在徐浩手臂挥舞的空隙，按住呼叫按钮，然后尽力控制他。其他值班的护士听到警报铃后迅速呼叫值班医生，紧接着，又有三个人进入病房。徐浩感觉到有无数双手在用力地把他拖入身下的黑暗，反抗无用。

左手边摆放着课本，右手边摆放着田字格，上面歪歪扭扭地趴着一行字，徐浩咬着铅笔，看着窗台上的一层薄雪。母亲推门而入，徐浩赶紧握紧铅笔，田字格上又趴了几个新字。母亲拿着一双破旧的鞋让他穿。徐浩的小脚丫用力地往里挤，可还是露出一小截脚后跟。

"妈，小。"

"你脚指头顶到前面了没？"

"顶到了。"

"那就成了。"

"妈，俺不穿。"

母亲脱掉徐浩的小鞋，拿着抹布擦了几下，又用旧报纸包裹好，装在徐浩的书包里。

"明天到学校，找个没人的地方把这鞋给那女娃，让她试试看大小，她穿进去后,要是没露脚后跟,你把手指头伸进鞋后面,看看能伸进去几根手指,回来后告诉俺。记住没,要没人的地方,记住没?"母亲一边说着,一边在自己的脚上比画示范。

"妈,给哪个女娃娃啊?"

母亲愣了一下,没好气地说:"小冉。"

"记住了。妈,你不是不让俺跟她玩吗?"

"这娃,俺让你把鞋给她,但没让你跟她玩。"母亲说完后,赌气似的推了徐浩一把。

猛然间,徐浩坐起,他感觉自己似乎发现了什么。他用力眨了眨眼睛,确定天亮了,窗外的那些鸟又开始叽叽喳喳地叫唤了。他扫视四周,仍旧洁白一片。昨晚是真实的吗?还是,依旧是个梦?刚才的画面又是什么?那么真切熟悉的画面。徐浩糊涂了,他被突然消失与找来的记忆弄糊涂了,这种体验有点魔幻,但让他感到兴奋,惊喜于自己的发现。他发现醒来后的自己,记忆在一点点儿地消失,但又通过另外一些方式自己找上门来,他曾一点点累积的过去仿佛独立于自己,以一种他不懂的方式存在,并与他对话。这一切他都处于被动的位置,他想自己需要做点什么,他努力梳理梦中的情景,不放过任何细节。

"醒了,今天感觉如何啊?"护士推门进来说。

"天啊,鼓这么大一个包!"徐浩顺着护士的动作看到自己手背上隆起一个像玻璃球那么大的包,才意识到自己在输液。护士拔下针头,扎进徐浩的另一只手的手背上。他看着护士把针头推进自己的血管里,支支吾吾地说:"那个昨晚,我……怎么了?"

"你这个人呐,脾气挺大啊,闹腾一晚上,医生都说你快好了,你就别折腾了,头疼、头晕都是正常的,不得有个恢复期啊?"

"我……我记不住事了。"

"这个也正常,你得等脑袋慢慢修复,放心吧,你没失忆。家属来了,你不也都认得嘛。"

"哦……那……请问,你们这儿有没有多余的本子和笔……我……如果有的话,能给我吗?回头我再买个新的还给你们。"

"你等着,我一会儿给你找。这还还什么啊?"护士笑着离开了。没过多久,护士进来说,很不巧现在没有,但是等午休时自己会去附近帮他买。徐浩听后连忙道谢,护士再次离开。

床头柜上立着一个崭新的保温盒,上面贴着一张便利贴,写着"醒来了,就要吃饭哦,要吃光光,中午我再来看你",后面跟着一个笑脸图案。他才知道,小冉来了又走了。

接下来的时间,徐浩都在焦急中度过,这是他住院以来第一次感觉无聊,几乎每隔十分钟徐浩都要抬头看时间,这也是他住院以来第一次恢复对时间的关注。十一点、十一点二十分、十一点半……十二点三十五分,门被推开,是小冉。十二点三十七分时,护士拿着崭新的本子还有笔递给徐浩。徐浩连忙让小冉给护士钱,护士摆摆手离开了。

徐浩打开本子,刚要写点什么,抬头遇上小冉的眼睛,突然羞涩起来。

"哈哈，我不看，不看，真是太阳打西边出来了，一看见书本就头痛的浩哥，今日转了性了，竟要写东西了，我倒是好奇住院怎么还住出小秘密了……哈哈……"

"没……没啥，对了，勇哥呢，他咋样？"

"他还能怎样啊，又上工了呗，你又不是不知道你们工地，行啦，别操那么多心了，放下你的小本本，快看看，我给你带什么好吃的来了。"

"饺子！哈哈，这两天做梦还梦见包饺子呢，还没来得及吃上就醒了。"徐浩搓了下手掌，伸出手就要捏饺子，结果，被小冉打了一下又缩回去了。

"看你这样，估计是快好了，梦里都不忘了吃……呀！你这手是怎么啦？"

"哦，没事，输液时滚针了。""咔嚓"一声，徐浩掰开一次性筷子，用背着一个大包的右手夹住饺子把它整个送入口中，嘴里还没倒腾干净，又送进一只饺子。这下不仅是他的手鼓了，嘴巴也被撑得鼓鼓的。徐浩抬起头正对上那张五官快要挤在一起的小笼包一样的脸。

"哎，哎，你别这样，咋了这是？你看你的脸都快挤成包子了，快坐下来，小包子快来吃小饺子。"

"你这人怎么这样……在这里，只有我跟勇哥，勇哥现在还帮你……我现在马上就要毕业答辩了，论文还没写完，不能全天在这儿陪你……护士说你昨晚还……你怎么这么让人不省心，这么不知道照顾自己……"小冉越说越委屈，眼泪掉了下来。徐浩跟不上她讲述的内容，但跟得上她的情绪，他跟着愧疚，跟着委屈。他不知道该如何对小冉说自己这几天的奇怪状况，他告诉过医生，医生说是正常现象，或许医生已经告诉她了吧？他只想尽可能地表现正常，他不想待在这儿，更不想看她因为自己而受委屈。他们都沉默了。饺子躺在一次性饭盒里一点点儿地失去它的水分，好像小冉刚才掉的眼泪是从它这里来的。

小冉看着失去水分的饺子东倒西歪地趴在饭盒里，她缓和了一下自己的情绪，命令式地让徐浩把这些都吃光，然后弯下腰，从床底抽出洗脸盆，转身离去。再进来时，小冉端着一盆热水，看着徐浩呆呆地坐在那儿，她拉着徐浩的右手，把热毛巾叠成一个长条，系在徐浩的手背上。

"对不起，我错了。"刚说完，他便觉得异常亲切，一连串模糊的"对不起"冲入脑中，那都是他对她说过的话。紧接着，他又连说了好多个"对不起"，直到小冉喊停。

"行了，快吃吧，都凉了。"

徐浩听话地吃光自己那份饺子，低着脑袋端着空饭盒呈到小冉面前。

"罪臣谢冉皇后赏饭。"

小冉笑了，她的笑容像一束光，在徐浩混沌的头脑中冲出一条道路，这条路上镶嵌着许多"对不起"，还有她的笑脸。瞬间，他们在一起的许多画面冲出，徐浩兴奋地抓住她的手。直到小冉喊疼，他才放开。

"这是又抽什么风？看你哪里像个病人，力气还这么大！"

徐浩贪婪地看着她，又想赶紧把抓住的画面写下来，好像不马上落在纸上，它们就会跑了似的。

"下午我没事，我在这儿陪你好不好啊？"

"当然好了……你就在那张床上待着，看你的书，不用管我。"

整个下午，徐浩都沉浸在他的笔尖上，他写道：
2003 年 4 月 3 日，入院。
4 月 6 日，第三天，恢复意识。
梦，__ 年夏 __ 岁
院子……
回忆？__ 年夏 __ 岁
冰棍儿……
梦，__ 年过年
包饺子……
4 月 7 日，第四天
回忆？__ 年 __ 岁
四年级（1）班……
回忆，__ 年 __ 岁
放学路上的游戏……
4 月 8 日，第五天
梦，__ 年冬 __ 岁
鞋……妈……
"对不起"……小冉笑了……
…………

徐浩看着十几页被自己一口气写满的纸，向来不爱学习的他竟会有这样的一天，好像别人的成就突然落在自己身上。他翻来覆去地看着自己写的东西，想着还有没有落下什么细节，这种感觉让他愉快，像是儿时与小冉在放学路上玩的游戏，没有理由的开始，没有计划的发生，没有可以期待的结果。

"小时候，我是不是给过你一双棉鞋？"

无人回应，徐浩抬起头，才发现小冉又不在了。他只好再次走进"过去"的迷宫，那双鞋孤立地飘荡在迷宫上方，"他有没有给小冉？""她穿得是否合适？"他没有任何进展，"只是一场梦吗？""难道这些都只是梦而已？"愤怒涌上心头，想把本子撕掉，想把周边的东西通通砸碎的冲动再次燃烧，他握紧拳头，他知道他应该克制……或许自己原本就是粗线条的人，他安慰自己如果没有发生意外，他压根儿不会捡起这堆陈芝麻烂谷子的往事，如果没出事故，他也很可能像现在一样想不起来。他叹了口气，松开他的拳头，视线随意地落在本子上，一个字吸引了他的注意。紧接着母亲的样貌开始一点点汇聚，像是灯塔一般竖立在他迷雾般的记忆中，她弯腰炒菜的样子，她的手悬在空中将要落下打自己的样子，她把他的书本扔进火堆里时眼泪挂在脸上的样子……这些静止的图片开始缓慢地运转，到最后像一部缺少帧数的默片，在他的脑袋里随机放映着。

徐浩紧追着"灯塔"，把这些闪现的图像变成一个个黑色的小字融合在白色的纸上。她的少言寡语、她对他发号施令时冰冷的面孔，她少有的眼泪。声音、图像、动作不断拉近她与他的距离，当他能触碰到她的时候，有关她的一切便被彻底唤醒了。从明天出发经历昨天，从未来遇见过去，无能为力，不可更改，拥有了上帝之眼，肉体却结实地扎进土里。曾经的惧怕与仇恨历历在目，仿佛融进他的血液里，但上帝之眼让他渴望，让他愧疚，他渴望她的怀抱，他愧疚于对她的误解，原来他一心向往的母亲的样子她都有，只是她选择了隐藏，而他选择了忽视。他抱着本子哭成一个小男孩。

人在脆弱时，会忍不住追根溯源，而家庭是首当其冲的选项：这个时候通常会走向两个情绪上的极端，一个是怨恨，仿佛现在所有的失意全部都应归罪于家，家便是那原罪，另一个则是无限的理解与留恋，而这个情绪往往是由他过去惧怕的家庭成员所牵线，并被失意的人无限放大她／他隐藏式的温暖，进而放大"家"的光环。徐浩此刻就是第二种，而事实果真如此吗？恐怕也不尽然，当人们踏进家门时，光环就开始削弱，尤其是在那些年轻人的心中，这个世界原本无真相，我们看到的不过是受情绪描绘的场景罢了，你置身其中，看到的、听到的真相就已经无时无刻不在被更改，更何况抽象的记忆，它的唤醒，便是受饱满的情绪所指引，它是我们对事实、对真相最严重的误解。但失去情绪，我们也就同时失去了对生活的知觉，没有知觉的人生就像失去味觉的舌头，恐怕连寡淡都尝不出了。

但生存不允许人无限制地陷入极端情绪，好比此刻徐浩陷入无比的思念情绪中，这是他走出家门后第一次想家，想母亲。他哭着哭着，尿意突然来临，他抽搭着鼻子，站起身来，结束感伤。他走出病房，撞见拎着食物的小冉，徐浩赶紧低下头，匆忙离开。他在厕所待了很久，整理他的身体与心灵。再回来时，看见小冉坐在床头摆放食物。

"快来吃饭……你一下午都在写什么？那么认真，从没见过你这样。"

"没什么……你记不记得小时候我曾给过你一双棉鞋？"

"当然记得。"小冉不假思索地回答。

"那你穿得合适吗？"

"合适啊,非常合适。"

"那个时候我们多大啊?"

"10 岁。"

小冉看着徐浩在本子上划拉着什么,便说:"怎么,你这是要给自己写传记啊?"

"哪有……这几天你抽空给我妈打个电话吧,就说我们最近赶工,特别忙,干完活儿就睡了,没时间给家里打电话了,还有你也是来找我时,才知道的。然后告诉他们我一切都很好,让他们放心啥的,你就看着说吧。"

"放心吧,你现在感觉怎么样,头还疼吗?"

"今天都还好,不怎么难受了……你论文写得咋样了,还差多少?我这些天感觉好多了,你不用天天往我这儿跑,要是耽误你毕业,我罪过可大了。"

"你小瞧我了,现在还差 3000 字吧。不过我很快就能搞定,我这儿不用你担心。"

两人你一句我一句地闲聊着,直到晚霞铺满小冉的背后,徐浩催促着小冉回去。小冉走后,徐浩躺在床上望着天花板,天花板是白的,正如他现在的脑袋一样。他抬起手越过头顶伸向天花板,他活动着手指,一会儿攥拳,一会儿五指张开。他觉得无聊,觉得无力。他不知道他现在在做什么,他想到近期发生的所有事情,他想弄明白,可是却越来越糊涂。他开始人生中的第一次回头，结果看到的是一片凌乱的过去，他第一次自我审视，结果换来的是他人生中第一次的自我怀疑，他发现想要毁掉一个人最有效的方法就是清除他的过去，失去过去的人无法进行他的当下，因为当下是他行使选择权的过程，而所有的选择是基于拥有完整过去的，当这个人不再完整了，他就被剥夺了在每一个此刻的选择权，未来是由每一个选择编织成的结果，失去选择也就失去了未来，一个失去过去、现在、未来的人还能被称为人吗？

他茫然地给自己抛出问题，笔记本再次被打开，他看着上面堆砌的文字，这就是他的过去吗？他再次困惑地问自己。他真的失忆了吗？就像影视剧里描述的那样吗？他随即否定这个猜想，他知道小冉，知道勇哥与母亲，还有梦里出现的人物与情景他都能辨识出来，他还询问小冉论文的情况，这些证据都表示他并未失忆。可每当他主动去回忆时，为何又找不到，除了有关母亲与小冉的记忆外，其余的尝试都失败了。他觉得自己像个影子，是那个拥有完整过去的自己的影子，在这个影子身上，只残留了一些过去的片段还有抽象的情感。而作为影子存在着的自己，只会感觉到不真实的存在与抽离的情感。"规矩与勤奋将会使你成功"，他攥紧拳头，想象着一切即将好转，再忍耐几天就可以出院。

第二天，太阳高高地挂在空中，鸟儿们欢快地叫闹着，无数片新叶迎着日光伸展自己鲜嫩的躯体。徐浩醒了，他很失望，因为一夜无梦。他睡得很好，脑袋感觉比前几日轻了好多，四肢也恢复了些力量，他穿上拖鞋，走到窗前，打开窗户，清新的空气钻进鼻孔，叫醒他体内的每一个细胞，他很失望。他赌气地用力关上窗户，阻隔在他面前欣欣向荣的一切。他转身走向床边，看到两个保温饭盒，其中一个上面贴着字条，"醒来后就要吃饭，这里是早饭还有午饭，今天我不能过去了，晚上勇哥给你送饭"，后面照旧画着笑脸。徐浩把字条揉成一团扔进垃圾桶里，坐在床上，他看着两个饭盒，又起身走向垃圾桶，捡起刚扔掉的纸团，一点点儿把它复原。他从枕头下拿出笔记本,翻开中间一页,在褶皱的字条上面写下"4月9日,9:47"后,又把它连同前几日的字条一起夹在笔记本里。

百无聊赖的一天就这么过去了,在徐浩躺在床上反复地尝试入睡中度过。中间除了护士进出过几次以外,再没有别人。徐浩侧躺着,看着窗外的天空一点点儿变暗,他的入睡尝试彻底失败了。直到傍晚时分,勇哥推门进来,顶着比前几日更加杂乱的头发,拎着一袋水果、一箱牛奶,还有晚饭,这些东西好像特别重,拎着它们的勇哥似乎比印象中又矮了一截。

"浩子,哥这两天没来看你,对不住啊,你现在感觉咋样了?"

"我感觉自己都好了,正想问你呢,啥时候可以出院啊,一天天老在这儿躺着,都给我躺残废了。"

"再等等吧,再住几天,你现在刚过危险期,大夫说还得观察观察。"勇哥说着话把东西胡乱地卸到地上。随后摊开双臂,仰面躺在徐浩旁边的病床上。

"我这都好了,就走吧,别在这儿待了,再有事,再来呗。"

"说胡话呢,得让大夫说你完全好干净了,俺才能让你出去,要不然俺可咋跟俺三婶交代?你可别坑俺啊。在这儿听话,你小子就当提前享福了。"

"那这得花多少钱呢?"

"钱，不用你操心，工地那边给了咱五万块，你这是工伤，懂不懂？"

"那得嘞，我就在这儿吃香的喝辣的，舒舒服服地待着喽。吃死他们。"

"对，对！吃死他们！"勇哥一动不动地躺了那么一会儿后，再次从床上坐起，弯腰倒腾他刚拿进来的塑料袋，嘴里还念叨着，"行嘞，傻小子，快吃饭吧。今晚俺不走了，明天也不上工，俺就陪你在这儿睡一晚。"

勇哥打开饭盒，开了一罐啤酒。徐浩吃饭的时候，勇哥不时地把自己饭盒里的肉夹到徐浩的饭盒里，自己基本没怎么吃，只是抱着他的啤酒。

勇哥大名徐勇，徐浩的堂哥，站起来比自己的弟弟矮一头，好在他骨架大，常年的劳动又让他长得一身腱子肉，看起来就没有那么弱小了。他今年29岁，15岁那年跟着同村的吴老头进城，白天跟着吴老头上工地，晚上跟着吴老头回家，年少的他好像有使不完的力气，干起活儿来像头小牛，不知疲惫。没活儿的时候，帮着吴婶打扫家务，做做饭，夫妇俩看在眼里着实地喜欢。吴老头有个儿子，小名大柱，与徐浩同年生，比徐勇小7岁，一直在老家由奶奶照顾，直到初二奶奶去世，他辍学来到吴老头他们身边生活。大柱性格顽劣，初到大城市，像匹脱缰的小马驹，吴老头和吴婶完全管不住他。每当大柱捅了娄子，不论是在家里还是在外面，总是徐勇收场。久而久之，吴家也就把徐勇当成自己亲儿子一样疼爱，而大柱也把他当成了自己的亲哥哥。徐勇在这个家里造就了不可动摇的位置，还有无法割舍的情感。眼下出了这么一档子意外，硬生生地夺走了这个家里的两口人，堂弟徐浩还躺在医院，还有一堆事情需要他处理，想到这些，勇哥喝光了最后半瓶啤酒，把空酒瓶扔进垃圾桶，把自己扔在床上。

一天没人理的徐浩，看见自己的哥哥，他的心情好了许多。虽然他的记忆仍处于模糊状态,但勇哥的身影只要出现,徐浩就感觉踏实,好像是着陆了一样。他往嘴里塞进一大口饭后说:"你咋不吃?"

"刚才路上吃过了,想着陪你吃,才买了两份儿,但这肚子实在装不下了,你都吃了吧。"

"我也不行了,吃不动了。"

勇哥起身把小桌子清理干净,又出去洗了一小盆水果,打了一壶热水,一切收拾妥当,才回到徐浩旁边。徐浩问了下勇哥的近况,勇哥问了下他最近的身体,两人最后都是以让对方放心为结束语。两个男人对坐,闲聊几句后,便觉无话,关灯躺下。

夜深了,徐浩躺在自己的病床上,勇哥躺在他旁边的病床上。秒针嘀嗒嘀嗒的转动声隐藏着两人各自的心事,谁都未能如愿入睡。

"浩子,睡着了吗?"

"还没。"

"你说……这人咋就说没就没了呢?"

徐浩一时没反应过来,正犹豫着如何答复时,勇哥又开口了,好像这些话并不是在对他说一样。

"多好的人啊,老天爷不公啊……吴老头,多好的人啊……还有大柱……老天爷不公啊……"

勇哥的话越来越多，更多的是重复，不断重复的声音越来越哽咽。徐浩沉默着搜索其中的信息，他忽然想起前几日勇哥说他们死了，还有小冉所描述的发生在他们身上的意外，他思考着听到的人与事，他想厘清这些与他的联系。熟悉的头痛开始发作，他已学会了与它相处，他选择沉默隐忍。勇哥时断时续地说着："14年了……这个家就变样了……吴老头，俺……俺……真想他……"鼻子的抽搭声告知徐浩，他的哥哥哭了，他想象着哥哥的眼泪顺着他粗糙的皮肤缓慢地汇聚到枕头上的情景。徐浩侧过脑袋，看见月光穿过窗户勾勒出勇哥强壮的躯体。这个黑色健硕的背影随着抽泣声每抖动一下，徐浩的心就被揪扯一分，直到他的眼泪被逼出眼眶。

这个夜晚注定是潮湿的。

空荡荡的病房里，三张白色的床，两个大男孩在潮湿的黑夜里各自成长。

奔跑，奔跑，一直在奔跑，院门被推开，跑进院子；堂屋的门打开，路过母亲与奶奶，她们正在准备足够整个正月吃的饺子；奔跑，继续奔跑，跑出堂屋，听到爷爷在身后喊"慢点"；奔跑，继续奔跑，跑出院子，中途看到父亲骑着自行车驮着年货回家；奔跑，继续奔跑，拐过一个小巷，推开一扇院门，经过相似的院子，进入相似的堂屋，脚步停下来。堂屋里挤满了人，奔跑的人喊了声"勇哥"，勇哥转过头望向声音的来源，看到徐浩弓着背，双手扶在膝盖上，大口地喘气。勇哥走过来，一身时髦干净的衣服扎进徐浩眼中，勇哥敲了下徐浩的头说："还这么毛毛躁躁的，跑啥啊，快去喝口水，然后去你家。"徐浩用手背抹了一把头上的汗，站起身，接过勇哥递过来的水杯，大口大口地喝。

"慢点。"勇哥笑着说。

"行了,走吧。"徐浩放下水杯。勇哥笑着拎起大大小小的包裹,徐浩抢着拎看起来最沉的包裹后出发。一路上两人肩并肩地走在一条通畅的土路上,这是村里最宽最长的路,这条纵向的路分开房屋与庄稼地,连接着村里家与家、人与人、人与土地之间最淳朴的心。

勇哥与徐浩家只相隔两条小巷,但他们却走了很久,徐浩看着沿途家家户户的炊烟缓缓上升,不断地汇聚融合,突然变成一大朵云。他转头想告诉勇哥时,眼前突然出现了好多人,汽笛声不断地嘶吼着,一辆停靠的火车上,像卸货似的涌出人流。勇哥提着行李箱在他前面不远处走着,徐浩紧跟上去,途经一个路人朝他吐了一大口烟,徐浩眨了眨被烟熏到的眼睛,再睁开时,他已站在一个拥挤的小平房里,眼前出现一家人。吴老头坐在马扎上弹了弹烟灰说:"规矩和勤奋将会使你成功。"吴婶端着一盘菜放到方桌上说:"别在那儿装文化人了,都过来吃饭。"大柱趴在床上朝他挤眉弄眼:"嘿,你也来啦,这下可热闹喽。"说完,一个起身坐在饭桌旁。勇哥打开行李箱,拿出一包包他母亲精心准备的礼物递给吴老头、吴婶,还有大柱,转身对徐浩说:"来这儿了以后就要听吴叔还有婶的,他们人都好着哩。"吴婶递给徐浩一大碗饭,徐浩捧在手里,看着看着就醒了。

徐浩睁开眼睛,泪水流了出来。一些零散的记忆在他脑中不断地拼凑连接,凑成一张吴老头的脸,连出一张大柱的脸。

在他雾蒙蒙的记忆里,那个小平房越来越清晰,刚打开房门,迎面就是两张床,一张稍大一些的床紧贴着墙壁摆放在房子的左侧,另一张稍小些的与大床平行摆放在房子的右侧,两床之间的距离仅容一人通过。小床的床头有一扇小窗,夜里时常有猫闪过。

最初的日子,怎么睡觉成了这个新组建的家庭中最头疼的问题,小床勉强容纳两个小伙子，大床倒是可以轻松睡下三个人，吴老头讲究睡觉，要他去挤小床定是行不通的，吴婶只能跟着他睡大床。这就意味着他们三兄弟必须有一人要跟着长辈睡，但三个小伙子谁也不愿过去，勇哥在这里年龄最大，加上他在两个弟弟心中权威性的位置，顺理成章地保留了睡小床的权利，就剩下徐浩与大柱了，两个人因为这事别扭了好几天。最终勇哥出面从网吧捞回大柱，并以两人轮班睡大床的决定结束了争吵。

想到这儿，徐浩转头看到邻床上还在睡的勇哥，他的背影看起来并不比自己强壮多少，但就是有种让人不得不听话的威信。

徐浩转过头，继续在刚刚浮出的新鲜记忆里摸索。他想起有一段时间，好像是刚结束完一段工程，还没有找到新活儿的断档期，一贯节省的吴老头自掏腰包让全家住进附近的宾馆，又把家里的东西都搬了出来，他说给人家干了半辈子活儿了，怎么也得轮到自己了。于是带着三个小伙子，拿着一堆从工友那儿凑的工具敲敲打打地给自己装修。

徐浩还记得那段时间他特别兴奋，好像在打造自己家一样认真，从地面的瓷砖到墙面的大白，再到房间里的家具，几个人不到20天的工夫把原本凑合住的家焕然一新。房门打开，所有的家具一字儿排开摆在左手边，离门最近的就是吴婶的厨房区，炉具旁竖着一个从地面升到天花板的大橱柜，橱柜的背面是一处比较宽敞的空间，放着一张折叠桌，还有几把木板凳，这个宽敞的空间不出三步又出现一个通向天花板的巨大柜子，吴老头笑嘻嘻地冲着吴婶说："这是咱的衣柜！"跨过衣柜，在它的背后，出现了让徐浩、大柱最为兴奋的新家具——床，那是一张长2米、宽4米的双层床，这个窄小的空间里，在黄色墙面的烘托下，这张床大得诡异，大得魔幻。

徐浩记得他与大柱爬到床上后，他向下看，看到不同花色拼接的瓷砖，吴老头坐在马扎上，点了根烟，他看到烟越过吴老头谢顶的脑袋向上飘散，他看到一个即将萎缩的男人展现着心安理得的骄傲。

现在吴老头走了，大柱也走了，谁来继承他这份心安理得的骄傲啊！想到这儿，徐浩再次转头看着勇哥的后背，两个男人的力量在这一刻忽然闯进徐浩的心灵，一股热血在他体内四处流窜。徐浩小心翼翼地打开床头的小灯，又抽出枕头下的笔记本，在上面写下他即将成为的男人，还有这一段清醒时的回忆。

随着白纸上的黑字越垒越多，从吴老头的小平房开始，无数个片段一个接着一个地冲进他的脑海。他落笔的速度随之调整，字与字之间的分界越来越模糊，即便如此，他的笔也追不上脑海里闪现的画面。

太阳越升越高，气温比昨天好像又高了几摄氏度，窗外的鸟叫声也比昨天更吵闹了一些。徐浩把笔记本掖到枕头下，起身去上厕所。回来时看见勇哥正在整理床铺。

"有啥想吃的没？"勇哥问。

"没啥。"

勇哥出去了，不一会儿拿着包子还有粥回来。吃完早饭，新的一天像昨天一样开始，护士们照常进来给徐浩送药、输液，又带着他做了些检查，徐浩照常间歇性地头疼、乏力，相比之前，还是好了许多，徐浩知道他的身体正在重新归还给自己。勇哥一直待到傍晚，给徐浩买完晚饭就回去了。这一天徐浩都没有看到小冉，他想着她应该趁这个时间赶论文。徐浩再次一个人躺在空荡荡的病房里，看着太阳渐渐失去光芒，直到掉入整片黑暗。

一个姑娘走到徐浩课桌前,说:"不好了,快去救小冉。"

"婊子养的货,给脸不要脸了!"徐浩刚跑到二年级(8)班的门口就听到这句话。他拨开人群,冲到说话人面前,迎面就给那人一拳,结果换来的是一群人的拳打脚踢还有咒骂。

"婊子养的还是婊子……婊子配狗……一对儿不要脸……"徐浩的脸一面紧贴着地面,一面被一只球鞋踩着。他愤怒,但他使不上力气,他羞愧,也没法把自己藏起来,他就这么趴在那儿,那些人离开后还趴在那儿,直到小冉把他扶起。小冉拽着他来到操场,两个人躺在草坪上。小冉首先打破沉默,自问自答地说:"知道我为什么学习这么好吗……那都是他们骂出来的。你也知道的,他们都骂我什么,又因为什么骂我。不就是不知道我爸是谁吗,那又怎样?这种白眼我早已见怪不怪,这些唾沫也淹不死我,咱们这个巴掌大的小地方,我的存在就像是过街老鼠,人人都可以骂上几句……这些话我从没跟你说过,因为从小到大,我只有你这么一个朋友,小时候我怕你嫌弃我就不跟我玩了,长大后我又怕你同情我……今天之所以说,是因为……你又为我受委屈了,我想……以后我们就不要再接触了。"小冉一口气把早该吐的话吐完后,坐起身,17岁的她觉得自己可以做到坚强,还可以更坚强,她想她准备好了,但是她的双臂还是不由自主地抱住自己的膝盖,她僵硬地挺直腰板,等待徐浩的回应,她觉得过去了好久,双臂缠绕得又紧了一些。时间一分一秒地过去,小冉像个别扭的雕塑插在草坪上。又过了不知多久,小冉僵硬地站起来,准备离开。

"还记得小喷泉吗?"徐浩在她身后喊。

"还有一年,你好好学习,考到那里去,俺相信你,你可以的,你一直都是可以的,还有……俺也会去的,咱们曾约定好的。"

小冉转身对着徐浩说:"你怎么去啊?"

徐浩拍拍身边的草丛:"躺下来,俺就告诉你。"

小冉叹了口气,装作无奈的样子,心里却着实地松了一口气,她躺了下来,躺在徐浩的身边。徐浩看着小冉的脸,第一次发现这张脸还算是好看的,纳闷自己以前怎么没发现呢。小冉用力敲了一下徐浩的脑袋:"看什么呢?说话啊。"

"哦,那什么?俺有个堂哥在那儿干活儿,你知道的,已经干好几年了。每年回家都给俺们带一堆好东西,还有名牌货呢,俺记得俺还给过你啊,看着他这样也挺好,毕业了俺就跟他混……"

一阵风吹开小冉的长发,露出藏在里面的笑容,徐浩觉得这顿打挨得好值。

睁开眼睛,外面天还黑着,他摸索着打开灯。带着困意在笔记本上写下:"4月11日第八天凌晨,梦……小冉……小喷泉……"合上笔记本,新的梦境在徐浩的头脑中酝酿着。

天光大亮时,徐浩再次睁开眼睛,看到小冉坐在邻床上,手中捧着一本书。他不由得感到幸福,这个距离,他伸手就能碰到的幸福,他下意识地伸出手。

"醒了,你可够能睡的了。"

那边的手把书扣在床上,这边伸出的手转换了意图,变成了伸懒腰的动作。

小冉转头看了看挂在墙上的钟表,时针指向十点的位置。

"我可是七点就到喽,本想给你送完饭就走的,但是吧……听到一个好消息,让我决定今天全天都陪你。"小冉满脸笑容地说着。

"什么事啊,让你这么激动?"徐浩一边说着,一边站起身。

小冉把自己的脸凑到徐浩的耳边说:"医生看了你昨天的检查,说没什么大事了,你可以准备出院啦,今天再输一天液,明天就可以走喽!"

徐浩扔下毛巾,一把抱起小冉。结果无力的四肢让他没能撑过1秒钟,俩人双双摔倒在病床上,徐浩顺势在小冉嘴上亲了一口。被压在身下的小冉用力推开徐浩,站起身责备地说:"你是不想出院啦!"徐浩傻笑着爬起来,他看到小冉把她刚才看的书装回包里,背在肩上,他瞬间失落了:"你要走吗?"

"嗯……突然想起,中午还有事……明天早上我再过来,帮你收拾东西。"徐浩刚想说点什么,门已经关上,小冉走了。徐浩叹了口气,躺在床上,望着窗外。指针嘀嗒嘀嗒地转着圈,转来了护士,转走了针头,转来了勇哥还有晚饭。徐浩一边吃着,一边告诉勇哥自己明天出院的消息。勇哥说,这是他最近听到的最好的事了。

吃完晚饭,勇哥就回去了。两三个小时后,勇哥又回来了,他说今晚在这儿睡。这一晚的前半段,勇哥都躺在床上背对着徐浩,不发一语。徐浩不知道哥哥出了什么事,想着或许是太累了睡着了,便不再多话,他关上灯，躺在床上为了明日的出院兴奋不已。墙上的钟表持续作响，他不知道走到了几点，只知道走廊里晃动的人影越来越少，他在心里猜测应该还没有过午夜。勇哥突然悄声问他睡着没，他回复说没有。勇哥依旧背对着徐浩，说家里就剩下吴婶了，她年纪大了，加上近来的变故，以后的日子就由他俩照顾了。还说近期工地的活儿不用徐浩去，快完工了，一来让徐浩继续休养身体，二来在家多陪陪吴婶。徐浩一一答应着，在徐浩眼里，勇哥好像永远都可以做出正确的决定，他只需服从就可以。勇哥交代完毕，便不再多话。徐浩看着勇哥的背影，叫了几声哥，不见答复，他以为他又睡去了。

夜深时，徐浩的脑袋还是清醒的，他在床上翻来覆去，他想着这是他在医院的最后一晚。他打开床头的夜灯，又从枕头下拿出笔记本，胡乱地翻看着，思维穿梭在字里行间中渐渐停歇，笔记本停留在他即将成为的男人那一页。

他看到一个小喷泉，不断地从地表上涌出水柱，水柱的末梢悬浮着水滴，水柱越来越大，越来越宽广，转眼间变成环形的水墙将他包围。他伸出一只手，触碰水墙，他感觉空荡荡的，像是触碰空气，他把手抽回，发现手依然干爽，他把另一只手伸进水墙，同样干爽，他顺势向水墙移动，先是左脚，他看着水流滴落在裤腿上，但身体仍然没有湿润的感觉，随着他的移动，水墙缓缓吞噬他的身体，最后吞掉的是他的脑袋还有右脚。

他下意识地闭上眼睛，当他再次睁开眼时，他看到一个老太太一边嗑着瓜子一边向一对夫妇念叨："老年间啊，人人都穷，人人还都能生，不生他个仨瓜俩枣的都不带劲儿，也有那生不出的，看着别人家的娃娃心里馋，这时候就有那能生但养不起的人家就把自己的娃娃过继给那不能生的。你们四叔啊，就是这样刚一落生就过继给人家哩，这人啊，都是命，你们的爹跟你们这四叔那是一窝里下的，可过继给人家的命好啊，那人家后来还被调到城里工作去哩。你们这四叔啊，那时就不种地喽，他娃也不种喽，他孙子也不会种喽……"一阵猛烈的咳嗽过后，老太太咳出一口浓痰，吐到脚边的痰盂里后继续念叨："人啊，都是命，你命里不该有的，要是给你了，你也降不住它，就像你们四叔也不是那富贵命，讨个老婆生了娃没几年就死哩，你们的爹还偷偷哭了几回，偷偷活到看见自己的孙子，虽然他还种地，你们也种地，但这命啊还是保下来哩！眼下他这命，也差不多到日子哩，阎王老爷催人哪！你们的爹最近又开始念叨他没见过几次面的兄弟，听说他那兄弟的大儿子也要不行了，俺合计着吧，你俩哪天去看看他那兄弟的儿子，一来当替你们爹了个心事，二来到你们这一代了咱把这血缘关系给系上……"老太太说完后又念叨着几个命啊命的。

徐浩注意到一直在旁边摆弄纸牌的少年，少年放下纸牌跑进院子，他跟着进入院子，他看见少年捡起一根树枝在地上给蚂蚁们划拉着战壕，还时不时地挤出口水空降在蚂蚁的战壕里，就在这时他认出了自己，随后他意识到这个老太太就是自己的奶奶。这样想着时他并没有感觉惊奇，他继续看着少年，还有刚才那对夫妇，不，应该是他的爸妈。他看见他们穿过院子，进入紧挨着院子的灶屋。他听到母亲的声音从里面清晰地传来："咱爹一辈子是农民，你也跟土地打了半辈子交道，咱不能让咱娃还种地哩，可这娃学习也不中用，俺想着咱娘说得对，咱去城里看看那亲戚，以后多走动，万一以后能指望上个啥哩，虽然车费贵，咱就当给咱儿子投资了。"

徐浩还没来得及听到父亲的回答，眼前突然又冒出一个小喷泉，这次的小喷泉距离他有一段距离，他看到刚才的那个少年，也就是自己，像个傻子似的站在喷泉旁，与在他旁边的孩子相比，他穿得像个傻子，他站得像个傻子，他那张大的嘴巴，还有瞪圆的眼睛都在叫唤着自己是个傻子。几个小男孩突然出现,他们看起来比他要矮一些,他们十分娴熟地脱掉上衣还有裤子,光着屁股在小喷泉里穿梭。他们或许是玩累了,或许是玩腻歪了,几个光屁股的小矮子突然聚在一起,叽叽喳喳地说着什么,然后蹿到傻子背后,用力一推,傻子摔倒了,傻子趴在地上,眼睛还是死死地盯着吐水的地面,傻子笑了。

傻子的父母也就是他的父母出现了,他们一脸阴沉地拽起傻子,连衣服都来不及换的傻子一路被拽到火车站。

徐浩像看电影似的看着画面自己产生、走动。他看到坐在车厢里的自己与家人,母亲掉了几滴眼泪,父亲始终阴沉着脸。而他自己,这个湿漉漉的傻子把脸贴在车窗上,压扁的嘴唇在笑,眼睛也在笑,压扁的鼻子用力地翕动着,把压扁的空气拍到车窗上。呼出的空气聚成白色的雾,迅速生长,铺满车窗,穿透玻璃,长到徐浩的眼睛里。

父亲消失了,母亲消失了,傻子也不见了踪影,火车、天空、大地还有声音瞬间被清除,他什么都看不见也听不到了,只剩下灰蒙蒙的白雾。他立在原地一动不动,感觉自己被锁在一个不存在的虚无空间里,那个时候他感觉连他的脑袋也被白雾占据,它们剥夺了他的感知,不知道过去多久,他才开始恢复他的感官,之后是对时间的意识,这种体验仿佛是经历了一场重生。

这一系列的感知源起于他的身体,起先他觉得眼睛被堆满了东西,耳朵被灌满声音,后来他意识到他什么都没看到,也没听到,这种狂躁的安静让他产生不可名状的恐惧,唤醒出他孩童时期的一段记忆,他看到一个弱小的像是玩偶般的孩子被扔到孤零零的床上,黑夜吞没了他的眼睛,也就吞没一切的存在,孩子小心翼翼地用手指拉扯着被子盖住他的脑袋,随后他检查身体周边是否有任何空隙可以接触到被子外面的世界,整个动作他尽力保证不发出声响。那是他第一次独自睡在房间里。

记忆的画面骤然消失,他开始听到"扑通扑通"还有"哗啦哗啦"的声音,他紧张地四下张望,目之所及只有灰白的虚无。

后来他才意识到声音来自他的身体,他抬起手臂,看到血液在皮肤下流窜,他眯起眼睛,甚至看到血液逃走时引起皮肤表层灰尘的震颤,他慌忙放下手臂,血液开始奔跑了,往他的身体中心奔跑,它们冲进心脏,早到的一批血液阻挡着后来者,他知道他的心脏此刻正在剧烈地起伏着,恐慌的情绪从此处蔓延,他知道他害怕了,也就知道了时间的存在。他知道在这片虚无中什么都没有发生,除了他抬起手臂的动作,他也知道他的感知从重新启动后便一刻也没有停止,好像什么都没发生一样。他还是像最初那样立在原地,但已不是那个平静的自己。

远处迷雾中隐约出现了一双挥舞的小手,接着出现了一双跳跃的脚。徐浩用力揉了揉眼睛,连接手与脚的身体突然出现,身体上长着一张傻子的脸。傻子的手很小,但他每一次挥舞,都像是橡皮擦掉铅笔字一样清除了白雾,露出一朵花、一棵树、一条河,还有一个小女孩。傻子继续挥舞着小手,天空、大地重新回归其位,徐浩向前踏了一步,迷雾骤然聚拢后退,像是有人按了马桶的冲水按钮一样,瞬间消失得无影无踪。

鲜活的景象重新摊在徐浩的面前,他看到傻子在小女孩面前挥着双手比画着,比画到火车的样子时,傻子觉得自己的双手不够长,于是他趴在地上演示;讲到楼房时,他又觉得自己不够高,就指着眼前最高的那棵树,傻子兴奋得手舞足蹈,好像他看见了全世界一样。直到他讲到会向空中吐水的地面时,才到他故事的高潮,他不知道如何形容那种体验,于是他躺下来用嘴巴向天空喷着口水,口水又原封不动地落回到他的脸上,这时小女孩捧着肚子大笑,傻子觉得还是不够形象,又拿着小树枝在地上画。最后傻子指着地上的画说："长大后俺们要一起去那儿，还要……嗯……还要住在那儿！"小女孩睁大了眼睛用力点着头说拉钩。

　　站在远处的徐浩突然感觉到小腿奇痒无比，他用指甲用力地抓挠……

　　"啪"的一声，阻碍了徐浩的抓挠动作，随之唤醒了他的睡眠。徐浩猛地坐起，并抬起右腿，他看到几条轻微出血的伤口醒目地印在小腿肚上，他吸了一口气，随后他看到一个姑娘还有一个男人的脸，他揉了揉眼睛，是小冉和勇哥。

　　"你看你，又把自己抓破了。"小冉皱着眉头说。徐浩嘿嘿地笑着。

　　"以后啊应该把你绑起来睡……哦，对了，快说，你做什么美梦了？"小冉挑着眉毛说。

　　"什么啊？"

　　"我们进来后，就看到你在那儿傻笑，快说，快说，做什么美梦呢？"

　　"啊？"

　　"快说啊？"

　　徐勇听着他们的嬉闹，默默地走出病房，关上房门，与身后的笑声渐渐拉远。

第二章

窗外的野猫断断续续地发出婴儿般的哭声,她在分不清是谁的哭声中一次次惊醒,一次次又在自己的哭声中入睡。

桌上的饭菜已经热了两遍，吴婶坐在餐桌前发呆。这是自吴老头与大柱走后，她第一次下厨房。昨晚，徐勇拎着饭盒回家，告诉她徐浩即将出院的消息。那一刻，她觉得异常恐怖，仿佛从如梦般过去的八天里苏醒，而醒来后的现实比噩梦更难以让人接受。她看着徐勇，双手不受控制地张开并向前伸去，直到碰触到徐勇的胸膛，手臂继续用力，徐勇被推得倒退几步。他慌乱地问吴婶怎么了。吴婶不说话，继续推动徐勇，直到徐勇一脚门里一脚门外的时候，吴婶用力咬着自己的牙齿，从里面挤出最后一分理智说："明天带他回……家。"

"砰"的一声门被关上，徐勇木讷地站在门外，最后一个"家"字从门缝里传来。他不知道发生了什么，但好像又有点明白。他开始担心，他想掏出钥匙开门，当钥匙即将进入锁眼的时候，他放弃了。他摇了摇头又叹了口气，转身离开。

吴婶站在门口，听到脚步声渐远后，整个人就顺着门滑落下来。自从她坐镇这个家以来，她赶走过吴老头，轰走过大柱，但从没驱赶过徐勇，这是第一次。

她倚着门瘫坐在水泥地上，猛吸一口气，吐出排山倒海的号哭声。这是一场蓄势已久的痛哭，更是一则必须完成的仪式。只是她拖延了太久，头七回魂夜都已过去。"你们爷俩回家，俺都不知道啊……"她捶着胸口哭诉，"你们回来啊，回家啊……你们为啥不来看看俺，为啥撤下俺……你们怎么能这么做……连梦里都不来看俺,你们怎么能这么狠心……你们回来啊,回家啊……你个死老头子走就走吧,为啥把咱的儿子也带走,他才 22 岁啊……"哭声扯断着语句,她就一遍又一遍地重复,对着空气重复,她不知道自己这样絮絮叨叨了多久,直到她突然失去了感觉。

她麻木地抬起头,泪眼婆婆地环视这个家,眼中每装进一件物品,心中便牵扯起强烈的痛感,便倒出一堆泪水。现在,她的双眼已装满他们一点一滴累积成的家,物品是有限的,眼泪是无限的,它们之间永远无法进行等价交换,眼泪不可遏制地向外翻涌。于是她只好一遍又一遍地扫视这个家,似乎在给奔涌的泪水寻找意义,似乎想要它一直流淌,似乎渴望痛苦把她压垮,彻彻底底地压垮……那个吴老头给她做的衣柜,是结婚以来吴老头第一次专门给她做的东西,那是她收获的第一次也是最后一次浪漫,虽然她早已过了喜好穿着打扮的年龄,那件衣柜里更多地放着孩子们的衣物,但是那是他明确表示给她做的啊。哗啦,一堆眼泪激烈地涌出眼眶。还有那张大床,她想起大柱从前嫌弃与他们同睡,摔门而去的背影,还有他第一次跳上大床时解脱的表情。还有那个始终与大床对视的马扎,吴老头坐在上面有时乐呵呵地抽着烟,有时骂骂咧咧地吐着烟,吞吐之间,家就在了。

哭声陡然停止,现在她像游魂一样立起身体,飘向马扎,伸出双手,摸到的只有自己的手,强烈颤抖的双手。

止住的哭声像泄洪般再次涌来,与此同时,她双腿无力,瘫倒在地。她摸到了什么,她不用看,就知道那是大柱的鞋,一共五双,摆在马扎附近,是他最爱的角落;每天晚上他都蹲在自己父亲身旁,擦了又擦;白色的那双是他的新宠,也是最贵的,买它的时候花掉 400 块,为了这,她没少骂他……唉,为什么总要骂他?他从小就失去自己的疼爱,大了还总要被骂……"柱儿啊,妈的肉……妈对不起……"心脏的疼痛是真实的,她捂着胸口,抬起头,窗台上高矮不平的水杯,那个盖着盖子、被茶渍沁黄的白瓷杯……这个家里的每一件家具、每一个物品,此刻都在与她一起痛哭,向她哀怨它们失去的主人。

他们已经离开八天了,可是直到她听到徐浩将要从医院回来时,她才明白这些日子究竟发生了什么,这个家失去了什么,她失去了什么。她用手臂拄着地,费力地提起自己的身体,在这个空荡荡的家里,她走得摇摇晃晃。她抚摸着家里的物品,像安慰孩子一样地安慰它们,直到最后一双筷子重新放回筷笼,她才蹒跚地爬到床上,她再一次抚摸吴老头的枕头,并把它放入怀中。

她已经不记得多少年前他们曾相拥入睡了,这一晚,她布满老茧的手指抱着这个同样粗糙的枕头,她用一夜的时间草草整理自己的一生。其中,有那么几次她突然发现她不知道她在为谁痛苦,等她好不容易回过神来时,她又迷惑是老伴的离开更让她难过,还是大柱的,她甚至开始设想如果只死一个,她会选择谁,虽然她曾多次咒骂过自己的老伴,刚才还骂他带走儿子,可是她骗不了自己的内心,想着想着她就自责起来,自责自己不够爱儿子,自责将要成为再次杀死自己丈夫与儿子的凶手,她被自己搞糊涂了,她大声哭喊企图消除心中的罪恶,再后来,她开始为了哭而哭,多重的痛苦,多重的斗争终于耗费掉她最后一分力气,本能让她昏昏入睡。

窗外的野猫断断续续地发出婴儿般的哭声,她在分不清是谁的哭声中一次次惊醒,一次次又在自己的哭声中入睡。直到徐浩出院的这天清晨到来。

她起来后便冲向了早市,好像昨夜什么都没发生过,她照旧与菜贩子们讨价还价，然后拎着一筐的食物快步回到家中。她在太阳出生时，开始准备饭菜，太阳长到八九岁的年龄时，不大的餐桌上已经摆满了饭菜，她又拿起抹布，擦拭昨晚被她抚摸过的家具。她觉得一切都像平时一样让她满意时，便坐在餐桌旁发呆，然后又端起盛满食物的盘子走向厨房，一盘一盘地加热。

在吴婶加热饭菜的时候，徐勇正在办理出院手续，留下徐浩与小冉收拾物品。徐浩一边收拾一边回味昨晚的梦，他感觉心灵异常丰满、充实，他默默询问自己问题，又一一作答，轻微的头痛足以忍受。他激动地走到小冉身后，张开双臂，把她拥在怀里。两张年轻的脸庞，一个眉头紧皱，另一个幸福得肌肉都在抽搐。

"再不松手，你就留在这儿！"前面的发话了，后面的只好松手了。随后他们便把笑声，把物品，把曾在这儿留下的痕迹带出病房，走出医院，汇入车水马龙的街道上。

今天的天气很好，阳光调节成舒适的温度暖暖地披在每一个人的身上，配合着从嫩叶上走过的微风，修补着城里每一个人心中的伤口。徐浩张开他所有的毛孔，尽情地呼吸，仿佛重生一样。他觉得开心，他看见什么都开心，他看到的路人好像也都很开心，他钻进拥挤的公交车，产生的快乐见缝插针地在车厢里流淌，他觉得今天真好，每一个人的心情都很好。小冉配合着他的笑脸，勇哥拎着包裹沉默地跟在他们身后。

快乐一路延续着，朝着城的边缘，朝着他们的终点延续，同城市的触角一样。直到在一条宽敞的公路上停止，好像这里拒绝快乐似的，他们下了有轮子的车，开始步行，他们知道在这些越来越稀疏的楼宇身后，隐匿着胡同和庭院，这样的建筑原本是这片土地的主人，现在却俨然一副外来户的样子，这些都是从已故的吴老头那里听到的。徐浩的脚步开始变得迟缓，他忽然很想与身体相反的方向逃走，他低着头用眼睛瞄着勇哥，他打开自己所有的触角去感受勇哥身上的信息。在他左侧的小冉也用同样的方式期待着徐浩传来的信息。这样一来，他们的队形从开始的倒三角形，变成了一条倾斜的线。

"你们不要表现得跟别人欠了你们似的，吴婶比你们想象的都要坚强，现在她就指望咱活了……她肯定做了一大桌饭菜，一会儿到了，你们要开心地都吃光，像往常一样。"勇哥说。

两个人点点头，但是步履依旧迟缓，脸上依旧没有笑容。实际上，徐勇心里也在打鼓，他想着昨晚吴婶推他出门，他的心就一直悬着，他不知道该不该带他们回来，到了后又会发生什么，他都没数，他只期盼尽快回家，尽快看到吴婶。他不由得加快脚步，走着走着他觉得身后不对，回头一看，俩人已经被他落下两三米了，他在心里暗自叹气，定住脚步又说："浩子，今天早上到底做啥梦哩，俺俩看了你好半天，还打赌，你快说说。"

被勇哥这么一提，小冉好像想起来点什么似的，开始不依不饶地盘问徐浩。他们的队形从一条斜线变成一条直线，徐浩夹在中间，被左右两边一个接一个的车轱辘问题轮番轰炸，不给他多余的思考空隙。

吴婶做饭的时候，大门就是敞开的，无论春夏秋冬，因为吴老头说这是咱家天然的油烟机。现在大门一直开着，吴婶坐在板凳上，面朝大门的方向，她听到孩子们声音时，便知道他们已经走到胡同的拐弯处了，距离她家也就剩下三个像她这样房子的距离了。她赶紧伸手把桌上的菜盘一一摸遍，发现它们还是热的，松了口气。

孩子们走到门口了，她表现得分外热情，她招呼他们进来，并一一安排他们在餐桌前的位置。她注意到多出一个孩子，于是她又走进厨房，当她出来时，手里多出一碗米饭。

阳光七拐八拐地钻进这条胡同，余下不多的阳光挤进吴婶家的窄门，又被吴婶的后背消灭了大部分，最后一丝阳光落到堆成小山的米饭尖角上。

时间只有那么一瞬，却正好打入徐浩的眼睛，晶莹柔软的米粒舒适地躺在碗里，徐浩摆动着脑袋，想调整姿势再次看到那一瞬间时，只能看到刻着褶皱的手。徐浩下意识地叹了口气，紧接着感觉到大腿，被来自右边的膝盖所碰撞的力量，他赶紧整理自己的表情瞄向勇哥，勇哥仓促地瞪着自己又扭头面向吴婶。徐浩悻悻地把目光转向小冉，小冉的神情看起来怪怪的，她的嘴角上扬，唇部却收紧向下用力，眼睛呆呆地看着某处，活脱脱像个机器人。他用肘部碰了碰小冉，小冉僵硬地转过脑袋，表情还是那个样子，她眨了眨眼，更像机器人了。

敞开的大门处，只留下最后一缕阳光，在它耀眼的对比下，屋内显得过分阴暗，坐在餐桌周围的四个人各怀心事，他们用不自然的寒暄化解尴尬，然而并没有成功。整个房间都流淌着死亡的信息，只有被宰割被煮熟的食物散发着热烘烘的生命的味道。

"咋都不吃呢？趁热乎，动筷。"吴婶沙哑的声音顺着她的手臂，一块肉落入徐浩的碗里，方才让这顿饭有了进展。

徐浩从进屋后就尴尬得无所适从，现在他看到勇哥开始夹菜，小冉与吴婶也端起碗，他低头看着眼下热乎乎的米饭，心想去他妈的，啥也不想，吃！他端起碗，夹住吴婶送来的大肉片塞进嘴里，接着狼吞虎咽地席卷一圈，很快碗里的食物就被他清空了，吴婶要给他盛饭时，被小冉抢先了一步。在这期间他支吾着回应着吴婶对他身体的关心，直到第二碗米饭即将被清空时，他看到吴婶笑了，一滴眼泪顺着她苍老的笑纹滴进还未被清除的米里，在这份苦笑参半的面容上，眼泪好像不是她的一样。小冉全程保持着她僵硬的笑容吃了半碗米饭，基本无话。只有勇哥看起来是最正常的，他逗着吴婶说话，假装生活在过去，现在还是将来都不曾也不会有变化，只是向来不灭三碗不下桌的他今天只吃了一碗。

吃完饭，徐勇他们又被吴婶赶出家门，缘由是徐浩刚出院，让徐勇带他们出去放松放松，别在家陪着一个老妇人。徐勇刚进门时，就注意到吴婶红肿的眼睛，他不知道自己能做什么，他看到徐浩与小冉急切的样子，想想也就同意了。

三个人走出胡同，没有什么目的地，只是随意走着，直到小冉接了一通电话后，三人队伍只剩下徐氏哥俩，两人又走了一小段，停下脚步，坐在马路边上。徐浩见勇哥无话，自己也没有什么好说的，于是就坐在他旁边安静地想着自己的心事。说是心事，也不算什么，徐浩这样想着，算是把烦恼先给定个调。他觉得自己很奇怪，记忆突然丢失，又被梦境找回来，但把他变成现在这样的意外事故却怎么也想不起来；还有吴老头，他视自己如子，大柱与他的关系更不必说，那是他的发小，可这俩人的离去除了最初听到时的震惊外并无他感，好像他们同那场事故的记忆一样，只是失踪了。

所有事情逐渐聚拢缠绕，他反倒觉得没什么了。对比住院时的迷茫，清晰又强烈的情绪，前后差异性的体验在徐浩的脑袋里兜转，没有丝毫进展。他开始烦闷了，心想真是虱子多了不痒，于是放弃回忆，放弃思考。他看着城市各式的车辆驶过，城里形形色色的人从他们身边迅速地靠近又离开，还有他们的影子从他们屁股下面逐渐拉长，城市的人、城市的狗踩了上去又离开。

"都是狗东西！"勇哥突然咬着牙愤愤地说，拉回了意识正在游离的徐浩。

"啥？"

勇哥不答话，指甲用力地挠着头皮，松散的皮屑撒在他的黑色T恤上。他突然用力甩手说："这事本不想跟你说，原以为是件应当的事情，好解决，可谁承想他们都不是人，吴老头、大柱，人都没了，还有你明明都是工伤，他们得出钱！得出不少的钱！这些不是东西的说责任全在刘二，还说俺们都没合同，也没有保险，没资格要钱，就再给五万元了事，还说这是人情，不给也不过分！都啥人，狗东西！"

"你先等会儿，啥刘二，关他啥事？"

徐勇扭头盯着徐浩看了一会儿。徐浩无从解读，只觉得被他看得发毛，他有预感压在心中的巨石即将被掀起，那下面藏着可以解读所有事情的关键线索，他断档的记忆，终究要被缝合。但他现在突然不想让它挪走。

徐勇收回目光，看向地面，叹了口气说："刘二……砖车……从顶楼下来……唉，以前咱奶一天到晚把'命'挂嘴上，啥事都能扯到命，那会儿啊，俺顶腻烦……当砖车掉下来，砸到吴老头与大柱，就在俺眼前啊……那时，俺脑里就一个字'命'……"徐勇用力咬着下嘴唇，眼泪还是落了下来，他把脸扭到与徐浩相反的方向，用厚实的手掌遮挡。

"你说人咋这么脆弱哩，这么厚实的脑袋就像西瓜一样被开瓢了……好好的一个人，前一天还跟咱俺说，规矩和勤奋，就会把日子过好……就这么散了，整天不安分、瞎胡闹的大柱就这么停了……白脑浆都飞出来了，掉在分不清是谁的血里……人太脆弱了……"

徐勇说话时，把手摊在自己眼前，话语停顿时仿佛在观察凸起的血管。徐浩这样想着，是因为他正在看那一条条粗壮的血管。随着哥哥描述的深入，徐浩不由自主地把手捂在胸口，心脏强有力的跳动疏通了被阻碍的情感，这是从生命开始的感知，只有活着才会感知死亡，只有感知到死亡才会意识到情感。现在，他无法控制自己不断生成脑壳像西瓜崩裂的场景。

"当时的你也倒了，俺那会儿分不清了，直到医生说你幸运，看你躺在那儿，俺觉得都不是真的……现在，俺还是糊涂，这全是真的？唉……真的……他们走了，你、俺都活着……"勇哥的声音随着他大口的喘息飘荡。

"你说这笔账该找谁算？找刘二？可他都死了，他家里你也知道，就剩下一个老太太，还有一个5岁的娃娃，他这人可恶可恨，王八蛋！可是……他已经够惨的了，老婆生完孩子没两年就跟人跑了，谁容易啊？都不容易……俺想着得找包工头，谁承想，这孙子出事第二天就跑了，俺又去找咱项目经理，那人平时咱都见不着，你住院这些天，俺到处找人问，到后来终于让俺逮到了，他就说给咱十万人情费！"

"那咱们以后还去那儿干活儿吗？"

勇哥愣住了，一共愣住三次，第二次是他大手一挥打在徐浩的脑袋上后，第三次是他反手打在自己的脸上后。

"头疼不？"

"不疼。"徐浩说着也给自己一巴掌。

勇哥看着徐浩叹了口气继续说:"还干啥活儿啊?不去了,龟孙子才给他们卖命呢,人家也说了,不用咱了……两条人命啊,十万块钱,咱的命就这么贱吗?咱还不如他们的一辆车、一条狗!"

"两条人命?"

"刘二的俺管不着,俺就要吴老头与大柱的!"

"那……那咱以后咋办呢?"

"俺他妈的知道咋办啊!"勇哥叹了口气,咬着牙继续说。

"俺必须给他们讨回个公道,之前听说什么信访局,俺也没理会,现在就得去找他们,俺就不信了,老天爷瞎了眼了。俺明天就去!"

"嗯,我跟你一块去!"

"你就别去了,在家好好休息,还有咱婶子,俺不放心……你在家多陪她,要是她突然……骂你打你赶你啥的,你都接着,不准离开吴婶半步……你得把身体养结实了,咱还得靠身体活着,还得过日子,还得想门道……嗯,得这样。"勇哥低着头,手里拿着小石块搓来搓去。

小冉刚下公交车,就看到不远处一个熟悉的身影走来。

"你还好吗,那面的事情处理得怎么样了?"

小冉不语，跟着这个人一起走进校园。高浓度的荷尔蒙从这里开始，在围墙边结束，青春的身体在她眼前晃荡，阳光烘烤着他们，他们的步伐看起来那么轻盈潇洒。小冉这样想着时，长长地呼出一口气。

他们默契地走到他们经常去的地方。那是图书馆右侧，有个常年不开的门，门对面是条窄路，路的另一侧高耸着信息楼的墙面，路两旁种植着银杏树。这是他们精心摸索到的地方，他们知道在校园里，有三处比较热闹：一个是以广场为中心，以各个教学楼门口为止的圆形区域；一个是宿舍区；最后一个便是所有看起来幽静的小河边、小树林区域，这里到处藏着无可躲藏的情侣。而他们挑选的区域正夹在中心广场与宿舍楼之间的最边缘，这里人流稀少。他们刚到此处，这个比她高出半头的人便张开手臂，等待着她的走近，小冉装作没看到，坐在门口的台阶上。这个张开手臂的人放下拥抱的姿势坐在她旁边。

男孩："怎么了？"

女孩："没什么。"

阳光洒在草尖上，还有她右边崭新的白色运动鞋上，她觉得一阵刺目，用力眨了眨眼睛，一阵春风拂过，她感觉舒适，她看着围墙内的世界，想着围墙外的世界，她又长长地吐出一口气，好像呼出了所有的烦恼。现在她双手交叉放在脑后，舒舒服服地朝后面的门仰去，硬邦邦的台阶贴在她的后脊处，她闭着眼睛皱皱眉便把不舒适过滤掉。一股温热的气息靠近，紧接着一个柔软的嘴唇贴在了她的唇上，她轻皱着眉回应，当对方的舌头想要钻进她口中时，她突然推开，坐起身。

"你到底怎么了？"

"没什么。"小冉回复。

"好,那你说说你怎么打算的吧?"

"什么打算?"

"毕业了,你要去哪儿?要留在这儿,还是去我家?"

"我还没想好。"

"你什么时候才能想好?!"高个子霍地站起身,口气中略带咆哮。

小冉抬头看着背对阳光的这张脸,说:"我……我……"还没等她说完,男孩转身走了。

小冉没有站起来,她看着那个人逐渐远去的背影,直到看不到时,她再一次吐出一口长长的气息。直到她的影子也从屁股下面钻出来,长长地烙在地面上,逐渐消失时,她才站起来。此刻校园已经被路灯点亮,她拖着时断时续的影子走回宿舍。

城市在黑夜的笼罩下,虽然灯火辉煌,虽然依旧车水马龙,但它的样子还是温顺了许多。吴婶的胡同顺应天空的变换,一户户人家悄悄熄灭了灯光,校园里的寝室楼也有那么几扇黑漆漆的窗。此时有人在叹息,有人在哭泣,有人在疯狂,也有人悄悄离去,但是时间依旧走着,不带有丝毫情绪。

翌日清晨,徐勇一家秉承劳动者的生物钟,早已正式加入新的一天,他们围桌而坐,吃着吴婶熬制的米粥还有徐勇买回的包子。吃完早饭,徐勇夹着一个包裹出门。他刚走出胡同便站住了，他不知道该往哪里走，算起来，他已经来到这个城市14年了。可时间并没有换来他与城市的亲密，眼下一桩又一桩的事情出现，这个城于他来说，越发庞大越发陌生。

一阵春风卷着沙砾，毫不留情地拍打着他，他扭着鼻子，弯下腰，鼻翼与双手配合，甩出一摊黄色的鼻涕，他用裤管擦了擦手指，站起身。

14年了，他勤勤恳恳地跟着吴老头转换着不同的工地，在这个城市的各个角落插上属于他的旗帜，只有在工地里，他才有主宰者的感觉，那是属于他的战场。所以平时他很少在城市里走动，只有在即将归家时他才学着城里人走进那些热闹的商场，给自己置办一身新衣，给吴老头一家还有老家的人们置办礼物，而每每踏进这些地方，他都会觉得浑身不适，好像一条鱼被海浪冲上了岸。他抬起头，让视线向未知的远处延伸，穿过一条不算宽敞的公路，碰到铁皮围墙，围墙后面的杂草伸长了脖子，等待它们随时降临又遥遥无期的屠宰者，视线消失在模糊的楼宇中，那里就是岸边了，他这条鱼总得过去。

唉，大柱啊，大柱……他在心里默念着，虽然他比自己晚进城六年，可他却能迅速掌握城市地图，尤其是那些热闹的街市，他是他们中第一个穿上耐克鞋又套着鞋套进入工地的人，也是他们中第一个拥有手机的人，这个手机刚进入家门两个月，就随着大柱一起去了。想到这儿，徐勇骂了句龟孙子，你做了半年终于把手机弄到手，结果还给糟蹋了。他叹了口气，迈开脚步，走到他熟悉的电话亭，从他的包裹里翻出一个破旧的本子，找到一串数字，拨了一通没人接听的电话，又转身绕进另外一条胡同，七拐八拐地走到一个工友的出租房，带着一路向西的答案走出胡同。

太阳明晃晃地悬挂在他头顶时，终于抵达目的地。这期间他从蹦蹦车转到公交车,钻进去年年底才开通的地铁,人们在地下拥挤但不乏秩序地前行,犹如蚁群。这是他第二次坐地铁,他跟着蚁群们坐反了一趟车,他已大汗淋漓,浑身散发着让人远去的味道,他的眼睛不时地瞄向地铁门上方的线路图,他看着红点一个一个地吞没绿点,这是他困在地铁里最久的距离。目标站闪烁,他跟着人群霍地被车厢吐出来,他才感觉到空气的流通,一些背影快速地离他远去,一堆白脸又"唰"的一下朝他挤来。他跌跌撞撞地找到一个穿制服的人,询问他的终点该如何走,穿制服的人伸出右手指着右边,嘴里吐出一个"B"字。他拿着他的破布兜子,像只没头苍蝇似的在地铁里兜兜转转,路过几次B出口又问了三个人才转到地上。他伸出胳膊擦了擦额头上的汗水,捏紧他的布袋,一个二十几岁的小伙在地铁里衰老。

终于一个写着信访局字样的大门展露在他的面前,还有连成一片的人。有拄着拐的老人,有同他一样年轻力壮的男人,还有奶着娃的妇人……他感觉到亲切,他们散发着与他同样的味道,他越走近味道越浓烈,汗水的酸臭味混合在一起,他已分不清哪些味道是属于他的了,他很自然地融入他们。阳光笼罩在他们的头顶,烘烤他们的肉体,他们的左半边被烤红了,他们转个身烤另外一边,臭味越来越浓烈。

他听着他们的故事,直到太阳下班,都没有轮到他,于是他只好拎着吴老头他们的委屈原路返回。这一天下来虽然没有什么进展,但他觉得他的破布口袋变轻了,心里不知道是什么滋味。

自从勇哥出门后,徐浩便开始了新一轮的忐忑,他独自面对吴婶,他不知道该如何是好,他想着帮吴婶打扫家务,可是家里已经被打扫得比过去还要干净;他想着吴婶心情不好,想说话逗她宽心,可是他哪里知道该说什么;他想离开,可又不知道去哪儿,还觉得留下吴婶一人心里愧疚。

于是，勇哥走的这一整天，他就坐在吴老头的马扎上发呆，翻来覆去地想着他重复的烦恼，结果同昨日一样没有丝毫进展。而吴婶躺在床上，用睡眠消化时间。

徐浩扬起脑袋看着窗外，杂乱的垃圾在窗下的沟渠中生长。吴老头从窗下探出脑袋，对窗内嘿嘿地笑着……徐浩浑身打了个冷战，他眨了眨眼睛，窗外除了立出几个破纸箱外再无他物，一定是错觉，嗯，一定是，徐浩安慰自己，他想到过去吴老头总是会定期打扫这条沟渠，而他最近记忆又总是会以莫名其妙的方式找上门来，所以才会出现刚才的画面，一定是的。他看了看床上仍在睡的吴婶，站起身，悄悄关上门，路过几户人家，绕到窗外的位置。这里原先是一片空旷的场地，现在变成了停车场，它的两面被高楼占据，一面是一排门面房，剩下的一面就是他们所居住的平房了，像他眼前的垃圾一样与其他三面相比稍显碍眼。他脚下踩着的地面比这排平房的地面高出许多，平日里坐在马扎上，视线的高度正好停在这些轮胎或者过往行人的鞋上，他忽然记起大柱以前就扒在窗前，仰着脑袋指这双鞋，或是那辆车，骄傲地说出它们的品牌。徐浩叹了口气，撸起袖管，像吴老头一样开始从自家窗前打扫，他搬出来好几个纸箱后，才露出这条宽大约四十厘米、深六十厘米的沟渠，腐烂的味道刺激着徐浩的鼻孔，吴老头笑呵呵的脸再次闯进他的脑海。他开始感觉难过，他干的活儿越多，捞起的东西越恶心，难过的感觉越强烈，但同时他越发想干，某种说不上的快感在隐隐发作。他把垃圾捆绑在一起，背在背上，污水透过他的衣服浸在他的皮肤上，与他的汗水融在一起，他走了好远的路，遇到好多嫌弃的面孔，才来到垃圾站，他把它们扔在那里，继续一趟又一趟地搬运。

直到夜幕即将降临时，吴婶起来准备晚饭，他才停止搬运，而这时他已经清理了四户人家窗前的垃圾。吴婶看着他的样子，叹了口气，从一开始，吴婶就看到了，她看着他的同时又流出许多眼泪。当徐浩回来时，平时洗澡的大木桶已经蓄满了热水，立在窄小的房子里，旁边的凳子上摆放着干净的衣服。徐浩脱掉散发恶臭的衣服钻进木桶，温暖的水流接住几滴温热的眼泪。吴婶在厨房忙活着，二人没有多余的语言，这是专属于贫穷人家的默契。

接下来的几日都如同今日，徐勇像是上班似的西去，而徐浩则拿起扫把绕到窗外开始新一天的打扫，他把他认识的、不认识的邻居家窗外，还有几户没有人住的窗外都一视同仁地打扫干净。他越干越觉得轻松，脑袋里混乱的东西在不知不觉中被清除与归位。

那些认识与不认识的穷邻居看到自家窗户突然明朗起来，起先很是疑惑，后来有人看到徐浩干活儿，便传开了，吆喝着要帮他一起打扫，他都坚决地回绝了。邻居们只好这家拎着一袋苹果，那家拎着一个西瓜，或是一盘菜地送进吴婶家，以示感谢。而吴婶躺在床上的时间也缩短了，她开始做午饭，也开始打开她的话匣子，时不时地询问徐浩的身体。至于小冉，她这些日子像过去三年一样，间歇性消失。

这样的日子过去了十天左右，徐勇与吴婶眼看着每日只出不进，他们开始了焦虑，但谁都不曾提起此事。直到一天，吃完早饭，徐勇坐在吴老头的马扎上说："俺想着去一趟刘二哥家，你们看行不？"

吴婶端着倾斜的茶壶停了许久后，说："去吧。"

徐勇看了看徐浩，两人便起身离开家门。刚走出胡同，徐浩拉住徐勇，问："为啥要去他家？"

"走吧。"

"为啥？如果不是他，咱们能变成这样吗？"

在徐浩的眼中，哥哥的脑袋逐渐下沉，紧接着，整个人就像被抽去了灵魂一样干巴巴地立在原地，良久不发一言。徐浩用力呼出一口气后，说："走吧。"

所谓刘二哥的家，不过又是一个半地下，但完全比不上吴婶的房子，这里没有窗户，四面不透风，只有一扇门，门的上方支着老旧的雨搭，门的下方外堆砌着将近半米高的砖墙，与房子外壁相连，用来防止雨水流入。这样一来，即便是白天，房子里也是伸手不见五指。屋里的陈设只有一张军旅床，几张破被堆砌在地面上的另一张"床"上，还有三个小板凳、一张小木桌，其余生活用品全部堆砌在铺着塑料布的地上。在这不见光的地方，潮湿与霉味一直陪伴着屋主人。但相比屋外来说，还是好一点，因为他们的邻居是垃圾回收站，一年四季臭味不断。

徐氏兄弟强忍着恶臭，靠近房子，敲了敲门，无人应答，他们继续敲，敲了好一会儿才听到里面有个稚嫩的声音，怯怯地询问："谁啊？"

"是你勇哥哥，还有浩子哥。"

门里传出一些物品碰撞的声响。

"嗯……嗯……掉绳吧，俺……俺打不开。"孩子说。

"你当初咋研究出来的呢？"徐勇一边从兜里掏绳子一边对徐浩说。

绳子从门的上方空隙伸入，随后他感觉到有重物坠着绳子的另一头。

"好啦。"孩子说。

徐勇缓慢地抽回绳子,在钥匙穿过门缝时,颇费了一番功夫,最终还是由徐浩接手,抽出钥匙。

门开了,一股恶臭喷涌而出。平日每次来都是这样,只是这次尤为浓烈。徐氏兄弟本能地转身干呕。徐勇深吸一口气,捂着鼻子,踏进房子一步,摸索灯的开关,拨弄了几下,仍是一片黑暗。

"灯不亮了,奶奶说没有电费了……哥哥,你有吃的吗?"徐浩感觉有人拽他的裤腿。

"有,有。"徐浩晃动着手里的塑料袋,小孩扑了过来,伸手抓出一根火腿肠,他等不及拆开包装,便一口咬下去。徐浩赶紧夺回食物,从孩子口中抠出一截包装纸,把褪去包装的火腿肠还给孩子,又从袋子里拿出一包薯片,拆开,递给孩子。两人蹲在门口摆弄食物,中间隔着一堵高门槛,徐勇站在他们的身后,把门全部打开。阳光在黑洞洞的房子里画出一道门,照亮孩子的脸。只是那么一瞥,两个男人的心不由得收紧。

"你奶奶呢?"徐勇站在原地问。

"她睡着了……嗯……对了,叔叔,奶奶好能睡啊,俺都叫不醒她……都把俺饿坏了。"孩子狼吞虎咽地吃着,中途因为吃得太着急,小身体猛烈地咳嗽了几声。

一种不好的预感让徐勇头皮发麻,他在心里默默祈祷着走近军旅床,臭味更加浓烈了,还有一步的距离,就可以碰到床铺,本能让他停下。他看到了,但他怀疑他所看到的,他回头望向小孩,恐怖的感觉在此刻达到顶点，双脚开始自行向门外奔跑，速度与黑暗，让他的奔跑变得踉跄，几乎可以说是连滚带爬地离开房子。在距离门口大概五米的地方他停下来了，手扶树干，弓起背部，一团被分解的食物从口中喷出，紧接着双手失去力量，整个人顺势滑坐在地上。勇哥的表现吓坏了在门口的两个人，孩子睁大眼睛，不明所以，但手与嘴的配合并没有因为突发状况而停止。徐浩则紧跟他身后追来，询问原因。勇哥半晌不回话，又吐了几口后，说："快，快进去……把……把孩子抱出来！"

不祥的感觉涌上徐浩的心头，他不再说话，径直走向房子，努力克制对军旅床的好奇，抱起孩子的时候，他感觉自己的身体在颤抖。孩子哇哇地乱叫，他要他的食物袋，徐浩迅速拎起塑料袋，抱着孩子快步离开。

"奶奶睡多久了？"徐勇问。

"好久了。"阳光下的孩子肤色青白，脏兮兮的脸上隐约有几条血迹，双颊、双眼凹陷入骨，徐氏兄弟打了个寒战。孩子紧皱眉头，眼睛眯成一条线，自己拎着两个大袋子，摇摇晃晃地朝树荫的方向挪动。刚坐稳，便着急地掏出零食，提着袋子的一角往嘴里倒。

徐勇看着孩子，又一阵呕吐。直到他把自己的胃倒空时，思绪才逐渐恢复，他让徐浩去电话亭拨打110还有120，他不知道谁该管这档子事，索性让他打个遍。

孩子继续搜刮塑料袋里的食物，他抓起一个苹果，张着大嘴咬下去，"哗"的一下又吐了出来。孩子吃得太着急了，现在那些清晰可辨的食物混合着胃液一股脑儿地全倒了出来，流淌在小孩的胸前还有裤子上。徐勇赶紧拍打孩子的后背，他一边拍，一边跟着干呕。等孩子不再吐了，徐勇拉着他离开这片被他们弄脏的土地。可是孩子不干了，他要那包食物,徐勇看了看装着呕吐物的袋子,他摆摆手示意孩子不要了,手上略微用力地拉扯孩子,把他身上的脏衣服褪去。孩子突然哇哇地大哭起来,嘴里含糊不清地喊着不知道是疼还是饿。徐勇一时没了主意,只好松开孩子,看着他光着屁股抱起自己的衣服,哭着跑回刚才的地方。他小小的身躯蹲在树荫下,把塑料袋里面的食物一个个取出,细心地用自己的衣服给它们擦干净,然后整齐地摆在地上。他开始四处张望,找到目标,扭动着小屁股奔跑,捡起一个塑料袋跑回原处。他蹲下小身体,把清理干净的食物一包包放进去,他站起身,拎着袋子,一副心满意足的样子朝他的小家走去。

"回来!快回来!"徐勇一把抱住孩子,焦急地吼叫,"你干吗去!"

孩子再次受到惊吓,大人的力量让他只得乖乖站好,凸出的肋骨对着徐勇的脑袋,说:"俺吃饱了,这包给奶奶吃……她一定也饿坏了。"

徐勇看着孩子,咂了一下他干巴巴的嘴,吐出一口气,换成温柔的神态抱住孩子。

"哥哥,帮俺叫醒奶奶吧,她睡太久了,俺咋叫都叫不醒她。"

孩子指着自己的肚子接着说:"好久没吃东西了,这里难受,奶奶比俺还久,她这里也难受。"

徐勇鼻头一阵酸楚,把孩子抱得更紧了。此时,徐浩跑回来了,他弯着腰,大口喘着粗气。

"一会儿……110会……会来……这孩子咋光屁股了?"勇哥只是抱着孩子不说话。

没过多久，从远处传来警笛声，随着声音的靠近，一行穿着制服的人来到他们面前，带队的人打量着徐勇与孩子，又瞄了一眼呕吐物，然后便让徐浩带路。

一行人走入半地下的房间，停在军旅床旁，穿着制服的人掀开被子，手电筒上的冷光打在一个巨大的东西上，几只蛆虫在上面蠕动……这一幕刺进徐浩的眼睛，只是那么一瞬间，徐浩与几个人一起冲出房子，把胃里的食物吐了个干净。

孩子挣开徐勇的怀抱，跑到徐浩的面前，转动着他的黑眼珠，踮起脚尖，伸出小手拍打他的后背。

徐浩把他的胃倒腾干净后，抱起孩子坐在勇哥的身旁。两个大人低着脑袋不说话，小孩好像感觉到了什么不好的事情，突然挣脱徐浩的怀抱往屋里跑，一边跑一边哭。小脚丫刚跑出两步，就被徐勇拦住，抱在他怀里。孩子抽搭着说："奶奶咋了，奶奶不是坏人……他们要抓走奶奶吗？哥哥……哥哥，快告诉他们，奶奶是好人……不要带走奶奶，奶奶没吃饭，肚肚饿……"徐勇不知道怎么跟孩子说，他沉默着用力气死死地抱住孩子。

穿着制服的人出出进进，最终抬出一个用被子包裹的巨大东西。带队的人走到徐勇面前，说了一些话，随后这三人跟车一起回警局。到了警局，警察询问了他们一堆问题，在这期间，徐浩的胃部时不时地向上翻涌，大概40分钟后，警察便让他们离开了。徐勇和徐浩抱着光屁股的娃娃挤进地铁，又换乘公交，他们吸引了所有路人的注意，不时会冒出一些壮着胆子的好心人问："这孩子怎么了？"哥俩低头不语，孩子抽抽搭搭地跟路人说警察把奶奶带走了。路人指着徐勇、徐浩问孩子他们是谁啊，听到孩子说是自己的哥哥们才不再纠缠。孩子躺在徐勇的怀里，抽抽搭搭地睡了又醒，醒了哭一会儿又睡。

他们抱着孩子推开吴婶的门，孩子的出现先是让吴婶一怔，紧接着积攒的怨气汇聚在额头。她不发一言地看着哥俩把孩子放在床上，盖好被子。之后徐勇坐在马扎上，徐浩站在哥哥身旁，兄弟俩一副做错事又受了惊吓的模样。三人僵持了许久，吴婶的眉头才渐渐舒展，她叹了口气："说吧，怎么回事？"

在得知事情的原委后，吴婶看了一眼熟睡的孩子，说不出话来，三人再次陷入沉默。徐勇坐在马扎上低着头揉搓他粗糙的大手。徐浩坐在正对着窗户的方向，看着孩子，开始时他气自己的哥哥要去"杀人凶手"的家，之后发生在刘二家的事情让他受到了难以相信、难以承受的冲击，现在眼前还有这么一个像活死人的孩子作证，他无法厘清自己的思绪，疏离感再次产生，他自顾自地摇着头。自从出院以来，他发觉自己的意识、自己的感觉可以随意从盛放它的躯体里移出来，好像自己是一个熟悉的又有些古怪的陌生人，做着熟悉的有些奇怪的事情，这是一种从未体验过的分裂。他受其困扰，但已感觉麻木，无法说服自己相信这事很重要，说服自己去感受痛苦。他才刚刚进入 22 岁，正是人生本应活力四射的阶段，可他却只是觉得麻木，他回头，只有一些熟悉又陌生的记忆，向前，他看不到任何可以行走的路，实际上他知道他只不过是什么都不愿意想，不愿意接受。现在他把头转向窗外，视线对着外面世界高高在上的地平线，那只野猫突然蹿出来，嘴里叼着一只挣扎的老鼠。猫与他四目相对，愣了一下，跑掉了。

阳光从西边的方向穿过楼宇，进入吴婶家唯一的窗户，落在孩子身上，吸引着吴婶刻意避开的目光。

直到入夜，直到入睡，吴婶都没有再说一句话，孩子怯生生地跟在徐勇身后，睡觉时也藏在徐勇怀里，孩子是无知的，但本能告诉他危险，不要说话，把自己尽可能地藏起来。

当晚，徐勇在潮湿闷热中醒来，他迷迷糊糊地先是摸了摸孩子，然后又把手伸进被窝里，才发现孩子尿床了。他轻轻地推醒徐浩，轻声地说孩子尿了，徐浩"嗯"了一声又睡了，徐勇再次推他，这才把徐浩叫起来，两人蹑手蹑脚地把床单、褥子从孩子身下撤掉。两兄弟下床，抱着床单、被褥为难的时候，吴婶起来了，实际上从徐勇第一次叫徐浩时，她就醒了，当两兄弟撤被褥时，她就猜到是孩子尿床了。现在，她站起身，穿过手足无措的两兄弟走到门口，按下开关，霍的一下房间就被点亮了。与此同时，孩子发出呜呜的哭声，徐勇赶紧爬上床，发现孩子还在睡，他轻轻地呼唤孩子，想把他从噩梦中拉出来，无奈，孩子怎么都叫不醒，哭声持续着。"把他抱下来吧。"是吴婶说的。徐勇紧张地把孩子递给徐浩，徐浩抱着还在哭的孩子立在那儿，不知道下一步该怎么办。

吴婶叹了口气，走近徐浩，她看见孩子通红的脸，眉头锁得更紧了，她鼓起勇气伸出手放在孩子的额头上，说："把他放俺床上，把被子盖严实喽。"说完，吴婶翻箱倒柜地找出一支体温计递给徐浩，安排徐勇煮姜水，自己又接了一盆冷水，把毛巾浸湿，拧干，递给徐浩，让他搭在小孩的脑袋上，又找出一瓶酒精，指挥徐浩擦拭孩子的脖子、胸口……

三个人一直忙活到凌晨，天蒙蒙亮的时候，孩子才渐渐止住了哭声。吴婶坐在床边，盯着孩子，说是怨恨也好，仇恨也罢，都在揪心的哭声中渐渐消解，本能操控着吴婶一点点地靠近孩子，直到颤抖的沟壑纵横的大手碰触到孩子的脸庞，那上面挂着一条条由泪水冲刷污泥构成的交错地图，就在那一瞬间，孩子突然变成了大柱，躲藏在城中的房子变成了宽敞的麦田，那是她好久没有回去过的家乡……时间在此刻暂停，在此刻飞速地倒转，在此刻安静地流逝，从这个家里带走了两个人，又送来一个孩子。房子与房子里的人被动地承担生活丢给他们的问题。

直到吴婶突然咂嘴感叹:"老天爷啊,又苦了一个小人儿。"

"婶儿,留下这孩子吧,俺养着……"徐勇再也按捺不住心里的话,抬起头对吴婶说。

"婶儿,这孩子已经没有任何亲人了,他才 5 岁……好歹是一条命!他以后的花销都由俺出,他还小也吃不了多少,这孩子还懂事,不缠人,没有人陪也放心,哪怕把他当条小狗养在家里哩……俺把他养好了,等他稍大一些,让他伺候你,就当作还债了……"

徐勇一口气说了好多话。

在这期间,吴婶自从鬼使神差地把手放在孩子脸上后,就再也没离开过,她叹了口气说:"都是苦命的人,苦命的得抱着苦命的日子才能过,还能咋办,孩子你也……唉……别说了。"

"婶,你打起精神,帮俺照顾这孩子,其他的都交给俺,一切都会好的……"

徐浩没有听到他们的对话,早就倚着墙睡着了,直到迷迷糊糊中听到哥哥在叫他,让他上床睡。

在孩子的去留间,天空彻底放明了。吴婶动身去早市,徐勇也出门了,徐浩与孩子在睡觉。直到日头快到中午时,徐浩与孩子才醒,孩子是闻着香味醒来的,他蹑手蹑脚地走到橱柜旁边,探出一个小脑袋看吴婶做饭的背影,当吴婶转身时,他迅速地蹲下身子,等吴婶走开后,餐桌上就多了一盘菜,孩子偷偷地踮着脚尖,抓起食物就往嘴里塞。徐浩看到后,伸手制止,吴婶从锅里挑出一只鸡腿,递给孩子,孩子怯生生地接过鸡腿,蹲在地上啃。徐勇回来了,手里还拎着一袋东西,孩子看见徐勇,就往他怀里扑,挂满污泥油腻的嘴在徐勇身上蹭来蹭去。那种感觉,徐勇说不上来,只觉得他瞬间浑身充满力量,这股力量来源于孩子,他要加倍地奉还。

吃完午饭,吴婶让徐氏兄弟把门外的木桶端进来,那是她提前晒热的水,自己又烧了一壶热水,一股脑儿地倒进木桶里,试了下水温,刚刚好。她把孩子叫过来,脱掉孩子的衣服,把他抱进木桶里。孩子非常听话地顺从吴婶的双手,等洗完澡后,孩子整个白了一层,而水则变得污秽不堪。在这期间,徐勇几次想要伸手帮忙,都被吴婶制止了。等孩子露出白皙的皮肤,浑身散发奶香的时候,吴婶再也遏制不住自己的冲动,把孩子裹着毛毯拥进自己的怀里,直到孩子产生困意,在吴婶怀里甜甜地睡着后,才在徐勇的再三示意下,留恋地放下孩子。从这以后,吴婶的怀抱才再次迎来她的主人。

当晚,吴婶准备晚饭时,孩子才睡醒。徐勇给他穿上新衣服。孩子揉着眼睛迷糊地问奶奶呢,徐勇不说话,徐浩抱起他,让他把手伸进自己衣服的左边口袋,孩子掏出一个小汽车,脸上露出得了宝贝似的神情。徐浩陪他玩小汽车,徐勇在厨房帮吴婶做饭。孩子欢乐的嬉闹声流淌在房子的各个角落,它每到一处,昏暗便被注入一些色彩,铃铛似的彩色穿进三个人的心里,悄然改变着什么。

一转眼,餐桌上再次变出丰盛的食物,这是家里女人的魔法。这一次孩子不再拘谨了,他欢快地跑到桌前,两眼放光,他吸溜着口水,悄悄地看向几个大人,再次伸出小手抓起食物往嘴里塞,当食物进入口中时,他眯起眼睛摇头晃脑地咀嚼。这一幕在三个人的眼前逐步呈现,他们突然有种被神教化的感觉，充满感动与神圣。温暖与祥和的气息以孩子为中心向外散射。

这一餐他们吃得都很多，这个房间时隔近一个月终于又迎来家的温暖。这种氛围一直延续到深夜，直到入睡前停止。孩子再次吵着要奶奶，这次又多了一个要求，他还要爸爸。吴婶把他搂在怀里，温柔地摇晃着，说："爸爸出远门了，奶奶太累了，她在睡觉。小石头是不是最乖的孩子啊，乖孩子到点儿就应该睡觉哦。"

"那奶奶能不能来这里睡？"孩子呜咽着说。

"你这样哭闹，奶奶睡不好啊。"

"在警察那儿……能睡好吗……奶奶又不是坏人，他们为啥要带走她……爸爸咋还不回来……奶奶都睡 3 个白条了。"孩子伸出三根小手指比画着。

"白条是啥啊？"

"屋里黑，他们不让俺开门……俺就看门缝，数白条。"

"奶奶睡着的这些天，你都干啥了？"

孩子想了一会儿支支吾吾地说："没干啥啊，睡醒了……叫奶奶，奶奶不理俺。肚肚咕咕叫，俺……俺就找吃的，嗯……两袋方便面，吃光了……然后叫奶奶，一直不理俺，俺就……就坐在门前看白条，白条没了，就回奶奶被窝里睡觉……对了，吴奶奶，奶奶该……该洗澡澡了，你能跟警察叔叔说吗？她好臭哇。"

吴婶看着孩子,有那么一瞬间她想推开他,她感觉害怕,但那双明亮的眼睛再一次传递治愈的能量。她点点头,又问:"之后……你一直没吃东西吗?"

孩子现在不哭了,他挠了挠头,说:"吃了,夜里,脸上痒痒,摸到一只小虫虫……嗯,后来又看到几只,然后奶奶睡太死,身上爬了好多小虫子都不知道,俺还……但太黑了,看不清……"

吴婶放下孩子,冲到门口的垃圾桶旁,"哇"的一下吐了。孩子跟在她身后,用小手轻轻地拍打吴婶的后背。躺在上铺的徐氏兄弟,一直都没有睡着,所有的对话他们都听到了,此刻他们的胃部也在翻涌。徐浩一手捂住嘴,鼓鼓的脸颊里已经存满胃里的东西,他想尽快下床,他的双脚踏在梯子上,只差一步就可以着地了,胃部突然再次向上翻涌,新到的食物冲破防线,喷洒在吴婶的床上、地上。在他愣住的时候,徐勇在上面用脚踹他,他赶紧下来,三个大人一人一口对着垃圾桶狂吐不止。孩子慌张地看着他们,用小手一个一个地拍打他们的后背。许久后,三个人才坐下来,他们没有再问任何一个问题,只觉得心里沉甸甸的,复杂的情绪像四面八方快速驶来的汽车撞击在他们的心口。孩子看了看他们,觉得无趣,小鼻子翕动着,他在呕吐物特有的酸臭味中开辟了一条甜蜜的味道,顺着味道走去,他找到今天剩下的饭菜,他踮起脚尖,把盘子从头顶移到脚下,他蹲在地上,用手抓起凉透的食物往嘴里送。在他快把第二盘清光的时候,吴婶叹了口气,结束沉默。她叫着孩子的名字"小石头",孩子听到了,但没有答话,他端起盘子,用手迅速扒拉食物往嘴里塞。吴婶走过来了,孩子低着头,她蹲下身体,看到孩子躲闪的眼神还有鼓鼓的脸。她一把抱起孩子,紧紧地搂在怀里,任凭孩子油腻的脏手沾染自己的衣裳。

像是时间重置一样,现在他们恢复到呕吐前的样子。徐氏兄弟躺在上铺，吴婶抱着孩子。孩子重新要奶奶，重新打开眼泪的阀门。

"奶奶太累了，她需要休息，你累了是不是也要睡觉啊？"

"那奶奶啥时休息够啊？"

"奶奶啊，她需要休息很长很长的时间，小石头不能总吵吵要奶奶，这样奶奶会睡得不踏实的。"

孩子在吴婶的怀抱里渐渐止了哭声，换成规律的抽泣。

"那爸爸啥时回来呢？奶奶说爸爸走了，是不是跟妈妈一样不要俺了？"

"不会的，爸爸最爱小石头，小石头是爸爸的心头肉，他只是出远门了，给小石头挣钱去了。"

"小石头不要钱，要爸爸回来。"说着说着孩子又委屈地续上了哭声。

"嘘，小石头乖，爸爸才会回来。"

…………

徐勇躺在床上，面对墙壁的方向，眼泪落在枕头上。徐浩看着勇哥抖动的肩膀，他的枕头也湿成了一片。

这一晚，属于集体的沉痛，那些逐渐封闭的伤口被划出一道口子，脓液一点点儿地流淌出来，湿了枕头，湿了夜晚。

安静的微机房四处发出敲敲打打的键盘声,一排排的电脑,一排排的人头,小冉藏于其中,敲打上最后一个句子,她长长地呼出一口气。她向上张开手臂,伸了一个懒腰,拔出U盘。坐在她右面的高个子男孩瞄了一眼小冉,跟着拔出自己的U盘。两个人安静地走出微机房,走出图书馆。

"写完啦?"男孩问。

"嗯。"

"你太速度了,我还有一半呢。"男孩悻悻地说。

"先别回宿舍,我们……出去吧。"男孩紧张地问。

小冉沉默了一会儿后说:"我不想,这些天太累了。"

"那也先别回宿舍,我们走走,行吗?"

小冉点点头。

两人沉默地走了一小段路后,男孩问:"你想好了吗,毕业后……"

小冉继续沉默,男孩再次追问,直到小冉说:"我们分手吧。"

男孩愣住了,他拽住小冉问为什么。小冉丢给他一句分手的人都会说的话:"我们不合适。"

"小冉,到底发生什么了?"

小冉继续把不合适丢给男孩。男孩此刻着急了，他吼着说："不合适？两年了，我们几乎没吵过架，同学都说我们是'模范夫妻'了，你竟然说不合适，到底怎么了？"

小冉低头不语。男孩摇晃着小冉的双肩，继续追问。小冉还是沉默。男孩停止摇晃的动作，他弓着背，努力寻找小冉的眼神，小冉不断地躲闪。男孩突然用力抱住小冉，带着哭腔说："两年了，我们在一起两年了，你是第一个让我心动的女孩，我以为你也是我最后一个女孩……两年了，我们最亲密的动作只有那么几次接吻，我碰都没碰过你，我真心想保护你，保护你的全部……我从没如此过，除了你……我想象不出其他人会让我如此……如此爱惜……你生病了，我会照顾你；你难过了，我陪着你难过，你笑……我也跟着笑……我觉得自己就像个傻子。"男孩的眼泪顺着小冉的脖颈儿流入她的身体。小冉感受着这些温热又逐渐冰凉的液体滑落在自己的身体上。男孩继续说："求求你，求求你不要离开我，你去哪儿，我就去哪儿好不好？我不再逼问你，好不好……"

"我们……出去吧。"小冉说。

"去哪儿啊？"哭声改变了男孩的音色，着实像个傻子。

小冉听着，心如刀绞。她说："去旅店。"

男孩霍地一下松开小冉，睁大眼睛不敢相信自己的耳朵，他傻愣愣地盯着小冉。小冉握起男孩的手，领着他朝校外走去。这一路，男孩坐实了傻子的样子，直到走进小旅店，服务员索要身份证与钱时，男孩才缓过神，慌张地掏出自己的钱包，颤抖着交出自己的身份证还有钱。服务员冷笑着说："201，上楼，左拐。"

男孩木讷地站在原地，小冉牵着他的手，领着他一步步上楼。小冉推开房门，把灯点亮，一张双人床铺在眼前。两个年轻的身体在床前矗立，像是两座各怀心事的雕塑。小冉松开男孩的手，走向厕所。男孩听到花洒不断喷射的流水声，他挪动脚步，一会儿靠近厕所，一会儿坐在床上，一会儿又站起来，他脱掉自己的上衣，又穿上，他又脱下，又穿上，反复折腾了几次后，他霍地站起来，跑了出去。男孩回来时，手里攥着一盒避孕套。他坐在床边，深呼一口气，尽力让自己看起来正常一些，厕所的水声停止，男孩的呼吸停顿，厕所的把手转动，男孩的心跳加速。小冉裹着一条白色的浴巾从明晃晃的浴霸灯中走出，男孩的心脏快要跳出体外，他仿佛看到这世间最美的景象，他颤抖着冲进厕所，迅速打开龙头，试图淹没心脏狂跳不止的声音。

小冉坐在床边，虽然也很紧张，但相比男孩，她看起来还是要淡定许多。她瞄到床边的避孕套，深呼一口气，紧张的情绪被消解了一大半。当男孩从厕所走出，青涩甜蜜的夜晚被拉开序幕。这是专属于他们的夜晚，外面世界的纷纷扰扰此刻都与他们无关。

第二天的阳光从旅店窗户斜照进来，落在男孩的身体上，仿佛光明是从他身体里散发出来的，迎着一片黑暗释放出去，男孩脸颊上的汗毛被阳光照得清清楚楚。小冉看着熟睡的他，露出羞涩的面容，她第一次感觉美好，她的自我意识开始苏醒，她还从未以这种方式感知过自己。在她还穿开裆裤的时候，便从村里大人们口中得知自己的母亲是个"妓女"，而她则是不知道哪个野汉子给自己母亲带来的野种，她的人生最初的状态就是野种，就是孤单。母亲通过她那双白日里抚摸土地，夜间编织苇席的双手将她抚养。她曾像其他孩子一样问母亲自己是从哪儿来的，母亲也如其他父母一样，告诉她在垃圾堆里捡的；当她开始认字时，曾偷偷地查阅字典想弄懂"妓女"与"野种"的含义；她也曾询问母亲为何是"妓女"，自己又为何是"野种"，得来母亲一个响亮的巴掌，那一年她9岁。自此以后,"妓女"与"野种"便成了她们母女间的禁忌。

想到这儿,小冉下意识地抚摸自己的左脸,男孩身上的光芒照进她的眼睛,她拿开抚摸自己脸颊的手,放在男孩的脸上,柔软温暖的触感安抚着小冉的心绪。猛然间,徐浩的名字闯入她的脑袋,她收回放在男孩脸上的手,在她的回忆里继续游走。

村里的日子是白眼与唾弃聚合的日子,村里的人都不待见她们母女,只有一个人是特殊的,连带着那个家庭在她眼里也是特殊的,那个人就是徐浩。徐浩对她没有嫌弃,也没有同情,只是把她当作一个普通姑娘,他是她成长路上唯一的温暖。人们在孩童时期总会有开发死亡意识的时刻,通常情况下孩子会在白天观察父母,夜间被父母死去的噩梦吓哭。小冉也经历过这个阶段,那时她曾向上天祈祷,请求不要夺走她唯一的伙伴——徐浩。

男孩翻了个身,露出健康的背部。她记得那年她14岁,那时正值盛夏,那天徐浩兴奋地找她,在此之前她已经有快一个星期没看到他了,她兴奋地跟在徐浩屁股后面跑。他们跑到村子的尽头,一条阻隔两村的小河旁,徐浩手舞足蹈地描绘城里的样子,尤其是从地面上突然冒出又突然消失的水,她用尽自己全部的想象去追随徐浩。

就这样,"梦想"第一次闯进她的脑袋,那是徐浩带给她的梦想。他们欢呼着约定,他们的未来在那儿,在那座呼呼冒水的城市。自此以后,小冉比以往更努力地学习,原本她的成绩就很好,因为长期没有什么人际交往,小地方也没有什么娱乐,小冉只能学习,她用她的方式最终实现了他们的梦想。然而高昂的学费换来母亲的眼泪还有叹息,眼看梦想即将实现,母亲的眼泪绝不能成为她的绊脚石。那些日子她泡在网吧,仔细翻阅录取通知书还有助学贷款的信息,最终她成功了。想到这儿,小冉感觉骄傲,她终于离开肮脏的村子。

　　小冉轻轻地翻转她的身体,阳光一粒一粒地铺在她的肌肤上,她闭上眼睛,嘴角挂着舒适的笑容。一片云朵缓慢地爬向太阳,蒸腾在她肌肤上的热气随着云朵的步伐消散,小冉轻蹙眉头,徐浩的名字再次闪现。2000年冬日的夜晚,徐浩第一次去她的学校,那天雪很大,徐浩站在雪地里解开他大衣的扣子,从里面掏出一个黑色的塑料袋递给她,他说把贷款还了吧,他说欠了钱人总是会不安的。

　　那天犹如昨夜,那晚小冉在感激与疼痛中把自己给了他。那晚他像他一样,只是她不像昨晚的她。小冉按压着胸口又轻轻地转过身,男孩伸着懒腰,小冉赶紧闭上眼睛。

　　男孩轻轻地抬起小冉的脑袋,把自己的手臂放在小冉的颈下,抬起嘴巴在小冉的额头上亲了亲。小冉再次心动,就像两年前男孩初次闯入她的世界一样,她的眼泪流了下来。

　　"还跟我分手吗?"男孩抱紧小冉说。小冉把脑袋藏在男孩的怀抱里哭着不说话。

　　时间是个有趣的东西,如果说这个世界真的存在神的话,那时间便是最像的那一个,它的每一秒钟都有新生命的诞生,与此同时又有些生命被清除;它把每一分钟平均播撒在这个世界上,人们在它的严格监视下踏出不同的脚印,走出了,便再也没有回头路,纷杂的情绪从这一秒开始,在这一刻爆发,到下一个时辰结束;它的每一个小时,都有故事紧锣密鼓地同时发生,时间继续前行,它不会为任何一个人、一件事迟疑它的哪怕万分之一秒。

就在小冉与男孩感受专属于他们的一刻时，时间把这个世界的各个角落捆到一起。吴婶一家在月光下安睡，孩子突然从梦中惊醒，他蹑手蹑脚地爬下床，踮着脚尖儿走到厨房，他用力翕动鼻翼像小狗一样寻找食物的味道。他找到了，他伸出小手向柜子的方向抓去，他只拿到一个看起来胖乎乎吃起来却硬邦邦的馒头，在馒头的上一层还有些剩菜，但他实在够不到，就一手拿着一个馒头蹲在地上啃起来。房子的异样唤醒了吴婶，这是她的特殊能力，自从生下大柱后，她便与她的住处融为一体，无论她是清醒还是入睡，房子的异样总能让她迅速发觉。吴婶伸手摸向孩子睡觉的位置，手指传来空荡荡的消息，她慌了，她迅速坐起，打开床边的台灯，打量房子，看到一个小屁股露在橱柜外面。吴婶伸出双腿，四下摸索拖鞋，向那个没藏好的小屁股走去。

"干啥呢？"随着吴婶的声音，小屁股哆嗦了一下，他带着馒头碎渣的脸转向吴婶，怯生生地说："肚肚饿。"吴婶把孩子抱起来，放到小马扎上，准备拿走孩子手里的馒头。孩子的手指甲抠进馒头里，眼泪汪汪地看着吴婶说："肚肚饿。"

"太硬了，俺给你热热，乖，等一会儿。"孩子这才依依不舍地放开那个被啃得奇奇怪怪的馒头。

吴婶犹豫了一下，按下灯的开关，整个屋子霍地被点亮。徐勇被灯光刺醒，徐浩皱皱眉，翻了个身继续睡去。徐勇走下床，吴婶跟他小声嘀咕了几句，孩子看着两个大人不时地回头看向自己，他不敢说话了，他觉得他的肚子闯祸了。不一会儿，一盘热腾腾的剩菜，两个冒着白面香气的馒头便被端上了餐桌，徐勇把孩子抱在凳子上，自己与吴婶也坐在餐桌旁，孩子吃得狼吞虎咽。

从那以后，吴婶每晚都会起来给孩子加餐，他总像是吃不饱一样，有时吴婶不得不担心地夺走食物,怕他撑坏了。孩子依旧每日里念叨他的奶奶、他的爸爸。他每一次提起,徐勇都心如刀绞,他只好拿出零食、玩具,或者干脆把孩子抱出去玩,而吴婶每一次听到,都会感到某种安慰,即使这种安慰很痛,但她需要。于是,吴婶与孩子在不知不觉中变得越发亲密,徐勇仿佛看到伤口正在愈合,他开始不愿意出去了,他哪儿也不想去,只想待在家里,守着伤口上新生的嫩芽,生怕一不留神,一切都走向毁灭。

时间,这个冷面的神,这个多情的神,它继续匀步向前行走,它带给人们痛苦,又帮助人们走出来。在奋力前行的人眼中,它是金钱;在衣食无忧的人眼里,它则是消遣;而在吴婶这间屋檐下,它只是日子。是日子就要过,不管时间是带来还是带走什么。

日子总要过,这是吴老头生前经常念叨的一句话,即使他已然离开,但他朴素的人生哲学早已埋进这个房子里。孩子的到来,给房子里的人注入日子必须过下去的补药。最明显发生变化的就是吴婶,除了每日里照顾孩子们的三餐外,她开始走出家门了。她走到哪儿都领着孩子,她带着孩子去敲在这座城里她所知的那几户房门。徐勇看在眼里,日子每转动一天,焦急便多了一分,而吴婶与孩子的举动则像一双温柔的手抚平他内心的褶皱。这些日子他都没有去上访,而是瞒着吴婶和徐浩,独自去处理另一个人的尸体,这是他在过去一个月里处理的第四具尸体。没有葬礼,只是进行了一场火化,一个人就被装进40厘米×30厘米×20厘米的骨灰盒里,就此切断了与这个世界的联系。不过,就算是生前,他们又与这个世界有什么关系呢?吴叔、大柱、刘二、小石头的奶奶,徐勇在心里默念着他们的名字。这个时候他们刚吃完晚饭,徐浩抱着小石头看着窗外,因为在窗外的右侧,饭店的侧后身,那只经常出现的野猫,现在怀里躺着好几只小奶猫,它们的小嘴一张一合,完全不顾周围的危险,只有猫妈妈警惕地看着四周。小石头伸出手指数着1、2、3、

4……数了一会儿后,小石头吵吵着出去看,徐浩牵着他的手走出房门。吴婶把刷干净的碗放在高大的碗柜里,转身出来后坐在床上,正对着徐勇,说:"你还记得王叔吗?"

徐勇摇摇头。

"唉,日子太久了,那还是你刚来头几年的事。从前跟你叔……唉,都是工友,早几年他就不干了,从工地里出来,跟人家干装修。后来他就自己单干,活儿不少,挣得也多,现在是混整喽……今儿俺去找他了,跟他商量让你带着浩子跟他干……这些日子吧,俺琢磨着,不能让你哥俩这样过,咱再也不回工地了,改改行。俺跟那边都说妥了,你王叔一家人人心都善,听说咱的事后,就让你哥俩过去,明天你就去,到人家那儿,人让干啥就干啥,虚着心,给人家卖力气。"

徐勇听着,胸口一酸,他这才知道吴婶这些日子出去,都是给他们找活儿去了,他攥着拳,低着脑袋,吴婶说一句他点一次头,脑袋里不断重复着吴老头的口头禅"规矩和勤奋将会使你成功"。

窗外传来猫妈妈表示警告的呜呜声,吴婶看了看他们继续说:"唉,浩子的身体不好,你替他多担待点,他的情况俺也跟你王叔打过招呼了……对了,给你这个,这是你王叔现在给人家干活儿的地址,明天你们直接过去。"吴婶说着从怀里掏出一张叠好的纸。

一群鸽子飞过,孩子放弃小奶猫,扬起脑袋,兴奋地举起双手发出嗷嗷的叫声。徐浩抬起头,看着鸽子远去的身影,"她最近在干吗?"徐浩想着。

一轮崭新的朝阳从城市的东边悄然升起,唤醒打拼的人们。吴婶的餐桌多了一个包裹，里面有两个饭盒，装着咸菜还有四个煮熟的鸡蛋，饭盒的旁边还有一包白胖胖的馒头。徐氏哥俩吃完早饭拿着包裹离开家门。路过街边的邮箱，徐浩往里面塞进一封信。徐勇看在眼里，掏出他随身携带的破旧本子还有一张同样陈旧的地图，照着昨晚打听好的路线坐上蹦蹦车。这次路途不算太遥远，大约过了一个小时，徐氏哥俩从蹦蹦车上下来，一路打听找到目标小区。小区门口的保安人员拦住了他们的去路，徐勇再次掏出他的本子，保安拿着本子走进保安室，打了一通电话，没过多久，一个浑身发白的人拍打着双手走向他们，徐氏兄弟跟着这个人走进小区。

"你俩谁是徐勇，谁是徐浩？"发白的人操着一口东北话问。

"王叔，俺是徐勇，他是徐浩。"

"都是年轻力壮的人，挺好，跟叔好好干，挣个媳妇出来。"

王叔说着咧嘴笑了。徐浩看见他的笑纹里挤出一条条白缝，还有眯成一条线的眼睛上挂着白色的睫毛，他手上的白色粉末随着拍打的动作"哗哗"地往下掉，落在被衣服包裹的大肚腩儿上。这让他想起自己的二叔，于是便觉得亲切。他看了看勇哥，勇哥的脸此时也是舒展的。

王叔拉开门，白花花的房间暴露在徐氏哥俩面前，阳光下飘动的白色粉末来不及躲闪，轻柔地撞在闯入者的身上。

"这长得老点的是徐勇，这电线杆子的是徐浩，这是他妈的王二狗。"王叔的手臂分别挥向房子里的三个人。他的大肚子抖动着，发出爽朗的笑声，他的脚蹭着地面，每挪动一步，便激起一片跳跃的粉尘。

"行了,行了,你走一步,这地都颤了,我跟你可是够够的了……那个啥,别听这王胖子瞎说,我叫王建民,是这龟孙子的亲兄弟,你们叫我二叔就行。"身材中等的人站在脚手架上说。

徐浩心想这弟弟的嘴真毒,一句话把全家捎带着自己都给骂了。

徐勇客气地说:"王叔、二叔,以后俺哥俩就指望你们了,有啥活儿尽管吩咐,俺俩现在虽然啥也不会,但还是有膀子力气……就是……那个啥,稍微照顾一下俺弟,他……"还没等徐勇说完,王胖子挺着肚子说:"你们哥俩的事,我们都知道了,不用提了,好好干就有饭吃,还有媳妇睡哪。"说完,又发出一连串中气十足的笑声。

王老二从脚手架上下来,递给他们两身衣服:"换上这个,活儿脏,但咱得体面。"王老二说着挺起自己的腰板。

"就你那个×样,还体面呢,穷装孙子。"

"我跟你干活儿,真是倒了八辈子血霉。"

徐氏哥俩提着裤子,一脚进,一脚出,保持这个姿态愣住了,不知道该不该穿。王胖子把音量调小,朝哥俩使了个眼色:"换了吧,把里面的衣服脱了,天热。"

换好衣服,王老二又递给他俩一人一张砂纸,还有两个连着电线的灯泡,比画着说:"拿这个照着墙,哪儿不平磨哪儿,一人一面墙。"

今天的日子就这样伴随着砂纸刺耳的摩擦声,还有王氏哥俩的斗嘴度过。一天下来,徐氏哥俩也变白了,但他们的眼睛看什么却都是黑乎乎的。待他们的眼睛适应正常的光线后，哥俩互相打量着对方，露出憨厚的笑容，笑容里挤出汗液与白粉混合的泥浆。他们学着王氏兄弟冲洗面容，换上来时的衣服，变得体面后走出他们的工地。

吴婶早已准备好饭菜，抱着孩子坐在胡同口张望。看到哥哥们的身影，孩子挣扎着跳出吴婶的怀抱，奔向哥俩。一家人其乐融融地走回他们重新组建的小家。吃完饭，哥俩在吴婶白日晒好的一大盆温水里把自己擦拭干净，这一天便平凡地结束了。

接下来的二十天里，兄弟俩跟着王氏兄弟往返于两个工地，他们日起而出，日落而归，每天都有新的收获，他们手上不断更换着新的工具，两个工程下来，他们变成了刮大白工、泥瓦匠、木工、油漆工，还有清洁工。他们挂着满足的神情给他们的平凡日子带回来他们的不平凡。除了徐浩偷藏的一桩心事——小冉以外，日子总算是撑下来了。

热乎乎的早饭被端到床上，准备吃掉它们的是一双赤裸的身体。

小冉闭上眼睛噘着嘴，她在等待一个吻，得来的是一个飘着菜味的包子。小冉娇嗔着摇头，两枚嘴唇轻叩后她才吃掉刚才被亲过的包子。自从那一夜之后，小冉便与男孩夜夜如此，她对思考按下暂停键，她尽情地释放着自己，并给自己一个十足的理由——毕业后，一切都将消失，她将重新做回他的小冉。男孩在不知情的状态下，尽力释放自己所有的爱，小冉贪婪地吸收着一切。她不知道在她的寝室里，躺着一封等着被拆开的信。

时间这个神，它看着一切默默前行，它知道它终将会进入一些人的痛苦与懊悔里。

城市的大街上到处游荡着光滑的大腿,一把把遮阳伞凌乱地游荡在城市的半空,燥热的气氛开始愈演愈烈,夏天开始了。徐氏哥俩被王胖子叫到家中做客。王胖子的家很宽敞,有两个独立的卧室、一个客厅,还有一个独立的卫生间。徐氏兄弟刚进门就迎来一个妇女热情的招待,这是王胖子的老婆,也是个胖乎乎的妇女,但她在王胖子面前就显得苗条了。王胖子的老婆与王胖子一样,声音嘹亮,俩人在屋里对话,好像隔着千军万马一样号叫,只是他们一个声音尖细,一个低沉,高低配合演奏这个家的音律。在他们两口子大呼小叫的时候,卧室的门打开了,王老二从里面走出,他刚出来便拍着大腿毫不忌讳地跟他们夫妻俩吐着脏话,只是他的声音在王胖子夫妻俩的对照下薄弱太多,丝毫不能影响他们夫妻所演奏的音律。徐氏兄弟被胖女人轰到餐桌前,大碗的米饭、大盘的菜,还有一整箱的啤酒,在王氏一家的对话下,一切都显得分外美味。像过年一样,徐浩想着。酒是个好东西,但也得用对时候,比如现在,它把这一桌饭菜推向一个又一个高潮,它让每个人的脸上都挂着美满的红晕。王胖子的弟弟王老二已经趴在桌子上了,手里还握着酒杯,嘟囔着。但谁也没听清他说什么,也不管他,继续把杯中酒送入口中,王胖子与他老婆不让徐氏哥俩喝了,在这哥俩消灭两瓶啤酒之后。王胖子转动他肥硕的身体,在桌旁的柜子上拿出两个信封,递给徐氏哥俩。徐浩看看信封又看看自己的哥哥,徐勇推开信封说:"俺俩啥也不会,这些日子还是俩叔费心教俺们,俺俩也没出多少力气……这钱不能要,就当俺们的学费,以后还得麻烦叔们带着哩。"

王胖子与他老婆交换着眼神,两口子咂着嘴,王胖子再次举起信封说:"孩子出力了,就是劳动者,劳动者就得有回报,这是天理。"

胖女人在一旁应和着说:"像你们这样的孩子少了,我们两口子以后还得指望你们呢,钱也不多,拿着吧,听你叔的话。以后一起好好干,咱们有钱一起赚。"

夫妻俩洪亮的声音你一句我一句地交替着徘徊在餐桌上，仿佛有一种力量，可以使桌上的肉重新活过来。徐浩揉了揉耳朵。趴在桌上的王老二突然举起右手喊："都拿着……喝！干了……"他的声音随着手臂的动作降落，落到桌上时，鼾声便响起来了。

桌上的人哈哈大笑，徐勇接过信封揣在怀里，徐浩跟着伸出手，拿着信封的手往桌下送，他用两根指头搓捻着，感受着它的厚度。

四个人又聊了一会儿，胖女人起身走进卧室，提着两个大袋子出来，扔在徐氏兄弟面前，说："这一包是给孩子的，都是些小孩的东西，不值钱；这一包都是些我们不用的东西，别嫌弃啊，都带回去。"

徐勇的推辞在这个胖娘子面前不起丝毫作用，最终，他们拎着袋子揣着信封走出了王叔的家。王叔两口子站在门外，直到看不见这兄弟俩时才关上门。

两家的距离不算太远，徐氏兄弟走了大约半个小时，回到了吴婶家。孩子看见哥俩手上的大袋子，俩眼直放光，他冲过去，不理会大人们的对话，直接撕扯袋子。他先是掏出一排娃哈哈，便胡乱地打开，插上吸管，猛嘬几口，与此同时，眼睛像饿狼一样紧紧盯着袋子，又掏出几袋小食品，还有一个机器人，孩子拍着手发出"哇哇"的叫声。吴婶走过去，抱起孩子，帮他撕开机器人的包装袋，孩子一手举着机器人，一手拿着娃哈哈，挣脱吴婶的怀抱，在拥挤的小屋里奔跑。吴婶从袋子里掏出一件又一件的物品，有孩子的衣服，还有看起来像是给她的衣服，有一条小毛毯，还有两桶豆奶……吴婶一边掏着，嘴里不时地发出叹息："好人啊，这得花多少钱！"

徐勇的眼神从吴婶扫到徐浩，他看到徐浩从衣服兜里掏出信封。徐浩从信封里拿出一沓灰红相间的人民币，他朝手上吐了一口唾沫，一张张地数，他口中每加一个数字，徐勇与徐浩的心跳便加快两下。

"十四！哥有十四个！"

吴婶放下手上的东西，匆匆走了过来："多少？"

"婶，1400！"

"算起来，这一天就是70啊！你们叔这辈子都没挣过这么多！"

徐浩兴奋地把钱数了一遍又一遍。最后他把钱分成两份，每份各七张，他把一份递给自己的哥哥，又把另一份分成两份，一份四张、一份三张，他看着这两份钱，犹豫了一下，又从三张那份中抽出一张与另外四张叠在一起。

徐勇接过弟弟递来的钱，拆开自己的信封，很快地数出十张与弟弟的钱放在一起递给吴婶。吴婶摆摆手。徐勇说："俺们哥俩还得吃饭，婶把钱拿着，管俺们饭，还有孩子的饭，家里用钱的地方多着呢，俺们哥俩平时也没啥花钱的地方。"

吴婶继续摆手说："给500就够花的了。"

"婶，拿着，够花不够花，你看着办，剩了你就当帮俺们存着。"

吴婶接过钱，转过身去说："俺去上个茅房。"热乎乎的眼泪随着她转身的动作哗哗地流淌在她的皱纹里。

徐勇招呼奔跑的孩子过来，孩子坐在他的腿上。徐勇从兜里掏出一个棒棒糖，拆去包装塞进孩子的口中。

门外的吴婶抬头看着月亮，柔和明亮的月光打在她的脸上，照在被眼泪搅得更加混浊的眼睛上，她微张着嘴巴，上唇向下用力，下唇的嘴角用力向上拉扯，她擦掉最后遗落下来的眼泪，叹了口气推开门。

次日在新的人家里展开工作，徐氏兄弟利落地换上工作服，拿着切割机在水泥的墙面上刨出一道道两厘米的沟，王胖子带来一个少言寡语的水电师傅，徐勇的眼睛不时地瞟着他手上的工作，暗自记录。这天干完活儿后，徐勇去商店买了一个笔记本之后，每天晚上他都在上面写写画画，扭曲的字趴在白净的本子上，摇身一变成为传道授业的"老师"。徐浩躺在压着钱的枕头上，盘算着小冉毕业答辩的日子，他的身体出了一层又一层的汗水，他不知道是替她紧张还只是天气燥热的缘故。

一座教学楼的走廊里此刻弥漫着紧张的氛围，一群少男少女或站或蹲，他们的手上都有一沓纸。走廊旁边的一扇门不时地走出一个戴着眼镜的女教师，她每出来一次，走廊里紧张的氛围便被推进一层，随后一名学生跟着女教师进入答辩室。小冉穿着男孩送的白色连衣裙，双手拿着一沓纸，面向窗外，她不时地翻着纸张，在脑袋里打着她演讲的草稿，嘴里发出嘘嘘的声音。男孩背靠窗户，看着小冉，光打在她的脸上，发出软软的气息，男孩的手不自觉地抬起，想触碰那份柔软。小冉嗔怪地说："不想毕业啦！"

"不想。"男孩傻笑着说。

"你不想，我想。"小冉把身子挪开几步。

"56号,李小冉。"走廊一侧的门被打开,女教师机械般地叫号。小冉猛吸一口气,手贴在白色的裙摆上走进答辩室。

………

"你所陈述的这些都挺好,我就有一个问题啊,你是在控诉当今社会女性仍是弱势群体吗?就我个人的生活经验看来,在这一点上,已经没有必要再谈了,现在真的是平等啊。"

"对不起,老师,女性在当今社会是不是仍是弱势群体,并非本文的主旨,我想谈的主要是当今女性视角在作品中是如何呈现的,进而去挖掘为何产生此视角,与男性及过去的女性有何不同。除了生理上的区别外,历史与社会是不可忽略的主要因素。"

"女性的地位又不低,你再从社会角度去剖析有过分解读的嫌疑啊,并且这种论调太陈旧了。"

"老师,我不太明白您所指的陈旧,我只知道在过去的时代里,女权主义者们做出了很多近似疯狂的举动去呼吁自己的权利。当今社会较之过去,女性确实拥有了更多的权利。但是请问身体写作也好,女性艺术家的身体行为艺术也罢,如果这些换作男性,男性的身体,请问冲击力如何,在座的各位老师是否会感兴趣……正因为如此,我才要去写女性视角,窥测到包裹在祥和氛围里的较之过去更不易察觉的不安全感……所以我写的是女性视角,并非女权主义。另外,我个人认为在当下这个时代'女权主义'这个词不再恰当了,两性平等也不再适合了,我们需要正确认识到男女两性原本就在生理上有所不同,在此基础上,再做出对各方权利以及社会道德上的调整。"

…………

半个小时后，小冉走出答辩室，长呼一口气。男孩紧张地问："怎么样啊，过没过？"

小冉咬着下嘴唇，嘴角上扬，瞪大眼睛点着头。男孩松了一口气，紧张的情绪又爬了上来，他让小冉描述答辩的过程。站在走廊上的其他人也都围拢过来，大家聚精会神地听。窗外的小鸟叽叽喳喳地叫唤。

答辩结束的当晚，校园里迎来一波又一波的狂欢，他们举着酒杯发出兴奋的号叫，窗口处不时地有一些物品被抛出，那都是些记载着过去的物品。年轻的学生觉得自己终于被刑满释放，他们扑棱着尚未丰厚的羽翼，觉得自由之神就在今夜，就在明天，就在他们的身旁。一间包房里，坐着二十几个学生，这些都是小冉的同班同学，他们学着成熟，推杯换盏、称兄道弟地话离别、畅未来，他们举起酒杯，发出 10 年、20 年再聚首的誓约。小冉沉浸在最后的疯狂里，忐忑不安。男孩微醺的眼神盯着小冉，眼神迷离，他拉着小冉走出包房，后面传来一片起哄声。他们来到小旅店，来到另一张不知道被多少人睡过的双人床上，激情在这里释放，小冉在释放最后的自己。

翌日午后，宿醉的男孩睁开眼睛，他揉了揉微痛的脑袋，轻唤小冉的名字。唤了几声都无人答复，男孩坐起来，一封白色的信封进入男孩的眼里。他假装没看见，双手揉了揉自己的太阳穴，走向厕所，打开喷头。冰凉的水顺着男孩的头顶倾倒下来，带走男孩的宿醉还有他的体温。水哗哗地继续流淌，白色的信封却像刻在脑海中一样怎么也冲不掉。男孩关上喷头，胡乱擦了一番，穿好衣服，准备离开。他关上门，走了几步，又回头，把尚未被打开的信装在裤子的右边口袋。

男孩来到小冉宿舍楼下，得知小冉不在，他坐在宿舍楼旁的台阶上，开启了煎熬的等待。

吴婶刚把徐氏哥俩送走，准备从厨房开启新一天的例行打扫时，敞开的大门突然冒出一个年轻的姑娘。姑娘手里拎着一个西瓜，亲切地叫着吴婶。吴婶赶紧放下手里的盘子，接过西瓜，招呼小冉进来。孩子看到陌生人的到来，藏在吴婶的背后，露出一个小脑袋。

"人来了就好，下次可别买东西了。"吴婶说。

小冉笑着说："婶子啊，徐浩呢？"

"他跟他哥干活儿去了。"

小冉蹙着眉头问："干什么活儿去了？"

"放心吧，姑娘，他俩不去工地哩。他们现在在人家屋子里干活儿，给人家装房子。"

"这是什么时候的事情？快跟我说说。"孩子打了一个喷嚏，成功引起了小冉的注意。

"这孩子是……"

"唉，这孩子说来就话长了，你先坐着，俺给你倒杯水，小石头，快，叫姐姐。"

孩子不说话。

"快啊，叫姐姐。"

小冉忽然想起自己的背包里有男孩送的巧克力，她迟疑了一下递给孩子，孩子接过巧克力，才小声地叫了一声"姐姐"，随后便跑到床上，拆他的巧克力。

小冉被让到餐桌边的凳子上。吴婶先是端来一杯水，之后拿起菜刀在餐桌上把西瓜一分为二，接着又是几刀。孩子听到声音，便跑了过来，走到小冉面前，迟疑了片刻，"嗖"的一下又钻到吴婶的背后。小冉细心打量着吴婶还有孩子。

"以后常来看看，但不用带啥东西。"吴婶拿出一片西瓜递给孩子，又拿出一片递给小冉，接着说，"浩子他们现在好着呢，工资都涨哩，他俩现在跟着以前跟他叔一起干活儿的工友干活儿，长了不少手艺……这日子总算是能过下去了。"

"他们现在在哪儿工作呢，什么时候下班啊？"

"那叫什么地方来着……哦，对，好像是什么果园小区，人不服老不行哩，这脑子不中用了。"

"他们什么时候下班呢？"

"太阳落山吧，现在天晚了，就多干会儿，估摸着七点半快八点吧他们就到家了……你要是没事，就在这儿多坐会儿，等等他们，城市大，不赶咱老家，见一面不容易。今天……要么你就别走了，你要是不嫌弃俺，就跟俺睡一被窝，他们哥俩你也都熟，也放心着呢。"

"是啊，城市太大了，好久没见他了，也不知道他的身体恢复得怎么样，现在上工要不要紧……我等等他吧，婶子，那我就打扰你了。"

"什么话啊，你来就是好的，你这是有文化上大学的人，别嫌弃俺们这破房子就行。"

小冉笑着摇摇头。孩子坐在吴婶的腿上，西瓜汁顺着他的小嘴往下流，他一边啃着西瓜，一边偷瞄着小冉。

小冉不知道该说些什么，看着孩子问："你几岁啦？"

小家伙看着她不说话。

"小石头，姐姐问你话呢？"

孩子转过脑袋，对着吴婶的耳朵悄悄地说："5岁。"

"你跟姐姐说，姐姐问你呢。"

孩子还是不跟小冉说话。

"你怎么不跟姐姐说话呢？"小冉问。

孩子再次悄悄对吴婶说："姐姐好漂亮。"

这句话小冉听到了。吴婶笑着拍着孩子的脑袋说："你个小坏蛋哦，才多大啊，就知道看漂亮小姑娘喽。"

小冉笑着伸出双手，想要把孩子抱过来，被吴婶拦住了，她指了指小冉的白裙子："孩子脏，你的裙子太白了。"

小冉收回双手，放在自己的白裙子上，心里五味杂陈，她先是想到男孩，又想到徐浩，最后在自己心里落下一句话：我才是脏的那个。

吴婶看小冉的脸色有些不对，关切地问："姑娘，出啥事了？"

吴婶看小冉不说话，继续说："有啥事，跟婶说，城里大，人多但情薄啊，你一个姑娘家家自己一人也不容易，就把俺们这儿当成自个儿家，有啥苦了、累了，就说……俺这没文化的老婆子虽然啥也不懂，但经的事吧……唉，也有些了，多少能宽宽你的心。"

小冉听着吴婶的话，委屈一点点儿向上涌，她快速地眨着眼睛，试图吞进将要流出来的泪水。

吴婶温柔地看着孩子，说："这人啊，哪有如意的？但日子还得过，笑着也是过，哭着也是过，俺家这事……日子不还得过下去？"

小冉听到这儿，赶紧收拢自己的委屈，笑着抬起头："没什么大事，婶，我可能……就是……看见你，想起我妈了。"

"好孩子啊。"吴婶说完起身走到厨房，掀起衣角擦了擦眼睛后问："对了，来了这会儿都不知道你吃饭没呢。"

"吃了，婶，你不用忙活了。"

一上午的时光就这样在一老一少两个女人的对话中缓缓流过。到中午时,依稀听到油倒入锅中的响声,炒菜的声音来自另一个位置,胡同里的人家开始冒起炊烟。吴婶也着手准备他们的午餐,小冉帮她打下手。玩累的孩子躺在床上睡着了。这个时候吴婶才把孩子苦命的身世讲给小冉。小冉听着,脑袋里不断闯入她前些日子的疯狂,她再次在心里咒骂自己脏。

下午的胡同躺在日头里,寂静又安详,胡同的尽头支起一张小桌,附近围着几个老头,其中一个趁另一个不注意的时候,偷偷挪动一个"士",被另外两个老头逮了个正着,他们从喉咙里发出苍老的嘲笑声。吴婶端着一盆水泼在门前,老头们赖皮的声音在她右边响起。吴婶抬头,迎来一片炫目的阳光,她转身回屋,迎来一片黑暗。黑暗渐渐明朗,小冉一身白裙子躺在床上,与孩子一起发出均匀的呼吸。吴婶轻手轻脚地关上大门,她把胖女人给的毛毯盖在他们身上后,坐在吴老头的马扎上。她苍老的皱纹排列出慈爱的神情,她觉得突然间这个家更像一个家了,有孩子,有女人,有出去干活儿的男人们。她眼角的泪水再次安静地流淌。

太阳西落,胡同再次热闹起来,从学校里涌出的三四个孩子叽叽喳喳地走进胡同,别人家的厨房互相流窜着香味。吴婶与小冉也端出来一盘又一盘冒着热气的菜肴。小石头独自蹲在胡同里,自家大门的边上,握着几株小冉给他摘的蒲公英。他轻轻地吹一口气,几颗种子飞离母体,孩子看着它们旋转飞舞,被胡同的风带到四面八方。

厨房的火熄灭了,餐桌上的菜齐了,小冉的心开始不安起来。

最后一株蒲公英收到一股热风,光秃秃的身杆紧贴孩子的手,随着孩子的奔跑而摇晃,孩子的眼睛被最后的种子吸引,带动他的双腿奔跑在胡同里,就在拐弯的路口,孩子撞在一个人的身上。

"哥哥！"

徐浩抱起孩子，走在自己哥哥的身后。小冉听到孩子的叫声，白裙子抖动着站立起来。

徐浩穿过勇哥的头顶，看见他朝思暮想的姑娘，兴奋的神情随之绽放。勇哥会意地接过孩子说："快去快回，婶子等咱吃饭哩。"

徐浩点点头，拉着小冉走出门外。又继续走了几步，才停下，他的手臂刚抬起又放下，他看见小冉干净的白裙子，挠着头嘿嘿笑着说："咋样啊，最近？答辩没呢？"

"嗯，昨天刚结束的。"

"紧张不，顺利不？"

"嗯，挺顺的。"

"我的信你收到没，是不是又让他们给弄丢了？唉，算了，你来了就可以当面跟你说了，我现在换工作了。"

"嗯，婶子今天都跟我说了，你的身体可以吗？"

"都好着哩，对了，你等会儿，站着别动。"徐浩说着奔跑到家中，他爬上床，从枕头下拿起一个信封偷偷揣在怀里，又跑到小冉面前。

"给，拿着！"

小冉接过信封,打开时,看到红红的一沓钞票。她慌张地推给徐浩。

"你已经给我够多的了,这四年的学费都是你给我的,现在我毕业了,不能再要了。"

"说啥呢,这啥话啊?你还没工作呢。"

"我有的,家教我还没断,还有收入。"

"你那活儿才能挣几个钱啊!一周也没几堂课,也不是正式工作。我还想着呀,你差不多也该把那工作辞了,跟你那些同学出去好好放松几天,再找找正式工作吧……对了,还有个事,我这些天一直合计,跟婶子还有勇哥也商量过了,毕业了你先来我们这儿住,跟吴婶一起睡在下铺,再给你们装个帘子,等你工作找着了,也稳定了,再说。"

白色的裙摆在小冉的手中皱成一团,连带土黄色信封的一角。天空的顶层呈现一片普蓝色,是那种发黑的蓝,向下逐渐过渡到胡同的最深处,在白色裙子的后方打上一片浅浅的粉蓝。徐浩皱着眉头,他看不清小冉的脸,那张脸藏在裙子上方,视线里只有她柔顺的黑发飘荡在白蓝色的背景上。

"你怎么了,出啥事了?"徐浩问。

小冉抬起右脚,左脚随着往前移动,它们来到徐浩的鞋对面,一双瘦弱白皙的手臂环抱在徐浩的腰间,柔顺的黑发垂在徐浩的胸口。

"没事,就是想你了。"

徐浩嘿嘿地咧开嘴，露出一排不太整齐的牙齿说："傻不傻？好了，该回去哩，婶他们还等着呢。"

寝室的灯，一盏盏逐渐熄灭，宿管阿姨拿着一串铁链来到大门前，她望了一眼台阶上的男孩，摇摇头，随即锁上大门。男孩的身体拖着腿，腿又拖着身体在校园里游荡，他路过路灯下拥抱的情侣，又从一对愤怒的男女身旁走过，他看到两个没落的身影，一个朝南，一个朝北在他眼前消失，他听到酒瓶被摔碎的声音，而他消失在校园伤心的夜里。

日子在城市里奔波，在校园里寂落。遇到一个人，很容易，你睁开眼睛就可以。躲开一个人也很容易，只要你了解他就好。

小冉拜托她的闺蜜办理校园剩下的手续，又在室友的帮助下，几次偷偷进入校园，她像贼一样，打包她的东西，悄悄运出。直到宿舍的大门在白日里也上锁时，学校生活结束了，学校里的爱情也结束了。

热辣的阳光蒸腾着留在校园里的泪水，换来一片疯狂生长的植物。

就在这个时候，小冉接到一家公司的面试通知。从那天起，吴婶与孩子便每日清晨站在胡同口，在等待中送走三个年轻的身体。吴婶看着他们远去的背影，搂着小石头，以为苦难已经被她掩藏好，以为老天爷会眷顾这个重新组建的家庭，可是她不知道孩子们各自掩藏的心事，一个正在隐忍中寻求正义，一个在寻找自己，还有一个独自承受堕胎的身心伤痛。

时间继续行走，在城市的各个角落里行走，它走到了秋天，又走进漫天飘雪的日子。城市的出入口，每日都有大量的人涌入与离去，总的来说，进来的总是比离开的多，所以城市总是像煮沸的水一样。直到岁末，城市才迎来它的休息，大量的人携带着要么比他们高要么比他们胖的行李拥堵在火车站，一列列朝着四面八方行驶的火车送走为城市奔波的人。

王胖子的餐桌上挤满了冒着热气的菜肴，人头攒动，吴婶新组建的家人挤在其中。大人们举起酒杯，怀着好的坏的心事，孩子一手一个鸡腿，嘴巴还有眼睛都不闲着，自从奶奶休息后，他就像个怎么也吃不饱的孩子，短短的半年过去了，他看起来可以装进过去的两个他了。现在，他也越来越少地提起自己的奶奶和爸爸，就像过去他不再要妈妈一样。胖女人全程抱着孩子，一边责骂孩子是个饿死鬼，一面不停地给孩子夹菜。这一晚过后，徐氏哥俩才知道王胖子的老婆不能生育，还有王老二的女人跟人跑了，而他则立誓不再娶。

翌日清晨，男人们在宿醉中被女人们叫醒，王胖子一家三口跟着返乡的大队伍朝着东北的方向驶去。徐勇背着他的破布口袋一个人默默地换乘各式交通工具，向西而去。大约过去了一个小时，徐浩与小冉带着孩子也往西边的闹市前行。留下房子里的吴婶端着吴老头生前的茶杯，安静地往里面倒着眼泪。

徐勇走着他过去走过的路，来到写着信访局几个大字的大门前。半年过去了，他着手处理大家放弃并选择遗忘的事情。这一次，信访局的门前没有飘着臭汗的大队伍，他拎着布袋走向一个工作人员。那人不耐烦地问他有什么事，徐勇只觉得自己的心跳加速，他结结巴巴地描述事情的经过。那人听后说，这大过年的也不让人消停。徐勇不知道他是在说自己还是在说被他告的人。他从破布口袋里掏出一份又一份资料，最厚的是徐浩的病例。他突然想起小石头，他用逻辑不太清晰的话向工作人员诉说孩子的苦。那人不耐烦地摆摆手，示意他自己正在拨打电话。电话无人接听，工作人员走到电脑前，徐勇看着他用两根食指敲打键盘，又眯着眼睛在电脑里搜索。徐勇刚想说话，工作人员又摆摆手，一边瞄着电脑，一边按下一串电话号码，依旧无人接听。工作人员倒吸一口气，继续重复刚才的动作，拨下第三通电话。徐勇焦急的心情渐渐变得落寞。

"你们都干嘛吃的，电话都是摆设啊……"电话通了，工作人员把他的不满发泄在电话那头。徐勇支起耳朵，紧张地听着。工作人员挂断电话，转过身，对徐勇说："你的情况，我们基本了解了……按理说，他们那边这两天就得过来人，可你看这都要过年了，大家都得过年不是……这样，年后，你再过来，我们马上给你处理。"徐勇看着空荡荡的窗口只有他一个工作人员，疑问哪来的"我们"呢。他说："那这些资料，是放这里还是俺拿走？"

工作人员眯起眼睛，好像是在思考着什么，说："放在这儿吧。"

城市的街道理应是热闹的，是人挤人的，可眼下，在徐浩他们面前只有零星的几个身影，商场的音响里传出一个优美的男声孤单地唱着《三百六十五个祝福》。孩子的手一只握在徐浩手里，一只牵在小冉的手里。孩子在两个大人中间蹦蹦跳跳，徐浩的嘴角微微上扬，他想象着他们是别人家的一家三口。橱窗里的模特冷眼望着过往的行人，徐浩牵着孩子的手朝模特走去，受到孩子另一只手的阻力。小冉皱着眉说："这家很贵的。"

徐浩向模特又迈近一步。

小冉小声补充："我们买不起。"

"看看还不让啊，我倒是想看看，它到底能贵到哪儿去！"

正在聊天的售货员听到店门被推开，其中一个迎上前去，刚走几步，就掉头回去继续刚才的聊天。

这一幕,让两个来访者的自尊心受挫,小冉想走,但被徐浩拉着,只好硬着头皮跟在徐浩的身后。徐浩翻翻这件,又拿起那件,不时地在小冉身上比画。他想着老子今天非得买一件打打那帮狗眼看人低的脸。他拿着衣服在小冉身上比画来比画去,终于有一件让他觉得满意,他背过身,低头翻看衣服的价签,上面赫然写着"3500"。他把衣服放回原处,假装不满意地摇摇头,说:"这也都不行啊,不好看,走,咱到别家看去。"

聊天声中断几秒钟,又迅速恢复过来。徐浩三人在叽叽喳喳的叫唤中推开店门,走到街上。他垂着头,右手揣在裤兜里,攥着他的两千块钱。他想着,这要换吴婶、小冉、哥哥、孩子,还有给老家一干子人的礼物。

胡同里,几户不用归乡的人家冒起炊烟,几个孩子把鞭炮插进雪里,"嘭"的一声,灰色的、红色的碎纸片混在混浊的雪花里飞到各个地方,带来隔壁一个独居老头的怒骂,孩子嬉笑着跑到胡同的另一头,小石头跑得慢一些,跟在他刚刚加入还不知道名字的小伙伴们身后。吴婶放下抹布,从床底抽出一个大行李箱和几个大大小小的帆布包,着手她的打包工作。就在这时,徐勇回来了。吴婶看看挂在墙上的老旧钟表,慌张地走向厨房。徐勇坐在马扎上,看着行李箱,说:"婶,今年你跟俺们走吧,自从……他奶奶走后,老家你就没回过,这几年都有变化着哩。"

锅铲碰撞的声音代替吴婶的回复。徐勇接着说:"每次回去,俺娘、俺大,都念叨你,尤其是俺娘,兴许年纪大了,总爱念叨过去,念叨过去的人,今年你就跟俺们回吧,再说这……也没啥子意思,过年就空,没年味儿。"

三五块肥肉落入油锅,发出刺啦刺啦的声响,锅中的油水就变多了,这个时候就可以下土豆片了,吴婶利落地翻炒。炉子上架着一口大锅,不断冒着热气。等一切烟火都消停的时候,吴婶坐在餐桌旁,点点头说:"行吧。"徐勇从衣服的内兜里掏出一张早就准备好的车票,放在吴婶的面前,这才端起碗,拿着筷子往嘴里送饭。

雪花在半空中明朗,缓缓地踏着风飘飘落入人间。消失了车流的道路披着一层洁白的睡衣,城已进入梦乡。一阵风蓦然卷起,掀起一层薄纱落入一片晨光中,透过一扇扇灰白的窗,洒在人们的脸上。几双眼睛被温柔地唤醒,露出黑色的、棕色的眼球。徐勇拍拍徐浩的肩膀,加入清醒的队伍。孩子起来得要晚一些,当他醒来时,他圆滚的身体发出了热闹的声音,这是对食物的呼喊声。孩子睁大眼睛,他的黑眼球里映着一片片悠然的雪花。即便这并不是第一场雪,可孩子仍然为它兴奋,对于孩子来说,这个世界太容易让他感到高兴了。小冉刚给他穿上一身新衣,他便迫不及待地打开大门,不顾吵闹的肚子,不顾身后大人喊着"帽子、戴上帽子"。大人们笑着摇摇头,有条不紊地进行手上的工作。今天是他们返乡的日子,大大小小的行李包裹早已立在门旁,等待着主人们结束最后的工作。吴婶扫了一眼房子,门便被关上了。雪吞进一双双鞋子,又吐了出来,留下几排安静的脚印。

车站里依旧人头攒动,火车为它吞进一些人,又有新的一批到来。徐勇的队伍加入车站的人头大军,他看看表,还有两个多小时出发,他带着他队伍在其中一个过道里停住,行李从他们的手上、背上、肩上卸下。刚刚过去的十分钟,在返乡的人心里像是过去了一个小时。等待是无聊的,是疲惫的,看看候车室里的人就知道了,他们或坐或靠,甚至还有干脆躺在地上的。吴婶与孩子们一起坐在包裹上,怀着与孩子们不一样的心事。小石头最明显地发出无聊的情绪,徐浩与小冉只好轮换着带着他四处走动。

车站里的喇叭不时地传出一个女人的声音，她用官方的口吻宣布谁可以停止等待。三个小时过去了，她宣布徐勇他们获得解放，行李、包裹再次爬上主人的身体，随着他们拥挤。随后，行李被分放在三个地点，主人头顶的货架上，主人座椅下面的空隙里，还有主人身上，五个主人共享三张难得的座椅。拥挤的车厢塞满了人，徐浩一行人要在这里熬过16个钟头，正在其他人怨声载道时，吴婶感叹着说："真快，不到一天就到家哩。"

火车轰隆隆地把城市推远，孩子坐在小冉腿上，圆滚滚的小手贴在冰凉的车窗上，他贪婪地看着火车送来的一幕幕风景。徐浩站在过道中，倚靠着旁边的座椅，看着小冉的方向，也是孩子的方向，他忽然觉得此情此景异常熟悉。自从加入王胖子的装修队，每日的工作早已让他没有多余的精力与记忆纠缠，但在这个时候，他的记忆大门开始晃动，闯出一个孩子像小石头一样扒在车窗上。小冉感觉有目光聚焦在自己的身上，她随着感觉到的来源看去，正对上徐浩的目光，她看到他皱着眉头望着自己的方向，她迅速转过脸，看向窗外，他的目光让她感觉不舒服，她的秘密在内心深处发出邪恶的召唤。

徐浩想起来了，他想起他住院期间的一个梦，他攥着这个梦拉出一个又一个的梦境，随着车窗外画面的变化，他断片的记忆被紧密地黏合在一起，他余光中的吴婶散发熟悉的亲切，这种亲切感蔓延到勇哥，落在小冉身上掀起了高潮，他的心跳加速，追着他的记忆奔跑。

徐勇想着替换徐浩来坐会儿，他刚抬起屁股，看到弟弟一脸的沉醉，他笑着重新坐下，他让孩子从小冉腿上下来，坐到自己的腿上。吴婶弯着身子，从车座下面掏出一个布兜，几个塑料口袋摊在桌上，香肠、鸡爪、猪头肉，还有几个馒头和一盒咸菜钻了出来。这都是吴婶准备的，吴老头在时就说，"平时吃得多差都行，在火车上就得吃好的"。孩子"哇哇"的捧场声迎来对座三个陌生人的笑容。

　　火车从白日一路驶向黑暗，一次次冲刷着人们焦急的心。他们的腰杆弯了，小腿粗了。车厢里回荡着此起彼伏的孩子哭声，每响起一次，小石头就会四处张望着寻找。找着找着他也觉得无聊，便依偎在小冉的怀里睡了，大人们轮班抱着孩子，轮班休息。人们七横八竖地瘫在车厢里，过道里都被塞得满满的，就连车座底下都躺着人。躺在车座下面的人统一把脑袋朝向里面，在外面露出一双鞋，紧贴着另外一个人的屁股或者脑袋。这些倒在过道里的人刚觉得舒服时就被上厕所或者接水的人叫醒，他们不情愿地歪一歪身体，让行人通过，然后重新闭上眼睛。最讨厌的要数推车子叫卖的乘务员了，他人还没到，让人厌烦的声音早就远远地响起："啤酒饮料矿泉水啦，花生瓜子八宝粥啦。来，腿收一下。"过道里的人只好艰难地竖起身子，让车通过，随即倒下，乍看起来像是一串多米诺骨牌，而叫卖车就是推倒他们的核心力量。这些都还不算什么，最让人头疼的是车子卡住了，罪魁祸首是一双从座位底下伸出的脚，脚的主人嗷嗷地叫唤，艰难地从车座底下爬出来，碰上脾气不好的，还会发生一些口角，这个时候在叫卖车后面的人，就得不到他们原先休息的"好位置"了。徐勇就在车后面，一条腿站立着，他刚抬起的一条腿已经没有落下去的地方了。他挠着昏沉的脑袋，听着前面的吵骂。从座位底下出来的人此刻怒气冲冲，他的妻儿拉着他愤怒的双拳，而在他对面，叫卖车的后方，站着一个积攒一肚子不痛快的年轻乘务员，此刻也摩拳擦掌涨红着脸。一旁的旅人起先是不愿加入这场与己无关的战争，但他们在这儿，实在是没法休息，于是七嘴八舌地劝和，最终挤出一条通道，连车带人推进下一个拥堵的车厢。徐勇这才坐下来，虽然坐在地上，但也算是安稳了。

　　时针走到凌晨四点的时候，徐浩一行人不敢再睡了，他们把分散的行李聚到一起。出发时各怀的心事现在早已不见踪影，统一转化成焦灼，他们数着时间，迫切地想冲出这个人间炼狱。

四点四十二分，火车到站，疲惫的人们被扔在黑夜里。刚出车站，徐浩就看到一个灰头土脸的老头笑呵呵地朝他们摆手。走近时，他认出了是他的父亲，他诧异地看着他，在印象中他的背没有这么弯，头发没有这么斑白，皱纹也没有这么多，衣服也没有这么破烂。老头争抢着接过两个包裹，傻笑着在前面引路。徐浩走在他旁边，他偷偷瞄着自己的父亲，好像脸是洗过的，衣服看起来也是干净的，但不知为何父亲的颜色如土地一般。老人把一行人引向一台崭新的三轮农用车。吴婶抱着孩子被让进副驾驶的位置，其余的人上了车斗，车斗里平稳地摆放着几条厚棉被，还有几件绿色的军大衣。

老人骄傲地钻进驾驶室，随即三轮农用车在寂静的黑夜里发出"突突突"的响声。

孩子眯着眼睛问："奶奶，俺们要去哪儿？"

吴婶叹了口气："回家，俺们回家。"

突突声钻入街道，闯入别人家的窗户，甩过国道，进入一条黑漆漆的窄道，在明晃晃的车灯照耀下，依稀可见两排挺立的干枯树枝。冷风飕飕地见缝插针往人的肉里钻。车斗上的年轻人睡意全无，他们兴奋地看着乡下的夜，那是布满一片繁星的夜，久违又陌生的夜。

突突声穿过一片光秃秃的麦田，闯入村庄。徐浩握紧小冉的手，车子右边是田地，左边是村庄，尽头是一条小河，那里有他与发小们的约定，但车子不能开到尽头，应该在第五个胡同左转，那就是他的家了。徐浩在心里暗暗确定，他的记忆再次脱离他的主观意识活动开来，他幸福地迎接着。手上的力量不由得加强，小冉看着他，体会着由他传递而来的家的感觉。

车在胡同里唯一一户亮起灯火的大门前停住，吵人的突突声终于熄灭了，一行人迎了上来，他们接过行李，关切地拉着远行的孩子们回家。小冉四处张望，终于在一棵枯树旁看见自己的母亲，她向众人一一道谢与道别，背起行囊与母亲消失在黑漆漆的胡同里。

行李刚被放下，徐勇的母亲便与徐浩的母亲争执起来，她们吵闹着拉着吴婶的手，争抢着要她留宿自己家。孩子紧紧靠在吴婶身后，看着眼前热闹的人家。最终还是徐勇出面说："吴婶今晚就住这儿吧，折腾一夜哩，明天再去俺们家。妈，咱也赶紧回家，让他们都好好休息休息，有啥话天亮了再说。"

徐勇走向一旁拄着拐的奶奶身边，搀着老人家坐下后大声说："奶奶，你起来干啥哩，天亮了俺再来看你。"说完，又跟自己的叔叔、婶子还有吴婶和孩子告别，然后跟着自己的父母回家。

剩下的归乡之人被剩下的家人拉着聊天，又被轰着进入已安排好的房间休息。

日头过午，徐浩在一片亲切祥和的声音中睁开眼睛，木头燃烧的味道传入他的鼻孔，他深吸一口气往上拉了拉被子，温暖熟悉的气息包裹自己的身体。直到孩子推开门，扑在他的床上时，他才不情愿地起床。他问孩子几点了，孩子说："太阳晒屁股喽。"他又问孩子几点了，孩子说："两点啦。"徐浩抓起铺在被子上的衣服往自己身上穿。孩子说："你的奶奶好奇怪，她总叫俺你的名字……俺跟她说俺叫小石头，她还叫'俺的小浩子'……俺又跟她说俺大名叫刘石，她还叫'俺的小浩子'……

俺让吴奶奶跟她说，吴奶奶就摇头，俺又跑到你妈妈那儿，你妈妈说她憨了，让俺来叫你起床。"

徐浩皱着眉，疑惑地看着孩子，他加快穿衣的动作，推开门。宽敞的堂屋洒满阳光，在阳光照不到的太师椅上坐着他的奶奶。勇哥正握着老人的手，跟老人大声解释自己是她的孙子。听到开门声，勇哥招呼自己过来。老人呆呆地望着正在走过来的一大一小，她伸出苍老的手，嘴里喃喃地说："小浩子来哩。"徐浩加快脚步，伸出双手准备迎上那只瘦弱的手时，奶奶摆摆手，继续指着前方，脸上露出纯真的笑容。小石头拧起他的小眉头："你奶奶憨啦，俺是小石头。"徐勇瞪着眼微怒地跟孩子说："你就当会儿你浩子哥。"孩子从没见过勇哥这样，耷拉着脑袋站在奶奶面前。

徐浩立在一旁看着自己的奶奶爱抚地摸着小石头的头，嘴里含糊不清地念叨着什么。他感觉难受，转身走出堂屋来到院子里，妈妈亲热地说"醒啦"，徐浩点点头。

"我奶奶咋了？"

"唉，老年病，脑袋坏了，憨了，不认人了，一会儿清楚，一会儿糊涂的。"

"啥时候的事？"

"哎哟，得有半年了吧。"

"去医院看没？"

"有啥好看的，老人啊，都这样，咱后院的老头也这样。人老了，就生这样的病，你奶奶已经不错哩，她不作不闹也不出门，后院那老头前两天刚找回来，你都不知道，在粪坑里找着的，那个不招人待见啊，也是可怜。"

"我爸哩？"

"他跟吴婶去你二爷家了……你干啥去？还没吃饭哩。"

"不饿，去我二爷家。"

徐勇听到院子里的对话，便走出堂屋跟上徐浩。出了胡同，徐勇问："你干啥去？"

"心里不痛快，出来走走。"

徐勇跟着沉默的徐浩，与一路遇到的村民打招呼。跟着跟着就拐到了小冉家的胡同。他察觉到村民的神情开始变得异样，便跟徐浩说："你快点完事，回家吃饭，还有一大家子人哩。"说完，徐勇便朝自己家走去。

小冉的母亲是一个习惯沉默的女人，此刻她正在与女儿无声地忙活着饺子馅。当她听到自家大门被推开时，便知道是徐浩来了，她对徐浩笑了笑，便知趣地离开灶屋。当她听到大门被关上时，才再次走进属于她的空荡荡的灶屋。

小冉低着头跟在徐浩后面，穿过人家，走在村里的大道上，他们径直走向道路的尽头，来到河边。小冉才抬起头说："刚回家，就不高兴啦，谁又惹你啦？"

徐浩把奶奶还有他母亲的话原封不动地倒给小冉。小冉叹了口气："这样吧，过完年，咱们找个车，带你奶奶去医院，我手里还有点钱。你也别难受了，刚回家，咱们也待不了几天，大过年的要开开心心的。"

徐浩蹲在地上，捡起几块石头扔进河里，发出咕咚咕咚的闷响声。

接下来的几天徐氏兄弟还有大爷家的一双儿女开始在村子里四处走动，他们手里拎着一筐鸡蛋或者一桶油去往爷爷的兄弟姐妹家。这些事情必须在年前进行，但谁也不知道是为什么，如果问只能得来一句"哪有年后送人礼的"。可事实上在年后他们还是会拿着东西去一些人家，这个时候不能再问了，再问就会挨长辈们说"狂"了。徐浩在送礼的空隙，溜到小冉家，两人便出去在河边坐一会儿，只有这个时候他们体现出了非一般的默契，他们不用过多的言语，便已知对方的心意。

送礼的日子在大年三十停止。红彤彤的对联粘着米浆贴到大门上，"福"字随处可见。鞭炮声这家刚落，那家又响起，撒满一地的红纸屑。一根粗粗的木头横在院子门口，表示拒绝所有不顺的事情，讨债的人便不会把债务带进此家。

院子里的柴火在这一天都不得消停，直到一盘盘菜肴端上餐桌，电视里的春晚播放时，才渐渐熄灭。徐浩家的堂屋坐满了人，人们呼出的热气使今夜成了寒冬里最暖的一晚。村子里的红灯笼在黑夜里摇摆，显示着家家户户的热闹。小冉母女也坐在家里仅有的大型家用电器前，跟着春晚里的小品笑在一起。

这一晚村子里的灯光需要一直延续到天亮，即便再心疼电费也必须如此，这是规矩，这是习俗。虽然很多人已经不知道为何，当小孩子问起时，大人们只能随意地说着理由，当孩子追问时，大人便会皱起眉头说:"大过年的,小孩子别瞎问。"这句话在村子里传播,成为出场率最高的一句话,村里的新年处处洋溢着喜悦,也处处埋着禁忌。

　　第二日便是正月的第一天,晚辈要给长辈磕头拜年,村子里人与人都相识,按辈分排序。于是在这一天很多人都会走出自己家大门,一路磕出去,表示他们在村子里的位置并赢得新一年的口碑。徐浩带着小石头一路磕到小冉家,这是小冉母亲今年接收的第一份祝福,也是最后一份,她感动地拿出三个红包,递给徐浩、小石头与小冉,这也是小冉收到的第一份红包同时也是最后一份。送行时,小冉的母亲好像突然想起来什么似的,她跑回堂屋,用双手捧起一大把糖果还有蜜枣塞给小石头。等他们都走远了,小冉看到母亲喃喃自语:"咋就忘了给人家孩子吃的,咋就能忘了呢……"她弓着背重复这几句话走回堂屋。小冉看着她的背影,酸楚的味道在心口流淌。

　　小石头今年成了村子里的宠儿,在他人还没到的时候,早就有一通电话把他的事情、吴婶的事情传进几个人的耳朵,随后又从几张嘴里散播到整个村子。于是他收获的红包最多,得到的糖果也是最多的,他的小口袋早已经被塞得满满的,他摘下自己的帽子,让大人们把糖果放在这里。而吴婶成了今天村子里的明星,她收获的人头最多,那些她早已记不清甚至不认识的乡亲涌着进来给她磕头,给她祝福,按常理说她应该是把年给过穷的人,因为她需要发太多的红包了,可眼下,所有人都不要她的红包,临走时还都或多或少地留下一些钱。

　　孩子们嘴里嚼着糖块,日日在村里四处奔跑。小石头加入一撮大小不一的孩子队伍里,听着爆竹噼里啪啦的声响,夜间他们又聚在一起,看着各家各户的大人们划亮火柴,绚丽的烟花被匆匆地释放出来。村子里到处都是人,听声音就知道他们的脸上都挂着笑。徐浩拉着小冉的手在黑暗里行走,烟花亮起时,他们的手便迅速松开,两人偷偷溜进一户许久没有人住的老宅子，说是宅子，实际上是一个院墙早已坍塌，露出一个孤零零的破烂小房子。这是他们在16岁那年发现的第二处秘密基地。

两人从没有玻璃的窗户上跳进去。徐浩打响打火机，两人坐在土床的苇席上。小冉从自己的口袋里拿出一个纸包递给徐浩。

"这里有1000块钱，你拿去给奶奶看病。"

"我有。"

纸包被推来推去。当小冉的态度强硬时，徐浩拿她就没有办法了。

"明天我就得走了，你不用管我，就在家多待些日子，一年就回来这么一回，多陪陪你奶奶……还有，要是可以的话，多去陪我妈聊聊天……"

徐浩点点头。他们坐在老旧的房子里像是房子的主人一样聊着家常，偶尔有烟花闪过，打在他们的脸上。小冉看着烟花忽然说："你有没有想过以后……"徐浩转过头，看着这张被烟花点亮的脸。

"以后过什么样的生活……就是你有什么打算吗……自从你出事以来，我就不太希望你再干这样的工作，即便现在不去工地了，我还是会担心，我想着你要不要学一些技能，以后做一些没有危险的工作。"

徐浩看着烟花在小冉的脸上熄灭，他没太听懂小冉的话，他想着自己不是正在学技能吗？要不然过去他半年学到的都是什么？他不明白到底什么才是不危险的工作，他想到王胖子的身材，他觉得他们一家这不是挺好吗？当然这一切话语都止步于他的内心。

小冉继续说:"我这么说也没别的意思,就是担心你,想着你能不能不糟蹋自己的身体。城市里机会多,什么样的工作都有,我们上网找找看,你还年轻,多去试试也没什么不好的,大不了最后再回王胖子那儿。"

徐浩点点头,他好像有点明白小冉的意思了,但这让他感觉不舒服。他觉得自己的人生才开出一条新路,就被他心里最重要的姑娘否定了,而过去半年里他的兴奋与努力,他的满足与重生一下子都变得一文不值。

闹哄哄的年一直持续着它的温度,冲淡了小冉在徐浩心里留下的冰冷。送走小冉后,徐浩几乎每天都会去小冉家坐一会儿,小冉的母亲虽然话不多,但是她尽力折腾出食物招待他。这样的年一路走到正月十五,掀起最后一个高潮。孩子们提着灯笼出现在胡同里,大人们则发挥他们全部的艺术细胞,用平时干农活儿的手把白面捏成一只狗、一只刺猬、一条很像蛇的龙……还有十二个小碗,每个碗都被捏出角,角的数量是连续不重复的,从一到十二,代表着十二个月,所有的面雕塑都会被按出一个硬币大小、深 2～3 厘米的孔洞。最后,全部的面雕塑入蒸锅,当锅盖被掀起时,全家人都很有仪式感地聚在一起,盯着膨胀的面雕塑看。小石头问浩妈在看什么,回复说看雨水,孩子继续问看什么雨水,原本这里可以用"小孩子别瞎问"的,然而浩妈温柔地说:"你看面灯笼里有水,哪个月份的水多,就代表今年哪个月份下雨多。"孩子好像恍然大悟,他瞪大双眼,数着面灯笼上的角。

"11 月!"孩子大声喊着,大人们笑着,仪式感瞬间就被破解了。

大人们的手做到这里还没有结束,小石头看着他们把棉绳插进面雕塑的孔洞里,又倒入一些油,火柴被划亮,在棉绳上燃烧,一盏盏面灯这才被制作结束。徐浩的母亲拿着一个龙面灯在小石头的眼睛下面比画,说:"照照眼,不害眼。"小石头笑了,他拿着面灯笼跑到屋子里每个大人的面前,重复浩妈刚才的话。

热闹的日子一直持续到正月十七、十八,走娘家的女主人回来时,这个年才算过去,徐浩的奶奶还是糊涂地拉着小石头。直到正月十九,徐勇和徐浩搀着老人从医院出来,手里的病历本上写着阿尔茨海默病。

大人们嘴里嘟囔着"年跑喽",孩子们不明白,因为日子在他们眼里,只要不上学每天都像是过年。直到夜晚村里的红灯笼不再明亮时,徐勇他们准备返城了。临行的前一晚,家里的长辈们把他们来时的行李扩大到将近两倍。在徐浩和徐勇的阻挠下,才停留在两个行李箱、两个立起来几乎与人同高的麻袋、四个小包的组合上。

次日下午,徐氏哥俩笑呵呵地给奶奶磕了个头,便钻进车斗里,同行的除了吴婶与小石头,还有徐浩与徐勇的父母。一张来之不易的淡红色火车票,把人们分成两队,一队擦着眼泪看着另一队的人进入火车站。徐浩背着大麻袋,每走几步便回头看玻璃大门外的人群。他的父母佝偻着身子在人群里显得很小,父亲咧着嘴朝他摆手,随后转过身去,母亲的手在她脸庞上一次次扫过,他虽然看不清她的脸,但是他分明觉得她的眼泪是从他心里流到他脸上的。徐浩赶紧扭过头,咬着牙继续随着人群往里走。

小石头扯了扯吴婶的手,低声说:"哥哥哭了。"吴婶用嘘声回复孩子。

陌生的人群在嘈杂的车站里共享他们的伤心,随后又改了面目,开始激烈拥挤。徐勇他们所乘坐的火车进站了,这是火车出发的第二站。车门打开,徐勇他们握着四车厢的车票被拒在四车厢门口,他们抱起行李与孩子奔跑到三车厢,乘务员在车门里连拉带拽,吴婶与孩子才勉强挤进去。哥俩继续往前跑,在二车厢时,他们疯了似的往车门里挤。他们刚刚进入车厢,火车便启动了。哥俩把行李举起,高抬腿从车门处艰难地行进,刚才还堵着门口不让他们进来的人群此刻帮他们往里传送一包又一包行李。在穿过第一节车厢时,一个包裹的袋子被扯坏了。在第二节车厢时,麻袋被勾破了一个洞,这时他们才与吴婶和孩子会合,四个人继续向四车厢艰难地行进。他们的目的地是一张有座票的位置。

终于,吴婶抱着孩子安稳地坐在座位上了。徐氏哥俩看着坏掉的行李袋子直挠头。吴婶对面坐着一个与她年龄相仿的大婶,大婶从兜里掏出一卷胶带还有针线盒,热情地帮他们缝补。火车继续行进着,大婶得意地说这套缝补工具跟泡面一样重要,还说自己的老伴已经去世多年,她自己去看望远嫁的姑娘,在他们的后两站下车。随后的16个小时里,两个女人像是相识多年的知己一样相谈甚欢,直到旅途到站,两个女人才依依不舍地告别。

年后的城市同年中的村子一样,都是热闹的,在行人的眼中展开,呈现一派繁华的景象,直到吴婶的胡同时,才渐渐冷清。徐浩打开门锁,看到屋子里被打扫得干干净净,所有的物品被摆放得井然有序。餐桌上摆放着四盘凉透的菜,徐浩他们知道这是小冉给准备的。房子迎来熟悉的主人,新的一年开启了。

第二日,徐氏哥俩扛起一包麻袋朝王胖子家走去。胖女人早就备下了一桌酒席。哥俩放下袋子说这都是些不值钱的老家特产。胖女人叫嚷着怎么没把小石头带来,而王老二再次喝倒在餐桌上。哥俩离开时,手里被硬塞进两包东西,一包特产和一包给小石头的玩具,还有一张字条,上面写着新工地的地址和路线图。

城市随着火车送来的一拨拨人开始转动,与去年没有分别。

第三章

　　日子在寻常的人家就是这样，不论多大的灾祸，只要他们还有家，便总能顽强地生活，就像那一地的野草，它们成群结伴地生长。

角落里的积雪越缩越小,最终化成一层易碎的薄片,阳光继续逼近,去年的冬日在今天寿终正寝,雪尸归还大地,成为后来者的养料。当第一缕春芽钻出大地时,徐勇他们已经给三户人家装修好新房,获得两日的休息。徐勇揣着他的破本子再次西去。他信心满满,觉得事情终于可以解决了。

　　他来到窗口,他一边描述自己的事情一边寻找上次接待他的工作人员。现在他开始焦虑,他在解释,一遍又一遍,对方回复,重复着:"材料呢,带材料来。"他的血液向上翻涌,他觉得他被骗了,他开始愤怒,他指着他们的鼻子说他们不是人,他暴跳如雷,对方只好说之前他见到的人已经辞职不干了,他们也没办法,让他收集好证据再来。徐勇骂够了,也折腾够了,他的血液开始回落,带着他的体温下落。他手脚冰凉地走出信访局,抬头望天,一肚子的委屈向谁倾诉?他在信访局对面坐了许久,之后消失在城里,像一只蚂蚁消失在大地上。他不知道自己是怎么走回家的,直到吴婶的胡同呈现在他眼前时,他才收回飘忽不定的灵魂,深呼吸几口气,勉强打起精神,装作什么都没有发生。

　　什么都没有发生,什么都没有改变,曾被改变的命运继续苟延残喘。某天傍晚,徐氏兄弟伴着晚霞收工回家,街上人来人往,好不热闹,他们这才注意到,又一个春天在他们毫不知情的情况下再次偷溜,城市早已换上一身五彩缤纷的夏衣。

"哥，你说这时间咋就这么奇怪哩，小时候，咱盼着夏天、冬天，大人们也盼着秋天，盼着新年，那时候时间过得多慢啊，那真是数着日子过，心里急。你看现在一眨眼，都不知道呢，一年就没了，你说这城里连时间都跟村里不一样吗……哥，哥，想啥呢？"

"哪儿来那么多感慨！矫情，快点回家，婶儿、小石头还有小冉等咱呢。"

第二日徐氏哥俩出工，吃午饭的时候，徐勇把王胖子叫出去，不知道说了什么，徐浩下午就没再看到自己的哥哥。随后的一段日子里，徐勇消失的日子越来越多。徐浩不知道哥哥都在做什么，他问他，勇哥也不说，他问王胖子，问王老二，俩人只说给他找嫂子去了。开始徐浩不信，随着王氏兄弟开的玩笑越发有模有样时，他便也信了，守着自己的小冉，也不再多想什么。

这段时间里小冉换了一家公司，工资卡上多出500元，在家的时间少了一个小时。她成了每日里出门最早，又最晚归家的人。小石头也开始上学了，他被送进附近的一家幼儿园，每日都拧着小眉头回来。吴婶也不敢再耽搁了，盘算着自己该干点什么。她坐在马扎上，回想来城里的这些年，她从保姆干起，后又倒腾粮油，吴老头看着她整日腰酸背痛，心疼，于是用故意找碴儿的方式百般阻挠，她无奈撤了粮油生意，开始每日凌晨倒腾一些小商品在集市叫卖，后来她用手里积攒的钱在农贸市场租下一个档口，售卖一些杂七杂八的货品，直到吴老头与孩子走了，她觉得天塌了，便把档口草草出兑。太阳走到了西边，从窗外滑进一丝阳光，照在粗糙苍老的双手上，使得这一处的体温异样，吴婶歪着脑袋，瞄着被烘烤的双手。猛然间，她站起身，急匆匆地走向门口的镜子。第一眼是生疏，第二眼是惊吓，第三眼便是无尽的忧伤。这分明是一张老人的脸，她伸出手抚摸那些皱纹产生的地方，她看到它们有规律地排列着,她动了动嘴巴,制作一些表情,皱纹跟着起伏。她开始难过,无论她作何表情,这些皱纹都勾画着一张苍老苦难的脸。更让她觉得诧异的是,自己的黑发怎么就变白了,而她却被蒙在鼓里。她才40岁啊,她用双手捂住自己的脸,眼泪便从指缝间流淌下来。

女人是喜爱镜子的,在她们少女时期,镜子便成了她们日常的重要伙伴,它照射着她们的成长与绽放,直到被一个男人摘走,女人的镜子开始蒙上灰尘,她们为她们的男人而活。女人变成母亲,那年她才17岁,少女母亲便为她的孩子而活,为她的家庭奔波,直到有一天,女人想起镜子时,往往会吓坏她。直到同样衰老的男人与孩子光滑的脸出现时,女人才得到些许安慰,才能坦然或是无奈地接受这张衰老陌生的脸。

吴婶茫然地看着空房子,她为之操劳半辈子的家已经有一大半入土了,她该找些什么来安慰自己呢?她只有眼泪,她蹲在地上痛哭不已,这是自吴老头与大柱走后,她的第二次痛哭,只是这一次眼泪是为她自己而流。

她泪眼婆娑地看着这个家,看着这个已经改变了的家,确实改变了,孩子的衣服玩具散在家里的各个角落。吴婶打开衣柜,迎面扑来青春的朝气,那是孩子们的衣服散发出来的。吴婶的手从徐勇的夹克滑到徐浩的运动服最终在小冉柔软的粉红毛衣上掉落下来。她关上衣柜,准备接受她的命运,她从房子里搜集重新面对生活的力量。她现在坐在马扎上,远离镜子的位置,打开被折叠得很整齐的布包,露出13830块钱,她知道其中的7600元她不能动,那是徐家哥俩的血汗钱,剩下的是她出兑摊位获得的4000元和老家村民给的1700元,除掉这一年的开支,吴老头给她留下的只有530元。她起身找了一块干净的布,把徐家兄弟、吴老头的钱与房产证还有刚来城里那会儿吴老头送她的一枚金戒指整齐地码进布里。她嘟囔了一句"老头子啊"便把布包藏起来。她拿着最后剩下的 5700 元开始继续琢磨她苍老的身体还能做些什么。直到徐氏兄弟归家，吴婶把她的想法掏了出来，她想重新摆摊卖货。徐浩表示支持，他想着小石头上学了，婶子自己在家待着也没意思。徐勇起先只是听着他们的对话，而后表示拒绝，他不想让吴婶工作，在这一点上，他继承了跟他没有血缘关系的吴老头。但结果他也与吴老头一样，还是听从了吴婶的决定，只不过他加了一条，就是吴婶还得去市场租摊位。

  吴婶胜利了，但她没有感受到胜利的喜悦，她恍惚了，这番对话、这个场景多么熟悉啊。在过去的这个家里，每当吴婶提出要出来工作，或是要换工作的时候，吴老头就是坐在徐勇现在坐的马扎上，摇头叹气；大柱躺在床上像现在的小石头，虽然那时他比小石头要大几岁，可是一样鼓弄手里的玩具。她忽然觉得这个家没变，只是在这个家里生长了 15 年的徐勇忽然变成了吴老头；而浩子正在逐渐成为徐勇，小石头则像是弥补她缺失在柱子身上的索债鬼。她此刻的内心深处弥漫着两种情绪，究竟是幸福还是不幸，她分不清了，她怜爱地看着三个孩子，打心眼里萌生要为他们活着的念头。就在这时，小冉下班了，吴婶带着新的信念，迎接她的另一个孩子，她起身把早先预留好的饭菜加热。小冉像往常一样围在她的身边，帮她忙活，她觉得吴婶今日的脚步变得轻快了。

  日子在寻常的人家就是这样，不论多大的灾祸，只要他们还有家，便总能顽强地生活，就像那一地的野草，它们成群结伴地生长。

  第二日的朝阳洒在刚刚露出脑袋的嫩芽上时，这一家人也纷纷出动了，小冉迎着朝阳去往她的新公司，徐氏哥俩结伴前往新工地，吴婶领着孩子去他的新学校，而她自己则走向曾经在这里忙碌的农贸综合市场。她很幸运地找到一个正在出兑的档口，虽然这个档口卖的是内衣用品，不是她所熟悉的领域，但好在货不多，而且位置还好，她想着卖完这些货底子，还卖自己以前卖的那些东西。

出兑人热情地拉着吴婶看她的出兑广告,她说:"我刚贴上,你看看,你看看这纸一点儿灰都还没落上呢,你算是逮着喽。你不知道你有多幸运哪,现在市场要火喽,不好租喽,要不是我家那口子身子骨不行了,我才不舍得放出去回老家呢……我家那口子啊……"吴婶连连点头,出兑人说着说着就开始抹眼泪了,结果两人足足花费了一个多钟头的时间用来互说往事,竟然一点儿都没聊到具体的租金上。

不过这一个小时是值得的,出兑人释放了她的痛苦,吴婶则获得了实惠。

出兑人擤了一通鼻涕,说:"大姐啊,你也是苦命的人,我也真是着急出兑,原本想着这不得耽误个三五天工夫,今天见着你我也算是得了,一天都不等了,你要是看着还中意的话,我给你交个底。你也看见了我这有三个床子,原先的价格吧是一张床子120,现在涨了,也不知道今年咋了,涨得吓人,都到200了……我这还剩下七个月的租金,我家那口子也不知道还能活几天了,我俩也没个孩子,要那么多黑心钱也没啥用了……我就按原先的价格给你,但七个月后你就得按市场规定交租金了,还有市场保证金我已经交了,总共1800,到时候你跟我去办手续,我这些货吧,说多不多,说少也不少,我也没心情算了,你就再给我1000吧,你看着我这心行不?"说完,出兑人突然昂起头看着吴婶。

吴婶心知这出兑人确实是实在人,价格公道,但这七个月的租金下来,加上杂七杂八的,总价要5320元呐,她想着这差不多就是她所有的积蓄啊!她搓着手,不好意思地说:"大妹子,你这人爽快,心也诚,就是……加起来一下子也不少,俺得回去想想……但是,大妹子,你要是信得过俺,给俺先留一天中不?算是俺求你了,明天一早,还是这个点,俺准过来给你答复。"出兑人想了想点了点头,算是同意了。吴婶又跟她拉扯几句家常话便离开了。她在市场上又转了一圈,打听到涨租已是事实。她在心里盘算着这笔大买卖回了家。

这一天她算是坐不住了，刚过午饭点，她咬咬牙，拍着自己的大腿，又跑到市场找出兑人聊天。这一聊就聊到太阳快落山的时候，出兑人又抹掉200元。付完定金，她才放心地去接小石头。此刻她哼着小曲，操着锅铲，端出一盘盘冒着香气的菜肴，小石头看着大块的红烧肉，不停地吞咽口水。吴婶夹起一块肉放进孩子嘴里，然后牵着他的小手来到超市门口，她像个怀春的少女等待徐氏兄弟归家。

天已经黑透了，远处一高一矮的两个身影让她兴奋又忐忑，小石头挥动着他的小胖手奔跑过去，吴婶突然掉头往家里跑，在快到家门时，脚一崴，便趴在地上。她赶忙起身，先是回头，没有发现徐氏兄弟，迅速掏出钥匙开门，她摸了摸盘子的周围，发现还热乎着，才坐下来，检查自己疼痛的右腿，在小腿上有一块擦破的地方，还有脚腕微肿。她笑着叹了口气，又摇了摇头，这个时候徐氏兄弟进门了。小石头拽着徐浩的手，把他领到桌前，瞪大眼睛，指着一大盘红烧肉。与此同时，徐浩的眼睛也变大了，他咽了咽口水说："今儿啥日子啊！"

吴婶抿起嘴，从厨房端出一碗碗热腾腾的米饭。徐勇眉头拧起说："婶儿，你的腿咋啦？"

"啊没啥，今儿高兴，不小心崴了一下，那啥……你们快吃，俺跟你们商量个事。"于是她端着饭碗，把今天的事说了一遍，虽然徐勇并没有像她一样高兴，但总算是同意了。

就这样，她的小买卖开始了。自从吴婶干起老本行后，徐勇就不再请假了，他向王胖子透支了2个月的工资，并与吴婶发生了争吵，逼迫吴婶收下，否则就不允许她出摊。徐浩关切地看着哥哥，说来也怪，明明是两个尤为亲切的兄弟,但他们真正彼此交心的谈话并不多,尤其是出事以后,哥哥的诙谐好像也死掉了,开始转变成另外一个人,徐浩想着,又觉得自己好像也变了,具体哪里变了,他也不清楚。他只知道当自己想着见见未曾谋面的嫂子时,他不敢提。现在他暗自揣测哥哥怕是分手了,他想跟自己的哥哥聊聊,但总也张不开口,从他第一次想说时没说,到现在也就不了了之了。

徐氏兄弟间的沉默,在时间面前分文不值,它继续默默地流淌着,像去年、前年那样丝毫没有改变。

眼下小石头脱掉的棉袄再次穿上了。吴婶的小生意已步入正轨,手里刚有点剩余的钱,交租的信息就来了,每个床子涨到了210元,比当时的出兑人所说的价格又涨了10元。这多出的10元让吴婶心里打鼓,虽然她连小学都没有念完,但这些年在城里的摸爬滚打已让她对城市的动向有了模糊的预感,她感觉未来还会涨租,并且涨幅会越来越大。她思来想去,有了判断后解决的办法也就有了,她想索性不如交上一年的租金,日后怎样自己无法左右,那就起码能保证下一年的安稳。可是,这一年的租金自己是无论如何也拿不出的,思考再次陷入僵局,她唉声叹气地收摊,走到市场的另一边,准备买菜做晚饭。大白菜比上次购买时贵了一毛,土豆贵了两毛,猪肉贵了一块二,菜贩子连连叹气地解释进价贵了,租金又涨了,挣点钱不容易……

吴婶拎着菜篮子去接小石头,一路上她更加确定至少要交上一年的租金,如果动徐氏哥俩的钱呢,自己偷偷地拿一些,日后挣下的钱再补上呢,这条路虽然完全行得通,可是万一人家孩子遇到个什么事跟自己要钱,可咋办;况且最近这半年,徐勇交给自己的钱越来越少,她也没问,她知道有那么几个月是孩子预支了工资给自己,而她也把欠下的钱偷偷放入由她保存的徐勇的小金库里,因为明着给,徐勇这孩子倔强上来,肯定不要,而剩下的几个月,或许孩子谈对象了,也是要用钱啊,唉,孩子的钱不能动……想到这儿,吴婶再次叹气。小石头听到奶奶叹气,他更难过了,因为老师说了明天开联欢晚会,同学们需要自己准备零食,他还听到同学们吵吵着说什么黑白配、麦丽素、上好佳……还有好多他不知道的,但他知道肯定都是好吃的,他不敢跟吴婶说,他也不懂自己为什么要这样,刚入学那会儿,一次老师说要交书本费,他也没跟吴婶说,后来还是老师亲自来家里要的。就这样,一老一少怀着各自的心事,踩着雪,消失在黑夜里。

徐勇收工的时候,说自己有点事让徐浩先回家,徐浩以为"嫂子"的事又有眉目了,他鼓起勇气刚想问,就被哥哥推出工地。留下的徐勇走到王胖子面前,支支吾吾地说能否预支半年的工资……吴婶这边已经准备好饭菜,除了小石头偷吃了几口外,无人动筷,小冉也回来了,还不见徐勇的踪影,吴婶牵着小石头站在胡同口。大概过去了十分钟,从室内带出来的温度差不多就消耗光了,吴婶让小石头回去,自己继续站在这儿向远处的黑暗张望。从现在起,每过一分钟,就有一个恐怖的念头闯进吴婶的脑袋……徐勇下了公交车,裹紧大衣,一只手始终放在衣服的内兜处,他左顾右盼,像贼一样地前进,直到视线中出现吴婶的身影时,酸涩的暖流便在心口搅拌,他加快脚步。吴婶也看到了,她急忙朝他的方向走去。等俩人回到家时,徐勇才把他一路护着的宝贝掏出来,是一沓用塑料袋包着的钱。

"婶儿,你先别说话,啥也别说,听俺说……俺估摸着你应该交租了,这次的租金怎么也得200元起,根据以往涨租的形势,恐怕以后安稳不了,得涨到天上去,俺想着这次你就交上两年的,起码这两年安安稳稳的。这是俺从王哥那儿支出来的工资,你先拿着交两年租金……婶儿,你先听俺说完,成不!俺也不知道这些够不够,估摸着应该差不多,你安稳了,俺们也都放心了,这是笔买卖,早晚都得花的钱,早花了就是省下的，你赚钱了再给俺，不就成了，就这么定了！"

吴婶想再次拒绝时，小冉说话了："婶儿，这次租金多少？"

"每个床子210，三个床子。"

"那就是每个月630，那两年就是……15120，一半就是……7560……"小冉一边说着，一边在纸上划拉着，接着又指着塑料袋问徐勇，"勇哥，这一共多少？"

"12600。"

小冉想了一会儿后说："这样，你们先听我说一下。我现在工作收入还行，我自己也攒了点钱，手里算是富裕，一直在这儿住着，也没有房租，这样我拿出5000，就当作是房租了，婶儿，你先别说话，别拒绝我，也为我想想，我在这儿一直白住着，心里不是滋味，你收下这钱，让我心里踏实，况且我以后还住呢，算算这租金已经很便宜了，剩下还差10120，你们就一块商量着给补上。"

小冉说完，还没等吴婶说话，徐勇就摆出一副拒绝的姿态。大家七嘴八舌地争执着，最终的解决方案是两年的租金交定了，吴婶、徐勇、小冉、徐浩四人均分，每人出3780元。方案已定，不容许更改，表面上没有人开心，都是一副气呼呼的样子。小石头茫然地看着大人们，他不太明白究竟发生了什么，他只知道跟钱有关，大人们因为钱而生气，这样一来，他就更不敢提他的联欢会零食了，想到零食，他的肚子就饿了，他伸出小手拽着吴婶的衣角说："肚肚饿。"

吴婶霍地站起身，忙走向餐桌，饭菜早已凉透，她一边责备自己，一边加热饭菜，她最不愿孩子们吃凉的饭食，她的自责深入骨髓，一边咒骂自己，一边生出一份不可遏制的强烈的生存欲，这份生存欲来源于保护，保护她的"孩子们"。

就这样，徐勇寻找当年包工头的事情，收集资料的事情再次被中止，所有的烦恼与感恩让他更加努力地工作，每日把自己累得半死才回家。他的卖力王胖子看在眼里，换来兄弟俩每日100元的薪酬。就这样，徐勇的大事被生活中的各种琐碎小事一次次切断。眼下，小冉的羽绒服进入床底的大箱子里，火红色的裙子爬在她身上。徐勇刚觉得可以继续他的大事时，生活又平白地给他出了一个小难题。小石头准备上小学了，但孩子没有户口，没有背景，没有一个学校肯接纳他。一家人再次犯愁，新组建的家庭开始第一次集结"开会"。吴婶看着三个大孩子表情严肃地商量着，她抱着小石头，苦恼的情绪早被幸福击垮了，她找到了专属于她的安慰。

没过几天，小冉请了一天假，这是她工作以来第一次请假，她跟着徐氏兄弟一起，来到当初处理小石头奶奶事情的派出所。他们得来的结果是两个，要么去民政部办理收养手续，要么就是把孩子送去福利院。再想问些什么，工作人员的不耐烦就已经显露出来了。他们只好离开，准备前往民政部。

就在这个时候，当初出警的队长从门外进来，跟他们打了个照面，队长疑惑着询问其他工作人员，得知是自己之前处理的案子时，迅速追了出去。刚见面，队长就问了他们一堆问题，孩子还有没有亲戚、出生证明等等，徐勇摇晃着脑袋，心沉到谷底。队长叹了口气，又问了一堆有关他们的背景以及与小石头父母的关系，这个时候都是小冉在回答了，并且发觉了队长的善意。她带着垂头丧气的徐勇还有不知所措的徐浩跟在队长身后，来到民政局。

现在的对话，哥俩基本上插不上话了，徐浩沉默地看着小冉。接下来的几日，徐勇让徐浩继续出工，而他则请假出去跟着好心的队长办理手续，到了晚上像汇报工作一样，对小冉交代事情的进展，然后听从她的下一步安排。整个事情，虽然手续繁杂，但总算是顺利，眼下只剩下小石头的户口究竟是要落在吴婶名下还是徐勇名下了。两个人互相争着要落在自己的名下，他们因为不想给对方添负担而怄着气，这发生在小冉回家之前。徐浩抱着小石头，不知如何是好，在这个家里，他从来没有决策的权利，也没有调和矛盾的能力。他领着小石头，走出家门。小冉结束加班工作，拖着疲惫的身体回到家时已经是十点了。她看到远处路灯下的徐浩还有小石头，心头升起一股暖意，但她还是皱着眉头指责徐浩这么晚还不让小石头睡觉，徐浩傻笑着回复。

当她回到家里时，看见吴婶坐在餐桌旁，而徐勇坐在马扎上，俩人谁也不说话，谁也不理她。她困惑地瞪着徐浩，把他拉出门外，才得知事情的原委。当她再次进门时，坐在徐勇的对面。结果这一晚决定了小石头的命运，同时也树立起她在这个家里的位置。等到秋风平地而起时，小石头在队长的帮助下进入附近的小学，而他的户口则落在了吴婶的名下。

新家庭的第一场风波总算是过去了，大人们舒了一口气，小石头的小烦恼则又加重了。日子重新步入正轨后，徐勇请假的日子才再次紧密起来。

又一场冬雪飘荡在城市的上空时，徐勇拎着他的布包再次西去。一路上他都攥着拳头，瞪着眼，好像他即将去的不是信访局，而是战场。"到了，叔、柱子……"他嘴里叨叨念着，像是乞求佛祖保佑的信徒一样。大门被推开，另一张陌生的脸穿着制服，重复着他第一次来时的流程，徐勇紧紧盯着他，直到听见他对电话说："最晚给你三天时间，必须马上过来，否则你就别想再开工了。"

徐勇绷紧全身的肌肉，喘着粗气，连吐几个"好"字。就这一句话也让他觉得出了一口恶气，于是他对陌生的脸换了一副神情。最后他带着等电话的信息，放心地留下资料，因为他知道，在家里，就在他的一包衣服里，还安全地躺着两份。此刻，他已走出信访局，站在它的门口，抬起脑袋，迎着阳光开始自言自语，引来几个好奇的路人，也抬头往上看，有人询问徐勇，徐勇没有理会他们，继续小声地嘟囔着，有人便离开了，但也有人执着地向上看，现在看的人越聚越多，他们好像真的发现了什么，人群开始骚动起来。徐勇深吸一口气，他的视线回落，缓过神来后才发现周边聚集了一堆人，他疑惑地顺着大家的方向看，明晃晃的太阳刺到他的眼睛，只觉得天旋地转，他才想起从早上到现在都还没有吃过东西。他从人群中挤了出来，没走几步就看到一家饭店，他钻进去，点了一碗素面。街道上突然传出一片尖叫声，小饭店里已经有几个人冲了出去，徐勇端起碗，喝光最后一口汤，心满意足地拨开人群，踏着大步往前去。而在他的身后，有一个生命从高处坠落，几秒钟，变成了无生命的肉块。这个肉块与他唯一的关联，就是他刚才抬头看的方向恰好出现了这个无生命体最后的生命状态，而他奇怪的举动引来另外一群陌生的人，就这样，把这个弃世之人与一群在世之人联结起来，就像这个城一样，也像时间在每个人那里平行运转时，突然出现了交集，仅此而已。

徐勇回到了工地，从王胖子那里预先领取了一个月的工资，便又急匆匆地出门了。徐浩疑惑地看向王胖子与王老二，只见他们的眉头也都皱着，好像也在思索，当他开口询问时，他们才转回往日的神情，嬉笑着对徐浩说嫂子要过门喽。

徐勇离开工地后，冲向了商场，他在柜台上购买了一部最便宜的小灵通，又返回信访局。天已经开始擦黑，围观的群众还有那具尸体早已不见踪影，好像什么都没有发生一样，对于城、对于时间来说也确实如往常一样。他跑到窗口前，气喘吁吁，把手里的字条递给对面的人，说有消息后打这个电话。

次日，徐勇上工了，他刚到工地干了没一会儿，便掏出了他的小灵通。徐浩瞥到这一幕时，激动得差点从脚手架上掉下来。他爱不释手地拿着哥哥的电话，羡慕的神情引得王胖子他们一顿奚落。徐浩不理会他们，他在心里盘算一圈后，终于忍不住开口："哥，你昨天支走工资，就为了买这个啊。"

徐勇点点头。

徐浩抿了抿嘴唇，支支吾吾地说："那你是不是也给嫂子买了一部啊？"

徐勇愣了一下，一把夺回手机，只说："擦擦口水，没出息的东西，等几天，就给你了。"

"真的啊，哥。"

"俺啥时候骗过你？"

徐浩的心怦怦乱跳，嫂子的问题便被抛到脑后了。他想到小冉，想着她还没有呢，他在心里敲起了小算盘，琢磨着哥哥的给自己，自己再给小冉买。接下来的一整天，徐勇频繁地掏出他的新手机，而徐浩则陷入对未来幸福的憧憬里。

这样的场景循环两天后，小灵通第一次出声了，徐浩羡慕地目送哥哥带着铃声走出房子，门被关上，铃声停止。徐浩跟着走到门口，当他刚想打开门时，被王老二一声吓住，王胖子也催着他继续干活儿，他这才灰溜溜地走回来。徐勇很快地挂断电话，带着徐浩猜不出的表情进来，迎面就是弟弟的一阵盘问。王胖子与王老二照旧用嫂子的话题岔开，徐浩看着哥哥默许的态度，他便更加确信之前的猜测了，这一日他为勇哥高兴，但也有一些埋怨。他刚把埋怨释放几句又迎来王胖子他们的一阵奚落。

次日，孩子把徐浩摇醒，当他睁开眼时，发现家里就只剩下他俩了。他才想起昨晚吴婶让他送孩子上学，因为她今天要出去进货，但是勇哥呢，他怎么不叫自己就走了？徐浩带着小石头在路边的早点摊上吃着油条喝着豆浆，心里揣摩着今天可能是什么大日子。他把小石头送到学校后，独自走回家，从自己枕头下面拿出一包纸，数出二十张钞票，放在上衣的口袋里。他想，今天也是他的大日子，于是他走进商场，在柜台上精心挑选，他在一款白色的诺基亚与玫红色的小灵通上犹豫不决。机警的售货员很快看出徐浩的心思，于是在一旁煽风点火地鼓吹女孩子会更喜欢白色的。徐浩对比着两个手机的价位，虽然都在他买得起的范围内，但白色的可以让他兜里的一沓子钱变成一张。

对于徐浩来说，他好久没有这么兴奋了，他喜欢把钱换成城里的物品。自从他住院那晚，他写下他想成为的男人后，他就一直学着勇哥的样子，他都好久没有过过城里人的生活了。眼下，小冉毕业，不用再为她攒学费了，他觉得今天格外放松，好像今天才意识到小冉已经上班了一样。他又花掉50元办理了一张电话卡，现在他用胳膊夹着新手机，吹着口哨，游荡在街上，前面黄色的大M醒目地贴在半空中，虽然他不久前才刚吃过早饭，但他决定至少要买个套餐放进自己的肚里。他吃一口汉堡，喝一口可乐，又拿起薯条蘸着红色的番茄酱不断地送进他的口中，他感受着久违的满足，他想在店里吃就是不一样。太阳明晃晃地挂在高空中，他兜里只剩下三块钱了，他掂量着三枚硬币的重量，站在公交车站，盘算着现在去工地，到了也干不了多久，不如直接回家，但回家的路费不够，算了，能坐到哪儿算哪儿，剩下的走回去。他这样想着就这样干了,直到最后一枚硬币被花光,他走在路上,继续吹着口哨,觉得自己身轻如燕,想到这个词后,他"扑哧"笑了,骄傲于自己的文化水平。

勇哥一个人坐在马路边上,他自言自语地嘟囔着30万。他算着人头,这次他把老刘头加了进去,把徐浩踢出来。"不对啊,一条命十万,够还是不够啊……"他嘟囔着。

当太阳落下换上月亮时,寒风从四处钻来,它们在徐勇的身体里搜刮一通又扬长而去。徐勇打了一个哆嗦,这才回过神来,天都黑了,他拎起兜子匆忙地赶回家。

吴婶焦急地站在寒风交叉穿行的胡同口,迷茫地看着远方,虽然她知道应该不会出什么事,但还是不由得为一个未归家的孩子担惊受怕。房子里,小石头已经睡着了,徐浩觉得这是天赐的良机,他让小冉转过身还要求她闭上眼睛,他自己则跳上床,拿着新手机放在她的手上。小冉睁开眼睛,"哇"的一声,表现出很明显的欢喜,徐浩暗自佩服售货员。雪白的手机在小冉手上亮起幽蓝的光芒,她的眉头开始一点点蹙在一起。她娇嗔地埋怨徐浩乱花钱,但在徐浩听来都是甜的,他忍不住抱起小冉。清香的洗发水味道钻进他的鼻子,松软的胸部隔着厚实的毛衣贴近他的胸口,他只觉得浑身的血液迅猛地冲向他的下体,弄得那里肿胀难耐。小冉被他抱得猝不及防,先是感觉到徐浩身体的颤抖,她关切地询问:"你冷吗?"

"不冷。"

小冉开始注意到他急促的呼吸,她的脸一红,一把推开徐浩。徐浩被推得"扑通"一下坐在床上,床上的帘子随即被扯下来,露出小石头熟睡的脸。这个时候,徐浩的血液才逐渐各归其位。他不好意思地低着头。

小冉一脸不高兴地推开徐浩，拉起帘子。门外传来说话声，小冉与徐浩慌忙地摆弄帘子。吴婶与徐勇推门而入，只听见小冉慌张的解释，徐勇径直走向马扎，不予理会，吴婶则拐进她的小厨房，并没有过多地看他们。

这一晚徐氏兄弟都失眠了，徐浩开始琢磨出去住的事情，徐勇在计算人命的价值。弟弟在美好的计划里渐渐进入梦乡，而哥哥在一串数字中迷失方向，最后一头扎进睡眠里。窗外开始悄无声息地飘起雪花，一层又一层地铺在地面上、车上、屋顶上。

清晨的朝阳升起，躲在厚厚的云层里，点亮整个城。劳作的人们纷纷起床，只觉窗外大亮，朝窗子走去，一片神圣柔软的洁白。吴婶家，黑漆漆一片，只有窗顶一丝光亮。

吴婶最先起床，她站在窗前，打了个寒战，愁眉不展。随后是小冉，她先是被烟呛得连续咳嗽几声，随后在被子上摸索自己的衣服套在身上，这才缓过神来，看到吴婶正在生火。她慌张地看着窗外，抬高手臂拍打上铺的兄弟。现在除了小石头以外，全家人都起来了。徐勇小心地握着门把手，刚拉开一点，他便感觉事情不妙，赶紧用力顶着门，叫来其他人，大家一起才把门推回到原来的位置。冒失地闯进来的雪现在已化成一摊水，他们围坐在炉火旁，已然知道他们被困住，一家人愁云满面。徐浩突然拍打小冉的肩膀，兴奋地说："快去拿手机，打电话，请假。"所有人都对徐浩递来惊讶疑惑的表情。小冉叹了口气，站起身，看了看窗外，摇了摇头。新手机开始发出嘟嘟的声音，吸引了屋里人的目光，他们目送着幽蓝的光芒打在小冉的脸上。她的双颊绯红，结结巴巴地请完假，然后连按好几下挂断电话的红色按钮，她拿着手机翻来覆去地看。徐浩收回目光，拿起一根木头塞进火堆里，露出得意的表情。等小冉回到火炉旁边时，徐浩延续骄傲的神情让吴婶拿手机给小石头的班主任打电话请假。

雪持续地下着，无声无息，淹没了城。房子里的人对此并不知晓，他们只知道不过是下雪了，雪下得很大，而他们对此无计可施，等太阳升起时，自然会融化一些，还会有人来除雪的。现在唯一让人烦恼的是电停了，吴婶翻箱倒柜地找出几根蜡烛，他们点燃了两根，拿出白面，这是吴婶的主意，她对孩子们说既然出不去了，就在家多蒸点馒头，这样一来不仅今天的饭食有着落，剩下几日的饭食也省事了。现在，小石头醒了，知道自己不用上学了，高兴得手舞足蹈，小冉帮他穿好衣服，一家人在摇曳的烛光下把一摊白色的面揉成一团一团。这些面团又变成小石头的画笔，他学着徐浩妈妈的样子把面捏成各种形状。他一边捏，嘴里一边讲着他脑袋里幻想的各种动物大战，时不时地还拿着两个面团扭打在一起。惹得徐浩开始情不自禁地改变手里馒头的形状，他还怂恿小冉加入。吴婶附和着说："娃们，随意捏，你们捏啥咱就吃啥。"

奇形怪状的"馒头"摆在蒸笼里，燃掉了房子右侧一半的木柴，这些都是徐氏兄弟在装修时带回家的废料，得亏了它们，使这几年的冬日没那么寒冷。吴婶掀开锅盖，热腾腾的香味锁在这个不大的房子里，小石头蹦蹦跳跳地喊着"像过年一样"，这种气氛一直延续到吴婶带着大家做完大扫除，她实在想不出可以用多余的一天再做些什么的时候，蜡烛已经燃烧到尽头了，"噗"的一声灭了。他们听到窗外传来铁锹摩擦地面的声音。他们想着应该快了，很快就能出去了。徐勇撮了一小堆煤炭压在炉子里。在火炉旁边蹲着徐浩与小石头，地上摆着跳棋，一大一小的两只手拿着棋子在地面上跳来跳去。两个女人坐在床上，一会儿看看窗外，一会儿看看火炉旁的"男人们"。

敲敲打打的声音一直延续到太阳消失，换上雪花在月下飞舞的时候，房子里的人还没有看到亮光，时间仿佛从清晨便开始凝固。即便他们被困了整整一天，即便他们为此担心，但快乐的感觉是真切的。仿佛日子借大雪之手给他们放了一天的假，让他们放下所有的负担，与家人相处。于是他们都心照不宣地、没有那么迫切地，想除掉阻碍他们离开的雪。

当晚吴婶做了一个梦，她梦到自己坐在阳光明媚的院子里，远处是一片麦地，几个年轻人从麦地里走来，她坐在摇椅上向他们挥手，她看不清他们的脸，但她知道那是她的孩子们，是在向她走来。阳光明晃晃地打在孩子们的身上，她觉得无比耀眼，她揉了揉眼睛，再次睁开时，她的孩子们变成了太阳，倏忽之间就飞到了天上。这个时候她醒来了，她慌忙地转过身，看到小石头还有小冉，又下床踮起脚尖儿，看到上铺还在睡的两兄弟，她擦了擦额头上冰冷的汗水，这才发现窗外的雪已经被清理了一半，露出地平线了。

阳光被雪花映衬得格外耀眼，透过半扇窗户照进来，屋里一下子就亮了。吴婶打了个寒战，她一边穿衣服一边叫醒孩子们。小冉看了看表，哎呀呀地连叫几声，因为这个时间意味着她今天肯定是迟到了。徐勇来到门口，他犹豫了一下，把门打开一条小缝，与昨日相同，一堵脆弱的雪墙立在门外，随着门的打开，雪墙冲进屋里一小部分。全家人只好再次把门复位。徐勇看了看窗外，跟大伙儿商量，把窗子打开，这儿的雪少，他从窗户爬出去，再绕到门外除雪。大伙儿点头，立刻操办起来。两个男人已经出去了，剩下女人与孩子打扫从窗户倒进来的雪还有垃圾。徐氏兄弟拿着铁锹还有扫把穿越停车场，来到街上；顺着一排店铺，来到胡同口，他们说的胡同口，实际上就是一个窄门。他们钻进去，正对面是一户带有院子的人家，院子里堆满了废品，院子的对面是一个小超市的背面和一家小饭店的后厨，走到这里时，在这宽度不超过三米的地面上，已经堆起三个大雪堆，使原本不宽的小道更加狭窄；他们继续向前走，不出二十步，往左边看就是他们家的这条窄胡同了，地面也是从这里开始下落，现在，算上徐氏兄弟，这里站着七个男人，呈现在他们眼前的是一片洁白平坦的道路，不仅没有下陷，反而还比他们脚下的地面高出许多。徐浩只认出两个面孔，打了个招呼，便进入正题，这雪可咋办啊？徐勇腼腆地跟大家商量先把雪铲到胡同口，然后分成两拨人，一部分继续向外铲雪，一部分把落在外面的雪挪到大道边上。大伙儿点头同意，拿着各式各样的工具操办起来，在铲雪的过程中，他们用不同的方言互相熟络，徐浩这才得知原来的邻居搬走了，换成了眼前的人。

随后陆陆续续又加入几个人，与他们一样，都是从窗户爬出来的。小冉与吴婶，连带着小石头也都出来了，大伙儿一起在道边堆出一排雪堆。现在眼看胡同就要清理干净了，所有人都出了一身热汗。几户人家的门已经打开，其中有那么几户人家刚打开门时，对铲雪的人千恩万谢，一户住着两个老人，他们笑呵呵地说："俺俩以为苦日子到头了，都准备去见阎王爷了，你们硬是把俺俩给拉回来了喽。"说完，老人又哈哈地笑了半天。还有一户人家出来的是一个奶着孩子的姑娘，她刚打开门时，看了一圈众人，突然跪倒在地，她哇哇地哭着说话，怀里的孩子也哇哇地叫唤。众人赶忙搀起姑娘，才得知她一个人带着孩子靠给工厂缝补布娃娃生活，家里没有粮食，也没有电话，她以为她与孩子要死了。

原本只是雪大了点，对于出来铲雪的人来说，不过如此而已，他们都在家等待了一天，有人报了警，那边说人手不够，让他们再等等，他们也都听到窗外铲雪的声音，他们都没有认为这是一个多大的灾难，可眼下的这几幕场景，让他们心中百感交集。有人对自己的生活开始重新加固信心，有人觉得自己突然成了英雄……

不管怎样，住在这个胡同里的人第一次互相熟悉，这件事让他们都感到高兴。

快到中午的时候，雪已经被彻底清除了，胡同里的人家开始冒起炊烟。吴婶一家坐在桌旁，匆匆吃掉昨日奇形怪状的馒头还有咸菜，又匆匆忙忙地出去，各做各的工作。小冉上了一辆出租车；小石头跟着吴婶去综合市场；徐氏兄弟钻进公交车，哥哥看着窗外，无话，徐浩现在已经习惯了哥哥的沉默，他配合着他，也望着窗外白茫茫的一片，无话。徐勇一手扶着公交把手，一手揣在裤兜里，眉头紧皱，良久，他掏出插在裤兜里的手，碰了碰徐浩的胳膊，展开手掌，露出小灵通，"给你了"。徐浩惊讶地看着小灵通，又看了看一直看向窗外的哥哥，他一把把电话抓在自己手里，心里窃喜。

　　徐勇直到年底都没有再请过一天假，他把人命的问题翻来覆去地计算好多遍后，选择了躲避，这是自出事故以来，他第一次把问题向自己隐藏。直到第二年春暖花开，他依旧视其不见，因为对于他来说，这个问题过于庞大，已经超出他思维的范畴，他输了，输在无法计算的人命与好不容易修复的日子上。

　　而徐浩这些日子拼命卖力，他有了新的目标，他交给吴婶的钱开始逐次变薄，而吴婶全当作没有变化。

　　自从吴婶第一次跟着徐勇他们回老家过年后，之后的新年她便都是在老家中度过。新家庭的凝聚与成长在她的脸上展露，她的笑容变多了。从老家回来后，崭新的春天悄然爬上城市。直到小冉的衣服越穿越少时，徐浩按捺不住激动的心情，把自己的计划告诉给她，他以为她会同他一样激动。可是小冉只是皱着眉头说："其实我早就打算搬出去住了，每日里给吴婶添麻烦，住在人家的家里，我也觉得不对。可是……"

　　"可是什么啊？"

小冉想了一会儿说:"可是怕吴婶、勇哥他们误会……"

"误会啥啊?"

"就是误会。"小冉着急地说。

"这些你就不用管了,你就想答应不答应,其余的交给我。"

"那你能让我想想吗……给我一天的时间。"

徐浩叹了口气,他感觉一盆凉水泼在他火热的身体上。但瞄到小冉裙下光滑的双腿时,火焰再次燃烧起来。

歇工的这几天,王胖子邀请徐氏兄弟来自己家,他们都知道这是好日子,是吃吃喝喝、领工资还要给小石头礼物的日子。于是他们带着小石头来到王胖子家,他的胖老婆一脸宠溺地抱着孩子说:"快,叫干妈。"

"干妈。"

"还有呢?"

"干爸好,二叔好。"

"真乖。"一根棒棒糖塞进孩子口中。

徐氏哥俩自从认识王胖子后,酒量明显见涨,但是王老二还是老样子,喝不了多少就趴在桌子上。徐浩借着酒劲,夌着胆子跟哥哥说想带着小冉出去住。话音刚落,还没等勇哥的回复,王胖子夫妻俩的俏皮话就扑上来了,胖女人说得眉飞色舞的时候,还不忘捂住小石头的耳朵。徐浩被说得满脸通红,但还是硬着头皮等待哥哥的回复。

徐勇又灌进两杯酒,说:"回头俺先跟婶子说,然后你再跟她说,记住,不能距离太远,最好还在咱胡同里,吴婶现在刚好没几年……知道不,长点心。"

徐浩频频地点头,他举起一杯酒敬自己的哥哥。

胖女人像是想起来什么似的,拍了一下自己的大腿,然后捂住孩子的耳朵,小声说:"记着要戴套,千万别不舍得花钱,必须戴,别让人家姑娘跟你遭罪。"

徐浩的脸彻底红了,他站起来走出房间,听到身后王胖子夫妇山呼海啸般的笑声。等他再次进屋时,一杯一杯的酒不断地倒在他的胃里,好像今天他就是新郎一样。最后他与王老二一起倒在桌上,睡了两个钟头,才头昏脑涨地被徐勇领回家,倒在床上。而徐勇则走向综合市场,歇班的日子他就帮吴婶照看生意。别看吴婶一个农村妇女,打理起生意来也是井井有条,三张小小的床子,被她弄得红红火火,人多时,她自己都有些忙不过来,尤其是她进了化妆品还有一些少女喜欢的小物件后,更是热闹了。小石头现在也会做生意了,他记住了好多商品的价格,每当顾客询问时,他便用稚嫩的嗓音告诉人家价格,有他的存在,吴婶的成交量又多了一些。床子附近其他的邻居商户见了,无不夸赞孩子聪明,夸徐氏兄弟能干又懂事,最后还要加上一句总结"你好幸福啊"。吴婶虽然嘴上客套地说"也不行啊",但是心里热乎乎的。

徐勇送走最后一个客人,收完摊,吴婶揣着盛钱的木匣子,三人一起回家时,徐勇才说出了徐浩的想法。吴婶沉默了好久才说:"唉,这浑小子，不成事啊，这成什么了，要不然就娶人家过门，哪有这样办的？"徐勇连忙帮徐浩解释，顺带着说现在的年轻人都这样了，管不住的，越管越麻烦。想到毕竟不是自己亲生的时候，吴婶心里难受了，她看了看徐勇。徐勇像是猜中了她心思一样，说："婶，还有俺呢，俺赖你这儿不走，还等着婶给俺找个如你意的儿媳妇呢。""儿媳妇"三个字明晃晃地跑出来时，深深击中了吴婶，她感觉既幸福又悲凉，她抽了一下鼻子说："你看着办吧，帮着他点……还有吧，就是千万别让小冉有了……小冉这姑娘，俺看也真真是个好孩子，咱千万别让她走她娘的老路，要真有了，你可得让那小子告诉俺，俺这个当婶子的必须保这趟媒……唉，这人啊也是奇怪，你别看咱出身都是农民，可人家小冉姑娘脑瓜就是灵，人也好，俺总寻思，咱配不上。"吴婶说完马上拉住小石头，警告他不许把听到的话说出去，第一个秘密就这样突然在小石头心里种下了。

接下来的几日可把徐浩给忙坏了，自从他再次问起小冉，小冉不说话，他便说不说话就是同意了。从那天起他连着请了好多天假，在城市的东边四处游荡；他在胡同的平房里穿梭；他踏进一处又一处长着高楼的小区，他抬起头，用手遮挡阳光，眯着眼睛看悬在半空的电话号码。他拿着勇哥给的小灵通笨拙地输入一串又一串数字。最终在某个周末的午后，他激动地牵着小冉的手去往他的"家"，虽然这个目前只有半年寿命的家掏空了他的口袋，但丝毫不影响他的得意。第二天，徐浩拎着昨晚吴婶帮他们打包好的行李搬去他们的"新家"。他们的行李并不多，只有两个编织袋而已。打包的时候，孩子因为异常而感到兴奋，徐浩更是感觉心脏强烈跳动，除此二人外，其余的人都怀着各自的心事。

徐浩一手一个编织袋爬向三楼。当他从口袋里掏出钥匙拧动门锁时，突破了他的好多第一次，他第一次住进楼房，第一次开始建立"家"的概念，第一次与小冉真正自由地朝夕相处，第一次梦开始变得真实了。小冉跟在他的身后，忐忑不安地迈进空荡荡的房子。自从徐浩逐步实施他的计划后,她便开始焦虑,她不断地说服自己,告诉自己早已与他有过肌肤之亲,并且那还是她的第一次,但曾经那个阳光且温柔的男孩总是会突兀地闯进她的脑袋,加固她内心深处的罪恶感以及对徐浩的排斥。她反复思考自己为何如此,是不爱徐浩,还是对男孩的亏欠?她不知道,她对自己提出的每一个答案,她都不敢肯定。可眼下她曾在心里祈祷不愿发生的事情已然摊在面前,房子不大,角落里的床很快闪到小冉的眼里,她突然感觉一阵恶心。随着她体内声音的发作,她的双腿指引她走出房门。这个时候徐浩才从他自己的兴奋中回过神来,他拍打小冉的后背说:"房子里的味道不好,没事,咱勤开窗,散散就好了。"

小冉干呕了几口后,在徐浩的搀扶下再次进入房子,她尽力调整她的心情,开始着手打扫。直到太阳西下,这个家才稍微有个样子。他们吃着徐浩从外面买回来的盒饭,他的眼睛像饿狼一样盯着她,直到白色塑料盒里的食物被扫空时,徐浩开始了他的攻击。小冉惊恐的眼睛并没有妨碍徐浩,他抱着她,身体发出越来越强烈的颤抖,小冉跟随着他的颤抖感觉自己的身体也逐渐变冷,那是她的衣服离开她身体的时候。当徐浩正笨拙地揭开她最后一道防线时,她的双手突然抬起,把徐浩再次推倒。徐浩抬起头,才发现她在哭。

小冉用双手捂着脸,单薄的身体不断地颤抖,他看着她,像是看秋风正在吹打干枯树枝上一朵柔软的小花。罪恶感忽然涌上心头,他慌张地冲出房子。当门关上的时候,徐浩听不到哭声了,他站在门口,不知道自己接下来该怎么办,突然哭声骤起,比原先更加猛烈地从房子里涌出,吓得徐浩拔腿就跑。

他撞上一个人的肩膀,听到身后传来脏话,他继续跑,不知怎的他就出现在吴婶家的门口。他看到门缝里钻出暖黄色的灯光,他不用进去就知道屋里的人此刻正在做什么,他呆呆地站在门口。门忽然打开,暖黄的灯光披到他的身体上,那时吴婶正端着一盆洗脚水,看到徐浩愣住了。孩子哇哇地喊着"浩子哥",徐勇从马扎上站起身。徐浩才尴尬地踏进拥有更多暖黄色光的房子里。吴婶与徐勇交换着眼神,并没有过多地询问徐浩,这让他在心里舒了口气。小石头拿起作业本问徐浩一个又一个问题。这一晚徐浩像过去一样,睡在勇哥身旁,鼾声催着他忘掉罪恶、忘掉不安、忘掉困惑。

第二日下工后,哥俩结伴同行,走到路口时,徐浩犹豫着自己该去哪儿,可双腿不由自主地跟着勇哥移动。晚饭时,他想小冉应该下班了。他陪着小石头写作业时,他想小冉应该快到了,可是大门安静地杵在那里一动不动。接下来大概过了五天,再一次下工时,勇哥说:"要不然你们都回来住吧,家里也有地方,还省钱。你把租的房子再转租吧。"徐浩皱着眉头,他突然觉得有些生气,他开始生勇哥的气,后来转到小冉身上,最后归落到自己身上。眼前就是路口了,他继续生着没来由的闷气向右边转身。徐勇站在原地,看着弟弟远去的背影摇摇头,独自走回家。

随着新家越来越近,徐浩的气便逐渐消了,愧疚感涌上心头。

他在楼下时转了个弯,走到附近的一家菜店,他不太懂做饭,也不知道该买些什么,他在菜店里转来转去,最后扛着一袋米、一桶油还有一兜鸡蛋和西红柿上楼了。刚进家门,他才意识到还没有米锅,他想着现在是什么时间,发现房子里也没有表。他迅速冲下楼,去附近吴婶所在的综合市场,花了20元买了一个米锅。他捧着锅气喘吁吁地来到吴婶的摊位,吴婶此时正在收摊,他着急地询问米饭的做法,又拿走一个装好电池并校准过时间的闹钟,着急地赶回家。一切准备就绪了,他撸起袖子照着吴婶的话淘米做饭。西红柿炒鸡蛋他还是知道该怎么做的,只是完全搞不懂火候,在油温还不够高的时候,鸡蛋就下锅了,等鸡蛋开始冒出煳味的时候,他慌慌张张地把西红柿倒进去,又抓了一大把盐撒入锅中。最后他把做好的菜与饭像吴婶那样留在锅里，等着小冉回家。他看着闹钟上指针一秒一秒地缓慢爬行，他站起身，才开始仔细端详这个小家。他觉得与他离开那天并没有太大的变化，只是阳台上多了一些女孩子的衣服。

　　锅里的菜逐渐变凉，楼道里响起脚步声，徐浩慌张地站起来又坐下。钥匙插进门锁，徐浩转身走进厨房。门被打开，清冷的白光溜进楼道，小冉的心揪作一团。这几日她每天下班回家都在期待这道光，但她又觉得害怕。她换下拖鞋，听到厨房里有锅铲碰撞的响声，随后一阵米饭的香味钻进鼻孔里。她的心稍微踏实了一些，她走进厨房，看见徐浩慌张忙碌的背影，她会心地一笑。他们还没有餐桌，但有几个纸盒，于是小冉把纸盒摞在一起，徐浩把盘子放在上面。食物进入口中，徐浩的眉头挤在一起，嘴巴扭动着发出咝咝的声音。小冉笑着端起碗，大口大口地咀嚼。被冰冻的时间就这样重新温暖启动，一直流淌到临睡前都是温暖的。小冉看着闹钟上的时间路过九点，秒针带着她的心不安地转动。徐浩突然起身，从编织袋里翻出一条宽松的短裤还有一件背心，他抱着衣服走进厕所，出来时他穿着刚才怀抱里的衣服，而手上拿着他今天穿的衣服。他把衣服扔在编织袋里，躺在床上，没过多久，鼾声就响起来了。小冉这才轻手轻脚地走向那张床，背对着徐浩躺下来。

　　第二日上工，徐浩跟王胖子说今天他不要工钱还要王胖子看着再额外扣除一两天的工钱，换取一些碎料，因为他要给他的家做一张桌子还有几个凳子。王老二凑过来，笑眯眯地说他现在是男人喽。这一天徐浩分外地卖力，到中午时，嘴巴里的饭食还没咽下，便开始继续细细打磨他的餐桌。直到王胖子与王老二都回家了，他还在给桌椅刷漆。大概过了一个星期，他闻着涂料的味道没有那么重的时候，他知道可以搬回家了，但是怎么运输呢？如果换作以前，徐浩肯定要找一台面包车，可是现在他心疼车费，他想这车费都可以给小冉交一个月的话费了。

最后他向王胖子借了一台倒骑驴，下工的时候，把他心爱的家具放在上面，足足蹬了将近三个小时，才来到自家楼下。天已经黑透了，他抬起手臂胡乱地擦拭额头上的臭汗，抬头看到一家灯光，他便觉得值了，脸上绽放着说不出来的幸福。他费力地扛起桌子，心想刚才真不该拒绝勇哥的帮助。他敲了敲门，门很快被打开，小冉瞪大双眼，这是徐浩期待的神情。他小心翼翼地放下桌子又跑到楼下，两条胳膊架起四个板凳，侧着身子一步一步地爬上楼，他再次获得让他满意的表情后又跑下楼，重复刚才的动作。现在一张足够大的餐桌还有八个板凳已经安然地挤在小屋里。他坐下来，看着小冉笑容满面地给他端水，给他递手巾，一种无以名状的成就感与幸福感拥堵在他的心头。小冉走向厨房，把冒着香气的盘子端放在崭新的餐桌上。吃饭的时候，她不断地称赞徐浩的手艺，徐浩听着脸上露出得意的笑容。小冉继续说："就是有一个问题。为什么要做这么大的桌子啊？你看它，现在成了屋里最大的家伙了。还有为什么要做这么多板凳呢？"

徐浩更加得意地说："以后我们也要请客，我算过，在这里我们总共就有那么几个热乎的人，算上咱俩，正好八个。"

往后的日子里，这八个板凳也的确如徐浩所说，迎来了八个屁股，那个时候女人们便在厨房里七嘴八舌地忙碌，男人们喝着啤酒天南地北地聊着天，小石头则穿梭在两个性别中享受大家的宠爱。租来的房子逐渐有了家的味道，这一切都让徐浩感到满意。只有一点让他不太顺心，就是他不能与小冉同房。

第四章

生活原本可以平静地在一条道路上行驶,只要你不回头、不左顾右盼、不驻足停留,那些通往幸或不幸的岔路便会从你的视野里消失。

日子在各家中行走，一直持续走到徐浩给新家续上半年的寿命，一路走到另一个年底，又一个春暖花开，生活原本可以平静地在一条道路上行驶，只要你不回头、不左顾右盼、不驻足停留，那些通往幸或不幸的岔路便会从你的视野里消失。

又是一个歇工的日子，徐浩从梦中惊醒，他从床上爬起来带着尚未完全苏醒的意识走到窗口。垂直的高度让地面上的人变得矮小，行走的距离让她再次长高，黑色的长发随着步伐轻轻摇摆，远处的朝阳用金灿灿的光勾勒她的轮廓，那是一个充满诱惑的轮廓，光贴在精致的黑色连衣裙上，随着臀部左右摆动，渐行渐远，留下长长的影子向他伸展，对于初醒的男人来说，美妙与诱惑是这张图景表达的全部内容。黑衣女人突然向右侧歪倒，她扭转着俯下身体，用手轻轻揉捏踩在高跟鞋上的脚踝。徐浩的意识彻底苏醒，他幻想的女人，是他的小冉，他在心里给出一个附带问号的肯定句式。小冉向右一转，消失在楼宇中，他离开窗户，坐在床上，一股无名的怒火爬上心头。

他掏出肿胀的下体，闭上眼睛，诱人的轮廓重现，他试图深入，但最终无论是他的手还是他的想象，都被那层薄薄的黑裙阻拦。他像泄了气的皮球一样瘫在床上。他觉得事情不对，他觉得他应该生气，但究竟是哪里出了问题，他该生谁的气，他也不知道。他尽力回忆过往，尽力去理解小冉。

思绪像是一口热锅周围的空气，热不起来也凉不下去，他叹了口气，自己笑着挠挠头，给出最终的结论，女人就是不同于男人的另外一种生物。想到这儿，他的心情开始好转，才觉察到空荡荡的胃，他给自己随意做了点饭，之后就开始在小家里四处晃荡，想象着如果再有一个像样的衣柜、鞋柜给小冉，那时这个小家会不会更像个家，小冉会不会像当年的吴婶一样高兴。打定主意后，他开始规划，量尺寸，想象的幸福总是完美得不可救药。徐浩一直折腾到傍晚，兴奋的情绪丝毫没有降温，他迫不及待地想跟小冉分享，他看着表，煎熬地过去十分钟，他猛然站起身，走出家门。一路上他问了很多人，才兜兜转转地来到小冉公司的附近。这是他第一次去小冉上班的地方，映入眼帘的是一个热闹的大商场，他记得小冉曾说过她的公司是在商场的楼上，但接下来他该在哪里等她呢？商场有这么多出入口。他再次向路人、向商场里的工作人员打听，又是一番周折，他找到一个旋转门。他趴在旋转门旁边的玻璃上向里面看，是一个灯火通明的大厅，正对面坐着一个女人，女人拿着对讲机说话，不一会儿，在大厅的拐角处走出一个保安，保安朝着大门走来。他慌忙抬起身子，向后退几步，保安走出旋转门，站在门口一边盯着他，一边点燃一根烟。徐浩又向远处挪了几步，保安依旧盯着他，他觉得浑身不自在，又向远处退了几步。直到保安踩灭第二个烟头，转身进门，徐浩才挪动脚步，接近旋转门，但他不敢靠得太近，总觉得这里不是他能接近的地方。

时间一分一秒地过去，天色逐渐暗了下来，旋转门里开始转出一拨又一拨的男男女女，他站在暗处，看着他们一个个光鲜亮丽充满自信的样子，不由得脚步向后退，直到他畏缩在墙角的位置。他想起过去他歇班，小冉上班的时候，他曾提过要接她下班，但都被她以各种理由拒绝。他的怒火开始升腾，但被在楼里出入的人不断干扰，他夹在两种情绪里，在阴影中怯懦地打量着他们，直到那身凹凸有致的黑色连衣裙出现，他莫名其妙的怒气再次涌来，但很快就被围在小冉旁边的人群冲散了。

他默默地看着他们，他期待小冉看到自己，又不自觉地把身体继续向后退。然而一切都没能如愿，小冉没有看到他，他也不能再向后退了，一堵墙已经贴在他的背上。直到小冉与人群告别，独自向远处走时，他才舒了口气。他为她没有看到他而舒气，也为小冉的独自一人而舒气。他现在可以走了，他跟在小冉的身后，逐渐加快步伐。小冉警觉地回头，他们互相看到了对方，一张脸上写着大大的尴尬，一张脸先是惊讶紧接着便是眉头紧蹙。徐浩用讨好的口气解释自己的行为，虽然他也不知道自己为何需要解释。他快步跟上小冉的步伐，发现小冉与他一样高了，他低头看到她脚下的高跟鞋，还有裸露的诱人双腿，他皱了下眉头但不敢发作，想起来时的缘由，他跟自己赌气，怨恨的程度与白日幻想的幸福成正比。他们下了公交车，一路前行。走到路口时，小冉说："买点吃的，去婶家吧……好久没去了。"小冉说着时已经把方向掉转到吴婶所在的胡同，徐浩只得跟在后面。

敞开的大门不断向外冒着香气，小冉亲昵地叫了声"婶子"，小石头扑在小冉的怀里，他抬起头疑惑地看着小冉说："姐姐，婶婶刚刚还说俺长个了，可是怎么还没到你肩膀啊？"

小冉一手扶着孩子，一手指了指她抬起的右脚，笑着说："姐姐也长高了，小石头看着好不好看啊？"

吴婶看着他们，只觉得两个孩子不对劲。她一边吩咐小石头把作业拿出来让小冉辅导，一边拦着徐浩，在小厨房区域接过他手里拎着的食物还有水果，悄声问："出啥事了？"

"没事，我哥呢？"徐浩一边说着，一边走出厨房。

"去你王叔家了。"

吴婶叹了口气,端出食物。这边的一家人在开始他们的晚餐时,王胖子他们放下酒杯,王老二的酒已经醒了,房子里的氛围是少有的沉重。

"30万不行,怎么想都不行!"王胖子挠着头说。

"傻孩子,怎么这会儿才跟我们说?以前就知道你们的事,你叔每次回家念叨你今儿又没上工的时候,我们也猜着你是办这事了,但你不开口说,我们也不好问。虽然我们也都是平头老百姓,但好歹也能帮你出出主意,问问人,跑跑腿……你叔说得对,这30万怎么能行呢……对了,胖子儿,我记得以前给你联系过一家当什么大学老师的,后来那家活儿也成了,你去给人装修那会儿,还天天夸有文化的人就是不一样,咱去找找他,肯定比咱这闷头合计靠谱。"

王胖子的胖手掌"啪"的一声落在自己老婆的肩上,以示称赞。徐勇看着胖女人,好像看着救星一样。胖女人举起酒杯,得意地说:"干了,这日子啊就没有过不去的。大勇,你以后就别把我们当外人,我们两口子还有王老二这个老不死的都没孩子,说心里话,自从你来了,还有小石头,你都不知道你这俩叔有多高兴,天天下工回来,那是一顿夸啊,你不上工的时候,这俩人就闷着头瞎琢磨,整天的唉声叹气,想帮你,都不知道该往哪儿使劲。现在好了,话都说开了,以后咱就是一家人,有福同享,有难同当!"

三个男人,忽觉心里生出一份正义的圆满感,顺着胖女人的话,举起酒杯,四个酒杯碰到一起,仿佛此刻就是大战前夜,仿佛明日的世界就是属于他们的。一杯又一杯,崇高的理想在胖女人嘴里说出,在酒里传递,在酒里消亡。同时,陌生的血液在酒里融合,从这一刻起,王家的三人在徐勇心里默默地占领一席之地。直到深夜,三个人男人再次醉倒。

次日，太阳从暖烘烘开始变得热辣的时候，胖女人再次将吃的喝的摆上酒桌，叫醒宿醉的男人们。而徐浩送完孩子上学，就来到吴婶的摊子帮忙。直到这一天结束，离家的人才各自回家。徐浩自从那日清晨看到小冉诱惑的身姿还有她工作的大楼后，就多了一份心事。他掐着指头数着自己从出院后跟着王胖子、勇哥他们东家西家干了四年，除了木匠的手艺不如勇哥精通外，其余工种的技能他都学会了，工资也从开始的日薪 70 元，涨到 100 元，再到现在的 170 元，勇哥曾无数次地跟他念叨人要知恩图报，王胖子给的工钱比别人给得都高。他想着王胖子有他老婆那张能把死人说活的嘴，活儿就不会少了，他只要不缺工，每月来的收益并不会比小冉少太多，但怎么现在就感觉不舒服、不痛快呢？他看着在他与小冉手里一点点打造的新家，长嘘了一口气。猛然间，他想起他曾对自己许诺要给他的小冉打造一个衣柜和鞋柜。但这些东西不能像过去那样做好了拿回来，只能在家里做。他还想给小冉一个大大的惊喜，他盘算着来到吴婶的摊位，把自己的想法说出，要求小冉住在吴婶家几天。吴婶起初的态度是拒绝的，劝说徐浩租来的房子毕竟不是自己家，把钱攒着，但徐浩心意已定，吴婶也只好照办。打点好吴婶，徐浩又费了好多口舌说服小冉，最后又用扣工资的方式从王胖子那里购买材料、借工具，并且拒绝勇哥他们的帮助，决意要亲力亲为。

当天晚上，他干完白天的工作，随便吃了点饭，刚用锤头敲打了二十分钟，邻居们就来敲门。他这才意识到他原本计划丢掉一个星期的工资就可以完成的事泡汤了，他只好跟王胖子请假，这样下来差不多半个月的工资就没了。他咬咬牙，干吧，都是为了他的小冉。一周后，徐浩正常上工了，王老二嘲笑他学艺不精，如果这活儿给自己，三天就可以，最多四天。徐浩嘿嘿笑着，比以往更加卖力地工作。直到月底，他都没有叫小冉回来，他每日开窗，希望她回来时不会因为油漆味再呕吐。

时间又向前走了一个月，王胖子再次叫徐氏兄弟来家喝酒，当晚发工资时，徐浩才知道，自己请假一周的工钱，王胖子一分没扣。感激的心情自不必说，只能勤加学习，把力气一分不剩地都用上。五瓶酒下肚，徐浩晃晃荡荡地走了。路上他拨通小冉电话，叫小冉回家。小冉刚在吴婶家吃完晚饭，接到电话后，只好辞别吴婶。她先到的家，进门后看到一高一矮两个大柜子，把原本不大的家拥挤得更小了，但也明了了徐浩的心意。徐浩掏出钥匙，打开门，看到小冉后说："喜欢吗？"小冉点头。徐浩向前一步，从后面抱住小冉，继续问："喜欢吗？"浓郁的酒气与脖子上嘴唇的触感同时传递给小冉。她只觉得浑身僵硬。"喜欢吗？"徐浩挪动嘴唇，在她耳边说，与此同时，他的手开始伸向她的衣服。小冉本能地张开手臂，向后推他，徐浩顺势倒下，小冉紧张地回头，还好，家里小，后面就是床，徐浩倒在床上，眯着眼睛看着她，他想站起来已经不可能了，没过几分钟，呼噜声响起。小冉松了口气，双手放在自己的脸颊上，只觉得微烫，如果他没有醉倒，或许就可以了，这样想着时，她看着他，眼神里流露出难得的心疼，她费力地帮徐浩脱掉衣服，让他躺好后，自己走到洗漱台，看到镜中的自己时，忽觉一阵恶心，这张脸让她恶心，她不清楚缘由，只能确定错过这一次，就再没有化解的时候了。

次日，徐浩醒来时，早已不见小冉的身影，他揉着脑袋，努力回忆昨晚的情形，并非全然不知，但也不能十分确定。他给自己倒了杯凉水，喝下去后，精神多少恢复了一些。今日王胖子那儿没活儿，歇工一天，他看着大衣柜，嘴角上扬。把家里的编织袋拿出来，里面大多都是小冉的衣服，他一件一件地整理，挂在衣柜里。他摸着小冉的衣服，一件比一件陌生，他越整理，越心动，越觉得心头拥堵。低头看看自己，挂着涂料的破旧衣衫，大楼里光鲜亮丽的人群再次闯入他的脑袋。他站起身，用力嘘出一口气，走出家门。回来时穿着崭新的T恤还有牛仔裤，他的好心情就这样轻松地获得了。当晚小冉回到家时，也是同样的好心情，她激动地跟徐浩说："前些日子，我想辞职，但没敢跟你说，怕你担心，然后这些天我就一直找工作投简历，今天我面试成功了，而且直接就是经理的位置啦！……更重要的是，今天人家跟我提目标薪资，我提了7000，没想到那边都没犹豫，直接同意了！"

徐浩把菜盛在盘中，刚刚买来的好心情就这样消失了。他在厨房里把情绪收藏，换上惊喜的笑脸端出来。

之后的日子，小冉起来得更早，回来得更晚，徐浩总是一个人做好饭等着她回来。劳累让他急需补充食物，后来他便不等小冉了，而是把做好的饭菜分成两份。在小冉最初进入新公司的日子里，加班成了她的家常便饭，她每日五点半起床，在镜子前越发精致地打扮自己，等到天空早已黑透，如墨侵染的时候，她带着残妆拖着疲惫的身体回家。最初的时候，她会在路口看到徐浩一个人站在路灯下；后来就变成徐浩在家着急地热饭；有时她在路口没有看到他，而家里也是黑漆漆的一片，那个时候她知道徐浩在吴婶家；还有时她看到早已熟睡的他。

工作像一剂西药，有效地解脱人们的烦恼，但人们总是忽略使用说明书上的一行小字——服用一定量后需暂停此药。

工作让小冉没有多余的气力去关注徐浩的变化。她有时连饭都不吃，随便洗洗就睡了，有时她还要把工作带回家中，在徐浩的鼾声中工作到凌晨。

徐浩在小冉消失的日子里，不愿在家里待着，他一心一意打的家具，原本是为了幸福，现在它们闯进眼中，只觉得心烦。于是除了上工，他最常做的就是数钱还有逛街。说是逛街，但他基本上不买东西，自从有了自己的家后，他便改了把钱换成城里物品的习惯。他只不过是不远万里地去往城里繁华的地方，看着城里的灯照着体面的人而已。逛着看看，不干穿脏衣服工作的念头在他脑中萌生又发芽。他在街上寻找着，可是体面的工作终究不是可以看来的。直到有一天，他再次走在路上，再次路过一家音乐不停的夜店，他总能在这儿看到一张张精致的脸。他知道这是城里年轻人爱去的地方，他犹豫着捏了捏口袋里的钱，抬起他的双腿。刚走到入口，就看到一个醉酒的人被保安拖出去，他感觉有好多只眼睛向他的方向涌来，他左顾右看知道他们都在盯着醉酒的人，他往墙的方向挪了挪身体，上下打量着穿着西服的保安，他想这是个体面工作，是城里的工作。他壮着胆子拉住一名保安，问人家店里缺不缺人，人家问他要干什么，他看了看保安的西服说想干他的工作，结果他一滴酒都没沾就被保安像轰刚才醉酒的人一样，轰出了门。

从那以后，他不再逛街了，他开始泡网吧，在屏幕里搜寻夜店招保安的消息。他只用了两个晚上，一堆保安的工作便摊在他的本子上，他想这信息时代就是不一样。回到家中，小冉还没有回来，他摊开本子，拨打了一通又一通电话，在本子上涂涂写写。最终他在一个离家比较近的夜店上画了一个圈，才心满意足地走出房门，他迫不及待地想跟人分享，这个人只有自己的哥哥。

走在路上，他觉得浑身充满了力量，因为这将是他第三次自主地做出人生选择，第一次是从村子到城市，第二次是组建自己的小家，虽然是租来的，但也是自己的家，这一次他则要把自己从农民工变成城里人。他越想越激动，脚上的步伐不由得加快。

吴婶一边下床一边对砰砰乱叫的门悄声道："来啦，来啦，别敲啦！"

小石头被敲门声惊醒，揉着眼睛看吵醒他的人，他还没看清是谁，困意再次拉着他进入梦乡。吴婶对着徐浩打了一个"嘘"的手势，指了指小石头。徐浩点点头，满脸的兴奋让他看起来像是中奖一样。徐勇从床上下来压低声音问："又想啥么蛾子哩，也不看看几点了，大半夜就往这儿跑,小冉还没下班哪?"

徐浩坐在吴婶递过来的板凳上,说:"她还没呢。我找到一个工作……"吴婶听到"工作"后也搬出一个板凳坐在徐浩对面。

"离咱这儿不远,就晚上上班,白天也不耽误上工。还给一身干净的西服呢,那穿起来,可体面哩……"

徐勇摆摆手打断徐浩,问:"啥工作?"

"夜店里的保安,他们也不干啥体力活儿,就站着……"

徐勇再次打断:"啥是夜店,干啥的?"

"就是城里人喝酒消费的地方,他们那儿可热闹了,我看出出进进的大部分都是年轻人。"

"给你多少工钱?"

"这个我还没去具体谈呢,电话里说见面后再说。"

"那就是八字还没一撇呢呗,你个厌小子狗肚子装不了二两油,差不多就回去吧,小冉怕是该回来了,都几点了。"

徐浩起身,悻悻地离开了,临走时吴婶还不忘嘱咐对小冉好点,年纪轻轻的别太拼了。

等他走到楼下时,抬头看他的家,与附近其他的窗户一起黑成一片。他兴奋的感觉丝毫没有松懈，他想着索性去路口接小冉。他刚到路口，就看到一辆行驶过来的公交车，小冉跟在几个人的后面，从车上走下来。看到他时，微微一笑。徐浩向前迎了几步，接过小冉的包便打开了话匣子，不仅把刚才跟勇哥他们说的话重复了一遍，还把那些被勇哥打断的话热热闹闹地全吐出来。直到小冉掏出钥匙，进入家门，徐浩才把他的新鲜事讲完，期待着她的回复。她疲惫地说："你想去就去吧。"然后倒在床上。徐浩只好失望地去厕所换上睡衣，再出来时发现小冉已经睡着了。他坐在床边，看着熟睡的小冉，时间一分一分地过去，诱惑一分一分地袭来，双手不由自主地向前伸，轻轻解开小冉的衬衫，扣子打开的动作让他联想到花苞，乳沟露出来了，他的动作变得更加轻盈，饱满的半包裹的乳房摊在他的面前，唾手可得的样子让徐浩再次颤抖。他缩回双手，紧紧盯着袒露在他面前的双乳。他的手再次不受控制地伸了过去，先是指头，后是整个手掌像纸一样轻轻地贴在温软的乳房上。他努力压低自己的呼吸，体会如梦般美妙的感觉。小冉睡得很熟，对正在发生的一切无从知晓。徐浩收回双手，夯着胆子伸向小冉的短裙，一个纽扣先被打开，接着是拉链时断时续地缓缓下落，露出纯白色的底裤。徐浩的手轻轻地滑在她的小腹上，一点点儿地钻进底裤，正当他体验无与伦比的美妙时，他突然感到害怕。他小心地抽回手，把刚才解开的衣服重新复原。他走到厕所，用凉水冲脸，看着镜中的脸，抬手给自己一巴掌。他走出厕所，轻轻叫醒小冉，小冉迷迷糊糊地听从徐浩的指令卸妆换上睡衣，而后扑到床上再次沉沉地睡去。徐浩轻轻地关上门，独自走在凉爽的夜色中，直到他的困意缓慢地爬上来时，他才回家，倒在小冉的旁边。

闹钟与太阳做伴，在徐浩的身上张牙舞爪，闹钟累了，只剩下太阳烘烤着他的身体，直到它把温度释放到制高点时，徐浩才醒。他瞥了眼闹钟，吓自己一跳，时间已走到下午。他坐起来挠挠头，心想索性不上工了，去那家夜店看看。

他按照本子上自己画的地图,他知道再拐个弯就到了,他轻轻拍打自己跳动的心脏,呼出一口气。他走进夜店,只觉得这里比他之前去的安静,没有火热的音浪,也没有五光十色的灯光,他怀疑自己是否来错了地方。一位慵懒的女前台趴在桌子上瞄着他说:"你是不是刚才电话里来应聘的?"

徐浩连连答应:"是是是,是我,我叫徐浩,今年……"

前台摆摆手,朝里面指了指说:"直走,上楼右拐,最里面的门。"

徐浩连着说了三个"好",朝她指的方向走去。他看见门开着,还是敲了敲门,看到里面坐着一个跟王胖子身材相仿的人打着哈欠说"进来"。徐浩站在桌前开始他小学生式的自我介绍,他紧张得不知道该看向哪里,最后他的目光落在由一圈稀薄黑发环绕的油亮头顶上。桌子后面的人上下打量着他,说:"你有住处没?"

"有的,老板。"

"好,有住处的话每月工资先给你1000,这是头一个月试用期的工资,能干的话,以后每月两千起,干得好了,工资这块亏不了你。工作时间是晚上八点到凌晨四点,就是站岗巡逻……"

徐浩在心里码着算盘,如果是500的话加上王胖子那儿的就是5600,如果到了1000,那就是6100,跟小冉比只差900元了。

"对不起,老板,我……我能从晚八点到凌晨一点吗,工资我就要一半行吗?我听话,只要干了,就卖力气,别的没有,我就有一膀子力气,你看行吗?"

桌子后面的人目不转睛地盯着他，迟疑了半晌才说："夜生活，才开始你就要走？"他从鼻腔里挤出一口气，沉吟了一会儿说，"试试看再说。"

"谢谢老板，谢谢老板。"徐浩连连鞠躬的样子让桌子后的人笑了，他张着大嘴说："行了行了，那个你来了之后找前台，她会叫人来带你，你先学着人家怎么干，遇事别慌，这点千万要注意，自己处理不了的马上喊麦，一定要快，要及时，但也别没事就瞎叫。"

"好好，我听话，谢谢老板，谢谢老板。"

"行了，没事了，你走吧。"

"好好，谢谢老板，谢谢老板。"

徐浩控制着双腿，在老板的笑声中走出房间，走到楼下，走出大门一段距离后，他才放开双腿，让它们自行奔跑。直到它们让他的呼吸变得笨拙时，他才停止。此刻他漫步在一条两边有两排茂密的树的小道上，阳光淅淅沥沥地自上而下，微风吹过时，树叶摩擦着掉落几颗光斑。"规矩和勤奋将会使你成功。"他深呼吸一口气，觉得痛快极了。

自那日起，徐浩多了一个身份——保安，他穿着别人穿过的西服，腰间别着对讲机，他觉得自己神气极了。他白日里正常上工，获取他生活来源的工资，夜晚降临时，他手插口袋，吹着口哨，获取他的"梦想"。在夜店里的头几天，他觉得他进入了一个魔幻的世界，他的感官被塞得满满的，音乐炮轰着他，鬼魅的灯光照在狂欢的人们身上，让他的眼睛看不尽，他的耳朵、他的心脏、他的身体承受着他险些承受不住的激浪，他觉得他这辈子的疯狂一股脑儿地都用了。当他拖着疯狂按摩过的身躯回到家里时，小冉不再成为他的苦恼，他像过去的小冉一样倒头就睡。而他当年辛苦制作的八个板凳已经许久没有再被它们的八个主人坐过，就连两个主人同时出现的日子也显得特殊了。

在徐浩的身心一点点进入新世界的时候，他过去的世界正在发生的事情离他越来越遥远，虽然他每天依旧与过去的世界重叠，虽然徐勇的行踪他原本就知之不多，但现在他看到的比原来更少了。他不知道徐勇、王胖子他们正拎着一堆又一堆的礼物在城里四处打探，也不知道小冉已经开始她的新一轮学习。

他只选择看到内保工作给他打开的世界，对于徐浩来说城市的面貌在他来此地七年后才开始揭开面纱，他在舞池的角落窥到了城中特有的富贵与消遣，机遇与凶险，城的时间与城中人的心。对于徐浩来说这一遭经历不亚于当年"小喷泉"带给他的震惊与余味。

徐浩在这份工作中最常做的就是旁观者，偶尔也扮演过侠义之士，但更多的时间他选择回避与沉默，或者说是默许。徐浩心里这样想着时，总会自问，"我有什么权利默许呢，压根儿就不关我事啊"。大大小小的事件一件覆盖在另一件上，一件抵消住另一件对徐浩心理的影响。数年过后，当徐浩再次回忆时，唯有一个人的事件摆脱了所有事件的相互作用，独立地在徐浩心里散射着异样的光彩。这个事件的主人公是一个姑娘，她稚嫩的脸庞向舞池里的人透露她是个学生，后来徐浩才知道那是她第一次来这里，那年她正在读高三，同学们为了抵消不如说是反抗高考的压力一起来到夜店，一共六人，都是她寝室的成员。其中只有一人曾来过几次夜店，其余的都是第一次。她们坐在这里透露出的气息让徐浩感觉亲切，这就像当年的他一样。后来一个男人走过去搭讪，给几个姑娘吓得够呛，连连摆出拒绝交谈的神情。又一个男人过去，结果同上，第三个男人过来时，说了一句"敬酒不吃，吃罚酒"，几个女生吓得一个个面色惨白，其中有个叫崔——的姑娘突然起身，说了句"我们走"时，第三个男人突然一把拽住她的手说"好好,我们走",崔一一顺手拿起一杯果汁摔在地上。此时的徐浩赶紧看向另一桌顾客,果然不出所料,几个人刚起身准备朝这桌姑娘们走来,徐浩一边拿起对讲机说了句"十二桌",一边抢先走到姑娘这桌,对着第三个男人说:"十二桌客人叫您过去。"第三个男人回头看到有三四个穿着火辣的姑娘围着十二桌时,也失去了对这桌稚嫩的姑娘的兴趣,放开崔一一的手大步朝十二桌走去。徐浩对眼前的姑娘说"还不快走",姑娘们才逃出这个闹哄哄的夜店。

事情过去了一个星期,徐浩照旧工作,这个时候的他已经不再对夜店所发生的一切感觉新鲜,他倚靠着吧台,盲目地扫荡客人,突然有个小姑娘朝他走过来,怯生生的样子,她什么都没说,递给他一个制作精美的礼物盒后就跑开了。徐浩保持倚靠吧台的姿势,随意地扯掉包装,发现是一个钱包,里面还有一张字条,上面写着这姑娘的名字,叫崔一一,还有感谢的文字。这份礼物连同信件传递给徐浩持续不到五分钟的温暖后,除了"崔一一"这个特别的名字以外其余的体验就都被徐浩扔到那些相互左右、相互抵消的事件中去了。

这天下着大雪,王胖子停止了所有工作,他跟自己的弟弟一人捧着一箱啤酒往家走,偶尔路过几个淘气的小孩抛出一个个鞭炮,带动着新年的齿轮。徐浩一直睡到中午,才被小冉拉起,去往王胖子家。等他们到时,才凑成这半年里难得的团圆。大家举起酒杯,怀着对过去一年的唏嘘。在王老二快要喝倒时,王胖子发出了少有的叹息声,他说:"这年有点不对头,城里好像要开始赶人了。"

徐勇抓住话头,好像确认地说:"最近跟几个过去干活儿的工友联系,他们好几个都打算回老家了,俺问他们啥时候回来,有几个说不来了,其他的都说看情况吧,好像是你说的这个事。"

王胖子喝了口闷酒说:"这年啊,总觉得一年比一年难过,咱这买卖现在倒还行,可咱也没个营业执照,先不说会不会撵咱走,你看那小区里广告贴的,人家都是专业装修公司,咱跟人竞争不过啊。"

胖女人也补充说:"昨天房东还打电话过来,倒是没说不租咱,可这房租啊,一下子涨了700,还说合同也得改了,不能像以前两年为租期了,得改成半年的了。"

胖女人的话引起大家再一次的唏嘘,平日里在这样的聚会上不太说话的吴婶也说:"唉,都涨价,俺那床子也要涨,俺一天卖点那小东西,能挣几个钱?唉……明年也不知道咋过了,咱们就熬着看吧……哦,还有一个事,现在也不知道准不准,俺就听邻居他们吵吵着说胡同要拆了,俺也不懂,真要是拆了去哪儿过啊。"

胖女人放下小石头,语气很神秘地说:"大嫂子啊,问个不当问的问题,你住那房子是大哥留下的不……是他买的吗?"

吴婶点点头:"是啊,就这么一个小房子,可要真像他们说的给拆了,俺们这一家子该去哪儿啊……"

"大嫂子,你傻啊,平日里看你那小买卖做得挺灵,这大账咋就不懂啦?你让他们拆,拆了就好了,得补偿你,肯定不是小数目……我们两口子还有他那傻弟弟也是脑瓜不好使,谁也没想着要买个房子,唉……这说来,也是话长,那时候就想啊多挣点钱,给我治治这病,生个一男半女的就回老家了,可是现在这病没治好,一天天忙着也没工夫想。直到这会儿,才回过味了,现在这年头,啥最值钱啊?还是房子,还是吴大哥眼光长远。"

吴婶听着,心里不由得活泛起来,但嘴上说:"能值啥钱啊,那都是人家搞房子的人的事,跟咱有啥关系?咱这平头老百姓能有个遮风挡雨的地方就不错了。"

小冉原本就跟王胖子一家人没有太多的交集,所以每每在这种场合上比吴婶的话还少。她起先是默默地听着,但现在她转着眼珠,思考着说:"王叔,王婶,我不知道你们日后都是怎么打算的,但要是真决定在这儿生活,就多留意一下吴婶那胡同,多打听打听,价格什么的要是能买得起,就买一个。一来有个自己稳定的住处,二来真要是拆迁了,应该会得到不少的好处。还有就是尽快去办,明年就是奥运会了,现在城里已经变化不小了,以后肯定会有更大的变动,照这个趋势下去,明年房子应该还会猛涨。我不敢保证会涨多少,但看着这几年的走势,涨价应该是肯定的,就是不知道波及咱这片时,具体会怎样了。"

小冉说话时,全桌子的人都提起精神,就连趴在桌子上的王老二也眯着双眼听着。徐浩对于他们的谈话起先是不在意的,他对小冉讲话的内容实际上也是不太在意的,但她说话的语气与态度让徐浩感觉惊讶,他怎么也没想到当年那个没鞋穿的小女孩如今如此成熟,像个大人一样谈着大人的事情。他这样想着时,手机上的闹钟突然叫唤起来,他跟屋里的人告别,走出王家。

此时屋外的雪花继续悠然地飘舞着,对屋内的严肃漠不关心。他踩着刚刚掉落下来的雪,随着公交车穿过一片白净的街道,踏入五光十色的夜店。或许是下雪的缘故,或许是将要过年的缘故,今天店里显得分外冷清,平日里此刻应该蒸腾的舞池,只有七八个人头。他倚靠在吧台边上,看着满场子里只有五桌没有空缺的雅座。

"这帮人模狗样儿的都回家过年了。"一个声音从身后传来,徐浩回头，是他的领队。他忽然意识到，原来平日里他伺候的都不是这城里的人，想到这儿，他突然感觉有些泄气。领队的继续说："年后还来干不？"他见徐浩不回答，压低嗓子凑在徐浩耳边说："这店干不长久了，你看着吧。"

徐浩疑惑地看着领队，领队先是一副得意的神情后又语重心长地说："我看你啊，人也真是老实，也不赖，作为过来人，哥劝你，明年别来了，也别干这活儿了，你不适合。"

徐浩原本就感觉不太顺心，被他这一说更不舒服了，但他不敢发作，闷着头问："为什么？"

"你还年轻，听说你白天还有工作，就干那个得了，在这儿耗什么，说出去也不是什么正经行当。"

徐浩现在彻底蒙了，他第一次听到他引以为豪的工作原来排除在正经行列之外，这话还是从他的直接领导口中说出的。他忍不住问："大哥，你年后还来吗？"

领队冷笑一声，小声说："这家是不来了，生意不好，给的工资也不高，还不够我抽烟喝酒的，没劲！"

"那你干啥啊？"

"再说吧，等过完年回来往市里找找。"

"还干这个？"

"那还能干啥？"领队看出了徐浩的疑惑，继续说，

"我跟你不是一路人，这些日子看得出，你是个正经人，我啊就这样了，这辈子估计也正经不起来了……"手机铃声打断了领队的话，他一边叫着宝贝儿，一边离开了吧台。

徐浩起了一身鸡皮疙瘩，他继续盯着舞池还有雅座，脑袋里琢磨着领队的话，他心想"我是哪路人我自己都不知道呢"。

时间将要进入零点，这个时候那群穿着兔子服的姑娘应该在后台准备了，徐浩在心里计算着。这是最让他脸红心跳的节目，这群头戴粉红色耳朵的姑娘撅起她们圆乎乎的尾巴第一次在徐浩眼前晃动时，他的眼睛都直了，那时他总被其他的保安嘲笑，导致后来他有意避免零点过后的舞台。此刻，他知道今天来的保安不多，加上他总共就五个人。他离开吧台，走向对面的角落，一路上他左右张望，当他发现没有熟悉的面孔注意他时，他鼓起跳动的心脏准备迎接零点的兔子姑娘们。他焦急地等待着，两分钟过去了，五分钟过去了，那群粉红色的耳朵没有出现，只有一个年轻的男歌手在舞台中央一边唱歌一边往下扔俏皮话。他叹了口气，把目光从舞台上撤回，转移到那些喝酒的人身上。他的对讲机响了，是他的领队，让他出来。领队跟他还有另外一个保安说："现在开始，不放人进来了，一点清场，然后到我这儿领工资，今天都提前下班，明天都不用来了，我们放假。什么时候再上班，等电话。"

随着最后疯狂的一袭音浪，徐浩揣着工资走出夜店，领队从后面跑来，用身体挤了一下徐浩，挤眉弄眼地说："你看，没错吧，信大哥的没错！"说完裹着衣服钻进一辆出租车扬长而去。徐浩站在原地，回头看着夜店的彩灯一盏盏熄灭。下了一整天的雪，此刻也消停了，除了夜店附近外，路上基本看不到其他行人。疯狂在结束时跟所有其他平凡的日

子一样，只不过是添了份冷清而已。一阵风卷起一地的雪花打在徐浩的身上，他不由得打了个寒战，他向对面停靠的出租车挥手，车来，人走。

第二日清晨，徐浩被小冉叫醒，拉着他去商场，像过去一样，给家人置办年货。一路上小冉滔滔不绝，徐浩这才知道小冉准备考研，当他正在消化她带来的新决定时，小冉一鼓作气地掏出了她的全部计划。她先是说让徐浩辞掉夜店的工作，后又劝说徐浩学点什么，考个什么证书，最后又谈起他们的工资，他们的储蓄，还有买房子的事……

徐浩默默地听小冉说着，直到小冉的嘴巴停止张合。他觉得他的脑袋开始隐隐作痛，他没有告诉她夜店的工作已经做不了了，他不知道自己为何不说，只是觉得头昏脑涨。他也听到小冉的计划了，但怎么也不能把她的计划与自己联系起来，现在他突然闪过一个危险的念头，他没办法与她联系起来了。原本徐浩今天兜里揣着比往年多一倍的钱，现在他还什么都没有买，就想回去了，但他没有说，还是任由小冉拉着他往前走。

小冉的兴奋降温了，自从徐浩多了一份兼职，而她当上经理后，他们的口袋里的工资越来越多，可是他们在一起的时间越来越少，即便有徐浩歇工而她也放假休息的日子，不是在徐浩的睡眠中度过，就是去往吴婶家，她一肚子的憧憬与计划直到今天才得以向她的另一半描述。她跟着徐浩的步伐，摇摇头，或许是一下子说得太多了，他有些难以消化，她这样想着时，便不再多说了，开始拉着徐浩挑选礼物。这期间徐浩都是被动的，他跟着她进入一家又一家店，听从小冉的指示购买，直到他看到几个熟悉的英文字母，他拉着正在挑选衣服的小冉走过去。从那家店里出来后，徐浩的心情才变好，他终于买得起几年前他就想给小冉买的衣服，虽然款式变了，价格也上涨了，但衣服商标上的牌子没变。徐浩心情的转变是明显的，都挂在他的脸上，小冉不知道这件衣服有什么特别，但她的心情也跟着他好转起来。又逛了几个街区，他们的礼物置办得差不多，准备回去的时候，小冉再次提起她的计划，只是这次换了策略，她着重说服徐浩辞掉夜店的工作，她用了让徐浩无言以对的理由，就是他们没有在一起的时间了。小冉的理由刚放出来，徐浩就像条件反射似的突然觉得愧疚，他只是点点头，表示认可、表示应允，还是没有说出他已经不干的事实，他隐隐觉得，说出被人解雇就等同于他输了。现在他只觉得头疼，想尽快回家，尽快脱离计划，脱离前进，脱离生活。

  他们先是到吴婶家，把东西全部交给吴婶，又闲聊几句后，天就黑了。他们回到自己的小家，打包原本没有多少的行李。他们背对背躺在床上，徐浩不知道小冉此刻有没有睡着，但他是失眠了，他轻轻拉开窗帘，一轮明月在空中散发柔柔的光。小冉的话盘旋在他的脑袋里，阴魂不散。先是小冉准备考研，他不知道她考下来后会有什么好处，她还能不能工作，会对现在的生活产生怎样的影响，但他想她总是对的，她一直以来都是那么优秀，不知道从什么时候开始，她变得更加优秀，可以把自己打理得这么好，那个跟在他屁股后面奔跑的小女孩，那个需要他交学费照顾的小女孩消失了，忽然间他感觉害怕。他不敢再想了，他抓出另外一个关键词，辞职，他想起昨天领班说的话，他觉得他们都是对的，好像都比他更了解自己，好像只有他什么都不知道。他翻来覆去想着这些问题，最后得出一个结论就是辞职吧，虽然实际上他已经被辞退了，但他还是郑重地告诉自己，辞职吧。接下来呢，小冉今天说了一堆有关他的规划，他还是毫无头绪，他能学点什么呢？上哪里学？之后又能怎样？他什么都不知道。

  月光冰冷地打在窗户上，他睡不着，他只得继续想，他想到自己来城市的原因，想到这几年来的生活，想到自己想不出的能力与特长，还想了一点小冉规划的未来，思考着他跟小冉的关系，但并没深入下去。这就是徐浩，一个在一开始就没有过多的杂念与小冉走在一起的人，他对小冉、对他自己的生活，大部分都处于被动的状态，除了决定来到这座跟他毫不相干的城市，还有租房子，和被小冉否定而让他欢喜的夜店工作外，再无其他对生活主攻的态度。几乎可以说，徐浩是一个温顺的人。但在此刻，温顺解不了烦闷，他必须思考，因为小冉，他必须思考。他在深夜里对小冉的后背说，给他一些时间。

他不知道他是怎么睡着的，最后的记忆是月光打在小冉隆起的臀部上，勾勒出一个美妙的弧线。他知道他是怎么醒的，是被小冉推醒的。这天是他们一年一度返乡的日子，他们像往年一样拎着大包小裹涌入车站，与一群毫不相干的人坐在火车上，路过一片他们看过很多遍但也没有留下多少记忆的风景。到站时依旧有突突的三轮车拉着他们，去往等待他们的老家。

整个新年也与以往并没有什么不同，只是小石头与吴婶不再成为村里的焦点，而是被村里出来的县级状元代替了。这位状元拿着县里还有学校里给的奖学金，买了一辆摩托车，并骑着这辆车头上有鲜艳大红花的摩托车，肩负着全村人的骄傲与羡慕一路骑到了大学校园。后来为了追女生，载人飙车，从桥上冲进了一条名字念不上来的江中。女孩成了植物人，状元的遗体在隔壁省的地界被发现。这事就出在徐浩他们回来的一个月前。徐浩的母亲拿着菜刀一边斩碎肉块，一边讲给归家的孩子，结尾时还不忘念叨学习好有什么用。但在大年初一的时候，徐浩的母亲还是领着徐浩给状元家送红包，状元家挤满了村民，这些村民说着差不多的话，摇着差不多的头走出状元家，在一个个小路口再次三三两两地聚在一起，说着状元家，说着过年好。

小冉在新年的第五天独自返回城市，留下徐氏兄弟默默接受家里人的轮番攻击，尤其是徐勇。先是徐勇的母亲在吴婶尴尬的陪伴下数落孩子的终身大事，后来则是徐勇的母亲带着吴婶来到徐浩家，拉着全家人围攻徐勇。年龄这个东西，只有在一家人团圆时才显示它真正的威力。徐浩在一旁听着，才意识到自己的哥哥已经34岁了，而他自己也已经走到了27岁的年纪。小石头吃着盆里炸的土豆条，听到有人叫他的名字，他抓了一大把炸土豆条，来到大人们中间。一家人指着小石头对徐勇比画，说徐勇的孩子应该也这么大了，可现在呢，连个媳妇都没影呢。听到这儿，徐浩不由得笑出声，结果却暂缓了徐勇的压力，全家的矛头开始指向他。他赶紧抱起胖乎乎的小石头，冲出堂屋门，孩子太重了，没走几步，徐浩就觉得体力不支，慌忙放下孩子，站在院子里。他看着他，好像小石头今天才突然长大一样，才注意到小石头已长到自己的肩头，小肚腩比他的还大。小石头把最后一根炸土豆条放进嘴里，看着徐浩说："你看俺干啥？"徐浩摸摸他的脑袋笑嘻嘻地说："小石头长大喽，也该娶媳妇喽。"

孩子问："媳妇是啥东西？"

徐浩说："媳妇就是给你再变个小石头的。"

孩子睁大眼睛说："那俺也要媳妇，变个小石头陪俺玩！"

徐浩哈哈大笑着说："那你回去，找他们要。"

小石头扭动着胖腿，跑进堂屋。徐浩看着他的背影，想着"媳妇"二字，叹了口气。稀疏的雪花，从天而降，温柔地扑在徐浩身上。徐浩向堂屋里喊："下雪啦！"大人们都出来了，就连徐浩糊涂的奶奶也被小石头推出来了，他们一起走出院子，与其他院子里的人热闹地打着招呼，小石头与其他孩子一起欢呼雀跃，大人们看着雪花往田地里铺上一层又一层，手上是冷的，心里是暖的。

第五章

钱财与时间是一组相反的关系,人们看见的钱越多,看见的时间就越少,在忙忙碌碌中,时间又消失了两个月。

不知道从什么时候开始，过了 25 岁的年纪，带着家人的埋怨和牵挂仓皇返城，成了多数小镇青年的必经之路，城市对他们来说不够友善，家乡在他们眼中又不够完美，而家人随着别离的时间，变得越来越难以相互理解，他们成了时代变革的夹生饭。每过一年，误解加重一层，忧愁加重一升，就像人不能阻止时间一样，城市发展的脚步亦不可停留半步，小镇青年的忧愁与日俱增。

但不管怎样，年总算过完了，徐氏兄弟一行人再次背起行囊，离开温柔的牵挂，仓皇返城。刚下火车，就听到车站喇叭里宣传什么暂住证。长时间的火车旅途让他们精疲力竭，并没有人在意。

两天后，吴婶在综合市场就听到一些言论，说是要严查无证人员。随后，吴婶的胡同、王胖子的胡同，那些互相不太熟悉的人也开始三三两两地聚集在一起。紧接着，谣言四起，在他们生活的大街小巷里传递：城市要赶人了，赶走穷人，赶走外地人，赶走出租屋里的人。一个人说，听的人可选择信或不信，三个人说，不信的选项就消失了。王胖子再次把大伙儿叫到自己家召开紧急会议。胖女人依旧把生肉时蔬变成一盘盘菜肴端上餐桌。酒已入杯，还未入口，王胖子先叹了口气，说："这年头难，刚来就不好过，你们都听说了没？眼下城里要赶人了，咱们这些没房、没钱、没正式工作的人都得走，可我们这活儿都已经干上了，刚交完房租，唉……大姐，你应该可以留下，咱们这群人应该就你跟小石头能留下，你们有房啊，对了，一直不知道你们这户口迁过来没？"

吴婶面露难色地说:"他大兄弟啊,俺老头在的时候就说先不迁,他走了,俺也不想这事了……唉,你们要是都走了,俺留在这儿还有啥意思啊!"

胖女人瞪了一眼自己的男人,接过话头说:"大姐,这不还没赶呢吗?咱今儿把大伙儿都叫来,不就是商量个对策吗?要我想啊,城里这么多人,他们怎么查啊?说不准查几个就完事了,咱们想办法躲躲。"

王老二抢白说:"躲得了初一躲不过十五,咱干啥了,就躲躲藏藏的,还他妈躲一辈子!"

"你着什么急啊,我这不话没说完嘛!要我想,咱先躲着,看看到底啥情况,要是就为了办奥运会,躲过去也就没事了,要是之后还抓,那咱多赚点钱,一起商量去哪儿,咱大伙儿一起走。"

"你们说什么呢?出什么事了?"

小冉刚开口,就招来大伙儿不满的目光。吴婶赶紧说:"闺女,你应该没事。现在都说城里要赶人了,像俺们这些农民工还有家属啥的,都属于流动人口,俺们这些人就都得被赶出城。"

"听说他们都是便衣,不一定出现在哪儿,看见像农村人的就抓。咱们从明天起把好衣服都穿上,腰板儿挺起来,头发啥的也都收拾干净……"

"对对,咱们互相都听着动静,随时通报联系。"

在大伙儿七嘴八舌地讨论如何躲藏时,小冉站起身,走向厕所,拨打了一通电话,再出来时,她笑着说:"你们还记得赵警官吗?就是曾经帮小石头上学的，我刚才给他打电话，问了你们说的这个事情，他说没有赶人的说法，只是鼓励大家都去办理暂住证，目的是方便城市对流动人口的管理，只要来城市一个月以上的都去办，我也得办。"

"这可信吗？可别是诈咱，咱去了就给咱往火车站一送。"

"是啊，俺也听说好像有人去了，就没回来过，都不知道把人送哪儿去。"

"你说的赵警官，我也不认识，当官的说的话我可不信。"

小冉无奈地摇摇头，这世上总有那么几组关系仿佛是天然的矛盾，孩子与父母，学生与老师，总是这样相互依赖又相互排斥，是滋润偏见的土壤。这一餐结束，任凭胖女人如何带动大家吃菜喝酒，终了还是剩了个浑圆。

次日清晨，小冉推醒徐浩，带着他去找赵警官。徐浩心里打鼓，但还是去了。等把证件交齐后，很快两个人就拿着各自的小红本出来了。徐浩如释重负，随即拨通了勇哥的电话，把今早的经历完全描述一遍，叫他们也带着各自的证件过来。小冉说："我得上班去了，你在这儿等着他们吧。"小冉离开后，大概过了半个小时，勇哥带着吴姊来了。

"胖叔他们一家呢？"

"不来，还是不放心。"

直到徐氏兄弟前往工地，掏出写着暂住证的红本后，王氏一家拿着本子看了又看，问了又问，这才稍做放心地去公安局。等他们拿着自己的小红本出来时，唏嘘不已，有了在城里的身份，不由得对小冉多了一份敬重，对昨晚的会议多了一份荒唐感，而对城市则少了一份戒心。自此以后他们对街边的流言多了一份戒心，这份戒心同对城市一样。

徐浩已经开工一个月了，夜店那边也没有消息，他想着：嗯，我辞职了。小冉看在眼里，心里欢喜，她想着可以把计划往前再实施一步了。她打定主意，提早回家，准备好饭菜等着徐浩。徐浩回来时，看着一桌的饭菜，也是满心欢喜。小冉随意地再次谈起让徐浩学点什么，她举了很多例子，这一次她没有一直滔滔不绝，而是每说一句就看看他的脸色，或是给他夹一筷子菜。而他，越听越沉默，越听越没有食欲，最后回复再给他一个月的时间。

一个月的时间很快被徐浩消耗了，春天的嫩芽早已破土，徐浩还是一头雾水。对于徐浩来说，他所处的圈层实在无法获取超出他圈层范围外的东西。只有一件事情例外，那就是他拥有小冉。但当他想到把小冉划分到自己的圈层之外时，又莫名地生气。就这样，他在迷茫与不知道对谁的气愤中度日。最后，还是小冉半强迫式地给他报了室内设计班。

那天是小冉的休息日，她把徐浩从工地里拉出来，坐上一辆公交车，到站时，天空呈现一片玫红色，她领着他穿过一片菜市场，进入一座老旧的楼房。贴满广告的电梯摇摇晃晃地把他们送上楼。小冉敲门时，他看到门上一张硕大的海报，上面写着"包教包会，名企直招"，中间一排照片，下面分别注释着每个人的头衔，再往下有一行大字"你可以像他们一样"。门开了，一个个脑袋从一排排电脑后面探出来，都是些年轻的面孔，与他在夜店里看到的脸完全不一样，这让徐浩感觉新奇，在他过去的意识里，城市只有两种人，一种是五光十色，浑身上下都写着"你跟我们不是一个世界的"；另一种是土灰色的，就像他的兄弟们，给城市打工的人。而眼下这一张张脸，似乎是介于两者之间，他们跟他不一样，但又让他感觉没有第一类人那么强烈的排斥感。他感受到来自身体右边的目光,回头看到正在与老师沟通的小冉。他猛然间发现她今日有种说不出的美,她身着一套利落干净的灰色西装,九分的裤腿下面踩着一双黑色的高跟鞋,纤细的脚踝发出拒绝的光。他收回眼睛,重新抛向新发现的第三类人,暗自发誓"你可以像他们一样"。

从那日起,徐浩每隔一天的晚上6点半准时踏进这栋老楼,8点半的时候顶着昏昏沉沉的脑袋回家。这两个小时他觉得比在夜店上班还累。两周过去了,对于课程,徐浩实在是难以下咽,如同听天书,而第三类人连同电脑一起转化为拒绝他进入的第一类人。他看门口上的广告语,心里刺痛,那一张张自信的照片突然与他记忆里小冉的同事们重合。两周前的誓言瞬间破碎了,一种强烈的低人一等的感觉在他心底蔓延。

他开始翘课了,他跟勇哥回到吴婶家,他掐着时间离开,临走时他总要嘱咐吴婶一家人千万不要告诉小冉他来过,吴婶看着他,嘴巴半张,想说什么又没说,叹了口气。徐浩从吴婶家出来,来到他上课的楼下,看到学员们纷纷下来,他感觉自己也应该放学了,便回到他们的出租房。每每在这样的时刻,莫名的兴奋感会在他心里荡漾,这让他想起小时候,那时小冉是他的帮凶,可现在小冉却成了他的"母亲"。想到这儿,他不由得笑出了声。

好景不长,在他连续翘课一周后,一通电话宣告他秘密的败露。那晚他像往常一样,翘课回家,可是刚打开家门,就看到正对着门坐的小冉。她双臂环抱在胸前,一副教导主任的模样,他就知道事情不妙了。他堆着笑脸说:"今天下班挺早啊。"

"你干吗去了?"

"我……我还能干吗？就……就去你给报的班上课啊。"

"我打过电话了，那边说你已经有一个星期没去了，你干吗去了？你到底想干吗……"

徐浩见事情败露，只好坦白，他支支吾吾地说："我……我听不懂，我就不是学习那块料。"

小冉放下双臂，沉吟了片刻说："把你手机拿出来！"

现在她更像个母亲了，徐浩心里别扭，但也无法发作，毕竟自己的确被人家捉到了现行，只好听话地交出电话。小冉拿着小灵通摆弄了半天，当她抬起眼睛时，里面的情绪转变，其复杂是徐浩读不懂的，他茫然地看着她。小冉叹了口气，拍了拍自己旁边的座位，又拿出自己的手机，语气变得温和："过来，坐下吧。"

她轻轻地打开自己的手机，告诉徐浩它可以录像，按哪些键，如何储存，又说："咱俩换一下手机，等你上课的时候就按照我刚才教你的，全部录下来，等到晚上回来，我陪你学。"

说完，她盯着他看了好一会儿，好像在等待一个孩子说我听懂了。徐浩鼓捣着手机，点了点头。小冉起身，走到门口，搬起一个纸箱放到桌子上。他的眼睛里充满了好奇，像个孩子，小冉余光瞟着他的时候心里想。她微笑着叹了口气，把剪子递给他。

"你来拆吧，小心点。"

一个黑盒子从纸箱里被掏出来，徐浩睁大眼睛，他认得这东西。

- 179

"电脑！这还是笔记本电脑啊！哪来的？"

"捡来的。"小冉抿起嘴巴，向上勾出一道弧线。

"啊？"徐浩张大着嘴巴，一会儿看看电脑，一会儿看看小冉，更像个孩子了。小冉眯起眼睛，向上弯起两道弧线，她伸出手，放在徐浩的头上，纤细的手指便埋在卷曲的头发里，她温柔地揉搓徐浩的脑袋说："这是我买的，送给你的。你学软件用得上，以后也会用得上。"

徐浩看着躺在膝盖上的电脑，小冉的话，小冉指尖的柔软，一点点拼凑着被打碎的誓言，伴随着酸溜溜的感觉不断翻涌。他想让那双手不要停，那是一种久违的温柔，他快忘掉的温柔，他以为原本不存在的温柔，只是轻轻一触，便由身体召唤了记忆。

"你好好学，我真的不想看着你再做那些辛苦又危险的体力活儿。"

徐浩低着脑袋做点头的动作，他没有看小冉的脸，太多的情绪在他心里翻滚。从那以后，徐浩再没翘过一天课，而小冉总是先陪他顺下当日的课程后，才翻开自己的书本学习。在小冉的帮助下，徐浩艰难地重启消化知识的系统，一点点进入正轨。

另外一边，徐勇30万的问题再一次被搁浅。近期城里的新楼盘突飞猛进地增长，肉虽然多了，狼也多了，各种大大小小的装修公司如雨后春笋般地涌现。王胖子他们心里急，眼看这么多肉，自己却吃不到，就算吃到了，也都是难啃的肉，雇主的要求变着花样地增加，难度越来越大，钱越来越难挣。加上王胖子开始琢磨买房的事，没有多余的精力再为徐勇耽搁，更何况他们之前找过"明白人"指路，一路找到律师这条线上，对他们来说，找律师就是要花数不尽的钱、数不尽的时间去折腾一场旷日持久劳力劳心的官司,他们害怕,他们退却,他们感觉疲惫,他们开始认命了,但他们又不甘。就这样,大家心照不宣地把问题搁置了。最后,徐勇没有去领那30万,也没有再做些什么,只是把自己扔在一户又一户的人家里,把那些只活在记忆中的人埋在敲敲打打的噪声中,任凭生活对他的安排。对于徐浩现在在做些什么,他并不知晓。

三个月的学习课程终于熬到头了,徐浩迫不及待地靠着新本领搜寻工作。这次算是顺利,他很快得到一家小公司的面试。面试通过的当晚,他捧着一箱啤酒还有一些熟食敲响王胖子家的门,在来之前他已经给吴婶他们打过电话,说今晚在王胖子家,他有大事要宣布。门开了,人已经到齐,饭桌上摆着几盘胖女人炒的菜。男人们看见酒,便先喝上几杯,他们总说天热要喝酒,天冷的时候,他们也说,天冷,先喝酒。徐浩今日尤其兴奋,他跟着王老二一起把一瓶又一瓶的酒灌进肚子里。男人们喝酒时,胖女人痴迷于小石头,对他爱不释手。直到菜与酒下去一半,吴婶实在坐不住了,她催着徐浩宣布大事,说明天大家还都得工作,别贪酒又贪晚。徐浩端着酒瓶摇晃地站起身说:"我,我啊!就要告别这身灰土土的衣服啦!我,我啊!要上班了!"

吴婶拧起了眉头,催他赶紧说事。

"我!就是我!找到新工作了,是一家装修公司!"徐浩指着自己的脸说。

徐勇放下酒杯,阴沉着脸:"说啥话呢,喝多了就回家!"

"我……我没喝多,你……你想错了,我是去人家那做、做……做设计师!我现在会软件了……"徐浩打了个饱嗝儿继续说,"你……你们听过没有 p……ps、cad、3……3dmax、su,这些我都会了!后……后天我就跟城里人一样,进……进公司上班!"

说完徐浩晃晃悠悠地坐下,随后就跟王老二一起趴在桌子上,而其他人都沉默了。男人们没缓过神来,涨红着脸,努力梳理刚才听到的信息,女人们吧唧着嘴,似有所悟,吴婶微微抬起头,话还没说出来,愧疚的神色先抵达胖女人的眼中。胖女人看了眼怀里已经睡着的小石头说:"孩子大了,有自己的想法,也是好事,咱这虽然糊口啥的没问题,但孩子有自己的追求,我们就全力支持。大姐,你也别放心上,现在工人也好找,浩子这窟窿很快就有人填上,不碍事的……再有,要是哪天,我是指万一啊,他干不好啥的,就回来,我们两口子给他留着位置。城市这么大,不好混,我们遇见也是缘分一场,别因为这个生分了,不碍事的。"

吴婶咽下返上胸口的酸水,过了好一会儿才说:"你是好人哩,你们两口子都是好人,浩子小,不懂事,按说他有自己的主意没啥的,但好歹也得先告诉俺们,让你们有个准备啥的,眼下这么忙,哪就那么容易找个合适的人啊。这样吧,等他酒醒了,俺跟他念叨念叨,好歹让他把你们眼前这点活儿干完的,你找到合适的工人再放他走。"

"大姐啊,工作哪儿那么容易找啊?他既然已经面试通过了,就让他赶紧去吧,万一错过这个了,咱们不都得落埋怨啊?我们这儿你只管放心,都是小事。"

女人们的话把男人们点醒了。还没等徐勇开口,王胖子抢先说:"我媳妇说得对,咱就这么定了,工人还不好找嘛,明天我就去市场门口,那有一堆挂牌等招工的呢,都不碍事的,小事小事。"说罢,拿起酒杯饮了一口。

"叔,这块交给俺吧,你不用去,俺也正常出工,这事保证给你干好!"徐勇说完,也举起酒杯一饮而尽。

电话铃响起,是徐浩的,响了许久,都没能把他叫醒。徐勇接起电话,对面传来小冉的声音:"还没结束呢,都几点啦,大家明天都还有工作呢……"

"是俺,勇哥,他喝多了,今晚就不回去了。"

"哦哦,唉,麻烦勇哥了。"

挂断电话,酒席也结束了,王胖子说让浩子在他这儿住,徐勇摇头,执意地摇醒徐浩,又架起半睡半醒的他朝门外走去。胖女人抱着还在睡的孩子,悄声跟吴婶说,让小石头留下吧,明天她送孩子上学,吴婶点头同意。

刚到家,徐勇把浩子仍在床上,让吴婶今晚睡上铺,然后就翻出他的小本本,一个又一个地打起电话来。吴婶听着,在第二通电话被挂断后她说:"太晚了,别人也都睡了,明天再打吧。"徐勇不说话,继续拨打第三通电话,吴婶摇了摇头,去厨房烧水。

次日,当王胖子兄弟推开工地门时,已经有两个人在干活儿了。徐勇简单介绍了下另外一个人,是他之前在工地里的工友,人年轻,有力气,不笨,还说让他先试着干,看看行不行,不行他再找人。王胖子听着,惊异地发现徐勇办事的果断和干练。午饭时,徐勇又说:"叔,咱现在是两个工地插空开工,以俺大婶子的能力,还有这几年盖房子的形势,再拉来几份活儿应该不成问题,俺想着现在,再找两三个人,你、二叔、俺,咱们一人带一个工地,同时开工,一边教徒,一边干活儿。俺算了一下,日后一个月拿下五个工地应该不成问题。"

王氏兄弟惊讶得说不出话，他们兄弟在这行摸爬滚打这么多年，也不过是到现在每个月最多拿下两份活儿的成绩而已。他们觉得已经很好，很满足了，不敢多想。五份是什么概念啊？他们不清楚，但是都不由自主地品尝这突如其来的诱惑与希望。徐勇闷头咬掉半个馒头，嘴里嚼着继续说："还有，咱得起个名字，做些海报和名片，先以现在的小区为目标，每干一家，咱就把大海报贴满窗户，让大婶子拿着名片就在咱这个小区里转悠，这回不仅是发给那些穿着溜光水滑的人，还有物业和看起来给别人家改水电、刷大白的工人，跟他们说，每拉来一份活儿，干成干不成都给200，干成的再给个500、800的。至于人手这方面，都由俺来找，保证有力气，脑瓜不笨，人品还都好……现在，你们就商量着起名，争取今晚下工，俺就去印海报和名片。"

王胖子现在听傻了，他目不转睛地盯着徐勇。

"一家人装饰公司。"王老二突然说。王胖子转过脸，看着平时啥事也不顶，只会插科打诨，沾酒就倒的弟弟。而王老二此刻一脸严肃地继续说："就叫一家人，咱们是一家人，咱干的也是一家房子，咱老板都是一家人，挺好。我赞同大勇的想法，咱要干就往大里干，闯个事业出来，这辈子也算没白混。"

徐勇抬起脑袋，看向王胖子，在等待最后的拍板。王胖子转动着胖脑袋，分别看向两人，一股热血在身体里私下流窜，那是一种久违的感觉，年轻的感觉，他记得这种感觉曾在他追求现在的胖媳妇时出现过，只是那时这个媳妇还没有这么胖，那时她还是村里首屈一指的美人；再有就是他决定进城闯一闯时曾有这种感觉，之后就再没有了。他咬着牙狠狠地说："就这么定了！"说完，他举起自己的大水壶，咕咚咕咚地喝下几大口水。

徐浩醒来时，只觉得脑袋昏昏沉沉的，他看了看四周，可以推断出，昨晚自己定是喝多了。但他想不起来自己有没有宣布他的大事，他用力挠了挠自己的头发，站起身，随便用水冲了下脸，出门向综合市场走去。来到吴婶的床子，在这里吃午饭的时候，被吴婶好一顿数落，说他的哥哥昨晚为了给他补这个窟窿，忙活到半夜，他才得知自己昨晚已经宣布了。吴婶数落完，最后还是补了句："要干就好好干，干出个人样来，还有小冉，你们岁数也不小了，看着差不多你就定了吧，这么好的女孩，别再被你耽误了……她……"吴婶咽下后半句话，她琢磨着到底是不娶小冉是耽误人家了，还是娶了才是耽误呢。她心疼这个，又心疼那个，犹豫了好一会儿，自己笑起来，暗自想啊，自己的儿子死了，现在纠结手心手背的孩子们，这人啊，活在世上，真是说不准哟。

徐浩陪吴婶忙活到下午3点左右时才离开，临走时，他在市场上买了一堆的米、面、蔬菜，准备回家做一顿好吃的，等小冉下班，现在的他已经有好几个拿手的菜了。回家的路上，他一边想着菜谱，把吴婶的埋怨一边混进菜谱中，他突然决定，要给自己的哥哥买个手机。于是，他到家把东西放下后，从枕套里掏出3000块钱去了附近的一家商场。最后他揣着50块钱和一台三星手机，赶去吴婶的市场，把手机还有话带到后，又匆匆地回家。

下工了，王胖子嘱咐徐勇完事后去他家。徐勇和王老二一起找了一家图文店，两个人商量着海报用大红色底子，字用黄色的，一定要大。他们从图文店走出，深吸一口气，腰板儿挺得笔直，迈着大步子朝等待他们胜利而归的酒桌走去。又是一个有酒有肉的热闹夜晚，与以往不同的是，这一次王老二没有把自己灌趴到桌子上，他满脸通红地与大伙儿一起喝到最后。

徐勇离开王胖子的家，清凉的晚风吹打在他的身上，顿时酒就醒了一半。他背起双手,昂起头,猛吸一口气,缓缓吐出,他觉得无比的舒爽。眼前的大道笔直地铺在他的眼前,明晃晃的路灯打在上面,他突然发现这条路很美,他说不出缘由,只觉得它美丽得很真实。带着这样的心情一路到家,又一件美事在等着他。精巧光滑的手机躺在他的手心里,他看着这个小东西心里热乎乎的,各种情绪混杂在一起,最终化成一句话,生活会好的,会越来越好的。

在徐勇这边开始热闹地贴上大海报时,徐浩穿着小冉特意给他买的一套行头,白色短袖衬衫,蓝色牛仔裤,一双运动鞋。他不知道这套行头花去小冉将近1000块钱,他也不知道补课班的费用,他曾问过,但被小冉随意糊弄过去,这些加在一起,连同电脑,小冉一个半月的工资就差不多消化光了。他站在镜子前,打量着自己,越发觉得自己帅气的同时他又觉得说不出来的别扭。小冉站在他的身后,看着他,这个背影让她心头一颤,曾经那个抱着她哭的男孩突然闪现在她的头脑中。徐浩挠着头,转过身来,嘿嘿一笑,她赶紧别过眼神,说该走了,第一天迟到不好。他们挤上同一辆新开通的公交车,又钻进地铁站,在换乘的时候,小冉下车,临走前她在他的耳边说"加油"。

到站了,他跟着人群走上地面,只觉得心脏"扑通扑通"地乱跳,他伸手按住胸口,又突然放下,他怕手上的汗会弄脏白衬衫,于是他把手臂僵硬地摆在身体两侧,攥着拳头往前走。不一会儿,他就到了,一路紧张的心脏突然平静了。刚踏进门,漂亮的公司、漂亮的人霍地呈现在他眼前,他的心脏再次紧张地乱跳。他拘谨地站在门口。一个漂亮的姑娘笑容满面地迎上前来:"您好,请问有什么需要吗?"

"你……您……您好,我……我是新来的,干活儿的。"

姑娘的笑容瞬间消失,她往里边楼上指了指:"上楼吧。"

他拘谨地迈着步子，想起上一次面试时的场景。楼上不大，一张空荡荡的大桌子横在眼前，临窗的位置架起一条木板，就是一张长条的桌子，一个西装革履的人挽着袖子坐在长桌前，专注地敲打电脑。他站在楼梯口的位置，不知道自己应不应该说话。过了一会儿，那个人对着电脑问"什么事"。徐浩愣了一下没说话，那个人转过头来，隔着眼镜的双眼打量了一下徐浩，"啊"了一声后说："你是新来的，叫徐浩，对吧？"

徐浩赶紧点头，嘴上连着说三个"是"。那个人站起身来，大跨步穿过徐浩，一边说"跟我来吧"，一边往下走。徐浩跟在后面，心里想这个人比勇哥还矮。还有三个台阶就到楼下了，这个戴眼镜的人停下来，双手扶着楼梯扶手，冲下面说："小华，你今天上午是要去客户家量尺吧，你带着他去。"说完，这个人就上楼了。徐浩侧着身子让他通过后，自己走完剩下的五个台阶，刚才第一个跟他说话的漂亮姑娘微笑着再次朝他走来。他以为她在对他笑，可实际上她是为自己高兴，因为公司给她派一个做量尺工作的人意味着她即将升级，成为公司里专业的设计师，而这些规则他不知道，就像他不懂为何初见时她笑，而后又不笑，现在又笑了。他只知道她对他很好，很有耐心，从临出行前需要带什么物品，抵达场地后如何绘图，量尺标尺，还有后来回到公司后，她给他下达新的工作任务，让他用所学软件绘制出平面图，还有在这些图上什么位置加什么东西。她说话的时候，站在他身体的侧后方，时而需要弯下腰，操作他的鼠标或者在屏幕上指指点点，这个时候她的秀发会偶尔触碰徐浩的脸颊还有脖子，这让他满脸通红。第一天的工作就这样在她的微笑与秀发中度过，他心满意足地下班，心满意足地回家，觉得这一切美妙得像个梦。

楼下路旁的小野花开始打开花苞，他瞟了一眼它们进入自家的楼道。他把米粒倒进饭锅内胆里，把内胆放在水槽上，拧开龙头，水流哗啦啦地打在米粒上。他伸出手指插进米粒里，米粒与米粒紧密地靠在一起，之间微小的缝隙也被水填满,他的手指被米与水包裹着,女人的秀发与温热的气息在耳边温存回荡。猛然间,他抽出手指,冲到厕所,解开自己的腰带,他看着小冉挂在厕所的内衣和内裤,想象着她被黑色裙子包裹的身体,努力回忆发丝的触感还有小冉靠近他时传来的温热空气。伴随身体的抽搐,所有的幻觉一同消失。他回到厨房,水流哗啦啦地冲着米粒溢出锅外。

不足一个月的光景,"一家人装饰公司"算上王胖子的老婆,已经是七个人的小团队了,并且已经同步开展三家房子的装修工作。所有人都充满了干劲儿,王胖子的老婆原本白净的人现在满脸通红,她哑着嗓子在刚交房的小区里四处转悠,她暗自立志要让这些窗户都贴上他们的红色大海报。她拖着她的平足大脚、肿胀的双腿,大汗淋漓地在小区里快速移动。日复一日的强化工作并没有削减王胖子家的酒席宴会,平日里歇工的酒桌摆在了下工后的晚间。这个时候小石头放暑假了,胖女人扯着沙哑的嗓子通知吴婶收摊后带着小石头去她家。之后她又拖着比以往粗一圈的双腿,奔向菜市场,不论白日多么疲惫,她总有办法置办一桌下酒的美味。男人们在酒中信誓旦旦,在酒中默契地沉默;女人们在男人们微醺与孩子浑圆的脸上交换着眼神,在那份谁也不说但谁都明了的心情中含着笑容举起酒杯。

这一场场有酒有肉的饭局许久没有迎来徐浩与小冉的身影。徐浩开启了没完没了的加班工作,他原以为他的直属上司是小华,可是这样的日子也就过了三五天,小华不再带他了,也没有人带他了,准确地说应该是几乎所有人都带他。他会接到包含小华在内的其他人的要求,去往一家又一家量尺,回到公司后根据他们的要求制作一张又一张图纸。徐浩对于软件的操作跟大家的要求相比还是相去甚远,那些臃肿的快捷键还是需要他一遍一遍地查看自己的笔记本,以至于他在加班后回到家中还要继续工作。有时小冉坐在他旁边,看着他的操作,时不时提醒某些功能的快捷键是什么。每每到这个时候，徐浩会再次庆幸自己拥有小冉，同时再一次印证了他与她的差距。但不管怎样，徐浩现在的身份有了质的改变。从农民工变成了穿着干净的公司员工，手里的工具从锤子变成了尺子还有电脑。身份的转换对于徐浩来说意味着太多的东西：从小冉提醒他需要转变时的被动状态，到他渴望转变，被动变成了某种期待；到后来他成功实现了转变，以为有关他的生活的所有一切都将发生天翻地覆的变化，他带着某种幻想去观察周边人看他的眼神、说话的语气，他觉得他们都变得和善与尊重。可现在他突然意识到那些微笑特别客气，他绕开"虚假"这个形容词，继续品味这变化后的含义，结果是他再次选择放弃思考。他在渴望、幻想与放弃思考中盘桓，再一次感受到自尊心这种东西，这一次不仅是为了现在的他，还有过去的他。

日子继续如往常般推进，却不似往常。在个人担当主角的故事里，它变得不同寻常。这种微妙的变化在吴婶的屋檐下，在王胖子的工地里，在徐浩的出租屋中同步发生。每一个人都嗅到不同寻常的气息，他们被气息指引前行，怀揣着希望。生活也似乎看起来开始变得美好，但现实总会猝不及防地给主人公们抛出新的课题。徐浩收到了第一份转变后的工资，他拿着只有1000元的工资卡，开始面对他人生中第一次出现的财务问题。现在他没有免费的住所，没有免费的食物，有的是日复一日累计的花销，以及存款数额的消减。虽然目前还没有达到吃不上饭的程度，但在徐浩朴实的心灵深处种下了不安。他害怕哪一天他要靠小冉供养。

这样的日子继续向前挺进了三个月，他难挨地度过了他的试用期，工资卡上多出了2000元。与此同时，小冉带来了新的消息，她被另外一家公司挖走。她告诉他的时候不断重复不敢相信，因为这一份工作不仅再一次提升她的工资，更重要的是她在面试时，跟对方道出了自己年底打算考研的想法，没想到对方竟然允许，竟然可以让她一边读研一边工作。她说"太不可思议了,简直不敢相信"。徐浩听着,胸口拥堵,他微笑着跟她说这是好事,微笑着说她太了不起了,他微笑时猛然想起了之前他想不明白的挂在别人脸上对着他的微笑。清冷的月光从窗外打在他脸上的时候,她进入深度睡眠的状态,而他再一次失眠了。他在寂静的夜中再一次审视自我,这一次他的思绪猛然冲破防线触碰到他与小冉的关系,他害怕了……"规矩和勤奋将会使你成功"开始在脑中回荡,他握紧拳头,告诉自己需要更勤奋地工作,要把比别人落后的全都追回来。事实上,土豆终究是土豆,怎么也变不成鲍鱼。徐浩日复一日地重复着无聊的工作,重复着孤独,重复着失败,他走在上班的路上,走在下班的路上,城里四下流窜着冰冷的秋风,他想起,小的时候,每每刮起这种风,大人们总是精神饱满,涨红着脸,在庄稼地里忙碌。而眼下,城里的风似刀,胡乱地砍在树上,地上还有人的脸上,在楼宇中,孤独地游荡,直到卷走最后一片落叶,把城市搅得千疮百孔后,才抖抖身子离开。他继续重复着重复的路,看着人来人往荒凉的城市,几片雪花随风摇摆,落在身上转瞬即逝,他裹紧大衣,朝王胖子家走去。

  胖女人举起菜刀,"啪啪"两声,一直活蹦乱跳的大黑鱼终止它的扭动;吴婶蹲在她旁边,把一颗颗黑黢黢的土豆削打成赭石色;小石头蹲在一旁,与一只奄奄一息的大母鸡对望。今天是一月一日,是这两家人大半年来唯一停工休息的日子。就在昨天,王胖子说挣钱何时是个头,索性在步入2009年的这天停工休息。现在他吧嗒着旱烟又说新年就要爽快地大口吃肉大口喝酒,不能再他妈的伺候人。他的女人一手举着刀,一手揪着鸡头,听到此话,便说:"你他妈的是不伺候人了,我们呢?"

  王胖子嘿嘿一笑,说:"你们那叫照顾自家人,不算伺候,不算不算。"

  就在他们夫妻俩斗嘴的过程中,有人敲门。王老二趿拉着拖鞋,打开门,是徐浩。

"小冉呢？"

"她快考试了，时间紧，她得学习，就不来了。"徐浩一边说着，一边把他带来的一箱啤酒放到桌下。

女人们在厨房从早上开始，一直到中午，才放下炒勺，换来餐桌上大大小小的十盘菜。小石头看着满桌的饭菜直挠头，他在思考自己还要不要吃饭，现在他不需要低头，就可以看见自己被同学嘲笑的大肚子了。现在的他已经长成大孩子了，身高快追上徐勇了，可胖女人还是满脸的宠爱，以至于每炒得一个菜，都要在没出锅前给他夹上一筷子，等他眉飞色舞地点头表示赞许时，菜才装盘。胖女人把他拉到自己旁边，挑拣出一个鸡心和一个鱼眼堆在小石头的碗里。现在一家人围绕在餐桌旁，男人们用各自的方式开启一瓶瓶啤酒，王胖子用牙齿，王老二与徐勇用桌子，徐浩用瓶起子。乒乒几声响，热闹的聚会开启了。

在饭桌上，徐浩才知道"一家人装饰公司"，接下来他们谈的事情，一次比一次让徐浩震惊。原来这主意是自己哥哥出的，自己不在的这大半年，他们竟然干下来将近四十家生意，他们还提到了一些陌生的名字，原来他们招来好多新工人。这些陌生的信息在徐浩头脑中汇聚连线，他瞄着勇哥，穿的还是原来那些旧衣服，上面还挂着洗不掉的涂料，还是一副自从自己出院后他就闷闷不乐的样子。到底发生了什么？他想着，算计着，现在勇哥是不是已经越过拿工资的待遇了呢？他得挣多少钱呢？他们怎么分呢？徐勇转过头，愣了一下说："傻小子，看啥呢，哥是老了还是咋？"

"没，没啥，你啥时候给我娶个嫂子啊？"徐浩脑筋一转，赶紧甩出一个新问题。

王胖子放下酒杯，哈哈大笑："你小子自个儿有女人啦，才惦记自己哥啊。不过话说回来，大勇啊，你是该娶媳妇了，挣钱没头，挣钱也没啥意义，得有个女人才有意义，那才叫过日子喽。"说完，瞟了一眼自己的媳妇。胖女人会意，说："这事就交给我，今年我就先给你物色着。"

吴婶感激地看向王胖子的老婆，每当提起此事，她就无比愧疚，这种感觉就好像她偷了别人的东西被捉到现行一般。胖女人瞄着徐浩，继续说："先别操心人家，你呢，啥时候定下来？日子不短喽。"

刚刚还感觉自己被赦免的吴婶，现在想钻到桌子底下，她下意识地把徐氏兄弟当成自己的儿子，看着儿子这么大还没个媳妇她心里急，却不好说什么，毕竟他们不是自己的孩子，还总感觉是自己拖累了他们，于是只要有外人提及这两孩子一点不好，她都会不自觉地生出愧疚之心，眼下她正揉搓着粗糙的双手。

王胖子夫妇互相交换眼神，把目光对准二弟，随后胖女人清了清嗓子，说："老二啊，我跟你哥商量有段日子了……我俩想着吧……你也再讨个老婆吧，生个娃，也是日子。你看看吴婶子，看看那小冉姑娘，天下的女人各种各样，坏的有，好的也不少呐。眼下咱这买卖也算干得过去，钱也有了，不像从前了，有了钱就有了定心丸，不怕女人不跟你好好过……其实吧，我跟你哥看给咱刮大白的小妹就挺好，人老实，就是不咋爱说话，私下里我跟她唠嗑，她跟你的情况差不多，她男人死了好多年了，死前都没来得及生个孩子，后来她家里人没少张罗亲事，她为了躲避改嫁才跑到城里，这些年一直自己过，比你小个六七岁，长得也不赖，就是黑点，也没啥……以前吧我觉得像你这种死心眼的人，这世上没几个，你看，这不又来一个？这就是缘分，缘分到眼前了，不珍惜，那老天爷都没辙。"

胖女人说完，从容地给小石头夹菜，可是内心是无比紧张的，她用余光瞟着二弟。这些话憋在心里多年了，记得过去她最后一次提起时，二弟猛然掀起饭桌，摔门而去，整整过了一个星期后才回来。自那以后，她再也不敢提。而眼下这段时间，她观察到二弟与小妹同在一个工地时，他会偷偷地瞄人家，跟人家说话也会一改以往的酸臭，很客气，她嗅到有戏，才趁着酒兴，壮着胆子点破。在她念叨时，她注意到二弟一直低着头，虽然平时他也总这样，但这次她断定不同。王胖子摇晃着酒杯，打破僵局："还合计啥呢，这事明摆着行！就你多嘴，我弟可不是一般人，这事他能想不明白，你知道的他就不知道？人家心里有数。再说我弟可不是那尿包，看上人家还不敢行动，那样就窝囊到家了。话说，我真要是有这么个心里没数又窝囊废的弟弟，那……那我早就不跟他搭伙了，就关在家里养他得了。"

说完，哈哈大笑起来。接下来这两个人不等二弟的回复，就变成常态斗嘴，在他们把话像乒乓球似的打来打去的时候，酒桌上的温度才逐渐回升。点到但不点破，让每个人的心里都不像刚来时那样轻松，但彼此的联结却加深了。就连小石头都皱着眉，盯着满桌的食物，与它们展开又爱又恨的心理斗争。

聚会结束，胖女人把剩菜分成三份，其中两份打了包，分别给予徐氏两兄弟，让他们带回各自的家。小石头再次被留下，他现在已经习惯被留下，甚至有时他主动提出不走了，因为除了小冉姐姐外，他第二个喜欢的就是这个胖乎乎的干妈，而且这里有好多玩具，还有人陪他一起玩，还给他讲故事，他不想写作业的时候，也不会有人逼他。

次日，除了小冉、胖女人还有小石头以外，其余的人都回到他们不同的工作岗位上。胖女人带着小石头从游乐场出来，往家走，一路上孩子噘着嘴，胖女人关切地询问，才知道孩子想小冉了。于是他们改变乘车路线，去往徐浩家。门开了，小冉惊讶地看着他们，她伸出手臂企图抱起孩子，没抱动，这才过了多久啊，小石头又长高了长胖了。胖女人提着水果，瞟到当年徐浩做的餐桌，上面堆满了书本，还有一台电脑。

"你们现在还开火做饭不？"

"嗯……不加班的时候做，加班的时候就都在公司吃了。"

胖女人很自然地走向厨房，冲洗她带来的水果。

"这孩子上午还玩得好好的，下午就不高兴了，一问，说想你了，我就带他过来看看。听浩子说你要考试了，准备得咋样啦？"胖女人从厨房端出洗好的水果。小冉赶紧把桌子腾出一块地方。

"凑合吧，时间太少了。"

小石头僵硬地依偎在小冉怀里不说话，胖女人看着他笑了："你来时还一口一个小冉姐姐，现在咋了，还学会害羞了？"

小石头红着脸，保持刚才的姿势不说话，惹得胖女人一阵哈哈大笑。小冉看着他，亲昵地询问学校生活怎么样了，学习如何啊。小石头还是不说话，现在他低着头，向左边抬起眼睛，偷偷打量小冉的书本。

"这孩子，真是的！"

"好了，好了，没事。姐姐这有些书，你去随便翻翻看。"

小石头像是获得指令似的，随便拿起一本小冉的书，装作小冉的样子认真起来。实际上，在他幼小的心里已经把大人们问的问题都回答了一遍，他也不清楚为何自己张不开嘴，只知道太久太久没有见到犹如神仙般存在的小冉了。时间在大人们眼中是飞快的，日子紧跟着日子，一分追着一分地飞过，每小时都有事情需要处理，需要决策。而在小石头心里，时间就像是水滴，一滴一滴地缓慢落下，有时他可以浪费一个小时去观察空中云朵的变化，去数窗外那只野猫的胡须。在他与那只猫互相观察的时候，已有差不多半年没见到小冉。他装作翻书的样子，打开他的触角，竖起耳朵听她们说话，脑袋低着，眼神却四处瞟着，小鼻子贪婪地寻找姐姐身上熟悉的香味。

胖女人说话时，瞄到旁边的床，她小心试探性地放出婚姻的话题，她从自己入手，讲述一个女人来到世上的使命，包括生育的年龄、过日子的定义。她小心地挑拣符合小冉身份的例子，这些例子不多，无非是从她掌握的顾客资料那里，穿针引线地组织出一个完整的故事。她说得滔滔不绝，但不碰底线，又给听者留有喘息的孔隙，结尾时，她也不等对方回复，自顾自地结束话题，就像她开启时一样。最后，她拉着小石头，不等对话变得冷却，就以小冉准备考试为由离开。小冉送二人到楼下，上楼，开门，看着房子里唯一的床，垂目转身，坐在板凳上，让书本、让海量习题淹没自己。

一月九日，是一个重大的日子，这天所有人都跟着把心揪成一团。小冉穿着厚厚的羽绒服扎进考场。徐浩在清水房里，拿着尺子，心不在焉。吴婶忐忑地坐在自己的床子前先是向心里的各路神仙祈福，后又反悔，她在手心手背里摇摆不定，以至于几件小物品被行人顺走。王胖子他们也跟着激动，他们激动于自家人将会出现一个博士生，他们还没搞清楚硕士与博士的不同，他们手里握着气钉枪，把一排排气钉码在木板上，嗖嗖的声音让他们感觉气势十足，心想小冉是谁，肯定错不了。唯有徐勇相对淡定一些，他在几个工地里奔跑，下达指令，安排工作，又动手纠正几个新来工人的错误。

小冉从考场出来，又一头扎进书本里。大伙儿想问又都不敢问，他们跟她一起憋着一股劲。直到三天的考试结束，大伙儿再也按捺不住齐刷刷地奔向徐浩的房子，询问结果。小冉微笑着说，哪有那么快出结果的，一般得等到年后。大伙儿看着小冉疲惫的样子，带着心疼、希望、羡慕交织的情绪又一哄而散。

徐浩终于盼到下班了，他早就迫不及待地回家，看他的小冉，刚进家门，就看到她已经睡了。他心疼地给小冉盖好被子，以为她终于可以好好地休息一下了，结果一直到年底，小冉都在公司里忙碌，回来得比他还晚，疲惫让他实在无法支撑双眼，不是小冉回来他早已入睡，就是两人见面随便说两句就钻进各自的梦乡。就连周末徐浩唯一的休息日，小冉也在加班。徐浩没等来小冉考试的结果，只等来房东的电话，催促他交付房租。挂断电话，徐浩看着手机信息里显示的银行卡余额信息，他叹了口气。枕头下还有3000块钱的存款，那是准备返乡时购买车票还有礼物的钱，就算把它们全部拿出，也不够房租啊。他看着电脑屏幕上未做完的图纸，想起小冉，他摇了摇头，自尊心使得他掐灭了刚刚燃起的念头。他重重地呼出一口气，继续制作图纸。直到下班时，他才定下主意，咬了咬牙，站起身。他在地铁口处再次犹豫，随后转身走向公交车站，上了一辆公交车。透过车窗，城市里五颜六色的灯光正在绚烂地绽放，虽然已入寒冬，但丝毫不影响街道的繁华，人们熙熙攘攘地在街上游走。他看着看着不自觉地打了一个哆嗦，他忽然很想大喊一声，让所有走动的人停下来看他，但转念他就低下头，因为他觉得即便使出全身力气去呼喊，也不会有什么回应，他又开始生气了，对密集的人群生气。这是他有生以来第一次觉得孤单，后来他曾自己总结说那是一种对生活无力又无望的感觉。

车载着越来越少的乘客继续向前行驶，他眼前的景象开始变得符合冬季的节奏，人群越来越稀疏，连建筑物、路边的树木都显得像他一样孤单，他又开始渴望刚才的热闹，对眼前的景象生气。车到站了，把他扔在一个人更少的地方，当他缓过神来时，才意识到自己坐过站了。他一边咒骂着自己一边大步往回走。大概走了半个小时，人才稍微多了一点点，熟悉的胡同就在眼前了，他的腿却有点迈不开步，他磨磨蹭蹭地把自己挪到胡同的拐弯处，在那里原地打转。寒风从他的领口、袖口钻进来，搅闹一番后带走他的体温，他再次打了个寒战。他望着吴婶家门上的小窗，搓着双手，鼻子里猛喷出一口热气，向前踏出一步又一步，还有两步就到门口的时候，眼前暖黄色的灯光熄灭了。得，我走吧，他在心里对自己说着，扭头往自己的家走去，好像他已经拿到钱，问题解决了一样。

　　接下来的几日，他真的没再想这个问题，直到房东再次打来电话，并下了最后通牒。他只好放弃尊严再次来到吴婶家的门口，这一次他进来了。吴婶与徐勇很快便察觉到徐浩的异样，问了半天，徐浩才支支吾吾地说出"房租"两字，徐勇点点头，吴婶会意，从衣柜里掏出一个小包。徐浩瞥到包里有三张存折、一枚金戒指还有一沓钱，他赶紧收回眼神。勇哥问需要多少，他支支吾吾地说13000，吴婶便开始数钱，数到13000的时候犹豫了一下又多数了2000，一并交与徐勇。钱到手后，吴婶看着他说不行就回来吧，回来住也好，回王胖子的工地也行。徐浩耷拉着脑袋，看着手里攥的一沓钱，他不敢抬头，怕迎上他们的目光。他咬了咬牙，把钱揣进兜里，说，走了。吴婶一直送他到胡同口，看着他越来越小的背影摇了摇头。

　　徐浩揣着钱，走在路上，那一包财物引发他对自己处境的回顾。他想到自己加入新工作已有半年，除了背熟基本的快捷键以外，他的生活没有丝毫上升的变化。他的衣服虽然不再沾染涂料，但进出依旧是一户户待装修的房子，他四处跑腿量尺，给设计师们做最基本的图纸，他终究没成为海报上那些设计师，没有"像他们一样"。他看起来比自己的哥哥体面，可工资卡始终保持在每月十日收入 3000 元的数额上，而勇哥呢，他现在一个月得是他的多少倍呢？他转念又想到自己的同事们，那些他没有成为的人，他们的样子、他们的做派、他们的自信深深地印在他的脑海里，他看着他们每日打扮得光鲜亮丽，与顾客在谈笑风生中争取生意，他也看到他们平日亲密交谈下包藏的抢单行为。这一切都在他的心里击败了勇哥。这些影像储存在他的记忆里，多年后回想起时，他仍旧能体会这些信息带给他的骚乱心理，他笑着对后来的人说这是启蒙。

房租的难关总算解决了，但新的问题种在徐浩的心里。眼下又到了返乡季，又一个新年，徐浩与小冉站在儿时的小河旁。他语气坚定地说要辞职，要换工作，这一次轮到小冉迷茫了。她迅速消化掉徐浩的信息，让思维回归到她能掌控的范围内，说："你回胖叔那儿吧，现在他们做得不错，也有自己的团队了，就差设计师，没有设计师，他们始终是小打小闹，未来的竞争会越来越大，也不好生存。"

徐浩抬起脚，把一颗小石子提进河里，发出"咕咚"一声闷响。

"我不去，我想好要做什么了，你就甭管了，相信我。"

小冉含在口中的话被噎了回去，她看着他，有种异样的感觉。这是一种由距离编织而成的陌生、担心、未知、神秘又转化成莫名魅力的杂交感觉。

他不再开口，她也不再询问，两个人站在河边许久后才转身回各自的家。

这一次归家，他们都没有待到正月十五，就草草地返城了。小冉、徐浩是因为各自公司有限的年假，徐勇则是因为他不只是工人了，而是"一家人装饰公司"新加入的掌权人。还有一个原因是，他们在家待得越久，催婚的说客就越多。在他们出发时，这些催婚的长辈再一次或当面或暗自掉下眼泪。在车站时，送行的人隔窗相望，即将远去的人一步三回头，仿佛所有的不舍与思念只在此处生成并迅速壮大，唯有徐浩大踏着步子朝前走，像是将要进入战场的将军一样不苟言笑，严肃深沉。

年后的城市同往年一样，新到的人群如雨后春笋般地密集涌现，塞满大街小巷，他们的新希望在此时沸腾，个个涨红着脸，意图今年务必攻下此城。徐浩递交了辞职信，一个人秘密地穿梭在城里的各大售楼处。有时他会受到售楼员热情的招待，这个时候他只好装装样子询问价钱，眼睛却落在售楼处的装修，并暗自记下售楼员和顾客的人数，还有不同售楼员的穿着打扮、态度与讲解方式上。有时他明明知道售楼员看到他了却不招待，现在的他倒也不放在心上，没人理反而让他自在，可以更加肆无忌惮地观察。回到家中时，他便掏出自己的笔记本，把今天的观察进行归纳与总结。有时他还会去城里高中低档的商场，关注人们不同的打扮与行为举止，还特意记下了好多品牌以及它们的价位。在他的笔记本反面还密密麻麻地记载他所有花费的账单，现在他一天两顿饭，不是包子、粥就是泡面与路边某个饼，他每日带着一个水壶展开他的秘密行动，这样的日子大概持续了一个月，小冉不知道他在干吗，也无心顾及，因为眼下距离公布成绩的日子越来越近了。其他人同小冉一样，在各忙各的工作的同时，都挂念着小冉成绩的公布，从一天三次电话到一天一次电话持续地进行着，因为对于他们来说，这是家里的头等大事，虽然他们并不懂小冉为何要考研，而上了研又意味着什么，甚至连研究生与博士生的区别还是在近期得知，但他们都确信一点，就是小冉总是能做出对的选择，他们看不透也看不到的选择。

三月初,小冉刚到公司,重复近一个月来每日必做的事情。她打开电脑,忐忑不安的情绪并没有因为重复的操作而被稀释。此刻尤为浓烈,因为屏幕上赫然写着成绩公布!她紧张又迅速地输入自己的身份证号码,输入完毕,她猛然将双手撤离键盘,放在嘴边,她啃着两个拇指的指甲,胸腔大幅地上下起伏,她深吸一口气,伸出右手放在鼠标上,"啪"一声脆响,成绩单便猛然出现在屏幕上。她一一对比自己的成绩与分数线,全部通过,排名第六!她霍地站起身来,引得同事们满脸的茫然。她顾不上同事的询问,冲到楼道里,拨打第一通电话。徐浩挂断电话,因为此刻他正在面试。小冉拨打第二通电话:"婶!我初试通过啦!"

吴婶撇下顾客,瞪大眼睛,张着嘴巴说不出话来。

"婶?婶?你在听吗?"

吴婶扭着嘴唇,终于发出声音:"听得到,听得到,俺这心脏有点受不了,好,好,好……好事,乖孩子!"

"婶,那我先不跟你说了,你是第一个知道的人。"挂断电话,小冉激动得双手颤抖,拨打她的第三通电话,手机里传出嘟嘟的占线声音,她挂断电话,反复地按下重拨按钮。这个时候,吴婶也无比激动,她不理会顾客的招呼,按下胖女人的电话,对面也是传出嘟嘟的占线声。终于胖女人接到电话:"小冉,咋啦,是成绩出来啦?"

"是是是!我通过啦!"

"真的,我的老天爷,太好了,我就跟你叔说你准成。今晚别加班了,任啥都不加班,来我这儿,给你做好吃的,补补脑子。这事定了,不准推,推了我可生气!"

小冉笑了,她说:"好好,我一定去!"

小冉收敛笑容,拨打她的最后一通电话,是自己的母亲。电话响了好久,才传来母亲的声音:"冉儿啊,咋啦?"

"我考研初试通过了,但不一定就是考上,还有复试。"

"哦,哦……你要注意身体,别太累。"

"知道了。"小冉等了一会儿,母亲没再讲话,她便把电话挂断了。

这一整天,小冉都像是做梦一样,她不敢相信这是真的。她渴望回到校园,回到那座干净的曾经居住四年的地方,那里埋藏着她无疾而终的爱情,还有沉浸在书本里的纯粹日子。她没有告诉任何人她的渴望,她只是对他们说考上后将会对她的工作与未来有什么益处。此刻,她仿佛可以看到她坐在教室里;又走进宿舍楼,她在水房的长条水槽里清洗自己的头发;又坐在图书馆里她最爱的那张桌子前,背后洒满阳光……

徐浩是在勇哥那里得知小冉考试通过的消息的。那时他刚好结束面试,勇哥的电话打过来,通知他今晚去王胖子家喝酒聚会。挂断电话,他不知道该不该高兴,索性不去理会。他坐在马路牙子上,啃着干巴巴的面包,打开他的笔记本,上面详尽描述了各大地产售楼处的情况,包含它的规模与他观察到的"成交量"以及招聘信息。

当晚,所有人都聚集在王胖子的屋檐下,胖女人早早就把小石头接回来,并置办了一桌丰盛的饭菜。吴婶注意到徐浩的消瘦,但她什么也没说。小冉笑容满面地看着大伙儿,此时的每个人都让她比以往更觉亲切,她扫了一圈后,发现一张陌生的面孔。还没等她问,胖女人便热情地拉起那人的手,一边比画一边说:"她是我们的工友,人好着呢,叫陈小妹,你这名字啊,好,到什么岁数听起来都显小……哈哈……你就管她叫,叫小妹阿姨……哈哈……她就是我总跟你念叨的,我们的大学生!不对现在要成为研究生喽……还有这个,这就是那吴大姐,这个,这个是大勇的弟弟,叫徐浩。"

"陈阿姨好。"小冉笑着说。

"好,好,争气着哩。"

介绍完新人,大家入座。王胖子这次颇有仪式感地站起身,端着酒杯,说:"敬我们的博士生……"

"研究,研究,研究生!"胖女人伸出胳膊拍打王胖子。

"啊……敬我们的研究生……啊……嗯……你最了不起!"

"说啥呢?"胖女人在下面接话,惹得大伙儿哈哈大笑。

"别,别,这还不一定呢,刚刚初试通过,还有复试呢。"小冉不好意思了。

"准成。"

"你准行。"

"放心孩子,没事。"大家七嘴八舌地说。

王胖子依旧端着酒杯站着,他拿起筷子敲了敲酒杯,说:"喝酒!干了,都得干!"随后仰头,一饮而尽。

大伙儿一边笑着,一边把杯中酒顷刻变空,随后又都哈哈大笑起来。

每一个人都在为小冉真心感到高兴,只有一个人例外,那就是徐浩。他心里暗暗地想,就是这张酒桌,上次是勇哥,今天是小冉,他们每个人都成为过这桌上的主角,而他自己不是跟着勇哥,就是跟着小冉,从开始到现在。这样想着他也干了杯中酒,随后跟着大伙儿一起笑。他的一举一动,都落在旁边吴婶的眼里,她夹了一块鸡翅放在徐浩的碗里。徐浩一愣,夹起来便吃了。在大家都热闹地问小冉各种问题时,吴婶小声对徐浩说:"最近咋样,工作累不累,习不习惯?要是不习惯就回来。"

徐浩专注地啃着鸡翅膀,摇了摇脑袋,张开挂满油的嘴巴说:"婶,都好着呢,您放心。"

吴婶看着他,轻微地摇了摇头,又夹起一块鸡翅放在他碗里。

她看着他把鸡翅啃嚼干净,在心里默默叹了口气。又向前探出脑袋,看了看脸上微红的小冉,说:"不能喝就别喝了,这有饮料,换这个。"说完,便提起一瓶饮料递过去。

"小冉啊,婶有个事不太明白,你要是上学了,工作咋办啊?"

"婶,是这样的,我又换工作了,前段时间我一直在备考,忙得都没来得及跟您说,那是去年11月份的事了,我被一家公司挖走了……"

"啥是挖走?"王胖子打断说。

"你个笨瓜,就是干得特别好的人,被别的公司相中了,就要走了呗。"胖女人嫌弃地看着自己的男人,又说,"待遇肯定要比之前的好很多,对吧,小冉?"

"工资上倒是没多多少,主要是这家老板允许我边工作边读研。"

"那你这时间能倒腾开吗?"王胖子继续插话。

"这块吧,我问过我导师了,还有一些同学什么的,得出的信息是研究生的课程主要是第一年比较密集,之后相对来说好办一些。然后课程主要分为专业课与公共课,专业课我的导师对我还不错,我只要交出好的作业,他并不会强求我必须每堂课人都得到,公共课就没那么好办,好在主要是第一年。我就尽量在上班的时候,多做点任务,上课的时候就用上年假,唉……反正,总会有办法的。"

大家听得云里雾里,装模作样地发出"哦"的声音。在小冉讲话时,听得最认真的莫过于徐勇与小石头,他们听着平日里不常听到的新鲜词语,用他们朴实的语言认真地在头脑里进行翻译与储存。

而吴婶倒不在意那些新词,她只知道小冉不是以前的小冉了,她变得更加优秀,更好了,她用余光不时地瞥向徐浩。徐浩只是跟着大家夹菜喝酒,嘿嘿傻笑。

"小冉啊,你现在这么大学问,你觉得俺们现在咋样,还差点啥,最近吧,俺发现一个事,俺们的主顾吧,以前都是上了些岁数的人,小点的也得三四十岁,可现在,有些二十岁刚出头的人,俺发现他们不太愿意用俺们,就算让俺们干了吧,事儿特别多,特别较真。就拿室内门来说吧,俺看着都是白色,她就说这个白不对,结果硬生生地扣下俺们一万块钱不给了。俺有点犯嘀咕,以后是不是不接这样的主顾,还是咋处理呢?还有他们老让俺们给好好设计,要不一样,咋就不一样呢?"徐勇的话一出,全场安静了。

小冉想了想后说:"我不懂你们的行业啊,但个人觉得:一,你不能不接年轻的顾客,这应该是一种趋势,就是未来买房装房的人年轻化,对装修的要求也更加刻薄和个性化。你必须得跟得上这个节奏,现在哪怕吃点亏都不要紧,必须跟上,否则怕以后你们的客源会越来越少;二,你们得做合同了,在装修之前,把顾客的要求,越详细越好,都记录在合同里,另外对于装修的钱,分成几部分,明确写在合同里,比如预付款多少,什么时候给,中间又给多少,最后结款是多少,最后结款最好只剩下两三千,就算他们耍赖不给,扔的也是小头;三,勇哥,你们看看买台电脑吧,多上网,看看现在装修都设计成什么样了,把图片收集起来……"小冉瞥了一下徐浩,她原想说你们需要找个设计师了,但在过年时河边的对话让她觉得现在最好先别提。

"图片要分门别类,在见到顾客时,可以带着电脑,把收集好的图库拿给顾客看,另外每做完一家,好好地拍几张照片,有助于宣传。嗯……然后就是在网上吧,什么58同城啊,这样的信息平台上,你们也搜搜人家装修公司都是怎么写的,自己也写一个,也是一种宣传吧……我毕竟也是外行,能想到的差不多也就这些了。"

小冉讲完,除了徐浩,其他人都听傻了,他们第一次见识到小冉的另一面。尤其是徐勇,他掏出手机,在给王胖子的短信里记下几个关键词,他在心里暗想,自己抛出一个问题,她却给出更多他都没想到的问题以及答案,而她一天都没有做过自己的行业,怎么比自己看得还深还远呢?他想了想后,突然有点不好意思地说:"那个……啥,小冉啊,合同这块俺们不懂,你能看着……在你不忙的时候,帮俺们弄弄,不着急,等你有工夫就成。"

"行,哥,我帮你们弄,但是别着急啊,因为我毕竟不懂,也得上网找找模板。"

徐勇抛出问题,到小冉讲话结束,王胖子的酒桌笼罩着一层莫名又异常的严肃感。平日里的斗嘴、酒瓶碰撞、咀嚼饭食之声通通消失。小石头左右摇晃着脑袋,观察大人们的神色,最终视线集中在小冉姐姐身上,那个时刻,小冉便在孩子的心里膨胀出神奇的力量。小冉也左右看了看,"扑哧"笑出声来。

"大家都怎么啦?吃饭啊,喝酒啊,搞得这么严肃干吗?"

胖女人缓过神来说:"小妹,怎么样,你看这小姑娘,这讲话,一个是一个的,人小,肚子里的道道比咱们加在一起都多,你看你这胖哥,肚子挺大,一点儿墨水没有,全是屎尿屁!"胖女人的话瞬间击破刚刚建立起来的屏障,"哗"的一声大伙儿笑得前仰后合。王胖子臊眉耷眼地看着自己的媳妇,也忍不住笑。

"小妹啊,你是不知道,咱这屋里啊,除了小冉以外,其实隐藏最深的是你旁边那位,你别看他不说话,鬼主意多着呢,要不是他,我们也干不了这买卖,就算我这胖男人想得到,他也干不成,多亏他有这么个脑瓜灵的弟弟,要不然我也不能让他在我们这儿住这么多年,早赶他走了。这闷货啊不仅大事看得明,家务活儿也勤快着呢,一会儿你去他房间瞅瞅,贼干净。就是有一点不好,死脑筋,他年轻那会儿找了个女人,对人家啊那是百依百顺,但是架不住穷,话说当时谁不穷啊,他女人就跟别人跑了,他就不娶了,他倒也不是留恋,有感情啥的,就觉得吧这世上女人都坏,我咋劝都不听,你说说看他这是不是有病,死脑筋,远的不说,我、吴大姐这不都是好好的女人嘛,尤其是你。"

如果把小冉比作上好的茶水,让人静心又回味无穷的话,那么胖女人就是一桌川味火锅,让人辛辣过瘾又防不胜防。她的一席话,让大家转了三圈,此刻才恍然大悟。他们看着陈小妹与王老二,俩人的状态很同步,都是害臊地抬不起头。大家互相交换着眼神,憋着笑,最终又把目光齐刷刷地聚焦在胖女人身上,看她怎么收场。

"哎呀,哎呀,行了,一个个都跟小姑娘小伙儿似的呢,低头看啥呢,月老又不在盘子里。哈哈……我是看你们好,也愿意看你们更好,这样,我今儿就把话撂这儿,都不用跟你哥商量,你们要是成,我掏十万块彩礼钱,不成呢,这钱我就省了,以后这二弟再找别的女人我也不给了。"

桌上的所有人都瞪大了眼睛,张着嘴看着这个胖乎乎像个弥勒佛一样的女人,就连那两个主人公也被吓得抬起头来。王胖子更是震惊得没缓过神。他老婆又说:"哎,你看看,还是钱好使,脑袋都抬起来了吧。"

紧接着,她又转过脸对自己的男人说:"你也别看我,不花你的钱,是我自个儿的私房钱,反正就这些,再要也没有,我对你们王家够意思吧。"

接着她端起酒杯,收敛笑容,叹了口气,一脸少见的严肃对大伙儿说:"今儿是好日子……你们都想想看,在这个城市,咱算啥,咱有啥,有的就是这么一桌子人,别看咱没有血缘关系,这几年的相处,在我心里啊,咱就是一家人,吴婶就是我大姐,老二这么多年,你就是我亲弟弟,这都不用说,还有这帮孩子……你们也都知道,这么多年我俩也没个啥,是我不能生,遇到这帮孩子我打心眼儿里高兴,看今儿小冉这孩子出息的,我高兴的话就多了,这是咱家添的一大喜事,我就想着好事不能断,趁热打铁。现在咱这买卖有了徐勇算是越来越好了,但日子过的是个啥,是人,所以啊今年你们几个的婚事都得提上来,老二你带头,接着就是徐勇,还有这俩小的。你们要是都认我这个亲人,就听话把事尽快办了,要是觉得我这番话没错,咱这一桌人就是一家人,就都把酒杯举起来,干了!"说罢,自己仰头一饮而尽。

随后吴婶站起身来,什么都没说,就把酒连同胸口涌上来的热泪,通通咽下去。其余的人不自觉地跟着站起来,也都把杯中酒喝干。酒在心中暖开,顺走了理性,换来感性,在每一个人的心里都增强各自或激昂或柔软的情绪。

当夜大家都很晚才回到各自的家,临走前,吴婶偷偷把徐浩拉到一边,硬塞给他自己兜里仅有的 473 块钱。小石头再次被留宿。在酒精的作用下,人们很快地进入睡眠。只有吴婶还醒着,她侧着身子,伸出右手抚摸身体左边空荡荡的床铺,眼泪顺着眼角静悄悄地滑落在枕头上。她收回右手,猛地用被子蒙住脑袋。那具被蒙住的身体不住地发出颤抖。在黑夜里,静悄悄的。

次日,所有人都带着宿醉进入新一天的工作,他们头痛欲裂,埋怨自己不该多喝,并说下次再也不了,结果真到下次,依旧如此。小冉给自己冲泡了一杯又一杯的咖啡,迫使自己进入工作状态。只有徐浩一人睡到了中午,他起来后,用凉水冲了把脸,站在镜子前,审视自己,最后他咬着牙结束与自己的会面。他掏出笔记本、电脑、手机,把它们摊在桌子上,开启他新一天的"工作"。接下来的日子他把包子什么的食物舍弃了,在家里给自己做炸酱面。连续吃了不知道多少天后,一次他刚吃完便冲到厕所,把还未消化的食物统统吐掉,那是来自身体的抗议,他擦了擦嘴,自己在空荡荡的房子里大笑。他笑原来吃到吐确有其事。

四月初,小冉翻箱倒柜地挑拣衣服,她脱掉一套又换上一套,在镜前左右摇摆,还时不时地询问徐浩自己看起来像不像学生。明天就是她复试的日子,她紧张又兴奋地在床上辗转反侧一个多钟头才逐渐进入睡眠。

一周后,小冉接到一通电话,是她准备报考的导师打来的,对方开门见山"恭喜你公费重返校园"。这一次她已有心理预设,说了些感谢的话后,挂断电话,给三个女人分别是吴婶、胖婶与自己的母亲各通了一次话,报告自己已被正式录取的消息。胖女人再次吵吵着要摆酒桌,小冉很有礼貌地拒绝了,原因是这段日子公司有事,她想趁着读研前,加班加点完成。挂断电话,她犹豫着要不要打给徐浩,最终她选择放弃,回家再说吧。自从过年时小河边的沟通后,小冉就不太清楚徐浩的动向,她自己忙得不可开交,再没有一点多余的精力,而他也什么都不说。他们的小"家"沉默着走到五月,再次迎来房主的催租电话。经历上次的徐浩拖租,这次房主选择打给小冉。挂断电话的当天晚上,小冉回到家中时已经十一点,她翻箱倒柜地找出租房合同,连同自己的银行卡一并放入自己的包中,然后躺在床上,尝试着等徐浩回家。空荡荡的家,只有秒表的嘀嗒声做伴,小冉的心中五味杂陈,一旦放下书本,放下工作,她的感性像放了闸的洪水。她觉得愧疚,三年了,徐浩独自支撑他们的小家,无论是交租金,还是置办家具,而她现在却对他目前的状况一无所知;而徐浩的大男子主义作风,又让她感觉孤单,这种时候心中的男孩就会跑出来,无论是他温柔的拥抱、缠绵的爱意,还是他歇斯底里的眼泪,都让她感到亲切,让她思念,让她渴望,让她有强烈的恋爱欲望。她被左右摇摆的情绪攻击,直到眼泪涌出,直到昏昏入睡。

次日,是小冉的休息日,她睁开眼睛时,已经十点了。家里与昨晚一样,只有秒钟的嘀嗒声。强大的孤单感再次袭来,她被压在床上,透不过气,眼泪再次吧嗒吧嗒地往下流淌,她尝试哭喊,费力地大叫几声后,她觉得无聊,无意义。她叹了口气,让清醒、让理智一点点重新聚拢在体内，重返校园成了她目前唯一的支撑与意义。她下床，在镜前打理自己，出门。当天她前往城中心，进入房东家，招待她的是一个四十几岁的妇人和一对10岁的双胞胎。续租的事情办完后，妇人面露愧色地说："这次又给你们涨租又提前要房租，实在是不好意思，我们也是没办法，我们这住的也是租的，就这个月房东给我们涨了500……你看看这小屋子，跟你们住的差不多大，四口人啊，我们两口子就用这个布做隔断，我们俩住这里，孩子住外面……生活很紧张，我们的工作都在附近，要不是为了能挤点时间照顾孩子，也不能自己有房子不住……"

小冉跟着妇人叹了口气，又寒暄几句后，走出房东家，走在热闹的街上，她给徐浩发了条短信，告诉他房租已续。一队队游客闹哄哄地擦肩而过，她觉得心头拥堵，快步钻进地铁，迫切地想把自己埋在或是书本，或是工作中。

徐浩坐在公园的长凳上，手里拿着馒头，看到小冉的短信，馒头被紧握的拳头挤压变形，他只回复了一个字"好"。从那天起，徐浩刻意地回避小冉，他总是早早地出门，不到午夜不回家，白天实在困倦的时候，就随便找个地方小睡。

沉默的日子就这样在每个人的身后翻转，一转眼就翻过了夏天，转到初秋，但是空气里还是热风流窜。徐勇打电话给吴婶，说这家客户催得狠，今天得加班，不用等他吃饭了。天太热了，吴婶与小石头随便扒拉几口饭就吃不下去了。小石头搬起小马扎，吴婶给他浑身上下喷洒了花露水，他便坐在家门口外窄小的胡同里，这里还算凉爽，他捡起一个小木棍在地上随便地划拉着，心想勇哥哥啥时回来。吴婶坐在床边，收拾小石头的书包，再开学他就上五年级了。她从衣柜里拿出白天在市场给孩子买的新衣服，随后召唤小石头，让他换上。小石头把自己脱得精光，又胡乱地把新衣服套在身上。吴婶站起来帮他将平衣服上的褶皱，这个时候她看小石头已经需要微微抬起头了。她将完孩子的衣服，重新坐在床上，她让小石头转转身，觉得满意后又让孩子脱下来，说明天开学穿，就让孩子自己玩去了。她坐在床边，摩挲着孩子的新衣服，大柱的样子突然闯进她的脑袋。那是一年的冬天，她跟吴老头一起回老家过年，她刚看见大柱，便觉得坏了，这孩子一年没见，竟比自己高出半头了，而她还是照着上次见他的样子买了大一码的衣服，而眼下这孩子起码得穿再大两码的衣服。可是大柱没有嫌弃，他脱掉里面奶奶做的棉袄，穿着秋衣套上妈妈新买的羽绒服，嘴里说"妈，正好"。衣服算是勉强穿进去了，可是鞋子呢，她看着孩子硬生生地把脚挤进去，她让孩子站住，看看后脚跟，又按按鞋头，她让孩子把鞋脱下，孩子笑嘻嘻地还说"妈，正好，可好哩"。这一下，吴婶怒了，她冷着脸命令孩子把鞋脱下来，自己冲出家门，在所有人都费解的时候，她奔跑在乡间干枯的田野里，泪水洒在身后。唉……吴婶叹了口气，她别过脸，用手擦去脸上热乎乎的眼泪，六年零四个月了，俺的娃儿，俺……俺……唉……时间咋就那么快，咋就那么快……吴婶在心里对自己念叨着。

"婶婶，你咋啦？"

吴婶忙用手胡噜一把脸背对着孩子说："你啥时候进来的？咋这轻？吓婶一跳。"

孩子看着她不说话，她等了一会儿后，转过脸。

"婶婶是不是想大柱哥哥了？你要是想他的时候就抱抱俺，就像俺想奶奶的时候抱你一样。"

吴婶愣住了，她万没想到孩子会说出这话，震惊之余仿佛有一把小刀划在心尖上，疼是真疼，暖也是真暖。她一把抱住孩子，眼泪"哗哗"

地淌在孩子后背上。

等她哭够了,也缓过神来的时候,她放开孩子,才发现孩子也是满脸的泪水。

"你哭啥?"

"俺……俺不知道,这难受,就想哭。"孩子抽抽搭搭地指着自己的胸口。吴婶闭上眼睛,咬紧牙,再睁开眼时便说:"咱俩谁也不准哭了,不难受了,咱俩去市场的夜市吧。"

孩子一听到夜市,瞬间满眼放光,因为对于他来说,那里都是好吃的、好玩的。一老一少牵着手走在静悄悄的夜里,前面不远就热闹了,吴婶破例给孩子买了五根大鱿鱼还有数不清的烤串,孩子吃得满嘴流油,刚才的阴霾便在炭火的烘烤中消散了。孩子天真的笑脸再次与大柱重合,吴婶眨了眨眼睛,在心中暗暗做下痛苦的抉择。

当晚,吴婶把小石头哄睡着后,对徐勇说:"当年的事……你看看能不能想想法子,让他们……赔点钱,城里消费大,小石头命苦,得给他留点钱……你试试看,也不要耽误自己干活儿,要是成了,你就告诉俺,要是不成,就别跟俺说了……你怎么做,怎么搞,也都不要告诉俺了。"

小冉长长地舒了口气,终于把这份工程结束了,整整忙了四个月,再过几天,她就开学了,快了,她早早地收拾好自己的背包,心里美滋滋地朝着菜市场走去。她在厨房哼着小曲儿,炒制出一盘盘香喷喷的菜肴。她端着菜走向餐桌时,皱了下眉头,她又把菜端回厨房,准备把一桌被书籍资料霸占的餐桌腾出来。她一本一本地整理着,猛然间翻到一个陌生的本子,她好奇地打开,看到上面密密麻麻地写着各大地产商、售楼处、品牌、人群、如何说话……她拿着本子，思路完全跟不上，直到翻到最后一页："我一定会成功，一定比所有人都强！！！"这几个字写得很大，整整占了一页的纸。小冉拉出板凳，坐了下来，打开台灯，开始仔仔细细地翻看每一页。徐浩的想法她大概猜测到几分，她开始觉得胸口拥堵，她先是怪罪徐浩不说，之后又怪自己最近一直忙自己的事，对他完全没有关心。她叹了口气，把徐浩的本子放到一边，又把桌上自己的书本全部清理干净，换上四盘菜，接下来开始漫长的等待。在等待中，过去几个月他们之间的交集开始在小冉头脑中回顾，她猛然发现，她似乎好久没有见到他了，她竟然都没有意识到，她只知他在身旁熟睡而已。

现在徐浩脑袋里灌满了各种数据，他新买的笔记本已经密密麻麻地快被写完了。就在四个月前，小冉准备复试的时候，他进入这家他笔记本中标注的名牌地产公司，开启没完没了的培训。每日里他都要接触大量的信息，什么土地产品特性、拿地情况、五证、周边大环境、企业文化、企业的附加值、各个区域的人文及购房心理，还有各种说辞，区域说辞、项目说辞、产品讲解，以及大量的数据分析、银行利率等等一系列全新的知识。每日培训结束后，他都觉得自己的脑袋像被炮轰了一样，他想起学软件的时候，也很累，但是现在看来，完全是小巫见大巫，还有他在准备做这行时，自以为做足了功课，现在看来完全是两回事。原来世界可以这么大啊，他想着。

在最初的三个月基础培训中，已经有人开始断断续续地离开，这其中有在他眼里的"差生"，也有"优等生"。他按捺不住好奇，终于拨通一个刚离开的优等生的电话，询问其原因，得知是不适合。挂断电话，他开始问自己，适合吗？随后他就放弃思考了，因为在他的眼里，这本身就是一个奢侈的问题，所有有关"适合"的话题于他而言都意味着一个潜在的意思，就是你拥有其他选择。他搞不懂别人那套什么处于人生十字路口，什么选择的这套说辞，因为在他的心里，人生只是一条单行线，走到哪儿算哪儿，后来有人曾问他你为什么选择这条路，他也会说，就是赶到那儿了。他全心全意地投入新的学习中，这一次，他不再需要小冉的帮助。在三个月的基础培训结束后，公司发给他一套崭新的西装，他穿在身上，对着镜子照了又照，那个时刻他便觉得所有的努力都是值得的。他把激动隐藏在自己内心深处，连小冉都不再告知，这是他有生以来的第一次。

从前他只会隐藏脆弱与无助，但是若嗅到喜事的影子便定会告知与他亲密的人，可现在呢，他一方面觉得还不到时候，另一方面他觉得也没什么好显摆的。从穿上西装的那天起，他便在每日下班后，进入厕所，把西装脱下来换上来时的衣服，同样地，在每日快到公司时，也会找个厕所，换上西装。这一番折腾，倒也不是特意为了隐瞒小冉，而是他害怕人挤人的公交和地铁会把衣服弄脏、弄臭，弄得满身褶皱。每每在换衣时，他便会想起初到王胖子工地那会儿，他对自己笑了笑，这下他需要脱掉与换掉的正好与那时相反喽。又有一些学员按捺不住，他们想尽快地接触客户，尽快地拿单挣钱，徐浩也想，但他忍着没说，领导对提意见学员说，不想干的可以走，现在的你们不重要，资源是最宝贵的，因为不合格的你们损失哪怕一个潜在客户的风险都不能冒。徐浩听后很受震动，他不知缘由，就是莫名地跟着心潮澎湃，他在心里默念着资源很宝贵。基础培训后，领导开始把他们分派区域，进行模拟训练、客户定位地图、市场调研、精品分析等一系列更加深入更加具体的课程中去。整整四个月的时间，他除了培训以外，就是把自己放在各个售楼处，要么就是轧马路。

在小冉等待他的当晚，他正在听对于区域人文的讲解，下班后已经八点了，他按捺不住获取新知识的兴奋，又跑去当天讲课中提到的示范点之一，开始观察。他把听到的、看到的一一匹对，再想想自己在培训之前的观察，更加钦佩领导的讲解，那个瞬间他猛然想起徐勇与小冉，在领导的对比下，他们便什么都不是了，这种念头让他舒服，让他感觉骄傲。即便他现在已经穷得叮当响，连吃一碗泡面他都觉得奢侈，但他还是带着满足与骄傲回家。现在夜已深，他推开家门，看到小冉穿着粉色的睡衣趴在桌子上睡着了，旁边摆着饭菜。刚刚得来的骄傲瞬间就被清除了，化成暖暖的愧疚感。他轻手轻脚地放下背包走到她旁边，弯下腰，把小冉抱在胸前，她微微睁开眼睛，呢喃着说"你吃饭呢"就又睡过去了。徐浩看着眼前的她，突然觉得她不再是那个优秀的小冉，而是一个脆弱的孩子。他把她轻轻地放在床上，盖好被子。安顿好小冉后，他才注意到桌子上摊开的笔记本，他皱了下眉头便觉得没什么了。

转眼间，九月份到了，小冉早早地起床，徐浩同往日一样已经不见了踪影。小冉站在镜前，看到一张字条："宝贝，今天就要开学报到了，抱歉不能送你，昨晚回来得晚，都没来得及跟你说会儿话，对不起，等我忙完这一阵，会补偿你的。浩。"小冉拿掉字条，镜中出现自己的脸，她一边给自己化妆，一边觉得怪异，因为"宝贝"这个称呼在他们之间是很少使用的词语，在她的记忆里只有那个男孩这样称呼自己。想到男孩，她的手不由得哆嗦一下，视线便越过了设定的轨迹，她取出棉签，一点点地擦拭，费了好一番折腾才恢复她对自己面孔的设定。精致的面容，清爽舒适的衣服已然套在她的身上，她在镜前扭动身体，按捺住激动的心情踏出家门。今日阳光明媚，足以驱散过往的阴霾，大概过去了一个半小时，她便站在学校门口了。

记忆中的校门如实地立在眼前，她迈开步子，一步一步地走入记忆，熟悉的味道在空气中流窜。九月的学校如十年前一样热闹，到处贴着迎新的条幅；各种社团群体在广场的凉荫处摆开阵势；教学楼重新换了装饰面；多了几个雕塑；树木变得更加繁茂了；池里的荷花依旧大朵大朵地绽放。小冉立在原地，闭上眼睛，深深地吸入一口气，缓缓地吐气，她睁开眼睛,一群又一群大一新生穿着统一的校服,笑容满面地从自己眼前走过,仿佛她的眼睛都变得清澈了。十年前,她跟他们一样的年纪,第一次踏进这所大学,满眼的新鲜与满心的好奇与怯懦,那时这里同这座城市一样,对于她来说都是另外一个世界。可眼下她不再怯懦了,她熟稔又自信地走在校园里,轻易地便把这里与城市分开,单独成为不同于任何别处的天地。她在这里可以把工作,把徐浩,把所有世俗之物撇得干干净净,也只有在这里她才能把自己变成从她身边路过的同学,她在他们的身上捕捉她渴望并且仿佛已经进入自己体内的纯净。她看了看手机,时间差不多了,她便按照通知书上的流程办理各种手续。等一切都处理得差不多的时候,她敲响导师的门,这是曾经教过她也教过她的男孩的老师。导师很热情地泡了一壶茶,倒出一杯递给小冉,小冉不好意思地接过后再次叙述自己需要边工作边学习的情况,导师当下给她开了一个书单,并且提前布置给她几份作业,而后便说我们看情况来。小冉领悟后又与导师聊了几句家常便去办理其他的手续。这一天很快结束了,她拿着从学校图书馆里借来的书,早早地回到家中。她给自己冲了个热水澡,水流打在她的皮肤上,她觉得她犹如新生儿一般。

她裹着浴巾便开始她的学习,仿佛她真的像那些学生一样。时间嘀嗒嘀嗒地在她身边偷偷地流淌,仿佛不忍心打搅她,天偷偷地变黑,小冉浑然不知。门锁转动,小冉一惊,等她反应过来的时候,徐浩已经站在门里了,他一手握着门内的把手,一手拎着盒饭愣住了。小冉慌忙站起身来,浴巾便都被抖落下来,一副光洁丝毫没有遮掩的躯体便在徐浩眼前展开了。小冉抓起浴巾随便裹在身上冲向厕所。她在厕所里待了好久,他在门口站了好久,时间也是在这个时候才现身在房中,她觉得过了好久好久,他觉得只有那么一瞬间。等小冉再次出来时,已然换好了遮掩躯体的衣物,他们四目相对只有那么一瞬,便纷纷错开彼此的眼睛,躲躲闪闪地不知该看向何处。徐浩扔下手里的东西,快步路过小冉走进厕所,只有那么一瞬间,他便知道下体起了反应,他坐在马桶上,脑海中挥之不去那份美妙的、许久不曾触摸的、他渴望到近乎忘却的身体，他咬了咬牙，反手把厕所门锁上，便开始发泄那股突如其来的欲火。又是一个瞬间，欲火消灭，转身化成浓烈的愧疚感。他低头看看耷拉着挂在身体上的东西，一阵恶心的感觉涌上心头，愤怒随后而来。他拿起肥皂用力地揉搓双手，像是强迫症一样反复地洗了一遍又一遍，愧疚、恶心、愤怒糅杂在一起，丝毫没有随着水流的冲洗而消灭。小冉僵硬地坐在餐桌旁，她心里的鼓"咚咚"地敲个不停，耳朵机警地捕捉来自厕所的声音，她听到门锁转动，门把手打开，脚步走近，加快，穿过她的后背，出现在她余光的左侧，"砰"的一声，大门用力地拍在门框上。她才吐了一口气，她站起身，进入厨房，踮着脚往窗下看，没过多久，一个身影从楼道里钻出，渐行渐远，只有被路灯拉长的影子还未远去，一个拐弯，影子瞬间被收回，彻底不见踪影，小冉放下抬起的脚跟，叹了口气。她责备自己的大意，原本好好的一天被自己搞砸了，她在心里暗自嘱咐，一定要把两种状态分开，保持理智，便钻到她的书本中去。

九月的晚风透着初秋的凉爽，一层一层地滑在徐浩身上，烦躁的感觉开始降温，理智重新回归，徐浩犹豫着走向吴婶的胡同。他已经好久没有去看望他们了，眼下天色已晚，这样过去未免有些唐突，但他实在不愿回家，这样想着时，他就已经走到吴婶的门口了。灯还亮着，他敲了敲门，"谁啊？"是吴婶的声音。徐浩心生暖意："是我，浩子。"话音刚落，门便开了，小石头扑在他怀里。这孩子又长高了，一个小学生现在看起来像个大小伙子了，但神态举止却还是原来那般，这让他觉得好笑。他摸了摸小石头的脑袋说："又长个儿了，来，咱俩比比。"小石头听话地背过身去，顶住他的后背，问吴婶："俺到他哪儿了？"

"还远着哩，快回来，作业还没写完呢，别瞎闹！"小石头噘着嘴，听话地回到自己的小书桌前。

"我哥呢？"

吴婶抿着嘴笑，不言语。她趿拉着拖鞋，走到餐桌前，抽出两张板凳让徐浩坐下。待徐浩坐好后，吴婶凑近徐浩的耳边，神秘地说："谈对象去啦！"

徐浩听后，震惊地张大眼睛与嘴。吴婶摆摆手，示意他注意孩子，又悄声说："你这胖婶子真有一套，年前还说，今年给大勇张罗对象，这还真就给找着一个，是她娘家姐的孩子，比大勇小整整 11 岁呐！开始俺就觉得不行，年龄差太多，俺想人家姑娘能乐意嘛，你这胖婶子不知道怎么说的就通了，后来俺又想年龄差太多，咱大勇还没谈过对象，也不会，成不了，没想到，这一来二去的俩月了。俺虽然还没见过那姑娘，但看大勇回家后的脸色，挺高兴的。俺现在就盼着见见人家姑娘，大勇还不好意思说。回头你跟你哥哥说说，让俺见见，快点把事办成喽……"

吴婶说得眉飞色舞，徐浩好久没见过吴婶这副神态，心里也觉得高兴，想想哥哥已经 35 岁了，还能找着这么个年轻的姑娘，不由得咂嘴感叹。

"欸，对了，光说你哥了，你咋来了？出啥事了？"

"没……没事。"

"是不是跟小冉闹别扭啦？小两口吵架、斗嘴都是常有的事，俺跟你吴叔……"

话到此处停顿了，听者无心，说者却不由得动了心思。有些坎可以过去，有些坎恐怕一辈子也过不去，只能选择掩藏，选择把它变成生活中的禁忌，眼下是当事人自己破了禁忌，一时便沉默下来，良久不发一言。这时听者徐浩才迟钝地反应过来，忙说："咱都好久没聚会了，哪天我跟王胖子说说，咱聚一下，这咱不就都看着了嘛。"

吴婶努力驱赶记忆，把它们重新锁在尘封的角落里，让自己尽量顺着徐浩的思路往前走，不回头。

"是啊，你把小冉也带来，俺好久都没见着她了，她上学好不好啊，适不适应啊，缺不缺钱啊？"

"她还能缺钱吗？她那工资高得很呢。"

"唉，你是不是因为这个闹别扭啦？你的工作咋样啦，俺也不懂你搞的什么设计，工资咋样啊？有没有涨啊？"

"婶，我还没告诉别人，连小冉都没说，我又换工作了。"

"啥？咋回事？为啥不告诉小冉？"

"婶别急，别急。是……是这样，以前的工作说实话我确实干不了，挣得太少，只能是勉强维持生活。后来我听同事说我们公司会跟一些售楼处合作，给人家提成，我就好奇着打听呗，他们说那行不要求什么学历背景，能说会说就挣得高，我觉得挺好、挺公平，就转行干这个。现在已经有公司要我了，这几个月培训真是长了大学问哪，我觉得可行，干得过。"

"俺不懂，那你为啥不跟小冉商量？"

"我……我这不是还没成为正式员工呢嘛，想着吧，万一她不同意让我回去干设计，咋办……也不是有意瞒她，估计她也知道了，我想着等我成为正式员工，拿出好的业绩，再跟她说也不迟……况且她现在也挺忙乎的，考试、学习、上班，哪有时间顾得上我啊？"徐浩支支吾吾地说着。

吴婶大概听出了徐浩的心思，便说："女人啊，其实也不是非要大富大贵，只要男人真心实意地疼，踏踏实实地干活儿就成。俺看小冉这孩子跟你这些年了，这心意也挺明显了，是个好孩子。你别自己在那儿比，在那儿别扭，把那些心思多用在疼上，没事下班早点回家，做做饭，收拾收拾家，天晚了，她还没回来，去接接她，日子就好过喽。"

徐浩低着头，说："好。"

"行了，不要别扭了，估计你哥也快回来了，你差不多也回家吧，哄哄人家，说说好话，别跟个倔驴似的。"

吴婶说话就站起身，把徐浩轰到门口，小石头看哥哥快走了，忙起身，恋恋不舍地看着哥哥离开。

徐浩耷拉着脑袋，刚走到窄小胡同的拐弯处，与拐角走过来的人撞了个满怀，正要发作时抬头看到傻笑的勇哥。他刚想说话，勇哥傻笑着一边摆手一边就往里走了。他愣在原地，看勇哥掏出钥匙开门，便转身跟过去。吴婶与小石头迎上前来，先是看到大勇，之后又看到浩子，她忙问："你咋又回来了？"徐浩在徐勇的身后，指了指勇哥给吴婶使了个眼色。吴婶弯着身子，侧抬头看低着脑袋的大勇。徐勇收拢不住的喜悦在三人面前无处躲藏。

"咋了，这是有啥好事？这高兴。"吴婶问。

徐勇揉揉前额的头发，一边摆手一边向屋里走。小石头紧贴着勇哥哥的脚步，一脸茫然地盯着哥哥看。吴婶会意了，没让徐浩进屋，朝他摆摆手说家走吧，家走吧。徐浩耸耸肩，只好离开。穿过没有路灯的胡同，走在大道上，徐浩手插着口袋，踢赶一个小石块，勇哥的样子在脑袋里挥之不去，他把吴婶带来的信息与勇哥的脸对接，便转化成哥哥与一个少女拥抱、亲吻、互相摸索的画面……这些画面一旦生成，勇哥的傻笑就变得奇怪、恶心又诱惑十足，他踢开脚边的石子，想忘掉，没走几步，石子又出现在眼前，更加赤裸深入的画面浮现。他用力朝石子踢了一脚，看着石子飞起，滚落到黑暗的草丛里，他挠了挠头发，又用力甩开手，大步朝自己家走去。

小冉还没有睡，她坐在餐桌前，屋里只开着一盏暖黄色的台灯，光线柔和地照在书本与她的脸上。钥匙插进锁眼，金属互相咬合的声响穿破暖黄的空气，进入小冉的耳朵。小冉握着笔的指头不由自主地用力，不安的感觉从锁眼钻进屋里。

徐浩钻进房子，看到小冉迟疑了几秒钟后，说："还没睡呢，干什么呢？"

小冉的五感全部打开，机警地搜寻来者身上的信息，尽量装作自然地回复："今天去见导师了，我跟他说了一下我的情况后，他就提前给我布置课程与作业了。我想着现在也没事，就先看看。"

"哦，那你明天是去学校还是上班？"

"还得去学校，体检啥的。"

徐浩换上一条宽松的沙滩裤和一件白色背心，坐在床上，搜肠刮肚地寻找阔别已久的话题。

"哦,那……重新进入学校感觉怎么样啊?"

"挺……挺好的。"

"哦,那你别太晚了,早点睡吧。我先睡了啊。"

"好,你先睡吧,我还差一点就看完了。"

徐浩摊开四肢,躺在床上,他渴望睡眠快速到来,可是眼睛却不由自主地看向由暖黄色的光勾勒出的曼妙腰肢。他开始在床上翻来覆去。

"是不是灯太亮了,你睡不着啊?"

"啊,不是不是,你看你的。"

小冉把灯罩往下压了压,腰肢就变得模糊了。徐浩闭紧双眼,默默地数羊。

小冉突然走到床前,温柔地看着他,嘴角微微上扬,她的手伸向自己的衣服,从下往上一点点儿地掀起,露出赤裸的身体。月光打在她的身体上,发着幽幽魅人的光。徐浩双手抓紧被子,茫然、渴望让他不敢轻举妄动。发光的身体一步骑在他的身上,他这才领会,像是得了圣旨一般开始虔诚地卖力。在兴奋抵达到一个极致的高峰时,勇哥的脸突然出现,而自己则站在远处,他看到小冉身下的是勇哥,而勇哥望着自己露出痴傻的神情。

徐浩猛地坐起，他缓醒了几秒钟后，看看表，已经九点了。他慌忙站起身，才发现内裤里黏稠稠的已经湿了一片。他懊恼地脱下内裤，随手一卷把它扔进垃圾桶里。光着屁股迅速冲向厕所，洗漱，穿衣，这一次他直接套上那套西装，冲出门外。刚到楼下，他突然转身上楼，慌忙地掀开被子，摸了摸，床单上有一小处干巴巴的污渍，他迅速扯开床单，一手拽着还没来得及卷成一团的床单，一手拎起装有内裤的垃圾袋，夺门而出。床单在地上拖了好远，才抵达它的归宿，垃圾箱。徐浩呼了口气，招手叫来一辆出租车，钻了进去。

这是他上班以来，第一次迟到，他忐忑地坐在出租车里，一面想着如何跟老板解释，一面又不自觉地回想梦中的场景。到站了，他钻出出租车，低着脑袋迈进售楼处。他敲了敲门，里面说"进"，他走入会议室，找了个空位坐下来。领导正在给他们讲实战方案与此楼盘附近的竞争对手，他便开始懊恼起来。他刚坐下来不到十分钟，领导就准备出去了，他跟上前去，在领导的屁股后面忙说"对不起"，又乞求可不可以把他错过的补回来。领导转过身，打发他去问别的同事。他心想这肯定不行啊，大家都在竞争，怎么可能告诉我，又再次祈求，领导被他缠得没办法，只好同意，但是得晚些，他还有事要处理。领导刚准备走时，又补问了一句因为什么迟到啊。徐浩支支吾吾地说睡过头了，闹钟没听见。领导笑笑摆摆手走了。徐浩总算舒了口气，重新回到会议室。

一场大雨从天而降，气温骤然下滑，售楼处便比以往更热闹了。有经验的售楼员知道在这些人里可以称得上客户的只有三四人，大部分都是进来避雨的。徐浩时不时地松动领带，刚坐下，就觉得这样不好，站起来走动一圈，又觉得来回走动不好。今天是他被允许与客户接触的第五天，前四天，不是因为他害羞，就是因为同事太优秀，总之他是一个也没捞到。他心急如焚，拿着一沓传单，向避雨的人发放推销。大部分人都是接过传单后就不再理会他了。直到他发给一个拎着塑料袋的老大爷时，大爷开口询问价格，他喜出望外，热情地邀请老大爷进里面的沙发，随后亲自端了一杯水过来。大爷操着一口地道的北京话问这问那，他耐心地一条一条讲解，把这些日子学到的东西一股脑儿地用在大爷身上，又端着大爷的水杯，带他去里面的样板间。在大爷身上，他消耗掉将近两个小时，水端了一杯又一杯，直到天放晴了，大爷把他详细又有条理标注的四张价格单随便装进他的塑料袋，起身离开，他一直送大爷走出门口，目送大爷的身影直到消失，他才给自己倒了一杯水，坐了下来。

这一切都落入同事王潇虎的眼中，他走过来坐在徐浩身边，好心地说徐浩刚才的所作所为是浪费时间与资源。实际上，这些话不用他说，徐浩心里也是明白的，但他实在是着急，只好死马当作活马医，抱着赌徒的侥幸心理，告诉自己万一行了呢。虽然心里这么想，但他表现得万分谦逊与无知，惹得对方口若悬河起来。结果被王潇虎言中，大爷杳无音信，他曾试图拨打大爷的手机号，传来的是"您所拨打的号码是空号"。直到月底，他才终于签下他的第一个客户，胜利的滋味仅维持了几分钟，他看着公告屏幕上的排名，心灰意冷，上面始终显示前三名的销售人员，排名第一的就是王潇虎，而自己刚刚签下的单子也不过滚动几遍就没影了。王潇虎凑上前来，挤眉弄眼地给了他两个电话号码，说是稳妥客户，让他好好努力。他感激地记下号码，又是几天百般讨好的努力，直到九月的最后一天，他要放弃时，两个号码的主人同时出现在他面前，就在当天，他的名字再次滚动在屏幕上。从那天起，徐浩对王潇虎充满了感激，他拿出这两单的提成，1800元递到王潇虎的手中，被王潇虎推开，说哥们情谊可没这么便宜。徐浩实在不知道该如何感谢，只能在自己没有客户的时候帮王潇虎端茶倒水，一副跟班小弟的模样，王潇虎对他的表现很受用，闲暇之时便说得更多了些，并且话里话外总是强调哥们朋友要重情谊。于是在徐浩的心里便真心把他当作朋友，并为此而自豪，因为这是他进城九年来，第一次靠自己建立的友谊，更重要的是这个人不是大家口中的农民工，他便觉得自己也不再是了。

在徐浩的工作一点点步入正轨后，他开始结束"流浪"，下班就回家，即便如此，他每晚到家的时间最早也是十点。与此同时，小冉在学校、公司、家三个地方来回奔波。她很辛苦，却倍感充实与幸福。在世俗生活与理想之间，她终于找到了她的平衡，她小心翼翼地维持着。

每天夜里，小家中的他们都忙着各自的工作，偶尔说上几句，话虽不多，却很舒适。他们的关系从未如此亲近，也从未如此遥远。小冉也建立了自己的新友谊，这个人不同于以往的同学与同事，不同于那些生在此城或他城中的人，那些人对于小冉来说仿佛在基因里就与自己不同，即便对方待自己多么真诚，她都会守好防线，谨慎小心地与其相处。而现在的新朋友是她的学长，名叫张磊，是自己老家镇子上的，与她的生活很同步，都是本科毕业工作后又回到学校读研的。于是他们可以相互理解，她在他面前也可以肆无忌惮地讲讲家乡话，虽然她早已因对家乡的厌恶，以及降服于城市的姿态而多年不说，但此刻家乡话却成了某种特殊的调味剂，总能让他们每每说起便会心一笑。张磊与她不同的是，他辞掉了工作，专心读研，于是方便了为小冉录制她上不了的课程以及通知她学校里的诸多活动，也是因此他们之间的交际才逐渐多了起来。

忙碌的日子转眼就到了初冬，风冷得刺骨，在北方这风还有个伴侣，就是沙尘，它们交织在一起疯狂地吹打着小冉单薄的身体。小冉裹紧大衣，低着头，大步地朝自己家走。刚进家门，就闻到一股勾人食欲的香味，厨房里传出锅铲与锅底相互摩擦的声音。她赶紧脱掉鞋子，还没来得及卸下双肩包，就光着脚跑到厨房。徐浩端着锅不断向上翻炒，火苗在锅里点燃又熄灭，俨然一副大厨的模样。小冉倚靠在门框上，眼睛里露出幸福的目光。

"你回来啦，就猜到你今天回来得早。"徐浩没有回头，继续翻炒他的菜肴。

"你今天怎么回来得这么早啊？"

关火，装盘，徐浩端着菜转过身："快去把外套脱了，一会儿告诉你。"

小冉听话地让开道路，脱掉双肩包与外套，坐在餐桌旁："什么啊，这么神秘？"

徐浩递给小冉一双筷子，深吸一口气说："这一年咱俩都忙，没有时间好好跟你说，现在我要和盘托出……"

"哎哟，还'和盘托出'，四字成语都上了，果然是大事。"

"你别打岔，听我说，但前提你可得答应我，我没说完之前不准生气。"

"好好好，你快说吧。"

"那个设计工作我辞了，你先别生气啊，我确实干不来，干不来就不挣钱。现在我找了新工作，做房地产销售，你不准生气，我之前没告诉你，一是就怕你生气，非让我干设计，后来没告诉你，是一直在培训，没有正式上岗，我也不知道到底咋样。现在我已经正式上岗了，并且……现在……"

徐浩说着，在餐桌上拿起一张银行卡，在手里摇晃。

"就这张卡里，就这个月，打进去 12000 块！这些就是我一个月的成果，现在我已经明白怎么回事了，比如……"

从徐浩提到工作，小冉便已猜到后面的内容，所以并没有过多地惊讶，但是"12000"这个数字还是惊到她了。她大学毕业，工作跳槽，一路走来她税后的工资也就是这个数额，而徐浩一个啥也不懂的工人，自己找工作，这才多久竟可以达到如此的程度。这让她不得不对徐浩另眼相看。

徐浩得意地讲着新工作的知识，讲他的各种心得，还有他的新朋友、蝉联三个月销售冠军的王潇虎。他滔滔不绝地说着，好像要一口气把他过去半年多没说的话全部补回来似的。小冉听得目瞪口呆，仿佛在她面前展开了一个全新的世界与全新的人。猛然间，小喷泉的样子浮现在她的头脑中，眼前的徐浩又变成了当年那个小男孩。小冉为他高兴，也为自己高兴，仿佛在城里的他们更有底气了。是他当年的一番话引她进城，是他现在的一番话让她感到踏实。她忍不住在心里开始计划他们的未来，他们的家，想到这时，她仔细端详着他，才注意到徐浩瘦了，瘦得让她心疼。她突然涌出一个念头，把自己给他，但男孩委屈的脸不期而至，仿佛是她心头的锁一样，他与她都无法解开的锁。冲动的念头瞬间被浇灭，她被自己搞糊涂了，她觉得自己怎么也干净不起来，从身体到灵魂。徐浩沉浸在他的得意里，丝毫没有注意到小冉的沮丧。

钱财与时间是一对相反的关系，人们看见的钱越多，看见的时间就越少，在忙忙碌碌中，时间又消失了两个月。还是小石头多次念叨想小冉、想徐浩又被吴婶多次以他们太忙为由拒绝后，时间才再次现身。而这一现身，又是新的一年，这天是2010年的第一天，王胖子打来电话，通知徐浩聚会，徐浩爽快地答应了。下班后，他没有换掉西装，特意穿着它敲响王胖子的家门。他是最后一个进来的，此时屋里已坐满了人，徐浩挺直腰板，原本一米八的身高，加上这套西装使他看起来从未有过的英俊潇洒，与这所房子显得格格不入。他知道他成功吸引了大伙儿的注意，便把架子端得更足了。小冉也是第一次见到徐浩的这身打扮，不由得吃惊。在大伙儿都愣住的时候，还是胖婶先开口："哟，谁家的新姑爷来了？这么帅啊，快，新姑爷快坐下，就差你了。"

一句话，便让徐浩破了功，腰板弯下来，坐在小冉的旁边，才注意到一张新面孔。那是一个长相普通的姑娘，一眼看去，就可以断定是村里出来没上过学的人。她坐在徐勇的旁边，害羞使她满脸通红。徐浩综合他观察到的信息，猜想这应该就是那个未曾谋面的"嫂子"。他这样想着，顺口说："嫂子好，我是徐浩，徐勇的亲弟弟。早就听说你了，今儿可算见着了，我哥藏得太严实了。"

姑娘的脸更红了，吴婶暗暗皱了下眉头，从徐浩刚进屋，她便嗅到了让她不满的气息，现在徐浩的一番话，让她更觉得不妥了，她心想，浩子这孩子要变喽。胖女人扫视一圈大伙儿，挑着眉毛说："新姑爷啥时候也变得油嘴滑舌啦，小冉这是不是你惯的？得治治他。"

"这还不都是婶子的功劳？"徐浩抢白说。

王氏兄弟互相递了个眼色，又纷纷看向胖女人。在这个家里，能将胖女人一军的人还从没出现过。胖女人愣住了，但很快挑起她细长的眉毛说："哟哟哟……这功劳我可受不得，有日子不见，新姑爷这是从里到外都变喽，快说说，这是上哪儿成功去啦？"

"成功"二字让徐浩很受用，其他的言外之意便都退去了，他挺了挺胸膛刚想说话，小冉就用胳膊肘碰他的胳膊。这一幕落在胖女人的眼中，她便提高了嗓门说："这是干啥呢？两口子的小秘密啊，徐浩，说，快让我们大伙儿跟着沾沾光，咱家就盼着有人成功，让大伙儿都高兴高兴。"

徐浩看了看小冉，刚才挺起的胸膛便弯下来了，他挠着头发，表现得很腼腆。

"我……我现在做房地产销售,就是给人家打工卖房子。但……但卖得还不错。"

除了徐浩与小冉以外,大伙儿面面相觑,谁也不太懂这个行业,也没有谁进过售楼处的大门,但他们知道街上的小中介,便觉得好像懂了,他们开始揣测这能挣多少钱。但一时间谁也没搭话,突然一个声音小声地说:"这能挣多少钱啊?"大伙儿纷纷看向声音的来源,是徐勇的小女朋友,李欣欣。

"上个月发了13800,这行不一定,卖得多就多得,卖得少就少得。"

在小冉的管束下,徐浩虽然表现得很谦逊,但还是说出了早就想说的话,他环视了一下四周,大伙儿的表情让他满意,他给自己倒了一杯酒,享受在这桌上完全属于自己的胜利。

"那你上个月干得是多还是少啊?"李欣欣带着浓重的东北口音继续发问。徐浩愣了一下,说:"这个……怎么说呢?算是不多不少吧,我们的销售冠军有时可以拿到两三万。"

李欣欣不说话了。吴婶看着几个孩子的面部表情,尤其是徐勇,她看到从徐浩说出第一个数字后,他就开始皱眉,小姑娘再次发问时,他的脸色就变得铁青了。吴婶叹了口气,刚想说点什么,就被胖女人抢先了。

"这是好事啊,那你好好干,咱家出了个研究生,又出来个白领,你俩这步调带得好啊,但也都别光顾着工作,啥时候把事办了啊?"

胖女人在说到"研究生"三个字时,特意一字一顿,并看向自己娘家来的外甥女。吴婶会意,暗暗佩服眼前这个胖女人,便接着话头继续说:"你们王婶说得对,也说到我心坎里去了,你俩现在都不错,啥时候把事办了啊?"

徐浩看了看小冉,不敢说话,他也想结婚,但他不敢提。小冉笑着说:"婶们,别急,怎么也得让我上完学的吧,他现在的工作才刚刚开始,还不稳定,等我们各自把学习、把工作安排稳当了,像你们一样,就结。眼下,我觉得,我们还不是第一位的……是吧,二叔,哥。"

几句话,便化解了以他们为中心的尴尬,成功转移话题。胖女人顺势转向另外两对,开启她的攻击。

"老二,听到没?侄女发话了,还记得我之前说的吗?十万块彩礼钱,我现在得加一个条件,明年夏天之前,你们要是把事办了,我给,过了夏天就没喽。"

王老二听着,突然拿起酒瓶,扬起脑袋"咕咚咕咚"地把酒倒进肚子里。大伙儿都瞪大了眼睛,长辈们的心跟着扑通乱跳,他们知道他们在等待什么,于是他们都不说话,安静地等他喝完。只见王胖子的瘦弟弟放下酒瓶,单膝跪地,像他拎起酒瓶一样突然,长辈们的心提到了嗓子眼。

"陈……陈小妹,你……你愿意……"话没说话,代替"嫁给我"三个字的是一堆呕吐物。看客们齐齐皱紧了眉头,胖女人带头站起身,拍着巴掌说:"嫁给他!嫁给他!……"其余的人被胖女人鼓吹着,一起喊起了口号:"嫁给他!嫁给他!嫁给他!……"

陈小妹看着还在呕吐的王老二,心里又羞臊又心疼,她看了一圈众人,视线定在酒杯上,她拿起酒杯,一饮而尽。

"嫁！"

大伙儿拍着巴掌欢呼,尤其是长辈们,他们跳起自己笨拙苍老的身躯,笑出了眼泪,这份简朴的浪漫是他们多年未曾接触的,这一刻却突然齐齐感受到了,他们便觉得自己幸福的可笑,可是可笑归可笑,幸福的感觉是真的。向来爽朗的王胖子此刻更是眼泪"唰唰"地往下掉,他的女人看着他,眼里充满了柔情。

大家笑过,哭过,又哭笑不得后,纷纷举起了酒杯一饮而尽。所有的尴尬便统统过去了。直到第二天,太阳还没有露头的时候,王老二突然摇晃身边熟睡的王胖子。王胖子凶巴巴地说:"咋?"只听弟弟说:"她……她嫁给我了?"王胖子不耐烦地说:"嫁,嫁了。"便又睡过去了。王老二呆呆地跪在床头,半晌后才缓醒过来,又摇晃自己的哥哥问:"真嫁啦,真的?"哥哥用呼噜声回复。王老二爬起来,下床,开门,走到嫂子屋门口,一边敲门一边轻声喊:"小妹?小妹?小妹……"只听到门里面传出几个女人不耐烦的声音,之后有人下床,门开了,是他的小妹。

"大半夜的,你不睡觉要干啥?"

"你嫁给我啦?"

陈小妹一愣,说:"嫁了。"

"真的,是真的吗?"

"是真的。"

王老二突然双膝跪地，抱着陈小妹的大腿痛哭起来。在那一刻，陈小妹才真切地感觉到自己嫁给他了，真的嫁了，她抚摸着他的脑袋，热乎乎的眼泪落了下来。两人保持这个姿势，不再发一言。良久过后，陈小妹弯下身子，柔声说："去睡吧，乖，俺嫁你，真嫁你。"年过四十的王老二像个孩子似的依依不舍地被轰回房间。他看着哥哥肥胖的胸膛，靠了过去，依偎在哥哥的怀里睡着了。

　　真正的第二天到了，阳光明晃晃地照在王胖子脸上，他睁开眼，看见怀里的弟弟，一阵惊慌，他赶紧推醒弟弟，自己下床，骂骂咧咧地推开门。门外的女人们早已梳洗完毕，正在着手准备早餐，只听王胖子高声喊叫："小妹，你俩今天就去领证，你跟他睡，这都魔怔了，搂着我睡！"陈小妹的脸一红，低下头，不说话。胖女人一边制止自己的男人，一边去房里叫醒老二。这一天被王胖子言中，他弟弟起床后就拉着陈小妹的手奔向民政局，在排队等待时，他羞涩地说："嫁我了，就不要跑，一辈子都不准跑。"陈小妹点头同意，他又补充说："你要是跑了，我就死给你看。"陈小妹说："你死了，俺也去死。"

第六章

盛夏的太阳是不讲情面的,它赤裸裸地挂在空中,尽情释放它的火气,烧得整个城都湿答答、黏糊糊的。

"美国总统奥巴马……胡锦涛在欢迎仪式上致辞时指出……当今世界正处在大发展大调整时期，求和平、谋发展、促合作已经成为不可阻挡的时代潮流。让我们抓住机遇、携手前行、共同……"

"浩子，浩子！"

"哎，哎，来了！"

"去，把鞭炮放了。"

噼里啪啦，红彤彤的鞭炮像是一条蛇，正在被空气中无形的神魔吞没，扭曲着不断炸裂、缩小。一群娃娃捂着耳朵，看着红色的碎纸飞上天又撒到地上。堂屋里坐着徐浩的奶奶，被疾病缠磨得只剩下一副骨架了，她张着嘴巴，口水往下淌，她目不转睛地盯着电视，里面有个穿着红色衣服的主持人嘴巴一张一合。

徐浩回到堂屋时，新闻播送完毕，他拿着遥控器，电视里的画面不停地切换，直到出现一个青衣咿咿呀呀的叫喊时，他放下遥控器，拿起新买的手机。

"3班的老同学们，咱们出来聚聚吧，能来的回复1。"手机接连出现振动，接着一个又一个的"1"出现，徐浩犹豫了一会儿后，在键盘上按了一个"1",发送。随后,他点开小冉的头像,输入:"忙呢吗?"

"不忙。"

"河边见。"

"好。"

徐浩站起身。奶奶在他的身后张了几下嘴,终了也没发出能让徐浩听到的声音,看着他推开门进入院子。徐浩的母亲在灶屋喊:"干啥去?一会儿就吃饭了。"

"一会儿就回来。"

一路上徐浩碰到许多乡亲,他们比以往都更加热情地跟他打招呼,他嘴上与他们问候着,脚步却丝毫没有为谁停留的意思,他心想:准是听说我现在混好了。他在小河边刚站了不到五分钟,小冉的身影就出现了。

"咱高中同学聚会,你去不?"徐浩问。

小冉眉头微皱,不说话,徐浩继续说:"去吧,我去,这么多年过去了,看看大家都变啥样了,你跟我去吧……"

小冉受不了徐浩的软磨硬泡,最终同意,她看着徐浩的样子,清楚他打的算盘,但她没有拆穿,配合着他,让他当一次英雄。

阔别 11 年的同学聚会定在大年初三,一般来说,时隔这么久远的同学聚会能够举办已实属不易,参与者一般也不会超过半数同学,一部分因为举家迁徙，地理位置相对遥远而无法赴宴，一部分即使在本地也不会参与，究其原因，大抵不过是对自己的生活感到失望罢了，当然还有最后一小撮同学，在校时就与同学相处得不够和睦，而现在的生活相对过去来说优渥很多，在他们心里，过去的就是过去的，不会有丝毫留恋，也不想有丝毫牵扯，这样的同学在班级比例中是极少数的，小冉就属于这一部分。这天徐浩特意穿上他的灰色西装，打上领带，在灶屋巴掌大的圆镜前左照右照，又把领带取下，放回自己的行李箱，最后在外面套上一件黑色的呢子大衣，一条黑色的围巾服帖地缠绕在他的脖子上，末端躲进大衣里。徐浩的母亲坐在马扎上，一边削土豆皮，一边偷偷地看自己的儿子，她感受到强烈的震撼，以至于她儿子在跟她说话时，她都不由自主地躲避他的眼神，脸上泛起红晕。

　　徐浩走在村里的小路上，无论是在自家门口聊天的村民，还是路过他的乡亲，都瞪大双眼看着他，连奔跑嬉闹的孩子都停下脚步。他露出和蔼的微笑，主动与他们一一打招呼。在乡亲们眼中，他的笑容与他的打扮一样，与他们的村庄格格不入。直到他走进小冉家的大门，屁股后面悄声跟着的孩子才止步。小冉出来了，他上下打量她一番，心里很满意，小冉照着他昨日的嘱咐穿上他给她新买的衣服。小冉挎上他递出的臂弯，两人重新出现在门外，崭新的黑色皮鞋与黑色高筒靴踩在村里的土地上，发出异样的声响，引得村民们纷纷侧目，再不敢上前多说一句话，连背后的指指点点都变得延迟。

　　两人就这样在乡亲们的注目下并排走着，他们走出房屋密集的村庄，来到两旁没有庄稼的水泥路上。他们走出了好远，才看到一辆出租车，里面虽然已经载了两个客人，但他们还是毫不犹豫地挤了上去。车子一路向前行驶，到镇上时，前排的客人下车，车子继续向前行驶，直到抵达县里的某个大饭店门口，两人下车。他们推开包厢门，里面叽叽喳喳的声音瞬间止住。徐浩热情地跟大伙儿打招呼，男人们回应，女人们窃窃私语。小冉看着拥挤的包间,僵硬地立在原地,正不知道该如何行动时,徐浩来到她身边,非常绅士地帮她褪去外套,挂在包间门口的衣架上,随后褪去自己的外套也挂了上去,又帮小冉拉开椅子,小冉坐下后,露出礼貌又优雅的笑容。他们的这一番表演让大人们侧目,但很快又被孩子们的吵闹吸引。班长隔桌对喊,"晚来的,罚酒三杯",随后几个男人附和着。徐浩三杯酒下肚,便与大伙儿叙起旧来。小冉坐在他旁边,安静地观察。她暗暗数着一共有二十六个大人,只来了不到半数的人,她还记得曾经拥有八十多位同学的班级;还有十二个大小不一的孩子,最大的11岁,最小的也有两三岁了,他们被各自的母亲抱着;而他们的母亲,曾经恶劣排斥自己的女同学,如今大都体态臃肿,看得出来时都已精心打扮,但无法掩饰她们为生活为家庭奔波的中年妇人模样,只有一人例外,这人坐在小冉的正对面,在妇人们的对比下,闪闪发光,小冉避开眼神,不愿再多看她一眼;而曾经的男同学也都发福了,几个大肚子赫然挺在隆起的衣衫下,还有两位甚至露出谢顶的迹象。小冉收回目光,放在眼前的酒杯上,厌恶与快感爬上心头,她无法否认,她厌恶的过去正在用她厌恶的方式在他们体内膨胀。

聚会从最初的羞涩走向热闹,小冉的记忆苏醒了,但有几张面孔,几个人名,她始终都没有想起来,直到聚会结束,对这几张脸的回忆都是空白的。在小冉观察别人时,对座的女人也在偷偷地打量她。从小冉出现,她就满心不愉快,过去她最痛恨的就是小冉,而如今十几年过去了,她还是抢了她的风头,在此之前,这种吸引众人的状况是在她身上出现的。后来,在徐浩的谈话中得知他们也在X城时,又生了另一套心思,嫉妒的感觉悄然暗淡。在饭菜吃得差不多的时候,男人们聚在一起,一杯又一杯地喝酒吹牛;女人们聚在一起,炫耀着各自的娃与生活。只有她与小冉孤独地坐在桌子两边,她想了又想,这才鼓起勇气,走到小冉旁边,坐在徐浩的座位上,说:"还记得我吗?"

从她走过来时，小冉就不由得紧张，现在对方说话了，她只能礼貌地回复："记得啊，你是吴文。"

"幸亏你还记得我，要不然我可就尴尬了，听说你们也在 X 城是吗？"

小冉点头回应。

"真巧，我也在那儿，毕业后就过去了。你们在哪里住啊，是工作还是上学？"

"我一边工作一边读研，他在工作。"

"哎呀，这么厉害呢，班里就你学习好，现在还考上研究生了，不容易啊，那你就是住校了对吗？"

"没有，我们在 T 区租的房子。"

"这么巧，我也住那儿，以后我们可要常联系，这是缘分，可不能辜负啦……"

吴文热情地与小冉攀谈，小冉克制但不失礼貌地回复。直到吴文面带愧色地说："以前吧，年纪小，不懂事……做了很多对不住你的事，希望……唉，真是对不起……现在长大了，工作了，偶尔想起你，心里就特别愧疚，那时的我们太无知……我现在自己在城里租个插间，也有些朋友，但那些人在我心里没个靠得住的，咱小地方出来的人，怎么也跟他们不一样，你说是吧……如果你可以不计前嫌，就给我个联系方式，咱们都在城里，也是个伴……"

小冉在最初认出她时，那些关于她的久远记忆便一幕接着一幕地奔跑出来：她想起高三那年，她回宿舍，里面传来热闹的声音；当她推开门时，声音便都止住了，原本聚集在吴文床铺的同学纷纷回到自己的床铺，躲避她的眼神；当她走近自己的床铺时，看见床单上赫然写着两个红色大字——妓女，还有一堆脚印和一摊水。她回过头，便撞见对铺吴文的眼神，吴文双手交叉放在胸前，挑衅地瞪着她。她忙抽回眼神，冲出宿舍，一路奔跑，直到校园操场的一个阴暗小角落，她才让眼泪流淌。当晚她等到教室里的人全部走光，自己关上灯，藏在角落里的桌子下面，等老师拿着手电走远后，她才出来，把几个板凳并排摆放，这就是她睡觉的床了。她躺在上面，漆黑的教室静悄悄的校园，稍微有一丁点响动，她都害怕得要命，她忍受着恐惧与寒冷的同时，尿意来临，厕所在教学楼外，教学楼已经上锁，即便不上锁，她也不敢出教室，最后，她只好在自己的课桌上拿出水杯，对着它尿，杯口太小，尿液淋在她的手上、地上。这样的日子过了半个月，因为课上她总是昏昏欲睡，被班主任叫到办公室，因为她学习好，班主任对她格外温柔与耐心，最后，她支支吾吾地请求调换宿舍，班主任并没有多问什么，就同意了。当她再次进入原宿舍准备打包时，看见自己的床铺上堆满了别人的物品。她只好硬着头皮，怯生生地挨个询问，最终才腾出她肮脏的床铺。她搬出宿舍，以为就此可以摆脱吴文的骚扰，但她错了，在楼道里，在教室里，吴文总是有那么多的精力，变着法地折磨她、羞辱她，又总能做到滴水不漏，只要她不说，吴文断定徐浩永远不会知道，而小冉太了解徐浩的脾气了，于是她选择把这头魔鬼关在心里，独自承受它的撕咬。

眼下魔鬼从封存的记忆里跳出，在对她笑，对她示好，对她道歉，仿佛被久关的猛兽在她的记忆牢门中受尽酷刑，生生被扯掉皮囊，露出友善的人的模样。这反而让曾经受伤的小冉变得陌生，变得无处安放。

吴文继续加温，不断地诉说过去对小冉的误解以及后来自己的经历与现状,她的讲述由真诚与愧疚调味,使曾经苦涩的记忆开始回甘。尘封的魔鬼失去了灵魂,存在就没有意义了,小冉掏出手机,输入吴文的电话。

徐浩握着酒杯,老同学之间的话题在缅怀过去与吹嘘现在转圈,他注意到有人陪小冉,才放心地继续喝酒吹牛,之后在同学口中得知与小冉说话的是吴文,他很疑惑,在他的记忆里,她是小冉最排斥的人,虽然并不知道她们之间有什么过节,但眼下,两个原本是对头的人看起来却像姐妹一样热乎。

日头昏昏暗暗地走向下午,不论是对于过去三年来的高中生活,还是各自11年的生存斗争与现状,都已聊不出新意,聚会开始降温。只有少数的同学还在火热地聊天,带娃的女同学已经零星地离开几个了。班长摇晃着酒杯,让大伙儿聚在一起,掏出相机,叫来服务员,快门按动,过去与现在就这样重合在相机内,成为多年后唤醒回忆的钥匙。又有一些人陆陆续续地离开了,眼下只剩下八九个人,除了小冉与吴文,其余都是未尽兴的男人,他们一个个面目红润,精神饱满,仿佛酒精脱去了他们生活的重担,重回少年。一个过早谢顶的肥胖男人,大声叫嚷着去唱歌。于是剩下的人又一同钻进了KTV。小冉坐在角落,听着走调的歌声,心生倦怠,如果没有吴文在旁边陪她说话,接下来的两个小时,对于她来说,再没有比眼前的景象更无聊的了。徐浩早已喝醉,他解下衬衫顶端的两颗纽扣,大声与他旁边同样醉醺醺的人说自己成功了,月收入过万,是城里人了……这几句话他重复了很多遍,完全不知小冉对他的厌恶又增加了几分。偶尔会有男同学摇晃着身体朝小冉走来,举着酒杯逼她喝酒,吴文见状,总是会端起小冉的酒杯,替她解围。当他们歪歪扭扭地走出KTV时,天已经黑了,小冉搀扶着徐浩钻进出租车回村。

大年初五,冬凉薄雾,红灯笼飘在各家的门口,满地的鞭炮红纸衣,女人们在灶屋忙碌,升起的炊烟融于雾中,男人们有的在院中劈砍柴木,有的聚在一起,不顾女人的埋怨推着麻将,老人们坐在屋里,发着差不多的呆,差不多的又是一年的感慨,孩子们偷偷跑出家门,把手里的鞭炮塞在他们能想到的地方,在村里的角落神出鬼没地炸响。徐浩与小冉一人一个拉杆箱踩着细碎的红纸屑,拒绝家乡的食与物,拒绝那台发出突突声的农用三轮车,在村口的马路上钻进出租车,把身后的家人推得越来越远。

徐浩的母亲对着吴婶唉声叹气,念叨着娃的日子过好了,怎么在家的时间却越来越少了。吴婶听着,压制住自己的不安,说:"现在,娃是事业刚起步,等以后出息了,接你们过去,好日子还在后面呢。"徐浩的母亲露出甜蜜羞涩的笑容,抓了一把瓜子塞在吴婶手里。徐勇的母亲见缝插针地打听未来儿媳——李欣欣的情况,自从得知自己唯一的儿子有对象后,老两口是又高兴又不安,他们把"啥时候定啊?""啥时候是个头啊?"挂在嘴边。关心变成一群蚂蚁从徐勇的耳朵进入,爬上他的心头,他开始焦虑,开始第一次归家后渴望离开,渴望回城,那里有正在被别人抢走的活儿,那里有他的小女人。他藏着心事,看着无所事事的日子在心头一点点儿地爬行。徐家的女人们日复一日地把大把空闲用在吴婶身上,咀嚼着好像永远嗑不完的瓜子与花生,把在自己儿子身上得不到的答案与期盼放在吴婶那儿,她们羡慕地看着她们同情的人。羡慕也好,同情也好,她们知道不管怎样,日子这条泥鳅,她们是抓不住也拖不得的。徐氏兄弟的奶奶现在越来越爱睡觉了,她看着眼前的女人们一张一合着嘴巴,不知道说些什么,她偶尔叫唤几声,徐家媳妇们就大声喊:"想屙屎屙尿了?"她摇摇头,就睡着了。没人知道在她的眼里日子又是什么。当她再次被摇晃醒时,就是自己的另一个孙子也要离开了。徐勇的母亲把自己亲手缝制的棉被,用大麻袋一捆,背在徐勇的肩上,又忙忙叨叨地装了几个大包,嘱咐他哪包是给王胖子,哪包是给李欣欣的。农用三轮车从村里一路叫唤到车站,接着又是一道道门,先是分开握着的手,后又分开看不见的眼泪。

新年意味着与过去的一切告别,不管是厌恶的还是不舍的,像一把快刀横向劈开时间,人们被驱赶到新年的另一头。小冉迅速展开紧锣密鼓的工作,她对自己说这哪里是挣工资啊,是挣时间哪。徐浩也一头扎进由数据、房子和人交织的网中,这是他现在生活的所有动力与目的。直到王胖子与徐勇他们也返回城市时,他们俩才抽出宝贵的一晚来到王胖子家,因为他们都收到了王老二与陈小妹在老家完婚的消息。

饭菜酒齐全地摆在桌上,王老二与陈小妹被让座上位,陈小妹旁边依次坐着胖女人、吴婶、小冉,王老二这边依次坐着王胖子、李欣欣、徐勇与徐浩。新婚夫妇拘谨的亲昵让大伙儿好一顿戏耍。他们躲着旁人的眼神,红着脸,但依旧他给她夹一块肉,她又给他夹一个鸡腿,眼神对上时,那股温柔害羞的神气使得半个房子都染成了粉红色。另一半的粉红要让给徐勇,他许久未见他的小女朋友了,但他不像王老二,他不夹菜,也不牵手,只是干巴着眼,没事就偷偷瞄一眼。

胖女人干咳了几声,不知道从哪里变出的存折,在她手里摇晃着:"老二,陈小妹,两口子好好过日子,尽快给咱家生个胖小子,姑娘也行,最好一样来一个。这个,是我的私房钱,给你们打底,好好过。"

王老二嘿嘿地傻笑,不好意思伸手接。

"快拿着啊,你不要,我可就收了啊!"

王老二看一眼自己的媳妇,刚想抬起手接,陈小妹说话了:"嫂子,这钱俺们不能要,老二他这些年亏着你们照顾,再要钱,俺们成啥样人了?"

胖女人万没想到陈小妹会这般说话，从前她就知道这妹子朴实人好，在琢磨撮合他俩时，她也是咬咬牙，心疼了好几晚，才掏出自己的私房钱当药引子，今儿小妹话一出，她的心便不疼了，硬是要给这对新婚夫妇。两个女人一胖一瘦开始互相推搡起来，自家的男人看着热闹，王胖子给自己的弟弟递眼色，王老二不知道啥意思，他也不好意思问了，因为在自己媳妇的对比下他就显得不那么地道了，但这不重要，重要的是他知道这回他真娶对人了。两个女人都很固执，存折在她们手中扭曲变形。吴婶站起身来，从两人手中抢下存折说："见过人抢钱的，没见过抢着送钱的。行了，你俩都别争了，不知道还以为这是要打架呢……在这屋里，俺年纪最大，俺今天就充个大辈，你们要是认的话，就听俺说说……这钱啊，还是放在你手里……"吴婶说话便把存折递给胖女人。胖女人连忙挥动着胖手，抢着说不行不行。

"你先别急，听俺说完。这钱啊，就当作他俩存你这儿的。日后，这两口子有啥急用钱的地方，你就再掏出来。现在给这大妹子，她肯定觉得心里不受用，这日后让她咋抬头见你啊？不得天天惦记着你的恩，日日愧得慌不是……"

陈小妹连连点头，胖女人左右看了看，叹了口气，说："先让他们两口子看看这存折，然后我再说。"

大伙儿不明白，吴婶先打开看了一眼，这一看便对眼前这个胖女人生出更多的敬佩之情来。随后，她递给王老二两口子。王老二接过存折，眼睛瞪得浑圆，他支支吾吾地说："这……这……"终了也没说出个完整话来。

胖女人叹了口气说："终归是给你们的钱，我就拿着你的身份证存的，户头的名字就是你……"说到这儿，她有意地停顿几秒钟，用这几秒依次看向王老二、王胖子与陈小妹,随后把眼神落在王老二身上,继续说:"你们要是过意不去,不肯现在拿着,也行,就听大姐的,放我这儿,但这户头写得很清楚了,以后你们要是有啥事钱短了,别闷着就行。"

王老二,一个四十几岁的中年人,眼圈红了。从他长成小伙子直到现在,即便他媳妇跟人跑了,他也没掉过一滴眼泪,可最近,他连着哭了三次。第一次是陈小妹答应嫁给他的时候;第二次是洞房花烛夜的时候,那天晚上王老二像个孩子似的扑在陈小妹怀里,一哭就是整整一夜;第三次就是眼下,存折捏在他的手里,就像洋葱一样,催着眼泪往下流。他的脖子带着脑袋往下弯,浑身僵硬得像铁铸的一般。陈小妹会心地看着他,一阵心疼,一阵感激,她迅速地抚摸了一下他握着存折的手,他的拳头就不像先前那么僵硬了,随后她把捏得不像样的存折取出,放在桌上捋平整后,放在旁边嫂子的桌前,随后,又抓起嫂子的手,揉了揉,又放下。有关存折的事就不再说了,但其中的心意谁都明了了。

王胖子突然起身,举起酒杯,说:"敬咱这屋里的女人!"

男人们纷纷响应,端起酒杯一饮而尽。在大家闲谈之时,胖女人转过脸悄悄地对坐在身边的吴婶说:"大姐啊,我有个事,不知道你方便不方便……就是吧,你看这两口子不是结婚了吗?城里房子贵不说,还不好租,我想着就让他俩住这儿,别搬了,生活啥的也互相有个照应……我这外甥女之前都是住老二房里,老二就委屈着在客厅打地铺,你看……"

吴婶没等胖女人说完,带着刚才的敬意与感动,连忙抢着说:"俺早想过让这孩子搬俺那儿了,就是张不开嘴,你看俺家小,她去了只能跟俺睡一床,上铺就睡着大勇,怕人家姑娘别扭,住得不舒坦。"

"这块我说说看,我是想着吧,也是个机会,撮合他俩也快点把事办了。那个住宿费、生活费啥的我出……"

吴婶连连摆手。胖女人拉住吴婶的手继续小声说："你可不能不要，这都已经够给你添麻烦的了。我也不给多喽，每月1000，包吃包住，我这是占大姐便宜呢。还有，你们平时吃啥她就吃啥，哪顿不想吃，不做了，也别单给她做。这孩子虽然是我外甥女，但跟大姐说句心里话，我更疼大勇，这女人开始就不能惯着，要不然以后大勇可咋办？"胖女人收住话音，观察着吴婶的表情，继续说："大姐啊，说句那啥的话，你这个姐姐我打心里认同，所以话说得不对，你可得体谅……你就把这姑娘当作你未来儿媳妇看，你看看这姑娘行不行，该教育就教育，实在不行，我给咱大勇再找一个。"

吴婶的心一阵紧一阵松，在松紧的缝隙里暖暖的血液不断进入心房，又流遍全身，她点点头说"好"。

在两个女人窃窃私语的时候，徐勇的小女朋友时不时地偷看徐浩，小冉发现了，徐勇也看到了，两个人心里都产生不太愉快的情绪，徐勇更甚一些。而徐浩现在满脑子都在想这样一对新婚夫妇，他们的洞房花烛夜会是怎样的情形。他越想越觉得滑稽，猛然间感觉右边有些异样，于是就在又一次对上李欣欣的眼神时，他忽然说："哥，上次稀里糊涂的，还不知道嫂子叫啥名啊？"

徐勇压着怒气说："你就叫嫂子吧。"

哥哥莫名的怒气让徐浩感觉怪异，心想这俩人莫名其妙的，就不再问了，低头给自己倒一杯酒。就在这时，小姑娘说："俺叫李欣欣，大家都叫俺欣欣。"

徐浩下意识地瞄了一眼哥哥,"哦"了一声便转脸跟小冉说话了。

在饭菜吃得差不多的时候,小冉以还有工作为由,拉着徐浩早早地撤了。在两人回家的路上,徐浩说今日的勇哥莫名其妙,小冉看着他毫不知情的样子,内心好一番纠结,怕是自己也想多了,最终只是嘱咐他说:"以后啊,再有聚会,你少跟李欣欣说话。"

"咋啦?"

"你个大木头,看不出来勇哥有点吃醋吗?"

"啥?你说啥?"

"你怎么那么笨啊?笨人就不要问那么多,照做就是。"

"我没明白,我总共才说几句话,这话都不能说啦?那这叫什么欣的,你看我连名字都没记住,她以后就不能跟男人说话了呗?"

小冉看着他,叹了口气,说:"我问你,你哥对你好不好?"

"这都哪儿跟哪儿啊?"

"你就回答我,好不好?"

徐浩没好气地"嗯"了一声。

"那你就别让他不舒服,不用想明白,这不重要。"

徐浩还想问，被小冉制止并转移到他现在擅长的房子上。在问了徐浩诸多问题后，她淡淡地说："在这个城市，你觉得咱们有可能拥有一处自己的房子吗？"说完，没等徐浩回答，她先叹了口气。

这一声叹气，便把刚才所有的莫名其妙都叹出去了，换上新的莫名其妙与新的挫败感。直到俩人走到自家楼下时，徐浩才开口说："会有的，总会有的，相信我。"

徐浩的许诺还没有实现，他的"好日子"还在把房子交给一个一个别人的手中时，徐勇赢得了他的好消息。姑且说是赢得吧，实际上是输了。年后回城，徐勇就开始琢磨如何再次扩大他们的装修事业，现在的他早已不需要每日守在工地，尽可能地多做苦力来换取工资了，而是周旋于客户与隐藏的客户之间，俨然一副小老板的样子。自从"一家人装饰公司"的大红色广告贴出，他就挖空心思地排兵布阵，王胖子主动退居二线，主要负责材料采购以及给工人布置工作，偶尔也会动动手；王老二则坚守工人的岗位，哪儿有需要就去哪儿，但主要还是培训以及监管下面的工人；胖女人则带着陈小妹四处寻找客户。大伙儿目睹着"一家人"的风生水起，各个干劲儿十足，也心满意足。唯独他，总是忧心忡忡，客户的要求让他越来越感觉无力，他怕再不想出路，这碗饭将会越吃越少，越没得吃了，更重要的是，他现在已经不是过去一人吃饱全家不饿的那个他了，他有了自己的女人，一个需要他给个家的女人，或许未来某一天他还会有一双儿女，一双需要更多钱去喂养的血脉。他开始没事就往装修公司跑，装作有房准备装修的样子，去打探他不懂的东西。最终的结论是他需要钱，好大一笔钱，去租个像样的门面，再找几个设计师。他把结论告诉王胖子，王胖子沉吟了半响，最终拍着他的肩膀说：啥人吃啥饭，学会知足吧。他又想找自己的弟弟，让他补上设计师的亏空，可双脚走到徐浩的楼下，他就转身回去了，弟弟有自己的天地了。最终，他选择西去，几年前的事总要有个解决吧，他自说自话，心里却虚得很。这次事情很顺利，或许是他准备得充分，也或许是这几年的阅历改变了心态，最终结果是，一周后双方见面。

这天，天空湛蓝，只有零星几朵小云，他抬头，阳光刺痛双目。他携带着全部的资料，其中一张纸，让他觉得分外沉重，那是他靠欺骗，欺骗善良的人得来的，那是一份授权书，拥有吴婶签名的授权书。脚下，就在砖缝间，钻出几缕毛茸茸的绿色，他一脚一脚地踩过去，走过的路，就是一片无声的哀悼。

"刘二……你也知道的，自从他堵着媳妇跟人睡觉，媳妇跑了，从那往后他就整日喝酒……那天的事发生在顶楼，大伙儿吃中饭的时候都喝了点酒，大虎子，你还记得呗，就是长一对虎牙的那个……可能你也不记得了，咱们不是一个部门的，你跟他应该没啥交道，那天就是他也不知道咋的了就揭刘二的短，说得没完没了，刘二当时一句话都没说，就是一个劲儿地喝酒……"讲述人挪动着嘴巴，停止了讲述，他低着头，用手抠自己裤子上的泥点。在他旁边坐着的人，也是带他来的人，语气温和地说："你继续说吧，不怕的，事情已经出了，还是说明白好，免得大家误会太深。"

讲述人忽然抬起头，看着徐勇说："你是信我的吧，咱俩虽然交情没那么深，但好歹也认识多年了，我啥人你清楚的，是吧？"说罢，就直勾勾地盯着徐勇。徐勇也这样盯着他，随后，他松开握着的双手，交叉横在胸前，说："你说吧。"

"信不信我？"

"你说吧。"

"信不信我？"讲述人紧接着连问三遍，一遍比一遍底气足，口气也越发地凶狠了，看起来像是受了极大的侮辱似的。徐勇保持着刚才的姿势，点点头。讲述人不满意，依旧恶狠狠地盯着他，直到徐勇放下手臂，向前探身，说一个字：信。讲述人才叹了口气，继续说："人命关天，我撒谎了，不得好死……那天我们吃完饭，开始装护栏的时候，刘二嘟囔着什么'没了'，然后就突然推起砖车，朝大虎子跑，我眼看着大虎子人下去了，砖车也整个掉下去了，紧接着，刘二自己就跳下去了。当时我们谁都没反应来，然后就听见喊'救命'，我们往下一看是大虎子，他正握着钢筋，我们赶紧把他捞上来，再往下看时……就……唉……"

七年了，事情的真相竟是这样，真是这样吗？徐勇的胸上下激烈地起伏着，无数的问题最终只变成四个字："大虎子呢？"

"他妈的，别提了，我们捞他上来，就往下看，所有人都傻了，再回过神来的时候，这小子就跑了，真不是个东西！"讲述人咬着牙，恶狠狠地说。

"那你呢，当时咋不说？"

"唉，出事后，我们在场的几个人就商量不干了，干不下去了，一想到亲眼看着死人，哪个还做得下去？我第三天就回老家了，连着发高烧，在老家休养了三个月，才出来找活儿干，但没来这个城。后来我回过味来后，也跟人打听那小子咋回事，结果弄到最后，我们连他个真名实姓都不知道，就知道这么个外号。"

"那你现在咋又来了？"

"他找我来的，几天前他给我打电话，说了你的事，这几年这破事没少折磨我,每夜都做噩梦,一听到可以帮你,我就想着来一趟吧,算是解了自己的心结……"讲述人又说了好些话,徐勇越听越真,甚至生出些同情与感激之心来。

一个男人,隔着眼镜观察着徐勇,和善的样子像是邻居的大爷,他干咳了几声,说:"你们都是好人啊,尤其你,大勇啊,我知道你的,你跟别人不一样,说心里话,干咱们这行的,受个伤啊,甚至死个人啊,这种事不少,但大部分的人都是想方设法地多要钱,你都不知道,有的人甚至故意把自己弄伤,然后就来要钱,我就是专门负责为公司处理这块,我本人不才,是个律师,专门处理这类案情。一般的工伤案子,按照法律来讲,雇员在从事雇佣活动中遭受人身损害,雇主应承担赔偿责任。你的雇主是包工头,不是公司。另外也有法律规定,雇员在从事雇佣活动中因安全生产事故遭受人身损害,发包人、分包人或者应当知道接受发包或分包业务的雇主没有相应资质或者安全生产条件的,应当与雇主承担连带责任。二人以上共同故意或者共同过失致人损害,或者虽无共同故意、共同过失,但其侵害行为直接结合发生同一损害后果的,构成共同侵权,应当依照民法通则第一百三十条规定承担连带责任。但是你的雇主是有资质的,我们这都有资料可以证明。即便公司有连带责任,也是要根据具体情况,按比例来的。更何况你这个事特殊,按照实际发生的案情讲,直接伤害人是刘二,他是凶手,这就是刑事案件了,就算赔偿,也应该是他来承担,哪怕非要说连带,也应该是连带你们的雇主,跟公司基本没什么关系了。而公司出于人道主义,知道还有个伤者住院,就在第一时间,主动拿出五万块钱给你,想帮你暂时渡过难关。后来我们公司内部还特意为你开了个会,主要是出于同情,毕竟这一家就算毁了,我们人心也是肉长的啊,所以公司决定再帮你,提出再给你十万,可以暂时帮你渡过当时的处境,让你慢慢恢复。那个时候你固执,就是不要,还埋怨我们,我们委屈啊,非常委屈,但是毕竟你的家都毁了,我们就不再与你争辩了。这些全都是我们的内心话、实话。现在你又来找我们，公司高层大部分领导都不想再理你了，说让你直接去法庭吧。可是我们的老板太善良了，他一直记得你，记得你与吴家的关系，他欣赏你的人品，就特意嘱咐我过来好好跟你说话，好好劝劝你，并且私自掏腰包拿出30万让我转交给你，这个行为跟公司完全没有关系，是他的私人行为。要不要就是你的事了，但我得把老板的好意传到位，他让你自己想想，要是上了法庭，有关赔偿这块可是对公司有利的，极有可能让你把之前给的五万退回给公司，对公司唯一不利的，无非就是耽误点出庭时间，但这完全不算什么，毕竟我们是家大企业，各个部门都能相互配合，正常运转。只是对于你就不一样了，你需要放下工作，搭上太多的时间，还要做各种鉴定与证明，可是这人都火化了，你连个证明都没有，折腾一大圈，最终也拿不到几个钱，甚至可能还得吐出公司给的钱，那就太得不偿失了。现在你好好想想吧，这30万你要不要，你要是不要，那你就找你的雇主去折腾打官司，法院那边如果传我们，需要我们，我们肯定去，该怎么办就怎么办，绝不含糊。我当着政府工作人员的面，跟你保障，有他们作保，你也能安心，再说，我们好歹也是有执照的大公司，绝对跑不了，眼下这不就是，都过去七年了，你一找政府，政府就把我叫来，坐在你面前了，是这话吧……"戴着眼镜的男人，滔滔不绝地说了好多话，有理有据还有情。徐勇只觉得头昏脑涨。

　　他一头栽倒在吴婶与李欣欣睡觉的床上，醒来时是下午三点。他挣扎着坐起身，眼前就是一个黑色的帆布包，看起来是那样陌生又眼熟，他的心脏开始剧烈地跳动，他恨不得这个包立刻消失，但又向它伸出手，伸出的手抖动不止，黑包的拉锁发出恼人的声音，只开了一个小角，就吓得他忙抽回双手，好像包里关着什么野兽似的。只有那么一瞥，便生出两种心思，第一个冒出来的是钱，好多钱，他这辈子都没见过这样实在的钱，那个心思是美妙的，恰恰因为感觉到美妙，第二个心思就来了，是强烈的罪恶感。两种心思在他脑里争吵，摆出各自的论证，一时焦灼不下，于是他再看那粉红，眼一花，愣是看成黑洞里涌出的鲜血。他赶紧闭上双眼，试图回忆，可是一切都是徒劳的，就像眼前这摊无法消失的"血"一样，除了一个人扶眼镜的动作，其余的都是模糊的。

他与黑包僵持了两个多小时，他不动，它也不动，终了也没个结果。天也开始暗下来了，窗里比窗外黑了两度。他猛然站起身，像个贼一样，四处打量，只不过他不是偷东西而是藏东西。

那是三月的最后一个周末，小冉接到电话，来电提醒显示吴文。自从在老家突然相聚，说要保持联系的吴文就消失了，于是今天的电话便显得突如其来。电话接通了，吴文邀请她到某个咖啡馆相见。小冉原计划是在家里学习的，现在已经看了一上午的书，有些头昏脑涨，便同意了。约定的咖啡馆距离小冉家并不远，她随便套上一件大衣，步行十五分钟，到达约定地点。或许是周末的缘故，咖啡馆里的人很多，她四处张望，并没有看到吴文的身影也没有空桌，她只好在吧台站着，过了好一会儿，才被服务员引着上二楼，在一个刚刚有人离开的桌子前坐下。服务员递上点餐单，她仔细查看右侧的价格，点了一杯最便宜的奶茶。距离约定时间还有五分钟，她的肚子开始叫唤，虽然这家咖啡店有餐可食，但她只要稍加回忆餐单的价格，便忍了，她忍着又看了差不多二十分钟窗外的路人后，电话铃响，是吴文。"你在哪儿呢，哦，看到你了！"电话挂断，就像它响起来时一样地自作主张。小冉端着奶茶，吞进两颗黑豆。清晰急促的嗒嗒声从身后传来，小冉回头，便看见笑盈盈的吴文。她脚上踩着一双足有八厘米的高跟鞋，把原本纤细的她拉得更长。吴文在坐下前，又是好一番忙碌，她先放下皮包，摘去手上的黑色皮质手套，放进包中，又脱掉大衣，反着折叠好放在卡座上。现在她身着一件米白色丝绸衬衣和紧身的黑色过膝裙，小腿上包着一层薄薄的丝袜。

"你不冷吗？"

"啊？不冷啊。"

吴文终于落座，看到桌上只有一杯奶茶，便伸手召唤服务员。她一边看点餐单，一边询问小冉有无忌口，接着她便不再过问小冉，自顾自地叫了一桌食物。服务员离开后，吴文打开了她的话匣子。她在说话时，有种魔力，不仅把困在小冉记忆里的魔鬼变幻成人，还变成一个有趣的可爱的让人信任的人。这让小冉想到王胖子的老婆，她也有这样的能力。想到这儿，她不由得暗自发问，是误解当真可以如此严重，还是人原本就有变化成另一个人的潜力。她看着眼前这张漂亮的脸蛋，不由得想自己是否也能变幻。实际上，在吴文眼前的她，已经变了，变成不再是高高在上，事事都比自己强的那个小冉了，而是一个只点了一杯奶茶穿着起球毛衣的普通得不能再普通的姑娘了。这样的心理交换，让她们看起来相当和睦，俨然一副好姐妹的样子。她们聊着各自的工作、生活，还有伴侣，越聊越觉得彼此相见恨晚。服务员撤掉桌上的餐盘，又送上来两杯咖啡，耗费了整整一个下午的时间。临走时，吴文大方地付了账单。年轻女孩的友谊有时比一见钟情来得更快。

从那以后小冉断断续续地接到吴文的邀请，几乎每个周末她们都腻在一起，吃饭、逛街、轧马路。一次，俩人相约在某商场，吴文再次听到张磊这个名字，她拉着小冉的手，表情有些紧张地说："有句话吧，我想了很久，不知道当说不当说，我也是热心肠，说得不对你可别怪我。"

但凡有人这么说时，听者都会说"没事，你说吧"，小冉也是如此。

"跟你相处这些日子吧，我觉得……徐浩配不上你，你可以找一个更好的，你看你俩的学历，一个研究生里的高才生还是部门里的主管，他呢大学都没上，一个……就算现在他不是工人了，那未来能好到哪儿去？更何况，你们之间有共同语言吗……张磊这名字，你提过好几次了，我觉得这人适合你,你看你们都是小地方出来的人,都是研究生,还是同专业的,这不就有共同语言吗?再说点现实的,你别不爱听,虽然都是小地方出来的,你都说了张磊家光你知道的就在咱县城开了两家饭店和一个洗浴中心,这家庭条件,还有他的未来,哪样不比徐浩强?你再看看你,从小我那么恨你,不就是嫉妒你长得好看又有才嘛,你这个鲜花总不能……"

吴文不说了,看着小冉的脸。其实在小冉心里,吴文的这些话她不是没想过,甚至在刚来城里时就已经用行动实践了,但结果她还是选择了徐浩,她曾经用徐浩的善良,用他为自己的恩情说服自己,后来又用自己年龄大了,不愿再耗费精力去重新了解一个人,不愿在目前好不容易维持的安稳上做出未知的改变说服自己,并且她还嘱咐自己一生爱过一次就应该知足,再多求必无好果。于是她扬起头说:"人家已经有女朋友了。"

"结婚没?"

"没有。"

"那你就可以抢啊,这年头好男人是要靠抢的,这还不是人人都能做的事,但你可以啊,你这资质我就不信那个叫张磊的会不动心。"

小冉愣住了,她万万没想到吴文会说出这种话,她猛然间想到勇哥的小女朋友,一阵厌恶感便从心底升起。吴文看到她脸色不对,马上补充说:"这事吧,也不好,也不对,你别怪我啊。我就是实在是喜欢你,心疼你,真心希望你过得好,过得比谁都好。这些日子的相处,我都恨自己原来怎么那么对你,你比我小几个月,现在我总是忍不住地把你当亲妹妹看,你能原谅姐姐吗?"

"你别这么说,我是想到别人了,不是你,不是你。"

吴文松了口气,好奇地问谁啊。小冉就用好久以前的事了,不愿意提,打发掉了。从那以后吴文时不时地劝说小冉离开徐浩,原因还是他们不是一个圈层的人了,终究门不当户不对。

徐浩对于吴文的出现毫不知情,他沉浸在自己没有休息没有私生活的工作步调中。现在的他处于极度紧张与兴奋之中,因为距离这个月的结束还有一个星期,而他已然突破自己过去最好的成绩,他的目标是销售冠军,是成为王潇虎。眼下他再有一单就是上个月销售冠军的成绩了,他紧张地站在房地产销售处门口,虽然外面已经天黑,顾客越来越少,但他还是无比期盼。在连续紧张地过三天后,这一晚,在其余的人都准备收工的时候,进来一对男女,他们刚进门,徐浩就觉得这单有戏,他大步迎上前去,在前台工作人员正准备说话时,便抢了先机,把他们领进去。现在他对待顾客已经游刃有余,刚聊几句,他便知眼前这个相貌平平的男人是个有钱的主。徐浩揣测这个男人会不惜一切代价讨好他身边的女人,于是他把矛头对准女人,而对待男人他则采取言少事重的态度,让男人感觉到自己是拿钱的大主。他大声呼唤柜台的工作人员,让其端来两杯咖啡,这是过去的他不会做的事情,但现在他知道必须这么做,因为一旦面对这样的顾客,他必须首先要显示出他的身份,让对方感觉自己并不是被一般小辈伺候。随后他便根据对方的话音,适时地进行他的各项讲解,尤其在品牌文化与生活圈层和打击其他项目上做了重点。他看着打扮妖艳的女人一步一步钻进他的陷阱里,他网口一收,顺势对男人提出价格及优惠活动。

男人问女人:"喜欢吗?"

女人满脸的娇媚之气频频点头。

男人说:"买了。"

徐浩心中一阵惊愕,这是他从业以来第一次遇到如此爽快在不到一个小时内就成交的顾客。他赶紧准备手续,让顾客掏出身份证,签字。合同生效,他双手递给顾客,并亲自送他们上车离开。直到黑色的车子开出视线后,他才长舒了口气,兴冲冲地坐在王潇虎身边,描述刚才的"奇迹"。王潇虎摆摆手说那算啥啊,然后又掏出几个自己的"奇迹"。

又一个结算工资的日期到了,徐浩与其他同事们坐在一起,等待领导的讲话。当领导吐出"销冠"二字时,徐浩的心都快到嗓子眼了。"徐浩,是上月最佳,取得……"随后领导拿着一沓红包亲自走向徐浩,接着他弯下腰,九十度的鞠躬,握着红包的双手抬起,这样一来,徐浩的视线、红包、老板的手臂、脑袋与屁股就连成了一条水平的直线,而在座的其他视线纷纷冲向他们这条线,并齐齐地抬起双掌,每拍一下就喊一次徐浩的名字。这番仪式徐浩曾参演过无数次,只不过这是第一次以他为主角,曾经感觉上那么的荒诞立即变成荣耀,一种渴望再次获得的荣耀。没有荣耀的其他人则立刻变成杂碎,杂碎被依次点名,去老板那儿领钱。

会议结束,徐浩挪开放在红包上的眼睛,才想起一直坐在身旁的王潇虎,但眼前的座位空荡荡的。他出去找寻了一圈,也不见踪影,抬头看看表,现在是傍晚五点,他坐不住了,跟同事们打了声招呼,就背起自己的包,去附近的银行。在自助提款机排队的时候,王潇虎出现了。他刚存完钱,正准备离开,被徐浩叫住,没等徐浩说话,王潇虎先是说"恭喜"后又说"有事"就头也不回地走了。他淡淡的态度,让徐浩失望,但钱的厚度很快压倒失望,他继续排着队,忍受着兴奋的折磨。前面只剩下一个人的时候,徐浩突然转身,招手叫来出租车。刚到家,他把红包扔在床上,又拉开枕套,从枕芯的破洞中取出一个信封,里面有一张银行卡和一小沓现金,他一边数着钱,一边盘算着,最后把钱分成四份,一份留着付房租,一份是不允许花掉的小金库,一份马上要给人,最后剩下的可供他支配的只有3000块了。他看着3000块钱,苦笑一声,就把它们胡乱地塞进钱包,又拿起一份装进黑色的塑料袋里,揣进大衣内兜,出门了。

路上他拨通一个电话,就上了一辆出租车。刚进楼道,就听到熟悉的砂纸与墙面摩擦的声音。徐勇打开门,他连同他的背后都是白花花的一片,一个姑娘从脚手架上走下来,直到徐勇的身后停止。徐浩没有进门,他掏出兜里的东西递给勇哥。勇哥问是啥,徐浩嘿嘿笑着让哥哥打开,当徐勇打开塑料袋的时候,身后白花花的姑娘两眼放光。徐勇皱起眉头,问:"哪来的?"

"放心,我一不偷二不抢,都是赚来的,这个是欠你与吴婶的。"

"欠?啥啊?"

"你忘了,去年年初的时候。"

徐勇先是"哦哦"两声,又"嗨"了一声,说:"还用还呢。"话音未落,就感觉到身后的姑娘在轻轻拽他的衣角。

"当然得还,一码是一码,亲兄弟也得明算账……再说好借好还,再借不难。"

"你现在这嘴啊,一套一套的……那你还有吗?"

"这个月我可是销售冠军,挣下28000呢,还你这点钱还不轻松?"

徐浩指着黑塑料袋说。

徐勇看着弟弟,心里五味杂陈,一时不知道该说什么。只听徐浩继续说:"哥,收工吧,我买点吃的,咱们一起回婶子家。"

"活……活儿还没干完呢。"勇哥支支吾吾地说。

"今天我高兴,陪我一回好不好!"

勇哥只好回屋,换下衣物,用凉水胡乱冲了把脸,带着小女朋友跟弟弟走。在公交车上,徐浩问哥哥:"现在不是已经有工人了吗,怎么还自己做刮大白的累活儿呢?"

徐勇看了下身边的小女朋友说:"这不是带她干嘛,她也干不了别的,就这个还行,能少用一个工人就少一份开支嘛。"

"哥,不是我说你,你这就不对了,要想挣钱,就不能不舍得找工人,你们多拉活儿是正道,你让她跟你干这个,还不如让她跟着胖婶学学怎么拉顾客拉生意,甚至我觉得你也得学着干这个,其余的就都找工人。"

勇哥听着不说话,实际上弟弟说的,他早就已经行动了,并且比徐浩说的走得还要远些,只是他不想说,他也不明白为什么不想说。

"你干这个,要啥学历不?"李欣欣探出脑袋突然问徐浩。徐浩想起小冉的嘱咐,没说话,只是摇摇头。李欣欣继续说:"你看俺能干这个不?"

徐浩看看自己的哥哥,不知道该怎么说,只听徐勇说:"你要干啥啊?你跟他不一样,干不了。"

"那咋就干不了呢？他也没上过大学，俺虽然就是初中毕业，但也差不到哪儿去啊，你说说，俺能不能干？"

徐浩看见李欣欣指着自己，明白她这是在问自己。他心想就冲你顶撞徐勇又指着我说话就干不了。

"这个……不太好干，这么说吧，当时我们培训的时候在总部，一共来了三十几号人，最初三个月就走了差不多一半，最后就剩下十二个人，现在我知道的这些人里还在干的就八个，你说能不能干？而且我们头半年基本没有什么收入，后来也没多多少，直到你开始接单才会有那么一点提成，竞争压力还非常大。"

李欣欣还想说点什么，被徐勇拦住了。

"你干他那个还不如听他说的，找你姨，跟她学学呢。"

"这能挣多少钱？"

"找你姨问。"

"她不让俺干，以前俺就问过。"

"俺帮你问去！"

听到这话，李欣欣又高兴了，说："好啊好啊，这行，不用整天脏兮兮的，俺干！"

徐浩看着她眉飞色舞快乐的样子，不禁有些羡慕，这是多么简单好哄的一个姑娘啊。

到站了,三个人下了公交车,徐浩找到一家饭店,点了好几样菜,徐勇在一旁拦着,徐浩让他不要管,最后几个人拎着打包好的饭盒去往吴婶家。他们刚到没多久,小冉就来了,她收到徐浩的信息说有大事宣布,吴婶家见。小冉刚进门,就问出什么事了。徐浩得意地说自己是上个月的销售冠军。小冉听后,哭笑不得。在全家人为徐浩庆祝为他高兴的时候,小石头闷着头不说话。小冉问他,他也不说。吴婶说:"小石头啊,你不是最喜欢小冉姐姐吗?咋见着了,还不理她呢?"

小石头还是不说话,再多问几句,他就离开餐桌,趴在床上。

吴婶看着他叹了口气说:"这孩子啊,越大越内向了,越看见喜欢的人越张不开口了。"

小冉感觉事情不太对,她便蹲在床边,问小石头发生什么了。当她把他的脸扭过来时,看到孩子的眼睛红红的。她慌了,赶紧问是不是学校出什么事了。这一问,孩子忍住的眼泪"唰"的一下就流出来了。大伙儿放下碗筷,聚到小石头旁边。在大人们接二连三地询问下,小石头这才支支吾吾地说:"他们……他们说俺……俺没爹……没妈没……没家教……说……说俺是村里的野孩子……"说完孩子哭得更凶了。

大人们集体沉默。小冉坐在床边,把小石头揽在怀里,说:"明天我跟徐浩一起送你上学,接你放学,然后你就对那些同学说这是你爸你妈。说他们就是工作比较忙,以后再让勇哥和吴婶接送你,说这是你的叔叔和奶奶。"

"可是……可是他们知道俺……俺管他叫勇哥哥,管她……管她叫吴婶婶。"

"那就还叫哥哥和婶婶,就说你的爸妈太忙,让他们平时接送你……还有,以后你要学说普通话,把'俺'说'我'。以后我只要回来得早,就去接你好不好?"

"俺……我,我知道了。"

"乖,小石头最乖,那咱们现在吃饭,好不好?"

小石头点头,被小冉牵着回到餐桌上。

整个过程中,徐浩基本没说什么,直到小石头重新回到餐桌上时,他憋着气问:"都谁说你了?"

"刘子墨、张琪琪……嗯……还有王筠如。"

听到名字后,徐浩的气便散了一半:"都是女孩子啊?"

"不,不是的,刘子墨是男生。"

徐浩笑着说:"就冲这名,他家也好不到哪儿去,说你没家教,好爹好妈能给儿子起这么个名字?"

小冉皱着眉用胳膊撑了撑徐浩,说:"别听你哥瞎说,小石头,如果是女孩子说你,你不用跟她们生气,男子汉要让着女孩子;如果是男孩子说你,你就告诉他你有爸妈,就是我们,好不好?"

小石头点头,大伙儿看着他情绪逐渐好转也放下心来,但是嘴里的饭菜怎么嚼都不是滋味。小冉起身说"该走了",又抱了下小石头说"明天见",就拉着徐浩离开了。刚出门,徐浩从兜里掏出一盒烟,熟练地取出一根,叼在嘴里,用一只手挡着风,点燃。

"你什么时候学会抽烟了?"

"早就会啊。"

"我怎么不知道?"

"以前就会,就是不怎么抽罢了,哎呀,你别管了,我也抽不了多少。话说咱明天真的送他啊?"

"是啊。"小冉再次拧紧眉头。

"那我就得迟到还有早退了。"

"就一天,为了小石头忍忍。"

徐浩点点头,烟的星火在他唇边一闪一闪的,小冉看着别扭,伸手阻拦,徐浩只好把烟扔在地上。两人心情不太愉快地继续往家走。

当晚吴婶抱着小石头失眠了,她看着小石头熟睡的侧脸,想到当年大柱在学校是不是也经历过这些,而她在哪儿呢?眼下小石头面对的问题,她又能做什么呢?她突然意识到,无论是过去还是现在,她都无能为力。这种不断下沉、无助绝望的情绪在吴婶身上间歇性地发生,每当此刻出现,她仿佛感觉自己坠入一片深不见底的漆黑空间中,黑暗越来越大,像凌晨两点的天空,她蜷缩在虚无的黑暗世界里,越陷越深,一切有关生命的气息都在不断地离她远去,甚至时间都开始扭曲,吴老头、大柱离开多久了?她糊涂了,当她抵达活死人的边缘时,黑暗里出现星星点点的亮光,那是小石头、徐勇、徐浩、小冉的脸,与其说他们的光芒越来越强,不如说她正在奔着光跑,只有这样,她的灵魂才会重新感知到自己的肉体,才会重新回到这个家中。她泪眼婆娑地看着窗外,窗帘上隐隐约约地透着月亮清冷的光芒。月亮不也就是这样夜夜独自面对黑暗吗?它也只能独自面对。她把小石头紧紧裹在怀里,在孩子温热的气息中不知不觉地入睡。一切发生得毫无征兆,没有观众,没有配角,舞台只有一颗心那么大,重复上演着一场又一场无声的默剧。

第二天一早,小冉特意地精致打扮一番,带着徐浩,敲响吴婶的家门,小石头早已穿戴完毕,他看着新的"爸爸妈妈",激动得说不出话,一路上小脸涨得通红。前面就是学校了,小石头突然低下脑袋不走了,小冉询问原因。小石头在小冉耳边说:"都没看到俺……我同学。"

小冉笑了笑说:"继续走,我们直接送你到教室。"

"可以吗?家长都是送到学校门口的。"

"我说可以就可以。"说完,小冉刮了一下小石头的鼻子。

走到门卫处时,小冉跟门卫说明情况,大爷看了一眼小石头,就让他们进去了。小石头又恢复刚才的激动,他挺起胸膛,期盼见到他的同学们。果真他看到了些熟悉的面孔,他把头扬得高高的,活像一个打了胜仗的小将军。一路走到了他的教室,班里已经来了不少同学了,当看到门口小石头身后穿着好看的小冉与徐浩后,他们迅速安静下来,瞪大眼睛观察这两个陌生人。小冉在门口温柔地摸着小石头的脑袋说:"去吧，好好上课，听老师的话，跟同学们好好相处，这是咱的家教哦！"

小石头忽然又满脸通红，他感觉既兴奋又害羞，他的鞋在地上原地摩擦，犹豫了好久，小声说："知道了……妈。"说完，便"嗖"的一下跑到他的座位，趴在桌子上。

"妈"这个字眼让小冉愣住了，随后她微笑着退出教室。当下她便在原计划上多加了一步。

"咱先别走，去找一下他的班主任，反正来了也是来了，就一次搞定吧。"

没等徐浩同意，她重新走进教室，叫出小石头，让他带领他们去找班主任。到了之后，小冉就让小石头回教室。班主任与小冉互相上下打量一番，班主任是个中老年妇女，戴副眼镜，看起来很和善。小冉便把小石头在学校遇到的情况与自己的来意说明一番。得到班主任会好好对待小石头的信息后才离开。当天小石头一下子成了班里的红人，他们围着他询问送他来的两个人是谁，小石头扬起脑袋，骄傲地说："是……我爸我妈！"

太阳与月亮在平凡的人家里起起落落，在它们照耀的大地上无论发生什么，人们都知道只有它们是不会变的，是永恒的。它们交替着观看尘世的微小变动，它们看到一片片房屋被推倒，重新升起，一次比一次高大健壮，它们不明白这有什么意义。但在吴婶的屋檐下却意味重大。徐勇在房间里踱着步子，说："婶，你咋就那么倔呢？你啥也不干，俺也能养得起你。"

"这市场推了，俺也干不了啥，手里还有些存货，不能砸喽，俺就推个小车,在路边也不累,能卖一点是一点,这人哪能跟钱过不去?"

"不行,你再找找其他床子,路边小档口也行啊。你这推个车,指不定瞎走到哪儿呢,你啥也不懂,遇到城管,你可咋整?"

"现在租金都涨到天上去喽,哪还能租得起?就俺原来那个,就算不推喽,俺也合计着干完这个合同月,就不干喽……你别急,这样行不?俺就把手里的货底卖了,再说。"

徐勇知道吴婶一旦认准的事,谁也改变不了,他只好压着气说:"那咱可说好了,不准再进货,定个时间,最多一个月,一个月过后,俺不管你还有没有货底子,俺都给你扔喽!"

徐勇从没跟自己放过狠话,吴婶知道这孩子是真心心疼自己,于是叹了口气,同意了。

次日,吴婶挑拣了几个货品,装进一个旧床单里,四个角一捆,变成一个大包,她挎着它出门。昨天夜里她就已经盘算好了地点,是地铁口,出入的行人自然很多。她展开布包,开始她的小生意。大概过去了十分钟,电梯运上来一个挂着拐杖的老头,操着一口地道的城里话,对她说,不能在这儿摆摊。她不动,他挂着拐杖又钻进地铁。不一会儿,他带上来一个地铁工作人员,她只好收摊。她重新挎上包,向前走,原本她打算走远一点,但不要出了地铁口这个人流范围,但是身后的拐杖声一直跟随着。她无奈只好继续向前走,拐杖声消失了,她也早就走出了地铁口的范围。她犹豫着是继续向前还是回去。她站在原地,观望了一会儿后,决定索性就地摆摊。她坐了一上午,心惊胆战,烦人的老头没再出现,徐勇口中吓人的城管也没有遇到,但买主也没几个。下午,一个老太太路过她的摊子,或许是出于善意,也或许是单纯的无聊,这个老太太坐在吴婶旁边,与她足足闲聊了半个小时,最后建议她再往东走走,那有一个公园,挺多摆摊的,夜里还可以去天桥,那也有摆摊的。吴婶千恩万谢,说话时就麻利地把包裹重新包扎好,去往老太太说的公园。

春末的太阳已经学着夏天的样子开始释放热量,吴婶走得满头大汗,嘴唇干裂,带来的水已经喝完了,她不舍得花钱,便忍着继续往前走。心想这公园在哪儿啊,这样想着时,公园就突然出现了。她赶紧加快脚步,刚入园,果真如老太太所说,有不少摆摊的,她四下看了看,找好一个位置,刚想把她的包裹铺展开,就遭到一个壮汉的阻挠,被告知这是人家占好位置的。接着她又走了几个点都被别人驱赶,最后她在公园深处的一个角落,铺上她的旧床单。天快黑了,也没有一个买主,她明白是这位置不好,好位置人家都占好了。她再次收摊,刚走几步,一股香味传进鼻子里,唤醒她的胃。是啊,她一天没吃东西了,她总觉得一天没赚钱,赚来一丁点就花了太亏得慌,可是眼下她的腿有点儿打晃了,她咬咬牙,背着大包上天桥。等她找到的时候,天桥已经没有多余的位置了,被各种商贩挤满。她只好背着包回家,刚走到胡同,就看见徐勇牵着小石头。徐勇心疼地快步上前,从吴婶背上卸下包裹挎在自己的手臂上,嘟囔着"让你别去,让你别去……"赌气似的走在前面。小石头搀着吴婶到家时,桌上已经摆满了饭菜,这些都是李欣欣的功劳。李欣欣看见人回来了,着急忙慌地盛饭,吴婶吃着,说:"真香啊!"

在吴婶四处找地方摆摊的时间里,徐浩的业绩呈直线上升的势头,与此同时,他唯一的朋友王潇虎对他的态度日渐冷淡。最初他每拿下一单都会兴致勃勃地向王潇虎报喜,获得他的鼓励后再进攻下一单,这已然成了他的习惯,也是王潇虎的习惯。可眼下,自从他接连两次拿到销售冠军后,王潇虎面对他的成绩单只是微笑地说"好",就匆匆离开,表现出自己很忙没工夫搭理他的样子。之后徐浩留心观察,确认王潇虎不忙的时候,他跑过去继续像跟领导汇报工作一样对王潇虎汇报自己近期的成功时，王潇虎冷淡地说声恭喜就再无话。那天徐浩很伤心，他不太明白这是为什么，实际上他隐隐猜测到了原因，但是他不愿意这样想王潇虎。后来他便不再对他汇报工作，小心地维护他们之间脆弱的友情。直到有一天，他发现他用心经营三个月的顾客突然签单了，但是成绩归功于王潇虎，那是一个一百七十平方米花园洋房的大单。那天他把自己反锁在厕所里很久，在隔壁噼里啪啦的放屁声与恶臭中消化他的不解与怒气，当他走出厕所时，他没有向领导举报王潇虎的恶意竞争行为，而是选择自此后你是你，我是我，从此我们之间再无瓜葛。从那以后，徐浩的朋友反而越来越多，他的手机通信录里显示有589位联系人，在他的眼里，除了家人以外，他们都是他的潜在客户。这其中还包含像最初躲雨老大爷这种买不起房的客户，他甚至时不时地还要给这些本不打算买房的人通电话，话题多数不是聊房子，只是根据他们的生活状况进行嘘寒问暖的贴心式聊天，虽然这些行为会耗费他的时间与话费，但他心里有自己的算盘，与一人交好，便与十人交好，这就像滚雪球，说不定雪球中会有一片雪花朝他飘来，对于想买房子的人来说，他们大部分人并不懂得究竟想要什么，而信任是最重要的，获取顾客的信任，成功便只差一步了，他的理论也确实得到了几单的证实，于是他更加丧心病狂地索要"朋友们"的电话，嘘寒问暖地聊天，他的私人时间便彻底地消失了，他的生活现在只有工作，冲销售冠军，挣钱。

小冉这边继续奔波于工作、学习的两种状态中，唯一的变化就是吴文的闯入，带给她年轻人的消遣。所谓消遣，也不过是吃吃饭、逛逛街、聊聊天，虽然她已疲于应对，但是她还是会去，因为她需要这些来填补她的寂寞。近期吴文打电话过来说自己把老板给辞了，说给自己放个小长假，打算让小冉带她去小冉的学校看看。小冉同意了，于是在约定好的日子一同出发，刚见面，小冉就觉得她又漂亮了，这个漂亮不同于以往的妖艳，她身着一袭黑色连身短裙，上半身紧致，下半身蓬蓬的，头发也是看似随意地在头顶位置盘成丸子，活像一个芭蕾舞者，纤细修长的双腿裸露在外，十分迷人。吴文总是知道自己的魅力的，小冉羡慕地想着。"现在才刚五月，你不冷吗？算了，你是冬天都露大长腿的人，体温与我们正常人不一样，算我白问。"吴文挑着眉毛说："算你知趣。"下了地铁，她们走在校园里，一路上行人的目光，让小冉浑身不自在，吴文的双腿在这个季节里，实在是美得醒目，美得惊心动魄。她们进入一间宽敞的阶梯教室，小冉领着她直奔后排的角落。"前面不是有位置嘛。"吴文说。

"你还说呢，我都后悔带你来了，你太惹眼了。我平时经常翘课，生怕引人注意。"

刚坐下，吴文又问，哪一个是张磊，小冉指了指距离自己两排座位的前方，右数第三个穿着黄色T恤的人。上课了，吴文百无聊赖地翻着小冉给她的书，问坐在张磊左侧的姑娘是谁，小冉嘘声说是他的女朋友。吴文"哦"了一声便不再问了，直到临近下课时，吴文又说话了，要求小冉把自己介绍给张磊，理由是大家都是同乡。四个人站在走廊里，年轻使他们更容易获取新的友谊。小冉眼看着吴文把胳膊挽在了张磊女朋友的臂弯上，惊奇之余暗自佩服吴文的社交能力。他们一直相处到下午第一堂课结束，又一同走进图书馆，小冉还了一摞书，又借了一摞书。在这期间，吴文分别询问其余三人接下来的安排，当得知只有小冉准备学习，另外两人都没事的时候，她突然亲密地抱住小冉的胳膊，撒娇式地要求大伙儿一同到小冉家玩，并说自己会烧一手好饭菜，说张磊他们平时定是吃腻了食堂，她准备好好犒劳一下三位学霸，而自己的住处做饭不方便，等等。小冉面对突如其来的提议有些招架不住，还没等她同意，吴文就自告奋勇地背起小冉的双肩包，一手拉着一个姑娘，朝校外走去。于是，小冉就这样半推半就地默许了。

一路上，吴文像颗开心果，逗得大家笑声不断，看起来他们好像认识很久了。到站了,小冉带领大伙儿到菜市场,吴文熟练挑拣食材的样子,就已经开始让其他人期待。尤其是张磊的女朋友,她与他们不同,首先她的年龄比他们小,今年她才刚上大三,其次她是在另一个城里被圈养的孩子,从小到大只知道考试和学习,对于租房子生活、做饭这种事来说,她都感觉特别兴奋,好像过家家一样。于是,她对吴文虽然只是初见,却倍有好感。她跟在吴文的身后,听吴文念叨着鸡蛋需要挑拣表皮粗糙的,黄瓜需要头戴小花的……张磊与小冉跟在她们身后,帮她们拎袋子,开始时还抢着付账,在吴文的坚持下,他俩现在只好跟在后面,看着前面活蹦乱跳的两个姑娘,像是两位沉默的家长。

买菜活动结束,张磊的女朋友开始越发地活泼了,现在已经不需要吴文带动气氛,她蹦蹦跳跳地走在前面,时不时地回头问继续向前吗,得到小冉的许可后脚步轻盈地往前走。一栋破旧散发着霉味的老楼丝毫不影响小女孩的兴奋,她瞪大双眼,满心期待地看着小冉掏出钥匙,转动门锁,简陋的一居室霍地撞在眼前。小冉羞涩地弯下腰,从门口徐浩做的鞋柜里掏出几双拖鞋,陌生的客人们便被邀请进屋。张磊的女朋友按捺住身体行动的兴奋,用眼睛四处打量,其余的人也是站在原地,并没有多走一步,这是小冉第一次在这个家里招待属于自己的客人,于是她手忙脚乱地一边给客人们拉出板凳,一边进屋烧水,一会儿又把徐浩扔在地上的脏袜子塞到床下。正在她不知道下一步该做些什么的时候,吴文站起身,拎起装菜的口袋,大声说:"做饭喽!"张磊的女朋友像得到某种号召一样,紧跟着吴文进入厨房,而房屋的女主人则瞬间变成了客人,他们一起听从吴文的指挥择菜、洗菜。没多久,气氛再次活跃起来,铁锅里膨胀的食物香味,填补了他们之间微妙的距离。吴文果真没有夸口,一盘盘勾人食欲的菜肴整齐地码在桌子上,大家全部落座。

吃饭是一件平常到不能再平常的事情,它若想变得不同寻常就要找不同寻常的人。比如眼前的这几个人,尤其是张磊的女朋友,她吃得最专注，看起来是最把食物当作食物的人，却让别人看来最不在乎食物。小冉清楚其中的差别，未曾涉事的年轻女孩是看不到日子里的食物的，她看到的只是食物，她会被食物的好坏影响情绪。现在她的情绪好极了，从食物扩展到整个小屋，她羡慕地说也想要这样的小日子，两个人的自由的小日子。

在他们的说说笑笑中，天黑了，徐浩还没有下班。现在，盘中的饭菜已经凉透，大伙儿也早已吃不动了，年轻女孩的热情开始下降。吴文看着大伙儿的脸色，像是预先就设计好似的，从自己的背包里掏出一副扑克牌，于是四个人又热热闹闹地变着花样地玩牌。他们的输赢全部呈现在脸上，这也是吴文的设计，她从包里掏出眼线笔，画在输家的脸上，奇怪的模样，总是可以引爆新的欢乐。时间一直走到夜里九点，张磊的女朋友突然"哎呀"一声，说不好，寝室十点锁门，来不及了。随后张磊与其女朋友迅速把脸冲洗干净，便走了，吴文紧随其后也离开了。

突然间，就只剩下小冉一人，她坐在房间里，看着满桌还未收拾的狼藉，一阵落寞寂寥。她站起身简单打扫了一下刚才的战场，把板凳推回到桌下，只留下一把，餐桌重新变回书桌。她看着摊开的书本，一段话她要重读好多遍，某种藏起来很久的复杂情感在内心深处翻涌，她试图压下去，失败，她试图找寻原因，失败，她趴在床上，尝试入睡，失败。反反复复，无缘无故无声的内心战斗，最终以她绝情地关上心门为止。现在她刚让自己读了一段文字，在进入下一段的时候，徐浩下班了。他看到餐桌上除了书以外，还有几盘菜，心里纳闷，得知是小冉的朋友来了，他心生狐疑，便继续询问几个人，具体是谁，是男是女，得知只有一个男性，并且带着女朋友一同过来时，心里才稍微平稳一些。

从这以后，小冉与徐浩的家便成了他们四人的欢乐聚点。大部分都是吴文的提议，要不就是张磊女朋友忽闪着大眼睛说去小冉姐姐家玩。

小冉虽然很少主动邀请,但她也从不拒绝。徐浩非常偶尔地参与进来,多数情况是他回到家后被迫加入。不管怎样,他们彼此都从一个人变成了五个人。

吴婶现在摸索出摆摊的规矩,她背着徐勇偷偷卖光了货物,又偷偷进了一些更适合摆摊的小物件。虽然徐勇有所发现并采取了相应的阻截手段,但他还是拗不过吴婶,只好睁一只眼闭一只眼。尽管如此,吴婶还是愁眉苦脸,毕竟摆摊的收入实在是太少了,而且她的整个白天几乎都是浪费的,只有晚上能稍微卖一点,勉强够她与孩子的日常吃喝。她开始琢磨新的出路,于是她白天不出摊,拿着一个大袋子四处捡废品,同时关注路边的小广告,虽然她不识几个字,但出租与招聘还是认得的。她曾试着拨打过几个电话,虽然被人骂过几次打错了,但总还有被她蒙对的时候,那是人家想要招聘保姆,她去了,被拒绝了,理由是她看起来比她的实际年龄老了10岁。其余蒙对招聘的电话,要么是她不能干,要么就是人家不要她。吴婶在日子里奔走,焦虑,但又能怎样呢,这些也不过是平凡的日子在平凡的人家里平凡地过去罢了。

转眼间,小石头又放暑假了。吴婶带着他去往王胖子的工地,她想看看在他那里能找点什么出路。在胖女人的带领下,她进入了就近的三家工地:第一家她看到有人在拿砂纸打磨墙面,她觉得她可以,当下就对胖女人说"这活儿俺能不能干",被胖女人拒绝,理由是有些地方需要踩脚手架,粉尘多,吴婶年纪大了有危险;第二家有一对看样子四五十岁的老两口匍匐在地面上贴瓷砖,她又对胖女人说"俺能跟着学不",胖女人拒绝了,没有给出可说服的理由,接着带她进入第三个工地;这家刚刚装修完,此时正有两个妇人在打扫卫生,做收尾的工作,吴婶眼睛亮了,忙拉过胖女人的手说:"大妹子啊,姐实在是没办法,你也知道俺那床子拔了,现下也没个营生,俺瞧着打扫卫生的没啥技术,俺能干,你先别拒绝俺,让俺先干,先不用给俺发工资,你看俺干得还行,可以比给她们的少点，中不？"胖女人叹了口气，说："行吧。"吴婶笑了，开心得像个老孩子。胖女人补充说："但是这个活儿也不能连顿，都是得等到干完一家才有一份，钱也少，可能你一个月都不能挣1000。""行，行！那俺也干！"

十天后，吴婶的第一份清洁工作开工了。同时，第一个难题也出现了，就是徐勇。这是在午饭的时候，胖女人让徐勇去隔壁楼送饭，那时他才知道吴婶的新营生。一股怒气冲上头顶，他拎着饭盒，什么话都没说。电梯停在十楼，缓慢地下降，他等不得了，转身钻进楼道，一口气爬上七楼。他没有敲门，从口袋里拿出一串钥匙。门开了，映入眼帘的就是一个老太太颤颤巍巍地站在脚手架上擦玻璃。那一刻，他觉得自己的心都快碎了。吴婶听到开门声，慌忙回头，抹布掉了，吴婶的腿晃了几晃，手臂在空中飞舞，徐勇扔掉饭盒，大步跑上前去，只差一步就可以接近吴婶时，吴婶的脚稳住了，她弯下腰，双手扶在脚手架上，额头上一缕缕黑白参半的头发紧密地贴在脸颊上，周边渗出一层小小的汗珠。吴婶松了口气说："你来也不敲门，吓死俺了，以为主家来了呢。"徐勇的怒气没了，他扶着她下脚手架，等吴婶坐在地面的油漆桶上时，他紧绷的面部肌肉挤出几个字："别干了。"几分钟的沉默，吴婶说："大勇啊，你啊是个好孩子，就是死心眼，跟钱有仇。摆摊不让俺摆，这也不让俺干，俺在你眼里就是废人了不是？你说就这点打扫卫生的家务活儿也能挣钱，俺为啥不干呢？俺在家也是干活儿，在这儿也是干，人家还给俺钱，为啥就不干呢？"

"你刚才都差点儿掉下来，你要是有啥三长两短的，俺……俺可咋跟……咋办？"说完，徐勇低着头，侧眼瞄着吴婶，一副做错事的孩子模样。

吴婶沉默了好一会儿，叹了口气说："真要是那样，那就是命，是老天爷疼俺，让俺们一家不受人家的罪……团圆喽。"

"婶，你这是说啥子话呢！那俺算啥！俺算啥！"

吴婶见徐勇急了，忙说："你坐着，坐着，别急！听俺说，俺现在活了大半辈子了，也想得通了。这人啊，活在世上都是命，老天爷给你命，你想死都难，老天爷不给你命，你干啥都得交代喽。俺活着，也是老天爷疼俺，把你，把小石头，还有浩子、小冉安排在俺身边，俺活着也得劲。但是……你先听俺说完，俺不能就这么在家待着、躺着，啥也不干那哪儿行？那就是罪过，是不积福报，给孩子们添累赘，那比让俺去归天还难受。你也别阻拦了，要是像你说的，就让俺往家一坐，等着吃，那样你还不如让俺……尽早团聚……俺也没文化，也没能耐，以前有个床子还能挣俩，现在床子没了，你说俺这样还能干啥？也就这些了，现在俺就盼着你成家，小石头长大，俺就知足了。"

吴婶的一番话，搅得徐勇鼻头酸涩，他站起身，扔下一句"俺买饭去"就甩门走了。楼道里闷热黏稠的空气紧紧裹着徐勇，从他的毛孔里、眼睛里挤出咸味的水。他又想起被他关起来的30万，自从拿到这钱，他就慌了，原本是因想扩大生意，才推动他去要赔偿，可是赔偿金真的到手了，却成了烫手山芋，他动不得，他的良心让他碰不得，可是拿出来给吴婶，他该怎么说，怎么解释他的欺骗，怎么把人命与30万画上等号，他想不通、想不透，想不透的事情他是不会做的，结果就变成手里握着钱却过着贫穷的日子。他用粗壮黝黑的胳膊擦了擦眼睛，翕动着鼻翼，用力呼出一口气，推着自己前进。

吴婶独自坐在人家的新房里，窗外的热风卷起一层细密的灰土，她叹了口气，用双手支撑着膝盖，站起身，捡起掉在地上的抹布，走向水池。之后又拿着抹布和一大桶清水，跪在落满厚厚灰尘的瓷砖上，一点点地擦洗。等徐勇再次回来时，吴婶才刚刚擦完六块瓷砖。徐勇看见跪在地上的吴婶，好不容易平复的心情再次酸涩起来。他说："有吸尘器，用那个，你这样得干到啥时候啊！"

吴婶回头，吧嗒着嘴巴，说："俺不会用，怕给用坏喽。"

徐勇没说话，搀扶着吴婶起来，自己找来一个大纸箱，把盒饭放在上面说："先吃饭，吃完俺教你。就是有一点，窗户这种活儿你别干了，这块俺包给别人，不用跟胖叔他们打招呼，俺就可以负责这块。你别心疼钱，就算让你干，你就拿着抹布这样擦，也不合格，人家那是专业的，有专业工具，你也不会用。还有以后俺给你活儿，不用接胖婶子那边的，只要这块你听俺的，俺就不阻拦了。"

吴婶端着饭盒，眉眼间流露出孩子般的欢喜。吃完午饭，整个下午，徐勇都没再出去。他耐心又细心地告诉吴婶清洁收尾工作分几块，先做什么，后做什么，每部分工作使用什么工具。中途他还接打了好多个电话，吴婶听得出那是在给别人安排工作。整个下午的相处，徐勇对待工作的轻车熟路，沉着冷静的态度让吴婶感到惊讶，那是她未曾看到过的样子。曾经她在无数次痛苦地思念老伴与儿子时，总会拿身边的孩子们给自己安抚，此刻她再次想起已经不在的亲人，痛的感觉缓解了，她一边因为徐勇而感到骄傲，一边产生新的悲伤，这是一种让人既踏实自豪又隐隐含着背叛的滋味。

销售大厅的公告牌张贴着本月的销售冠军，再一次写着徐浩的名字。现在的他已经完全击溃王潇虎，蝉联了三个月的销售冠军。王潇虎对他的态度也由最初隐藏式的不冷不热转变成明目张胆的冷嘲热讽。徐浩也由最初的伤心、最初的不与其争斗转变成见招拆招，佛挡杀佛。于是在这个大厅里曾经最要好的两人，变成了眼下的冤家对头。随着新的季度来临,王潇虎看他更是眼中钉肉中刺,而徐浩看他则是聒噪的小辈,无关痛痒,因为他已经得到确定的消息,他即将被调离此处,去本家企业更高端的楼盘。上层领导的指令很快被兑现,他被派往一处多层洋房和别墅混居的售楼处。当天晚上,他走出售楼处,站在外面,回头看他曾经的战场,他的人生跳板,大概过了十分钟,这才离开。回到家后,他拿出特意去图文店购买的一开纸,用红色的记号笔在上面写下几个醒目的大字:"十万不是梦!勤奋会成功!"随后,他把纸贴在床的正上方天花板上,他躺在床上仔细端详,确保他睁开眼睛就可以看到。他反复撕下纸张,加粗字体,调整位置,折腾了大概半个小时,他满意地躺在床上。"十万不是梦!勤奋会成功!"他感觉到身体四下流窜的力量,他咬着牙,攥着拳,又伸出手臂,笑着,最后,他在他的梦里睡着了。

  小冉一直加班到午夜才拖着疲惫的身体回家,这个暑假她过得一点儿都不轻松,虽然不用去上课了,可是公司新接的工程让她忙得不可开交。当晚她没有看到徐浩的杰作,直到第二天清晨,她的闹钟比徐浩的闹钟提前四十分钟叫嚷时,她才被红色大字吓得瞬间清醒,但很快就将其抛到脑后。她熟练地给自己化妆时徐浩也起来了,他们一起站在拥挤的镜子前,同步无声地打扮自己。两个人像往常一样在沉默的早晨准备离开沉默的小家时,徐浩突然伸出双臂,把小冉抱在怀里。小冉不耐烦地推开他说热,说会迟到,于是两秒钟的亲密结束,沉默的日常恢复,恢复工作的奴隶。

  八月的太阳对城市进行最后一轮烘烤,城里的人在最后一股热浪中迈出新的脚步。吴婶、徐浩的工作也都有了新的进展,徐勇与小冉依旧稳步地前进,于是八月的酷热对于这一家人来说就没有那么可怕难挨了。夜里,卷起大风,尘土、沙石与白色垃圾做伴在空中飞舞,它们毫无克制、毫无章法地在城市的半空中肆虐狂欢,但丝毫没有威慑到城中人们的夜生活。对于城中人来说,它们无法折损城市的美,人的焦虑、痛苦与欲望，它们还是太渺小、太微不足道了，烧烤在继续，叫卖在继续，城里的道路上依然红白分明地行驶着来往车辆。

  吴婶卷起她所剩无几的小摊，系成一个小包裹挎在臂弯上，与周边熟识的摊主做最后的告别。从明天起，她就不再来了，清洁工作已步入正轨，除了王胖子的工地外，还自己接了其他工地的活儿，加上收废品的钱，现在她的月收入已经与从前经营床子时差不多了，她也就知足了。眼下只有一件让她操心的事情，就是徐勇与李欣欣的婚事。她曾数次对两人提起，但两人都不吭声，她不明白这么简单的事情怎么就如此难办。

  天桥很长，她快走到另一端时，走不通了，前面聚集着一小撮人，不知道又是什么小事惹来双方口角，现在两边各有人在拉着争执的双方。吴婶叹了口气，往回走了几步，她不爱看这样的"热闹"，但要回家只有这一条路，天桥的另一头就要绕远了。于是，她站在天桥上，看下面走走停停的车连成串，这样就促成了她摆摊五个月以来第一次驻足观赏，甚至可以说是她进城这么多年来，第一次不带有任何目的地观看城市。城市很大，到处都是灯，都是人，都是车，她无法欣赏这样的美，只有那么几秒钟莫名地心疼，城里的孩子就没有休息的时候，想到这儿她苦笑一声，这跟她有什么关系？她的孩子，她自己呢……她转过身，看到争吵的人群散了，她也该走了。这世界啥时候就变成这样子了，从前的日出而作日落而息，虽然地里的活儿很辛苦，但总也有个尽头，有个盼头，现在这都是啥样子，未来又是啥样子，她能干到啥时候，这一切都有什么意义呢，城里的这么多人都在追啥呢，她想不通，想不透，越想越难过，这种难过不同于以往，不是专属于她个人的而是众人的难过，正因为如此，她比以往更痛苦也更能承受。她走下天桥，继续步行朝自己家走，这一次的观看体验仿佛给了她另一双眼睛，她看到的路人都变得亲切了，她看到的城市也没有那么陌生与令人抗拒了，她突然觉得不孤单了。

徐勇知道今夜是吴婶最后一次摆摊，他竟然有点难过了。因为这段日子，只有他、李欣欣与小石头在家，他坐在马扎上看着李欣欣忙前忙后，看着小石头写作业，那个时候他忽然产生没有阻碍的幸福感，等小石头入睡了，他便拥有了与李欣欣短暂的独处，但他只会用工作与家常琐事填补时光缝隙，还是李欣欣偶尔会过来投怀送抱，这个时候，徐勇就会浑身僵硬，微张着嘴笨拙地回应年轻女孩的热情。这种体验虽然不是第一次，但每一次对于徐勇来说都是美妙的煎熬。这也是他为何后来对吴婶摆摊睁一只眼闭一只眼的私心所在。他的难过是真实的，罪恶感也是真实的。今夜，是他们最后一次独处了，小石头早已被胖女人接走，李欣欣一边收拾碗筷，一边等待徐勇的召唤。碗筷已经被清理干净，地也扫完了，李欣欣又端着脸盆给房子里洒水降温。徐勇一直坐在马扎上，摆弄他的小账本。李欣欣把脸盆用力地放在油漆桶上，突兀的声响让徐勇抬起头，看到她气势汹汹地向自己走来，紧接着就是高抬腿，猛然迎面跨坐在自己的双腿上。徐勇赶紧从她的腿下抽出自己的账本，期盼着美妙的煎熬。很快，他的愿望实现，她的唇贴在他的唇上，与此同时，她的两只手用力抓住他的双手按在自己的胸部。酥软的感觉像电流一样从他的双手传递到全身，36岁的他懵懂地压抑着来自身体的欲望，听从李欣欣的指引。直到他的下体被她抓住时，他猛然推开她，径直走向屋外。一切美妙的、梦幻的煎熬瞬间结束了，剩下的只有罪恶感。门里传出衰老的搪瓷杯砸在地上的清脆响声，徐勇捏了下自己的裤子，一片黏稠湿润。

在哥哥与月亮对望的当口，徐浩的家里则是另一番热闹景象。吴文、张磊以及他的小女朋友都聚在徐浩的家里。徐浩回来时，聚会还没有结束；这是徐浩第四次闯进他们的聚会。第一次，是在自家门口，客人们正要离开的时候，徐浩笑着打了个招呼。第二次与第三次，都是接近聚会的尾声。这一次，客人们见他回来了，都不好意思地起身，刚准备离开，就被徐浩热情地留下了。在徐浩来之前，他们一边玩着在综艺节目上看到的小游戏，一边聊着校园里的青涩话题。徐浩的加入，让话题截断，生硬地换成以徐浩为主导的话题。小冉看出客人们的不自在，就发了逐客令。客人们走后，小冉冷着脸说："张磊他俩还都是学生，吴文工作也一般，你干吗要这么吹嘘自己，还要问他们买不买房子？"

"你咋就知道他们不买房子？我也是好心提醒啊。"

"你那是提醒啊？你说的房价听着都让人害怕，你干吗要这样？"

"我哪样了！我辛苦一天，刚下班回来，你朋友来，我还热情招待，怎么又我错了！"

小冉看了他一会儿，便不再多说什么，开始收拾聚会留下的残局。一夜无话，次日，各奔前程。徐浩虽然在昨晚说自己蝉联销售冠军，月收入两三万，可此刻他皱着眉，心绪烦躁。自从进入新岗位后，在他手里就卖出了两套房子，这个成绩很可能会让他离开刚刚升级的岗位，虽然回去会比眼下挣得多，但他不愿。现在的他知道自己能够跻身于这个位置有多么不容易，有多少幸运，他要牢牢地把握住眼下，即便挣得再少，他也不愿往下走哪怕只是一层的台阶，他总觉得一旦回头，就看到勇哥他们的工地。他手扶着膝盖，坐在柔软的单人扶手椅上，西裤光滑的面料传递在掌心里，在他的视野中悬挂着一个大型的水晶吊灯，他曾费力地暗自数数，但终究也没得出吊灯的层数。吊灯虽然不经常打开，但白日里的阳光从通透的玻璃墙照射到灯上，上面的水晶便耀眼得不容他直视，向周围散出无数的星光。他喜欢坐在这儿，看困在房子里的星星。初秋的风大摇大摆地戏弄悬挂的水晶，星星便动了起来，徐浩的心情稍有好转，他暗暗下定决心，一定要坐稳现在的位置，无论是过去的喷泉还是现在的水晶灯，这些美好的东西过去的徐浩是看不到的，他只有一步步向上爬，城市才肯给他更多。他这样想着，便收回目光，起身走向门口，他一边热情地与前台攀谈，一边瞄着门外。他期待的顾客没有等到，却看到销售主管和一个熟悉的身影。这个人越走越近，他认清了，是王潇虎。王潇虎跟在主管身后，与他擦肩而过，留下一个让他难以捉摸的诡秘微笑。他不禁打了个寒战，忙向前台姑娘打听情况，姑娘说"听说又从哪儿调来一个高人"。主管与王潇虎聊了很久，等王潇虎出来时，径直向徐浩走来。

"哥们儿，好久不见啊！"

"是啊，你……也被调上来了。"

"是啊。"

"那……虎哥肯定一直霸占销售冠军的位置。"

王潇虎看着他，端起水杯，喝了一口水，笑着说："也没有，你不在了，没劲，就过来找你了。"

徐浩"哦哦"地应着，气氛很尴尬，他便站起身，说："约了一个客户去看房，现在时间差不多了，我得过去，回头再聊。"

"你这是不待见我啊，着急要走？"

"说哪儿的话呢？我巴不得你过来呢。"徐浩说着话，腿向前迈了一步。王潇虎站起身，搂着徐浩的肩膀，把他重新压回沙发上，说："行了，说实话吧，是不是不想见哥了，主管都跟我说了，你来这儿快三个月了吧，才卖出两套，这怎么活？虽然我今天才来，但毕竟比你早入行几年，哥来也是帮你，毕竟咱俩出身都不好，走到这一天不容易，你也别老跟我那么疏远,说不准我还能帮你呢!"

听他这么说,徐浩一时不知道怎么办才好,要是不走,就坐实了王潇虎对他的判断,要是走了,他怕隔膜更厚,也怕得罪他,他的伎俩他是体会过的,再加上从最开始,王潇虎就是他独立在城里结交的第一份友谊,他肚子里也确实有不少东西,也教了他许多,能有今天,还得多亏王潇虎。在徐浩转动心思的时候,王潇虎说:"哥说你没客户,骗我,是逗你呢,你该忙就忙去,等下班了,晚上哥带你喝酒去。"

徐浩赶紧接住王潇虎给的台阶,连忙答应着,脱身了。他游荡在他负责销售的高档小区里,哪有什么客户?只有空荡荡的房子。王潇虎的到来加重了他的烦躁,他不想回去,他想就耽误一天吧,要不然回去也没有什么客户,自己就只当来调研了。他仔仔细细地把整个小区逛了一圈,又从物业那儿要了好几户房子的钥匙,进入房子仔细地打量并琢磨他的销售套词。兜兜转转了许久,天还是大亮着,他感觉无聊了,又去物业与门卫那儿攀谈,询问他们有没有客户自己过来看小区的,最后给他们留下一沓自己的名片,和给他们提成的承诺。他又在小区周边消磨掉一个小时,天才逐渐暗下来,这个时候电话响了。

"哥们儿,你今天这是几拨客户啊?要发啊,看来今晚我不能请你了,得你请我。"

"哪有,哪有,就俩客户,都磨叽,陪他们逛得我腿都酸了。"

"现在完事没?差不多就回来吧,今天别加晚班了,我们喝酒去。这么久没见,你可别驳我啊,我今儿第一天来,还有好多事要向你请教呢。"

路边的一家小面馆坐着两个西装革履的年轻人。两碗牛肉面,一碟小菜，就是王潇虎对徐浩的招待。王潇虎无话，只是狼吞虎咽地吃着。这算什么，一碗面就把我打发了吗？徐浩心想，但也没有发作出来，拿着筷子随意地挑着几根面条。王潇虎吃完了，徐浩刚吃完半碗，就听王潇虎催促"快吃，快点吃"。徐浩一赌气说："吃饱了。""服务员！"王潇虎大声叫唤。结完账，徐浩站起身，王潇虎突然很亲密地搂着他的肩膀，表情很神秘地说："哥带你去个好地方。"不容徐浩质疑与决定，就被王潇虎挟裹着进入一间KTV包房。门刚打开，徐浩站在门口就看见两双白皙的大腿，顺着大腿看到两对突出肿胀的乳房，一时间他紧张得双手冒汗，下意识地转身，腿刚迈出一步，就被王潇虎拦下。"来这地方，没个姑娘多没劲？都是我朋友，来认识认识。"说完就向两个姑娘使眼色。其中一个站起身，过来就揽住徐浩的胳膊。女孩说些什么，徐浩不知道，只知道松软的乳房贴在手臂上的酥麻，他被这阵酥麻引领着进入房间，坐在沙发上。女孩抽出手臂，失落让徐浩恢复理智。王潇虎把桌上的酒打开，递给在座的每个人，说："这个胖点的是小一，这个是小九，他是徐浩，来来，话不多说，咱先干一口。"说罢，酒瓶相碰，发出几声脆响，四人皆抱瓶饮酒。"小一，给你徐哥唱一首。"说完又对着徐浩说："你别看她长得一般，歌唱得好着呢。"小一唱完，小九、王潇虎轮流着唱了几首，这时徐浩已经被灌下三瓶酒了，起初他还不好意思拒绝王潇虎的邀唱，现在竟也拿起麦克风，号叫了几首。嘶喊与酒精让徐浩的神经越发放松，听到王潇虎对小一说："你今儿是怎么了，平时你最热闹，今儿怎么蔫了？""……啊，王哥，没……没有啊。""那再给我们好好唱几首。""好好。"又有三瓶酒下肚，现在的时间接近午夜，徐浩的手机闪烁了几次，他没看到，他只看到王潇虎的手在小九的大腿上揉搓，逐渐上移。王潇虎注意到徐浩直勾勾的眼神，便叫了声小一，递了个眼神。紧接着，小一软软的手抓住徐浩的手，放在自己的大腿上，两只手重叠着，一点点向上。徐浩呼吸急促，瞪直了眼睛盯着小一，小一害羞地低下头，他的血液沸腾了。徐浩的最后一分理智在最后一瓶酒里荡然无存。

他不知道自己是怎么走出包房，又是怎么躺到床上的。只知道眼前躺着一个赤裸身体肉乎乎的女孩。他茫然失措，努力回想昨晚的场景，大部分的记忆都丢失了，但女孩身体的感觉却清楚地印在他的脑海里。眼前裸露的肉体再次加强他的记忆与刺激。他脑袋一转，心想，一次也是做了，两次、三次也无妨了。想着时，他的手就伸向了女孩，女孩被搅醒，迷糊中让徐浩解脱了两次，清醒后，又是一次。整个上午的时间，徐浩都在与女孩的大汗淋漓中度过。直到女孩说饿了，他才觉得自己也饿了，叫餐时，他才看了眼手机，看到九个未接来电十多条信息，分别是小冉、勇哥与老板的。愧疚的感觉只有那么几分钟，就被小一呼吸时一起一伏的胸部打消了。他不想放过眼前的女孩，他不知道她是谁，从哪里来，以后又能不能见，他想就这一天，让自己索性彻底放松吧，明天的事情就交给明天。这样想着，他站起身，走到女孩身后，双手再次在女孩身上摸索。女孩咯咯地笑着，娇嗔地说："都不让人家吃完饭啊。""不让。"就这样，整整一天的时间，徐浩体验了醉生梦死，直到女孩接电话，说有事必须得走了，他才依依不舍地退房。

两个人走出旅馆，徐浩目送女孩直至她不见身影，才转身没有目的地行走着。他的样子看起来很糟，原本自来卷的头发现在更是乱成一团，衬衫胡乱塞在裤子里，露出一截，外套随意地搭在肩膀上。这些他都不在意，幸福美妙的梦境还在他的身上，他舔了下嘴唇，似乎还有女孩的味道，他觉得他的双腿像是踩着棉花，每走一步都是如梦般轻盈。他回味着美妙的感觉，从裤兜里掏出一根烟，点燃，烟火烧尽，再取一根。一根接着一根的香烟，让徐浩更觉置身于梦境，他飘飘然地看着城市、看着城里的人，一种独特的感觉突然涌现，他看着他们像一个个玩偶，都是一副平凡的模样，而自己不敢说凌驾于他们之上，至少与他们不同。他这样想着时，又猛吸入一口烟，接下来就是几声剧烈的咳嗽，胃部也跟着向上涌出一股又一股难以下咽的酸水。他停下脚步，扶着路边的树，在草丛里吐出酸水。现在女孩的味道没有了，只剩下满嘴酸苦的味道，他皱着眉,这还没完,紧接着一系列宿醉与疲惫的不适感接踵而至。他才发觉腿是酸的,脑袋是重的,他扶着树,一点点儿往下蹲,直到坐在草坪与人行道的分界石上。身体的不适越来越清晰,疼痛让他恢复理智,这样的一天一夜算什么呢,她是谁,为什么会这样出现,王潇虎又为什么这样对自己,想不明白,眼下更要紧的是小冉还有老板。他掏出手机,又多了几条信息还有未接来电,他奇怪白天怎么没有听到,这才发现自己的手机不知道什么时候被静音了。"我没事,见着一个老同事,喝多了,手机静音,回家说。"徐浩按了一下发送键。很快,小冉的回复就到了,两个"好"字。

天空呈现一片玫红色的时候,他起身往家走,坐在公交车里,玫红色渐渐落幕,换上越来越深的蓝色,也带来了对小冉的愧疚。家越来越近了,他的心脏怦怦跳,愧疚越浓他越生气,为何王潇虎这样对他?小一这样对他?小冉又这样对他?他心里这样想着,手上却赶紧给自己整理衣服,领带系好,衬衫打理好,又向双手吐了一口口水,打理自己的头发。

公交车到站,天空是黑色的,前面就是自己的家了,他抬头看到暖黄色的窗。在这扇窗前,气愤逃之夭夭,只剩下满满的愧疚。他低着头往前走,听见有人叫自己。他转头看到是吴文,吴文匆匆跟他打了个招呼,就走了。昏暗的路灯下,她的身影让他再次想起女孩。他赶紧摇摇头,耷拉着脑袋继续往前走。上楼,每一个台阶都让他觉得累。转动门锁,门开了,映入眼帘的是一只慌忙抽回的手。徐浩愣在原地,用力眨了下眼睛,努力回忆刚才看到的情景与眼下场景的联系。小冉赶紧站起身,一边说:"你回来了。"一边上前殷勤地接过徐浩的外套。张磊这时也摇晃着站起身,说:"我……我走了。"

"你等等,让浩子先去给你叫个车。"

"不……不用。"

"浩子,你去送送他。"

徐浩站在原地,不动也不说话。小冉见状,只好上前扶着张磊,下楼。等小冉再回来时,发现门虚掩着,她进屋,关门,迎来一个巴掌。火辣辣的感觉即刻产生,提醒她伸出手,触碰到自己的左脸颊,她才能确认巴掌的真实。小冉瞪圆了眼睛,看着徐浩。惊恐、无辜又异常美丽的眼神传到他的眼中,他鬼使神差地向前迈了一步又一步,直到小冉面前时,他一把抱起小冉,小冉在他的胸前仍旧保持着左手捂脸,惊慌失措的神态,直到自己被扔到床上,衬衫的纽扣一个个被解开。她才反应过来,双手握住徐浩的手,想让他停止,徐浩继续解扣子,直到衬衫像是两片树叶被摊开,露出涌起的内衣时,本能让她的双臂紧紧地环抱着。徐浩跨坐在她身上,用力分开她的双臂,按倒在床上。小冉竭尽全力地挥舞四肢,但丝毫不能阻止他的唇贴在自己的半侧胸上,她把头扭向一边,闭上眼睛,泪水流了下来。徐浩猛然把她翻转,急切地揭开她的内衣,小冉流着泪继续挣扎,但结果仍是被扒光了。在徐浩腾出手脱自己衣服的时候,小冉猛然跳到床下,向厕所跑去,结果在半道上又被徐浩抱起,摔上床,紧接着又是一个耳光落在刚才的红印上。

小冉被打了,被自己选择的人打了。小冉被强暴了,被自己给了初夜的人强暴了。屋里灯光依旧明亮,徐浩的手还停留在她的胸上,小冉确认他睡着后,小心翼翼地把他的手拿开,下床。她站在屋子里,目之所及都是厌恶的,她关上灯,眼前的一切消失了,她背贴着墙,缓缓下滑,直到坐在地上。墙面是冷的,跟瓷砖比起来还是要温和一些,她裸露的皮肤很轻易捕捉到的感觉,可是她的心里呢,恐惧与厌恶是必然的,可是她无法否认那几秒钟的渴望,她用厌恶来打击渴望,又用身份来消退厌恶,两种情绪势均力敌,它们的争斗比徐浩的暴力更让她无助。她孤零零地坐在黑夜里，直到家具开始显现形状，窗外的天空呈现雾蒙蒙的白色，小冉的意识才重新回归，只不过不是那种入睡后醒来的回归，而是从麻木中回归。她想站起来，一次，两次，失败了，她轻轻地揉搓双腿，扶着墙，血液努力地苏醒，重新流动，带动她的身体走到厕所。镜前的面孔衰败了，唯一的血色是红肿的手印，她下意识地检查身体，那些红的、紫的、青的印记都在提醒她发生了。她恍惚地抚摸着痛处，眼泪径自流淌。哭着哭着，她彻底苏醒了，打开花洒，冲洗自己。之后一遍又一遍地给左脸颊上粉，徒劳，她还是可以清晰地看到，她只好拿出口罩，戴在脸上，在太阳刚露头的时候出门了。

徐浩睁开眼睛时，天空已经大亮。赤裸的身体，床周围散落的衣物，躺在地上的闹钟、烟灰缸……都在争着诉说昨晚发生的一切。他用力地挠头，又用力地呼出一口气，站起身。把地上的狼藉清理干净，打理自己，出门。坐在地铁上，他不停地翻看手机。

"对不起，我错了……"信息发出，信息的那头是小冉，地铁上的人声报了一站又一站，直到报出他的目的地时，手机也没有任何响动。徐浩叹了口气，进入自己的工作岗位。先是跟自己的领导扯了个谎，收到旷工的处置后，坐在自己常坐的单人沙发上。王潇虎走过来，挤眉弄眼地说："兄弟厉害啊！"徐浩茫然。

"那姑娘竟然给你免费了！"

"啊？"

"少跟我装蒜，你身上有绝技啊，分享一下。"

徐浩此刻满脑子都是小冉，对于王潇虎的问话一时无从招架，只能发出一连串木讷的嗯啊声。

"你小子,是睡完了就忘啊……还是睡傻了……"

王潇虎的不依不饶,逐渐拉回徐浩的意识。听着听着,他才明白,原来那个叫小一的姑娘是个鸡,但他也不明白为何对自己免费。

"啥啊?别取笑我了。"

"行,你就装吧,不过话说,你对我请你的客满意不?"

重点来了,徐浩心想,他必是有什么事。

"哥,你有啥事,需要兄弟我做的?"

王潇虎不屑地看着他说:"没事,啥事也没有,你就把心放肚子里。别亏了我待你的情意就行。"

王潇虎停顿了一会儿,用眼瞟着徐浩冷冷地说:"我来这儿,可不是普通地来,我接了一个大单,一个团,怎么也得有十来个,给你俩解解馋,够意思吧?"

"啊?"

"啊什么啊!你就记住以后跟哥混就行,有你肉吃,明晚好好给自己扮上,别穿得穷嗖嗖的,等我信儿,有局。"

两套房子的利益让徐浩的意识彻底回归正轨,他服帖地连声说

"好"。王潇虎很满意他怯懦顺服的样子，假装自己对他无可奈何，叹着气走了。

下班的时间快到了，小冉看着办公桌上的一沓资料，那是最近公司新接的项目，留给她的时间算是充裕，但她还是在临下班前，召集她的小团队开会，最后传下去的指令是加班。伴随着组员们的叹气声，她留在了公司，与她的团队一起调整方案。时间嘀嗒嘀嗒地行进，她看着组员们打着哈欠，有意地在她面前冲泡咖啡，已过午夜了，她必须停下来，否则明日的正常工作必将受损，她亲手带出来的团队也会怨声载道。组员们得令，飞快地整理包裹，离开公司。

空荡荡的办公室只剩下自己了，她摘掉戴了一天的口罩，心想偌大的城市，自己能去哪儿呢？吴婶那儿是不能去的，她不想让她担心，更不想被他们逼问道出他们之间不为人知的隐情；朋友呢？自从来到此城，她所认可的友谊也就是大学时期的闺蜜，但一毕业，回老家的回老家，出国的出国，没有一个同城的；吴文呢？她摇摇头，更不行，虽然现在的吴文不再是过去的吴文了，但她也不愿在她面前出丑，或是让她知道自己的任何一个秘密；出去住呢？住一日可以，明天呢？后天呢？难道要就此与他分手吗？小冉再次摇头，即便徐浩对她这样，但在这个城市，她的家人只有他以及由他带来的家人，这些是支撑她留在城里的后盾，她所有的安全感全部来源于此，更何况，徐浩这么对她，她觉得是可以理解的，毕竟让一个二十几岁的小伙子长久以来躺在自己身边却不让他碰，也是难为他这几年了。只有回"家"，只能回他的家。

时间已经走过一天了，现在是凌晨一点，小冉叹了口气，拿起手机，重新看了一遍徐浩发来的信息："对不起，我错了……""对不起"……后面接着十几条对不起，再往下翻："下班了没？""还没回来吗？""你在哪儿？""别吓我！""我真知道错了，你可别吓我。""求你了。"……

小冉把手机扔进包里，走出办公室。

在一楼大厅，隔着旋转门，小冉看到一个熟悉得不能再熟悉的身影，本能让她原本向前伸出的腿停顿一秒钟缓缓向后落下。徐浩转过身，眼神落在小冉身上，小冉便被刻在原地。两个人僵持对望片刻，徐浩向前踏出一步，手触碰旋转门，小冉低下头，她听到脚步声一步一顿地向她迈近，仿佛过去了很久，她才看到那双她熟悉的皮鞋，就在她刻意缩小的视觉范围内。又是一阵令人难熬的沉默，她从害怕他的任何举动到渴望他说点什么。徐浩像她一样被什么钉在地上，没有丝毫声息。躲在口罩里面的双唇发出一丝不易察觉的叹息，小冉的腿果断地向前推进，后面的木偶便也跟着行动起来。小冉越走越快，后面的木偶紧紧相随。他们穿过一条又一条街，直到小冉停止前行，在路边招手，一辆出租车载着他们，寂寞地朝他们的小家行驶。

在楼下时，小冉抬头看到那扇窗还亮着灯，她再次叹气，这一次不像刚才那般小心翼翼。上楼，开门，熟悉的餐桌上摆着不熟悉的饭菜。小冉换鞋，木偶赶紧伸出手扶住小冉的胳膊，又殷勤地从小冉肩上摘下她的包。小冉径直走向厕所，徐浩没有跟随，木偶回家了便不是木偶了，他端起桌上的菜走进厨房。小冉站在镜前，摘掉口罩，脸颊还是肿了半边，她眉头紧皱，口罩便被再次戴上。冰冷的食物在热锅里，发出噼里啪啦的声音。小冉紧贴着门，再次叹气。菜肴重新装盘，盘子落在餐桌上，脚步声靠近，敲门声。小冉把门打开，徐浩站在对面，她虽然低着头但清楚他在看她。一双手伸到她的耳边，她本能地战栗，口罩被摘下来了，他弓着背，昨晚必然存在的证据着实落在他的眼中，像钉子一样击穿他的心脏。他哭了，她看到了，她的委屈便也出来了，但她的眼泪终究没有落下。她递给他几张纸巾。他看着纸巾说："我错了，你打我吧，骂我吧，你让我怎么样都行……"他的眼泪更密了，哭得更难看了。小冉看着一个大男人在她面前这般脆弱，她的心也终于痛了、暖了。她扶着他说:"吃饭吧。"徐浩抽搭着流泪,顺从地坐在桌前,看着她端起碗,他便一边吃着自己的眼泪一边给小冉夹菜。那个样子让小冉屈服了。当夜徐浩睡在地上,盖着自己的衣服。

第二天,他便知道自己生病了,强撑着直到下班,便赶往小冉的公司。到家后,小冉终于注意到他的虚弱,伸出手去摸他的额头,他笑了,虚弱的笑容像是孩子得到了渴望的关注。小冉翻出一支体温计,他听话地抬起手臂。体温计拿出,38.9℃,小冉开始着急了,拉着他去医院。他傻笑着说不去,说给他几片药就好了。小冉拿他没办法,只好让他躺回床上,自己下厨给他做姜汤,她看着锅里的水花被热气穿破,他比她还要脆弱。徐浩眉头皱着,嘴巴笑着,眼睛一直长在小冉的身上,跟着她移动。药物使徐浩昏昏入睡,没过多久他便睡着了,小冉坐在他的旁边,看着他,不由自主地伸出手摸了下他的脸颊。

新学期开始了,小石头却不见了。小石头的班主任给吴婶打电话,询问孩子为何没来上学。吴婶、徐勇、王胖子他们全体停工,在所有他们认为小石头可能会出现的地方,焦急地呼喊。天快黑了,仍然不见小石头的踪影。徐浩、小冉也赶过来了,加入搜寻的队伍。小冉说:"报警没?"

"报啦,人家那边说不到二十四小时不给立案。"

小冉又叫了几声小石头后,忽然拿起手机,拨通电话:"赵警官,您还记得刘石吗?几年前与死了的奶奶同住一屋的那个孩子?"

"啊……记得,请问你是?"

"我是小冉,他丢了。"

"你先别急,给我个位置,我马上过去。"

没过多久,赵警官出现了,询问了一堆事情后,突然说:"刘二那个出租屋去过没?"

"你等下,我问问。"

随后小冉与大伙儿一一通话,听到这个地址的人无不背脊发凉。

"还没有。"

"快去。"

等小冉到时,看到小石头蹲在地上,旁边站着徐勇,正在打电话。小冉赶忙向赵警官致谢。没多久,所有人都聚齐了,大人们把小石头围成一圈,胖女人与吴婶冲过来哭着检查小石头是否还是她们完好无损的孩子。在大家的心刚放下时,发现小石头脸上、身上有好几处瘀伤。女人们着急了,摇晃着孩子问。小石头起初不说话,后来突然推开两个女人,说:"打架了。"大人们再问时,小石头表现得很不耐烦。男人们着急了,口气就更凶了。小石头抱着双膝,肩膀开始抽动。女人们一边呵斥男人们,一边温柔地询问孩子。小冉四处张望,再次拿起手机,精心编辑了一条感谢的短信,发给赵警官,然后加入询问小石头的队伍。二十分钟过去了,小石头首次向大人们展示了他沉默的反抗,并且获得胜利。大人们无可奈何,只好打道回府。一行十人,叫来三辆出租车,回家。小石头终究还是个孩子,在快到吴婶的胡同时,他用几乎只有自己能听到的声音对搂着他的小冉说:"我的爸爸妈妈……"小冉虽然没有听清楚孩子说什么,但直觉告诉她应该紧张。她把耳朵凑近小石头嘴边。"我真正的家人,他们去哪儿了……到底是怎么回事?你能告诉我实话吗?"小冉听清了,也就难受了,她该怎么跟孩子说?正在她想着措辞时,小石头似乎也没有那么迫切地想要答案了,而是嘟囔着继续说:"昨天,有几个同学欺负一个女生,我看不惯,就去说他们……他们说我是没爸没妈没人要……还说我跟死人住一屋……说我是个傻子、疯子、精神不正常……然后我就……就打架了……他们人多,我打不过。"

"所以,你觉得没面子,还怕挨老师说,怕我们说,才逃学的?"

小石头点了点头。

"那你为什么要去那个地方……就是我们找到你的地方?"

"姐,我告诉你,你能不告诉他们吗?"小石头说着,用眼睛瞟着前面的吴婶他们。小冉点点头。

"不上学,我实在不知道去哪儿,就四处瞎溜达。中午,饿了,我没钱,就回家了,只找到两个馒头,我想……想找点钱,就去翻勇哥的枕头,我看到他曾经把钱夹在一个本子里,本子就在枕头下面。然后翻本子的时候,看到我的名字,还有一个叫刘二的,还有我的奶奶,后面就是这个地方。我就想这是不是我的家,于是就拿了钱去了。"

"后来呢?"

"门外面挂着锁,我不敢回家,又想等他们回来,于是就一直坐在外面……姐,我能不能跟你回家,我害怕……"

听到这儿,小冉悬着的心总算放下来了。她叫着勇哥、吴婶,说想让小石头今晚住她那儿,吴婶拒绝,说不愿麻烦他们。小冉再三地要求,吴婶凑近小冉,小声地说:"你们就一张小床,不方便……"小冉的脸"唰"的一下就红了,她把徐浩叫到身边,小声说:"今晚你住吴婶那儿。"现在的徐浩对小冉的要求无不答应,虽然小冉几乎没有任何要求。小石头终是如愿了,牵着姐姐的手,表情放松了许多,但进入房间后,他的脸就红了,支支吾吾但态度坚决地要求不与姐姐同床。幸好,家中有徐浩新购置的折叠床,当夜小冉睡在上面。谁也想不到,就是这一个羞涩的苦恼化解了小石头对他悲惨身世的追问。第二天清早,小冉送小石头直到学校门口,分别时,嘱咐他说:"凡事都不要怕,你有我们,有家人,无论什么时候,都不要怕。"小石头点点头,小冉目送他的背影,少年时的徐浩同记忆中的自己在小石头背影上重叠交错。过去的事情一旦过去,无论伤心或喜悦,只要它过去了,就不会是心头最重要的事情。小冉抬起手,轻轻抚摸了下脸颊。

那一夜过去二十天了,这二十天,徐浩对小冉可以说是百般呵护,并且一直独自睡在硬邦邦的折叠床上。徐浩这般百依百顺,归结起来,源于他的愧疚与满足,他愧疚于那夜的暴力,满足于得知那晚小冉只是安慰失恋的张磊,吴文的匆匆离去只是因为出租房的水阀崩开了,室友叫她赶紧回去,这些话出自吴文之口。吴文甚至还补充说,她看上张磊了,本想借此机会拿下张磊,谁承想,家里竟发水了。徐浩对这番话没有一丁点怀疑,一是因为他原本就不是疑心很重的人,二是他无法相信曾经的冤家会联起手来欺骗他。徐浩的这番做法与思想活动,小冉都是清楚的。但实际上,徐浩真正愧疚的是与小一的缠绵,满足的则是那晚再次得到了小冉,而这份愧疚与满足结合的体验,使他与小一一而再,再而三地躺在不同酒店的床上,愧疚越浓烈,他的满足感就越强烈。或许是因为某方面的缺失得到了极大的满足,徐浩的工作也越来越好了,不仅恢复了原先的水平,甚至略有超出,连他看待王潇虎都越发清晰了,只要他老老实实地在王潇虎面前做他的小跟班,不要抢他的销售冠军、他的风头,就可以获取王潇虎"真挚"实用的友谊。他也愿意做他的小跟班，即使他知道王潇虎为了压制他做了些什么，他也打心眼儿里愿意，因为跟着他确实可以分到一杯羹。现在他只想保住眼下的位置，不论是他的工作、他的爱情还是他隐藏的性事。

他们的小家，在这段日子里没再迎来访客，虽然失去了热闹，但也不乏风头正旺的徐浩，一点一滴尽力弥补出的温暖，日子总算平安度过了。但眼下，小冉紧张地数着日子，她拿着手机盯着日历，她的例假已经推迟一周了，眼下还没有动静，她害怕，她不敢面对，总想会来的，会没事的。但今天，她不敢再拖了，因为从早晨起来到现在，她已经呕吐两次了，她知道这是影视剧里怀孕的必备情节。她从包里掏出验孕棒，把上面的说明仔细看了三遍。她蹲着身体，努力调整验孕棒与尿流的方向。她挤出最后一滴尿，小心地端平验孕棒，心脏在胸腔里激烈地起伏着。一条线出现了，紧接着另一条出现了，她的手开始颤抖，她慌张地从垃圾桶里捡出使用说明，再次确认后，她扔掉手里的东西，站起身，打开水龙头，冲洗手上残留的尿液，又是一阵呕吐。小冉再次怀孕了。她失魂落魄地走回自己的岗位，浑浑噩噩地在呕吐中熬过了一天，最终把自己扔在床上，一直到徐浩回来。当她面无表情地告诉徐浩时，徐浩僵在原地。几秒钟后，徐浩才反应过来，连问三遍"是真的吗？"语气中，欢喜的情绪一遍比一遍浓烈。在得到三遍确认后，徐浩突然冲到小冉面前，跪在地上，结结巴巴地说："嫁……嫁嫁……嫁给我吧。"小冉把头转向另一边，她不看徐浩，也不说话。徐浩一会儿重复着"嫁给我"，一会儿抚摸小冉的肚子。时间过去了好久，徐浩才平静下来，郑重其事地再次跟小冉求婚，并许诺自己会更加努力地挣钱，买房，照顾好她与孩子，一定会让他们幸福的。

新的朝阳升起，与昨日没什么两样。小冉坐起身，抚摸她的肚子，平坦的形状，与过去也没有什么不同。好像这孩子知道妈妈不喜欢自己，所以故意藏起来不惹她心烦。小冉这样想着，再次抚摸她的肚子，唇角悄悄地向上扬起。一阵熟悉的恶心让小冉冲进厕所,再抬起头时,镜中挂着一张眉头紧皱的脸。小冉向前探着身体,镜中的脸大了一圈,细小的皱纹在她的瞳孔中展开。她站直身体,憔悴、暗黄的脸仍在镜中。又是一阵干呕。水龙头里的水哗啦啦地冲走污秽。她已经29岁了,到了应该结婚生子的年龄,徐浩对她也没有什么不好,况且这也是她的选择,可来自内心深处的拒绝又是为何呢?是因为那个男孩吗?过去这么久了,他应该被淡忘。但是那个孩子,那个还未成形就已被她杀死的孩子,男孩的骨肉……她忘不了,她无法欺骗自己,她还爱着男孩,爱着她的第一个孩子。可是,一切都过去了,这世上没有后悔药,她抚摸着自己的肚子,她无法接受这个替代品,更无法接受把她/他变成替代品,她说服自己现在的处境不适合任何一个孩子,她要摆脱这一切。

敲门声响起,是徐浩,小冉叹了口气,一对同居的情侣在自己家里进出,都需要礼貌地敲门,这种礼貌本身就是疏远,就是隔膜,可这怪不得徐浩啊。小冉心里这样想着,打开门,迎面就是徐浩初醒的呆滞表情,但他看见小冉,立马流露出关切的眼神:"怎么样,哪里不舒服?"小冉摇摇头,走出厕所。徐浩快速地完成晨起清理自己的工作,准备出门时,看起来犹豫不决。小冉问他有什么忘带的没,徐浩紧张地说:"能让我抱一下吗?"小冉凑上前去,徐浩张开双臂。直到小冉催促他上班,徐浩才依依不舍地放开她。

今天是周六,是小冉的休息日,平时她都会去学校,见见导师,然后一头扎进图书馆。但今天她哪儿也不想去,她坐在餐桌前,打开一本书,密密麻麻的黑字上下浮动着,她没有找到黄金屋颜如玉,只有黑乎乎的字连成一片蜘蛛网。她合上书,在家里踱步,厨房的窗外,是寂静的小胡同,床头的窗外是街道,塞满来往的人群。她在寂静与繁华中来回穿梭,说着没有人听到的话:孩子,你的妈妈生来就是孤独的,到后来,她遇到了你的爸爸,有了你,现在是三个人了,可为什么感觉更孤独呢……孩子，妈妈不知道从什么时候开始，便与人疏远，尤其是亲密的人，我仍在三个地址奔波或者说是游荡，可是我与他们不知道怎么就失去了理解，失去了沟通，我不清楚这两者究竟谁先谁后，总之现在的结果就是这样了；也不知道从什么时候开始，学会了接受，学会接受性的理解，但总有一些夜晚提醒着我的孤独；妈妈时常想，一个人走过半生，如我现在这样的有几个，我走在大街上，看着与我面容相似的人，起先我觉得很少，我觉得他们都是幸福的，这让妈妈羡慕不已，后来我发现越来越多长着孤独的脸，他们与我一样，飘荡在这个世界上，不知为何生存，但还是活了下来，一天又一天；在过去的某些夜里妈妈突然想靠近死亡，然后还是睡到了天亮，几张孩子跳跃的脸从我眼前闪过时，我会想起一些过去老人的话，孩子是用来延续你的生命的，起初妈妈只理解为，孩子是用来延续死后的生命，但现在我不这么想了，我觉得他们是用来延续今天，还有明天的生命；现在，我有了你，可是孩子啊，妈妈还没有准备好，不是我不想，我很喜欢小孩的，每每看到他们，我都忍不住想逗他们笑，他们一笑我便觉得周围的空气都变得香甜了；可是眼下，我还没有……没有准备好，也没有一个人让我全力以赴地与其组建一个家庭，即便现在你的爸爸已经向我求婚，我可以拥有一个世俗的家庭，可那并不是我想象中的样子……唉，想象，想象中的样子是什么呢？现在我连想象都没有了，妈妈不知道了，只知道不愿为我延续生命的你降临在连我都不愿活着的世界上；你会怪妈妈吗？唉……如果腹中的孩子可以有选择权的话，孩子，你看楼下的这些人，会有多少在腹中时按下死亡按钮，永不出生，永不给生活赋予我们苦难的权利……

手机铃声突兀地响起，小冉接通了电话。

"你在哪里？"

"家。"

"等我,我去找你。"

没等小冉同意,电话就被挂断了。没过多久,吴文拎着一堆吃的就上来了。

"你怀孕了,这么重要的事情都不告诉我?"

"你怎么知道的?"

"徐浩刚才给我打电话,问我上没上班,求我来陪你,我才知道的,多长时间了?"

"三十五天。"说完,小冉又是一阵干呕。

"你这怀孕反应挺大啊。"

小冉不懂,她只知道,上一次发现怀孕差不多也是这些天,但她没有任何反应,而这一次,一想到那晚,一想到腹中的孩子她就想吐。

吴文伸手抚摸小冉的肚子,过了一会儿说:"你打算怎么办?"

小冉暗自惊讶,平日里她并没有跟吴文提过她对徐浩的感情,正常人对这件事情的反应应该只有恭喜。

"还没想好。"

吴文继续抚摸她的肚子,良久后说:"虽然我不清楚你们的感情如何,但小冉,你听我跟你说点掏心窝的话,不要嫌弃我现实。在这个城里生存很难，所有的烦恼、所有的难只有一个东西可以解决，就是钱。以前我虽然说过徐浩不配你，但是不得不承认，他在我们中是收入最多的。有这个，生活才有指望。你我都是快30岁的女人了，已经失去了谈恋爱的资格，往后的日子我们只剩下失去，失去容貌，失去理想，失去工作的能力。我们现在能做的只有减少日后的失去，让我们的生活不要那么紧迫，不要那么穷……看得出，徐浩还是很在意你的，有他的在意、有他的收入，你就有未来的指望了……我其实很羡慕你啊。"

小冉更诧异了，原本讨论孩子的去留问题，她怎么就会说这么多关于徐浩的选择问题？更何况她可是曾鼓励他们分手的人。虽然她觉得吴文的思路跑偏了，可是她确实再一次直指她的内心。

吴文见小冉不说话，继续说："孩子的去留不重要，重要的是你是否决定选择徐浩。即便眼下你们的生活、你的内心都没有准备好要孩子，你也要跟徐浩好好商量，可以先同意结婚，日后再要孩子。"

小冉低着头，看着自己的肚子，她拒绝吴文的劝说，又希望她说服自己。吴文陪了她大半天，直到她离开，小冉僵持的内心依旧不知去向。

入夜，徐浩早归，双手拎着大塑料袋，蔬菜、水果、牛奶，一应的吃食。随后在厨房忙碌，嘴里叨叨念着，听说孕妇爱吃什么，不爱吃什么，什么能做，什么不能做……当晚，小冉再次失眠，她看着熟睡的他，选择原谅。次日，徐浩再次索求拥抱，心满意足后关切地离开，小冉拨通了吴文的电话。两个人坐在医院走廊的条凳上，吴文进行她最后的劝说，小冉走进了手术室。再出来时，小冉抱着吴文哭了很久。当晚徐浩单膝跪在床旁，他对着小冉的后背掏出一枚戒指。紧张让戒指湿了又干，干了又湿。演练多遍的台词，他终于说完，抱着孤注一掷的心情。小冉只回复一句："孩子没了。"徐浩跪在原地，紧张的汗水瞬间凉透了，冰冷刺骨，他只觉得他被冻在那里，动弹不得。半个小时过去了，他费力地站起身，摇晃着走出家门。门关上的一刹那，两双眼睛流淌下四行泪珠。徐浩让双腿自行摆动，他被双腿带到街上。城市被灯光点亮，喧闹的气氛随着夜晚的降临转换成另一种冰冷的疯狂。徐浩拨通了王潇虎的电话，随后进入一家旅店，没多久，小一就应邀而来。小一刚进门，徐浩就扒光她的衣服，冷着脸一次又一次让自己筋疲力尽，直到再没有力气思考时，拥着小一睡着了。

随后的整整一百天，小冉都没有见到徐浩。她照常上班，上学校，回家。在她周边除了老师、同学、同事以外，曾经亲密的人统统断了联系。张磊有了新欢，她不想打扰也不想看到，而吴文再一次消失。她给徐浩拨打的电话总是拒绝接听，发出去的短信也是石沉大海，没有回音。她觉得这样也好，该来的她躲不了，她做什么也无济于事，索性就这样吧。

王胖子与徐勇的工地铺得越来越大，但位置越来越偏。虽然他们还在城边的郊区工作，但眼下的郊区比去年又向外扩张了一环。吴婶把自己忙得不可开交，副业一个接一个地冒出，她先是不顾徐勇的阻拦学会了刮腻子，又在他的阻拦下承接了瓷砖美缝工作。她趴在墙上一遍一遍地涂抹，又跪在地上一点一点地美缝，徐勇心疼，却不知身体的劳累正在养育她的灵魂。午休时，王胖子发脾气了，谁也不知道为什么。王老二心情也不好，徐勇看起来也没什么精神。男人们的萎靡不是一天了，女人们曾在电话里揣测，互相支招，但都无济于事。王胖子把空啤酒扔向地面，骂骂咧咧地说："老子不干了，下午叫徐勇他们来咱家，你照他妈1000块钱花，好酒好菜整上。""1000块！你要吃啥神仙肉！""别跟我扯犊子，让你整就整！"陈小妹与李欣欣面面相觑，摸不着头绪。"听见没，现在你就给吴大姐打电话。"说完，王胖子就掏出手机，给徐勇打电话。李欣欣看着自己的小姨，胖女人回给她一个微笑，拿起手机。接到电话的人，跟李欣欣一样丈二和尚摸不着头脑，但也听话地放下工具，各自从不同的工地出发,赶往王胖子家。最后赶来的是吴婶,她到时,已经是下午三点了。

"浩子跟小冉呢?"王胖子问。

"人家跟咱不一样,人家上班的,有老板,哪能说不干就不干。这些人还不够你祸祸啊?"胖女人说。

"他婶子,这是出啥事了?"吴婶紧张地问。

"啥事也没有,喝酒,你来晚了,先罚三杯。"

"还没喝,就醉了,你也不看看是谁,这是吴大姐,你当是你那虎弟弟呢。"胖女人说。

王胖子径自往肚里灌下两杯酒,哈哈大笑着。放下酒杯,他扫视一圈,自己的媳妇、二弟、弟媳、徐勇、吴婶、李欣欣,就连小石头也来了,王胖子高兴,又是几杯酒下肚,脸上就红了,他笑呵呵地说:"天天跑这么远,人都不在一起,我心里堵得慌,今天大伙儿就当成全我,歇一天,不挣那要命的钱,我就是想聚聚。明天……明天我就老老实实地干活儿。"

大伙儿这才松了口气,嘴上埋怨着王胖子,心里却像是小石头一样,品尝逃课的激动。只有一人例外,那就是吴婶,她一边心疼自己今天没挣到的钱,一边心疼这桌饭钱,还心疼大伙儿没挣到的钱,她看见大伙儿同小石头一样露出憨傻的笑容,又心疼这群大孩子,想到许久未见的浩子与小冉,她又心疼。总之她这一颗心,在这一桌饭的时光里碎了。

另一边，消失的徐浩，白日里正常上班，夜晚他混迹在不同的床上，他把工资交到不同的女人手里还有旅店的老板兜里。在没有女人的夜晚他则睡在王潇虎的家里。这一段全新的日子，他失去了很多，也获得了很多，王潇虎对他展现了他的义气，他们这会儿真像是亲兄弟了，白日进入同一家公司，互相帮衬，晚上一同喝酒、睡女人、聊天，徐浩觉得从没有如此放松过，王潇虎轻而易举地替代了徐勇在徐浩心里的位置。一天夜里，两个男人在没有女人的床上聊天，徐浩问他为何不找一个女人老实地过日子，王潇虎只说女人薄情。徐浩又问他家里人不着急吗？王潇虎只说没家人。徐浩还想问些什么时，王潇虎引出新的话题："你就没想过为啥小一陪你睡，不要钱吗？"

徐浩得意地笑着说："哥们儿活儿好，魅力太大。"

王潇虎"哼"了一声，说："听说你原来干过酒吧夜保，你就不记得什么人吗？"

"你从哪儿听说的，我没跟你说过啊？"

王潇虎又"哼"了一声，说："没有什么事是我不知道的，你当时给一桌姑娘救过场吧……"话说到这儿，王潇虎凑近徐浩，表情神秘又得意。

"得得得，你啥都知道，快说说我不知道我自己的事吧。"

"小一就是其中之一。"

徐浩愣住了，随后陷入陈年的回忆里，他翻腾了好久，突然恍然大悟。

"崔一一！那姑娘当时好像还是个高中生，她们那一桌都清纯得要命，现在怎么干这行了？"

"想不到吧，人家还是大学生呢？"

"啥？那是为啥啊？"

"女人薄情，就认钱，钱就是她们亲爹，只要钱给到位，你让她们干啥都行。"

"你这话不对了，那你说这崔一一让我睡，不要我钱是为啥？"

"女人啊，只要被当鸡睡过一次，就那样了，不要你钱，肯定有报恩的成分，但你也别对她走心动情，她们啊被开过苞了，自己也有欲望，跟你就当是泻火了。"

王潇虎见徐浩走神，忙补充说："你可千万别走心，你这样想，她除了跟你睡觉以外，联系过你吗？跟你有过不睡觉的约会吗？"

徐浩摇摇头。

"这就得了，要是女人走心，肯定不只要睡觉，她们要陪伴，她没让你陪，就表示没跟你动感情。行了，你也别想那么多，有免费的，你情我愿，做对炮友不挺好吗？"

王潇虎的话让徐浩难过，不是因为王潇虎对崔一一的判断，而是王潇虎的标准让他不由得衡量起小冉，小冉也不需要他陪啊。女人啊，她们到底想要什么啊？徐浩越想越难过，越难过他越生气。他拿起手机，拨打了一通电话。

"喂，你睡了没？"

"你大点声，我听不清？"

"你在哪儿？"

"酒吧。"

"告诉我地址，我去找你。"

王潇虎看着徐浩急忙穿衣服，笑了，在徐浩临走前，他嘱咐："别忘戴家伙，搞大肚子，麻烦着呢。"

听到这话，徐浩的火更大了，门被重重地砸上，把王潇虎吓了一跳，随后冷笑一声。

徐浩钻进熟悉的酒吧，扒开扭动的人群，看到一个熟悉的背影坐在吧台上。他走过去，女人邀请他坐下，并给他倒了一杯酒。徐浩三杯酒下肚，才说："你怎么一个人在这儿？"

"要不然呢？"

徐浩笑笑，说："你们女人，到底都是怎么想的，我真搞不懂。"

"来，陪我干一杯，再问。"

说是一杯，又是三杯酒下肚。吴文召唤服务员，又要来几瓶酒，徐浩抢先付了账单。

"呀，请我喝酒，想问什么，问吧。"

"我……我也不知道想问什么，就是搞不懂你们女人，到底想要什么。"

"这个不好说，女人与男人一样，你们男人想要的都一样吗？"徐浩想到王潇虎，摇摇头。

"这不就得了？每个人想要的其实都是钱，是花不完的钱，但在具体生活时，会发现这个想要根本实现不了，就转换成其他不同的东西。所以你的问题我给不了答案。"

又是几杯酒灌进肠胃里，徐浩看着舞池里扭动的屁股说："那就说说你，你想要什么？"

吴文拨弄了一下头发，笑着说："钱，我想要花不完的钱。"

"够真诚，来，再来一杯。"

"你都说了这个愿望根本无法实现，那你会转化成什么？"

"要一个真心爱我不穷的男人。"

"这不还是钱啊！"

"注意我的用词，我说的是'不穷'。"

"好好，那怎么算不穷？"

吴文用食指卷弄自己的一缕头发，说："怎么也得月收入两万起吧。"

"那什么又叫'真心爱你'？"

"就是心里有我，跟我过日子，最喜欢跟我做爱。就行了。"

"来，我敬你一杯。"

"小冉要是像你这样就好了。"

吴文把双臂放在桌子上，手支撑着脸向徐浩凑过去问："像我什么？"

"像你一样真诚。"

…………

天空呈现一片娇媚的粉红色，地上开满白色的粉色的，像花又像羽毛的东西，空气中弥漫着香甜的味道。姑娘的脸蛋是粉红色的，在广阔的粉白天地间。她从徐浩身边笑着经过，徐浩伸出手去抓，抓到睡裙的一角，姑娘的腰肢顺着裙角旋转到徐浩的怀里，徐浩粗糙的手指游移在睡裙上，丝绸顺滑的质感带着姑娘的体温让他感觉温暖。姑娘的脑袋靠在他的肩上，他抚摸着她的头发、她的脸，一点点把姑娘的脸抬起，他想看清拥有粉红色皮肤的这张脸。姑娘的脸小小的，托在徐浩的手心里，四目相对时，徐浩认出了这张脸的主人——小一；他笑了，眨了眨眼睛，再看时，她是吴文；徐浩用力眨了下眼睛，她又是别的姑娘；姑娘的脸用同一种娇媚的神情快速地变化着模样，徐浩倒吸一口凉气，紧紧闭上眼睛。姑娘不笑了，他再睁开眼睛时，怀里的是小冉，她哀怨地看着他，推开他，向远处奔跑。徐浩想去追，但双腿完全不听使唤，他低头看到双腿被粉红色的藤枝紧紧困住。甜美的笑声从前方传来，小冉笑着停下脚步，她回头，变成小一、吴文……脸蛋的变化速度越来越快，笑声越来越诡异，藤条用肉眼可见的速度快速地向上生长，粉红色变成玫红色，当藤条生长到他眼前时，已是像血一样的红色。姑娘所站的位置突然变成了悬崖的边缘，徐浩发不出声了，他紧紧盯着她。姑娘止住笑声的瞬间，藤条突然死亡，倒在地上，化成一摊血水。徐浩向姑娘奔跑过去，小冉看着他，脚往后退了一步，消失了。紧接着天空发出一连串恼人的声响，粉红色的天空就像玻璃一样碎了，大片大片的粉红色玻璃片从天而降……

徐浩挣扎着睁开眼睛，醒来时，眼前仍是一片粉红色，质地粗糙的粉红色天花板。枕边的闹钟像过去一样叫闹着，不曾有分毫的改变。在躺着女人的陌生房间醒来，对于现在的徐浩来说，已经没有什么奇怪了，女人与这个房间在他心里只不过是一次性的工具。他连看都没看女人的脸，揉着脑袋，打开卧室门，钻进厕所，快速地冲洗脸部。再出来时，他才注意到拥挤的房子，到处都是门，原来自己昨晚睡在了不知哪个姑娘的插间里。他晃荡着身子，朝来时的门走去，迎面就是一张大床，他踩着廉价的白色绒毛毛毯，捡起自己的裤子，在系腰带的当口，姑娘转过身来，看着他。徐浩吓得裤子差点掉下来，吴文！

"这就要走吗？"吴文笑着说。

徐浩躲避着吴文的眼神，故作镇定地继续系他的腰带，拎起包，下意识习惯地从包里掏出钱包。他想索性就这样吧，于是拿出一沓钱，轻轻地放在身旁的柜子上。

"我又不能吃了你，紧张什么？走吧，上你的班去吧，大忙人。"随后又是一个甜美的微笑。徐浩打了个冷战，赶紧出门。

卧室的门关上了，入户门打开，也关上了，吴文抚摸着柔软的白色绒毛毯子，嘴角上扬。

一路上，徐浩心里懊恼极了，他觉得自己谁都可以睡，就是不能睡吴文，因为吴文是小冉的闺蜜，这让小冉知道了，自己该怎么办？想到这儿他又骂自己，恨自己。他又想到自己给钱对不对，随后又生出新的疑心，印象中吴文总是穿着阔绰，出手也大方，可怎么就住在那么一个逼仄的地方？当晚，徐浩接到吴文的短信，约他出来谈谈，老地方。徐浩本心是不愿见她的，但又想听听她怎么说，这事怎么解决，就去了。结果，第二天醒来，他还是看到粉红色的天花板。临走前，他照旧掏出钱包，吴文赶上前去，把他的钱包按在他的包里，并奉上一吻，轰他出门。

接下来的日子里，徐浩稀里糊涂的，就在这间粉红色的插间里度过了无数个夜晚，他枕边不收费的人又多了一个。而她爬上徐浩床的次数逐渐战胜小一。一天晚上，在王潇虎的家里，在小一的要求下，徐浩、王潇虎与小一同睡在一张床上。当晚，小一带给徐浩的震撼不亚于当年小喷泉对他的冲击。女人这个谜团在他的不断深入中，更加费解，同时好似又清朗了。而他与王潇虎的关系则更加深入了。这一晚的疯狂过后，小一就消失了，徐浩再也没见到过她。后来还是在王潇虎的口中得知，她刚毕业就嫁给一个比自己大一轮的男人，听说好像还挺有钱的。王潇虎给出小一的结局，并附上他的评语：女人薄情。徐浩听着，只觉得自己越来越好，越来越有希望，他更自信了，因为小一是他熟识的人中，唯一一个真正的城里人。

小一消失后，吴文代替她，成为徐浩身体上的熟客。他对她的态度从心理上的别扭到既来之则安之。吴文的信息、吴文的电话、吴文的要求与日俱增，她开始不断展现她与她们的不同。王潇虎警告徐浩，要与这个女人控制好距离。徐浩虽然也觉得她有些奇怪，但她在床上的疯狂让徐浩难以割舍。与吴文的夜夜缠绵持续了一个半月,接着纠缠剩下的一个月后,徐浩的疯狂时光犹如假期一样,走到了尽头。在吴文需要陪伴,需要关爱,需要礼物,需要像极了爱情的气氛中走到了尽头。他不顾吴文的咒骂与眼泪,关上门,把赤裸的女人同粉红色的房间一并隔绝,孤身迈进冰冷的黑夜中。他走了好远,他没有方向,只得继续走。路灯下,稀稀疏疏的白色缓缓降落。他抬起头,看到密密麻麻的雪花像玻璃碎片一样降落。雪片打在他的眼泪上,刺痛的感觉生成。爱情?女人?家庭?徐浩在初雪的冲打下思考着,起先他不明白女人想要什么,小冉想要什么,她的行为又是为了什么,现在他连自己在做什么都搞不清楚了。他挪动双腿继续行走,王潇虎的大衣在徐浩的身上覆盖着一层薄雪。他继续走,一直走,直到另一盏路灯处停下脚步,他骗自己怎么就走到这儿了,他不追问原因,只责怪双腿。双腿再次启动,向前走,徐浩抬起头,熟悉的窗户同其他的窗户一样,都是黑色的。他犹豫着走上第一个台阶,迈出一步就好办了,一个一个推着他走到门口。他拿着钥匙,突然觉得很累,便坐在旁边的台阶上。大衣上的雪花一片一片地融化,直到全部消失不见时,徐浩停止了悲伤,掉入痛苦的梦境中。

徐浩梦到自己被扒光了绑在冰凉的树上,周围有好多人,勇哥、吴娜他们也站在人群里,所有人都用诧异的眼神看着他,还有人推他、打他……直到一个熟悉的声音传来,他醒了,模糊中看到好像是小冉。小冉看起来很着急,好像要带他去哪儿,他不要,他费力地抬起手,指向他的家。小冉扶着他进入有暖气的房间,徐浩栽倒在床上。他费了好大的力气,才让自己在小冉的帮助下,把身体铺平躺在床上。他眯缝着眼睛,有气无力地说:"你不要走。"他伸出手,使出最后的力气,抓紧小冉的手说:"你不要走……求你……不要走……"当徐浩再次清醒时,他看到熟悉的房间,熟悉的家具,还有熟悉的背影,他便觉得踏实了,这回是真的踏实了。大概过去了半个小时,小冉站起身,徐浩赶紧闭上眼睛,听到小冉走过来,拿掉他头上的毛巾,往他腋下塞进一个冰凉的东西,过了一会儿后,又取出,脚步声起,由近及远,又由远及近,停下时,脑袋上又覆盖了一条冰冷的毛巾,脚步声再次响起,木板凳移动的声音。徐浩眯缝着眼睛,看到小冉像刚才一样背对着他,坐在餐桌上。他抬起眼睛,看到窗外的雪花仍在飞舞,屋里一切都静悄悄的,他看着她,眼泪就流下来了,他发现原来这才是他想要的。时间嘀嘀嗒嗒像雪花一样不容置疑地继续行走,小冉重复着刚才的举动,徐浩重复着装睡。大概两个小时过去了,小冉再次坐在床边,柔软的手触碰到徐浩的脸颊,他的泪水便无处躲藏了。徐浩依旧紧闭着眼睛,像个委屈的孩子。

　　城市的冬天随着初雪的到来,日渐寒冷。这个冬天,小冉没有离开徐浩,徐浩也没有离开小冉,那个未成形的孩子也无人再去提及,他们之间的问题就像积雪下枯死的幼苗。夏日易分离,冬日易相聚。城之夏,焦热过,聚少离多;城之冬,酷寒胜,分分又合合。不论如何,今冬在这个家里总算是安稳地度过了。决定年份的日子不紧不慢地到了,王胖子的聚会也到了。酒过三巡,王胖子从脸红到脖子,他肥胖的手提着酒杯说:"你们说,这人啊活个什么劲呢,从前我们穷,那时真是上顿不接下顿,这都不算啥,连个睡觉的地方都没有,我跟老二,睡过马路,睡过工地……那时就想啊,有个安稳的小家,不用太大,每顿都能有热乎米饭,配两块肉,再来一瓶酒,这日子多好。"王胖子把酒杯凑到嘴边,王老二也提起酒杯,跟着仰头喝光。陈小妹看着他,眼中的柔情便落在大伙儿眼中。王胖子手伸向酒瓶,他媳妇按住他的手,摇摇头。王胖子撇开她的手,继续给自己满上,说:"你们说,咱现在,就咱,啥文化啥背景,啥啥都没有的人,六七家工地同时开工,六七家啊!同时啊!"他伸手比画着六又比画着七,眼睛在每一张脸上扫过,最后落在酒杯上,继续说,"现在有酒!有肉!有房子!有女人!兜里、存折上都有钱!我咋就觉得没劲了呢,活着没劲!"

　　徐勇端起酒杯,自顾自地一杯又一杯饮着。王胖子看见了,提着酒杯，站起身，摇晃着走到徐勇身边。李欣欣慌忙站起身来，让王胖子坐在自己的位置上，自己坐到王胖子的凳子上。两个人一杯又一杯地饮着，胖女人与吴婶的劝阻无效，王老二端起酒杯，刚想站起身，被陈小妹在桌下踢了一脚，他便老实地坐下了，陈小妹伸手挪走他的酒杯。门外鞭炮噼里啪啦地炸开，孩子们欢快的叫闹声传进房内。王胖子停止讲话，停止喝酒，餐桌上静悄悄的，门外孩子们的声音越来越远，直到消失不见时，王胖子突然哭了，不是那种默默的无声的哭，而是号啕大哭。小冉、徐浩、小石头、李欣欣四人被这场景吓呆了，他们互相搜罗着知音的眼神，无所适从。王老二站起身，跟徐勇一起，连搀带架地把自己的哥哥送回卧室。他们三人在里面待了很久，外面只能听到王胖子的哭声。餐桌上还剩下两个男性，徐浩看看卧室紧关的门，又看看桌上的女人们，说："小石头，这么久不见，你想我没啊？"

小石头没说话。

"哦，不想我，想你小冉姐姐没？"

小石头还是没说话，但脸"唰"的一下就红了。徐浩继续说："哟嗬，长大了，知道害臊了，是不是觉得你小冉姐姐漂亮？"

小石头的脸更红了，小冉拍了下徐浩，皱着眉，徐浩笑了，继续逗小石头："长大给你娶个像小冉姐姐这么漂亮的媳妇好不好啊？"

吴婶说话了："越大越没正形，小石头别理他，你不是总念叨小冉姐姐吗？去，坐她旁边，跟你小冉姐姐好好聊聊……"随后吴婶又转向小冉说："这孩子啊，学习不行啊，俺们也不懂，你跟他说说。"小石头没动地方，仍是低头无语。小冉召唤他过去时，小石头才站起身，坐在小冉旁边。小冉问小石头的功课，还有在校的生活，徐浩在一旁搭腔逗小石头。吴婶看着他们，眼神很复杂，她轻轻地叹了口气，扫了眼胖女人，说："这个欣欣啊，你俩啥时候定下来啊，她小姨，你看呢？"

胖女人好像才缓过神来，支支吾吾地说是啊，应该的。卧室的哭声止住了，门开了，王老二与徐勇走出来，门再次被关上，王老二看着陈小妹说："没事，喝多了，睡了。"

吴婶看徐勇坐下后，继续说："刚才俺们还说你跟欣欣啥时候定呢，俺老太婆活了大半辈子，你们要的幸福俺不懂，俺这辈子……"

"婶，你别说了。"徐勇打断她。

吴婶摆摆手，继续说："你听俺说，俺啥也不懂，活到现在只想明白一件事，就是这人啊，别想太多，别回头，也别往前看，今儿的日子，人在，就是好事，俺是这么想的。但你们年轻人啊，不定下来，这人就不一定天天在，心就不安啊，这就不是好事。她小姨，你说是不是这个理？"吴婶说着，伸出手握在她的手上。胖女人琢磨着吴婶的话，良久过后，突然恢复她以往的状态，放出她豪迈的嗓门对两对年轻人说："定，必须得定，今年大勇跟欣欣就把这事定下来，给你弟弟做个榜样，完事就到你俩了，咱们这日子过的是啥，不就是这个吗？咱这个家，也该有点喜事了，大勇给句话，痛快的！"

两对年轻人心脏扑通扑通地乱跳，徐勇低着声音说："这事啊，俺肯定会办，你们都先别急，俺心里有数。"李欣欣听着，突然站起身，快步钻进王老二与陈小妹的卧室，"嘭"的一声，门被关上。

谁也不知道李欣欣在想什么，他们看向徐勇。徐勇不愿知道她在想什么。他端起酒杯，一饮而尽，说："你们心都放肚子里，俺都有数。"

天快黑的时候，这场落寞的聚会终是散了。小冉与徐浩最先离开王胖子的家，他们走在路上时，徐浩抛出一个又一个的问题，胖叔怎么了，李欣欣怎么了，勇哥怎么了，大家都怎么了。小冉回答："家家都有本难念的经。"

元旦过后，春节就不远了，新年与新年的过渡，是时间给予人们最隐晦的温柔。在这一段时间里，徐浩鼓足全部精神，与王潇虎合力做最后的冲刺。城里下了一场又一场的雪，徐浩不觉得冷，每日清晨，他都热血沸腾地奔走在售楼处、小区里，除了这两个工作地点，他还去咖啡厅、酒吧、高尔夫球场、骑马场等等。他去过的地方越来越多，他看到的城也越来越大，他越陷越深，每一次他都不给自己留下任何游玩享受的松懈机会，他表面是一位热情幽默的朋友，陪着潜在的客户玩耍。这些都是王潇虎多年累积下来的招数，现在的他已经对徐浩倾囊相授，徐浩在他的授意下越来越懂得分寸，他跑下的单总有王潇虎的份，他的业绩总会保证在王潇虎之下。两个人齐心协力成为老板的两员大将，其他的同事对他们丝毫不敢招惹，即便被抢了单，也只能忍气吞声，因为在这里的生存法则只有一个，业绩至高无上，要回那一两个单子，也并不能对二人构成丝毫威胁，反而是虎口拔牙。

新的社交软件在风雪交加的冬日出现了，徐浩与王潇虎穿着昂贵的西装拿着手机，添加好友，不时地瞥向对方的好友，暗自较劲的样子像两个大男孩。第二天清早，徐浩听到王潇虎的微信好友满员时，才敢说自己的也是。二人当天冲向商场，两台iPhone握在两人手里。从进店到出店，总共花费不到十分钟。新的电话卡插进新的手机，二人赶回售楼处，王潇虎一边走一边摆弄他的新手机，徐浩手抄在口袋里，握着新手机，想起几年前大柱抱着手机的样子，勇哥给自己的小灵通，思绪万千。

王胖子的聚会又来了，这一次是春节前的离别，他们要回家了。聚会结束后的第二天,除了徐浩与小冉,其余的人都钻进火车,离开城里。两天后,小冉也放假了,这时距离春节还有四天,徐浩还在他的工作岗位上。小冉拿起手机给吴文拨打电话,电话那头没人接听。距离春节还有两天的夜晚,徐浩右边口袋里揣着银行卡,左边口袋揣着小冉的手,进入商场。出来时小冉的手里也多了一部新 iPhone。在购买的过程中,小冉再三拒绝,徐浩说扔了诺基亚吧,多少年前的产品早已跟不上时代,不坏都是奇迹了。小冉说换新可以,但不换贵。徐浩回复贵才是新。几番争执后,小冉把新 iPhone 装进包里,嘟囔着给家人的礼物。徐浩拉着她钻进地铁说,钱才是最好的礼物。

第二天上午,徐浩与小冉拉着一个行李箱,走出火车站,钻进出租车。到家时,早有一群人站在门口等待,母亲看了一眼儿子,便迅速冲向灶屋,又急匆匆地跑出来,她挽着小冉的手,热情地邀请她进屋吃饭。小冉看到远远站着的母亲,摇了摇头。徐浩的母亲紧拉着她的手不放,又腾出一只手,向远处召唤。小冉的母亲往树后躲了躲,又露出头来,笑了。小冉说:"大娘,我妈肯定也在家做好饭菜了,不能让她白辛苦,我等会儿再来看您啊。"徐浩的母亲只好松开她的手,小冉在村里一堆人的注视下走向她的母亲,走向那棵干枯的树。

堂屋里坐着的老人,慌张地看着闹哄哄的人群,她不明白,她无法分辨他们是谁,自己是谁。徐浩在一堆人的簇拥下进入堂屋,随后饭菜在女人的手中运到堂屋的大餐桌上。

"真快啊,这才四个小时,人就从一个地方到另一个地方哩。"二叔叼着烟说。

"快是快,钱也快。"徐浩的父亲嘟囔着。

"人娃挣得也多,都学你,抠一辈子。要是浩子明天到,看谁着急。"

"二叔,这肚子没了啊,咋瘦这么快?"

徐浩话音刚落,二叔脸上的笑容就僵住了。徐浩的父亲说:"还没看你奶奶呢,去跟她说说话,看她还认得你不?"

徐浩站起身,走到奶奶的面前,蹲下身,抬头大声喊:"奶奶,还认得我不?"

奶奶的眼睛被皱纹挤压得只剩下黑眼球了,她盯着他的样子,像婴儿。徐浩伸出手,给奶奶擦掉眼屎,眼白才露出一点。

"奶奶,我是小浩子啊,我回来了。"

"大点声,她耳聋,听不见。"徐浩的母亲说。

徐浩再度提高嗓门,在奶奶耳边喊了一通后,再次蹲下身,奶奶说话了,她说:"好,好……好。"

"老了,不认人了,行了,都别聊了,快过来吃饭。"徐浩的母亲说。

一干人这才挪动身体,在餐桌前落座。没聊几句,话题就由徐浩的二婶子转移到婚姻上。她对徐氏兄弟的指责很快得到全家人的响应。徐浩赶紧说:"我哥有媳妇哩。"一句话让家人的攻击暂停了几秒钟。二婶子看看徐浩,看看徐勇,看看吴婶,又看着徐勇,说:"是欣欣姑娘吧。"

"对对,那就是我哥的小媳妇,比我还小几岁呢。"徐浩吧嗒着油嘴说。

徐勇:"就你多嘴,吃都堵不住。"

徐浩的母亲:"别光说别人,你自己呢?"

徐浩的父亲:"你咋不领家来?啥时候把事办了?"

徐勇:"不急。"

徐勇的父亲:"还不急,你都多大了,你看看俺都多大了,你心疼心疼你爹。"

徐浩的父亲:"不是大爷说你啊,大勇,你是该娶媳妇,生个娃了,你爹你娘苦得很,为这事没少掉眼泪。要是差不多,就赶紧定了,别拖了,你爹他身体……"徐浩的母亲赶紧在桌下踩着他的脚,接过话头。

"俺们都老了,身体也都不如从前哩,不指望你们大富大贵,就想抱个孙子,新鲜几天。也堵堵村里人的嘴,面上他们都说你们这儿好那儿好的,挣大钱啥子的,背地里都戳俺们脊梁骨,说老大没娶媳妇就死了,老二、老三家孩子这么大岁数了,也不成家,说咱家缺阴德,没后呢……你也别笑,说你哥,没说你呢,你跟小冉到底咋回事,这姑娘的娘吧虽然口碑不好,但俺这回也看明白了,啥是口碑?娃有出息才是正道,你们俩打小就认识,现在一起这……这也不清不楚的,让人家姑娘活受罪,赶紧娶了得了。你咋还笑呢?"

"妈,你看你说的,一会儿怕人家说,一会儿又说口碑没啥;一会儿说不要钱,要孙子;一会儿又说有出息是正道。你到底要啥嘛?"

徐浩的母亲被徐浩噎住了,着急地用胳膊撑自己的男人。

最后徐氏兄弟只好投降，哄骗着说"快了"。徐浩从包里掏出两个信封，当着全家人的面递给他的父亲。父亲放下碗筷，接过信封，拆开，徐浩的母亲眼睛就亮了。她拿出钱，当着众人的面数，父亲象征性地阻拦，最后钱还是数完了，两万元。这个数字的公布，使得方才餐桌上齐心合力的催婚氛围变了。徐浩在心里冷笑，谁说钱不能解决所有问题，只能说钱不够，不同问题不同价码而已。

当天夜里，徐浩缩在被窝里，翻着他的新手机，QQ群里的老同学们开始活跃起来了，商量着年后聚会的事情。徐浩翻了几页后就退出了，点开微信，与王潇虎闲谈。第二天一大早，徐浩被小石头折腾醒了，他无奈地起床，无所事事。今天是新年的正日子，老人们忙前忙后，过去的几十年，他们都是这样，那时的孩子一到这天就会早早起床，期待地穿上他们的新衣新鞋，要么围在大人的脚边，要么出去肆意地玩耍，大人们便觉得这一年来的辛苦都值了。眼下，孩子大了，他们不需要他们的新衣新鞋，就连小石头都不愿出去玩耍了，忙碌就变得纯粹了，母亲拔掉最后一根鸡毛，叹了口气。

大年初一的晚上，徐浩接到一个电话，邀请他参加第二天的同学聚会。徐浩用家里有事，推托掉了。大年初三，徐浩带着小冉搭着同村人的车走了。不要接站，不要送站，这是徐浩给家里人的命令。他们走了，留下伤心的人站在村口，他们还没适应孩子们的归来，就要适应孩子们的离开了。

黑色的轿车笔直地向前行驶，直到变成一个黑点，看不到了，他们才互相搀扶着转身。正月十七，一行人再次出发，火车站的窗口，重复十四天前的伤心。都走了，一个也没有留下，村子太小，俺们太穷，徐浩的父亲坐在自家的门口，望着由胡同切割的天空。他不知道，孩子们的天空也是被胡同切割的，被楼房切割的，切得更碎，更小。

小石头钻出火车，他说："这地方变小了。"

吴婶说："是人多了，挤小了。"她本能地伸出手去摸小石头的头，发现她只能摸到他的肩了。

路上小石头饿了，吴婶给他买了一个麻团，他拿着麻团只看不吃。吴婶问咋了，小石头又说："这个麻团不对，太小了，他们坑人。"

"它没小，是你的手大了。"

归城的当夜，王胖子家的聚会就开启了。徐浩与小冉再次缺席。饭桌上，吴婶腼腆地说："有个事啊，就是俺听邻居们说确定要拆俺那胡同了。"

"给多少钱？"

"没定下来呢，俺啥也不懂，这不是想问问你们，一般都给多少钱啊？"

"城里的房子贵得很，现在咱这装修都装到五环了，那房子都过万了，你这得往狠里要。"

"那得要多少啊？"

大伙儿你看我，我看你，谁也没说出个数。对于他们来说，这就像一个世纪难题，他们解不开。

城里的雪早就化了，纤细的嫩芽钻出湿润的土层，在刚刚好的春风与阳光里，日渐粗壮，与城里的房子、城里的人连成一片。徐浩喝多了，在他的新老板面前。新老板推掉王潇虎，结了账单，临走时再次嘱咐这个季度的目标，并让王潇虎照顾醉倒的徐浩。老板走后，王潇虎搀起徐浩走出饭店。一阵春风，一阵呕吐，循环反复，几轮过后，徐浩直起腰板，推开王潇虎说："我……回家。"

"别了，去我那儿。"

"不……不行，我……要回家，必……必须回家。"

王潇虎只好把他扔进出租车，他握着车门把手，犹豫了一下，也钻进出租车。王潇虎搀扶着他上楼，小冉应着敲门声，开门，徐浩倒在她的肩上，王潇虎上下打量着小冉，看姑娘没有邀请他进去坐坐的意思，也就走了。小冉搀着他，移步到床上，徐浩倒下，小冉转身，他的手抓住她的手，用力往回一拽，失去重心的小冉就扑在自己的身上，紧接着就是一个转身，小冉就在自己的身下了。第二天醒来时，两人都赤裸着身体。小冉下床，出门。徐浩听着楼道里的脚步声渐远，窗外的身影走远，才洗漱出门。这一天他都忐忑不安，王潇虎过来打趣说："妞不错嘛，怪不得你非要回家。"徐浩应和着，一直熬到下班。小冉在微信里说，今晚加班。收到小冉的信息，虽然是加班的信息，徐浩还是松了口气，他给自己加了会儿班，就奔向小冉的公司。初春的夜里寒风四窜，一点春的样子都没有。他站在她的楼下，大衣紧了又紧，还是无法躲避冰冷的寒气，这样一站就是一个小时。他想起自己第一次来这儿时的场景，他的身份是村里来的农民工，城里人的眼神都会让他躲避，而现在，他穿着昂贵的衣服，兜里有可供他自由挥霍的钱财，床上有形色各异的漂亮女人，还有可期的未来，他还怕什么呢？小冉怎么可以看不起他呢？这样想着时，她出来了，徐浩刚刚调动起来的自信就消散了，只得默默地跟在她旁边，钻进地铁。小冉不说话，他也不说话。直到两人来到他们的小区，徐浩才小心翼翼地说："昨晚……我……"

"回家吧。"小冉打断他的话。

"我累了,很困。"小冉又补充说。

接下来的几日,徐浩发出去的信息,小冉都有回复,拨过去的电话,小冉也有接。徐浩这才放下心来,并且暗自欣喜,整个人再次热血沸腾起来,他比以往更加努力地工作,完美的生活好像没有那么遥远了。另一边的小冉不断地拨打吴文的电话,起初她只是想找可以信任的同龄人聊聊,她想了很久,发现她身边只有吴文一人。可是她的电话怎么也打不通,她觉得很奇怪,吴文消失得太突然、太久了,她不由得开始为她担心,悲观的人习惯延伸消极的想象。她又没有吴文的住址,也不知道她的公司,她只有她的电话号码,她只能不断地打电话。在她担心她的日子里,徐浩对待小冉更加殷勤了。

半个月后,电话终于接通了,确定是吴文的声音,小冉才放下心来。吴文说自己的手机丢了,说最近才去办理找回手机号的业务,说很麻烦,说耗费很长时间,还说了很多填补消失时光的缘由。小冉约她来家,吴文推托,小冉又约咖啡店,吴文同意了。

半年多没见,吴文剪短了头发,整个人也胖了一圈。她刚坐下,便说:"我要走了。"

"去哪儿?"

"天津。"

"干吗去?"

"结婚。"

小冉惊住了，连续问出好多问题。原来吴文新交往的男友，在天津工作，他的姐姐是吴文的同事，他来城里看望姐姐时，两人相识，交往了三个月。

"三个月？你就嫁？工作呢？"

"最近正着手辞职呢。"

"那边，找好工作没？"

"差不多了吧，婆家正给安排着。"

"怎么这么突然？"

"他是一个高中老师，工作稳定，有一个一百七十平方米的房子，现在每平方米涨了5000，还在涨。人也老实，去过我家了，家里人也都认可，就嫁了。"

小冉听得目瞪口呆。吴文聊完自己的事后，抿了一小口咖啡，在杯壁上残留半个红色唇印。随后她盯着小冉看了一会儿，说："你……你们最近怎么样？"

小冉消化着吴文带来的信息，对于突如其来，也是她想找吴文倾诉的问题，她选择了隐藏，她不想用自己的事打扰人家的幸福了，于是，她说："都挺好的。"

吴文脸上掠过一丝微妙的表情，沉默良久后，她说："徐浩没有你想的那么可靠，我要走了，也算是为你好吧，他没有他表现得那么老实、忠诚。我只能劝你慎重，还有……你要记得医生的嘱咐，你的身体不能再承受人流了，否则日后可能会习惯性流产，甚至不再会怀孕了，你要放在心上。我只能说这么多了。"

吴文的话对小冉来说可以算是晴天霹雳，她看着吴文杯壁上的半个红色唇印发呆。直到吴文说要走了，她才缓过神来。她邀请吴文去她家，吴文起初不肯，后来又答应了。

吴文在徐浩家中坐立难安，时间一分一分地流逝，她在去与留的问题上焦灼着。直到时间把徐浩送上楼，开门的一刹那，徐浩僵住了。还是吴文先开口说，她要走了，离开这个城市，临走前看看"老友"。徐浩支支吾吾地说："哦……哦……"吴文盯着徐浩看了许久，徐浩躲避着她的眼神。小冉觉得气氛奇怪，想拉扯吴文坐到她身边时，吴文说："我走了，你们保重。"还没等小冉反应过来时，门已经被关上，小冉想下楼去追，被徐浩拦住了。他说太晚了，别留人家了。又说自己今晚有工作要忙，也没精力招待，更没时间送她。小冉不愿与他争辩，想着明天可以给吴文打电话询问她今天话里的内容。

次日中午，小冉拨打吴文的电话，传来的是"对不起，您所拨打的号码是空号"。自此以后，吴文便从她的世界里彻底消失了，只留下那半枚红色唇印吐出的种子，走到又一个春末夏初。一天清早，徐浩接到来自老家的电话，他挂断电话后，急匆匆地向领导请假，又乘坐当天的火车赶回老家。小冉的母亲病了，没人知道她得了什么病，病了多久，又这样躺了几天。知道的是一个娃娃的皮球落到她的院子里，娃娃去捡球的时候，好奇地走进屋里，看到的就是这样了。小冉母亲睁着眼睛，疼痛、虚弱、紧张、害怕都在这双眼睛里写着，面对一个活死人，村里的人柔软了，但谁也不敢轻举妄动。徐浩的母亲端来一碗热粥，徐勇的母亲搀扶着她，一口一口往她嘴里送。等徐浩赶回来时，小冉的母亲才被送往医院，检查结果是子宫内膜癌。小冉的母亲在医院里躺了三天，就偷跑出来了。她带着感激的心情回到村里，得到的还是村里人躲闪的目光，他们窃窃私语着，女人那地方病不是啥正经病。她听到了，把头低得更低了。徐浩拎着买回来的食物，走到病房，等了好一会儿才发觉不对劲。他给家人打电话，让他们去小冉家看看，果然她在家。徐浩只得无奈地回村。刚进村，他就赶往小冉家，对她说："跟我进城吧，那儿医院好，能治呢。"

她摇摇头。

"进城去看看小冉，她也想你。"

她不再摇头了，盯着徐浩看了一会儿后，点点头。随后又在床头的柜子上胡乱地摸索着。摸出一个小包裹，在徐浩面前打开，里面有个小铁盒，徐浩先看到两张照片，一张是男人的半身像，一张是婴儿。小冉的母亲颤颤巍巍地拿着照片放在一边，剩下的是一张存折，一枚薄片般的金戒指，一堆硬币，还有卷成一卷的钱。她把钱上的皮套拆掉，先是数出 500 块钱，后又数出 500，还剩下 237，她拿着钱，愣了一会儿后，连整带零地全部塞给徐浩。徐浩赶忙推托。小冉母亲把钱按在徐浩手里，说："带俺进城。"她说话时的眼神，让徐浩多年后都记忆犹新，他说不上来那是什么，总之让他不敢违抗。第二天，他带着小冉的母亲走了。徐浩走的这些日子，小冉只知道家里出事了，但她不知道是谁的家里出了什么事。徐浩微信上说，已到家，下班早回，有事。收到信息后，小冉开始不安，熬着时间，直到下班。见到母亲时，她整个人都惊住了。她用眼神向徐浩求救。徐浩示意她来厨房，小冉跟着。

"她生病了,我就带她来咱这儿看看,你也别担心,会好的。"

"什么病?"

徐浩犹豫了一会儿后说:"子宫内膜癌,但发现得早,没事,你别担心,这些天好好陪陪,会好的。"

小冉只觉得腿软,整个人就失去了力气。徐浩抱着她,说:"有我呢,会好的。"

这个胸膛,第一次让小冉觉得安全温暖。她想躲在这里,让刚才的对话消失。

"你要打起精神来,阿姨还在那儿等着呢,咱不能在这儿待太久。"

小冉勉强站起来,徐浩捧着她的脸,擦掉她的眼泪。再出来时,看到自己的母亲拘谨地坐在床头,瘦成一副骨架的样子,心又疼了一分。

看见小冉过来,母亲慌忙地把手伸向裤子里,翻腾了半天,掏出一个小布包,打开时,里面有一张一万元的存折、一枚戒指和一张婴儿照片。她把它们推到小冉旁边,小冉再也无法控制自己,扑到母亲怀里,哭得像20年前一样。母亲伸出手,颤颤巍巍地从小冉的头抚摸到她的背部,一遍又一遍,像20年前一样。

敲门声响起,徐浩开门。小小的楼道里挤满了人。客人一个个进屋,母亲原本放在小冉头上的手就缩回去了,她下意识地往后躲藏身体,但这儿没有可以躲藏的地方,她低下头,眼睛瞟向地面,进来一双鞋,又一双鞋,有男人,有女人。

小冉背对着客人，慌忙地擦干眼泪。听声音，她便知道是吴婶他们来了。吴婶与胖女人走了过来。其余的人被徐浩安排坐在餐桌旁，徐勇推着徐浩进入厨房，两人小声地嘀咕着。小冉站起身，让吴婶坐在床边，又搬来一个板凳，让胖女人坐下。吴婶先是关切地询问小冉母亲的身体，然后一一介绍进来的客人们。刚介绍完，胖女人伸出手，猛地抓住小冉母亲的手，说："大姐啊，你可得放宽心，我们村里有个老太太，说起来，得有十几年了吧，也是得了这病，过年我们回家时，还在那儿胡溜达呢，啥事也没有。你跟她说话，她老是笑呵呵的，心态可好了。这病啊，三分治，三分养，四分靠心态。放宽心，没事。你看看你这大姑娘，养得多好，人漂亮不说，脑瓜还聪明，这一屋里的人谁也赶不上她，你的福气大着呢……"

小冉母亲的手一直被胖女人扯着，她盯着自己黑黢黢皱巴巴的手在软绵绵胖乎乎的手心里，腼腆地笑了。胖女人说话时，她的男人时不时地搭腔，两人搭着搭着就扯到别的话题上了，王老二也被卷进来，其余的人也开始讲话了。小小的房间一点点升温，一颗久未见阳光的心逐渐被照亮。当晚，徐浩跟客人们一同离开，陈小妹留了下来，这是客人们在来之前早已商量好的安排。王胖子带来一张折叠床，几个人七手八脚地忙碌起来，小冉母亲仍然浑身紧绷地坐在床头，看着其他人忙碌，她几次开口但什么也没说出来，直到客人们都走了，小冉她们坐下了，她才说："那啥，没事，就都睡吧，把灯关了，省点电。"小冉原本想跟母亲说会儿话，但她能说什么呢？自从那年挨过母亲一巴掌后，她就把母亲关在自己的心门外，这么多年过去了，现在想让母亲进来，可是门在哪儿呢？她只好听话地关灯睡觉。三个人躺在三张床上，无眠也无言。时间过去了很久，母亲传出沉重的呼吸声，夜里听着，清晰且安心。陈小妹小声地说："小冉，睡了没？"

"还没有。"

"俺睡不着,咱俩聊聊?"

"行啊。"

陈小妹把身体转向小冉,轻声说:"明天吧,咱俩带你妈去医院,让徐浩上他的班,俺们大伙儿商量吧,这段日子肯定有你俩忙乎的,咱们这些人里,就你俩请假费劲,耽误挣钱,俺们少去几天,也不过就是让别人多干点活儿,最那啥也就是出活儿慢上几天。所以明天咱俩去,看看情况,要是住院啥的,你也不用天天请假,俺、嫂子、吴大姐,还有欣欣,俺们轮班照顾。你下班过来就行。要是不用住院呢,也是这安排。……还有钱要是不够,你得跟俺们开口,别不说话,这时候不像旁的事……那啥……还有个事吧,俺不知道该不该说,你别见怪啊……就是你跟徐浩要是还可以,就尽快把事给定了,让你妈也安心,她就你这么一个姑娘……"

陈小妹说了很多话,小冉听着,在"嗯嗯"的回复中流下眼泪。这是她第一次与陈小妹单独相处,实际上,除了徐浩以外,她跟他们的交集也不过就是王胖子的聚会,虽然早些年曾住在吴婶的屋檐下,但在她的心里始终无法与他们真正地亲近。眼下,她虽然不清楚母亲的具体情况,但她的直觉告诉她非常不好。人在这个时候,才会产生对情感的渴望,尤其是亲情。她孤零零地成长,在此刻走向极致,也在此刻她突然觉得不孤单了。这种感觉没有止步于小冉,床上的母亲早已默默地用眼泪一遍又一遍淋湿了枕头。另一边徐勇与吴婶也对徐浩道出了他们的安排,徐浩拒绝,无论他们怎么说,都是拒绝。

第二天清早,陈小妹推醒小冉,说:"叫你妈起来吧,咱们早点去医院,估计得排队,还有先别吃饭,估摸着检查啥的需要空腹。"话音刚落,小冉母亲就挪动着身体,坐起来了。陈小妹叫来一辆出租车,几个人钻进去。快到医院时,徐浩的电话打过来。在她们排队等待叫号时,徐浩来了。等了两个小时,终于排到小冉的母亲,进去不到五分钟,换来几张单子,徐浩拿着单子在陌生的医院里急匆匆地行走,排队、缴费、排队、检查、再取号码……接下来又是等待,抽完血,继续等。徐浩出去买了几个盒饭,大家吃着,继续等。下午时,拍了两张片子,继续等,专家快下班了,大伙儿着急,徐浩堵在专家的门口。距离专家下班不到五分钟的时候,片子出来了,一伙人急匆匆地闯进专家的门诊。出来的结果是子宫内膜癌晚期,让家属们自行考虑,是否住院治疗,治疗方式以放疗为主,必要时需要化疗。小冉不知道自己是怎么走出医院,又是如何到家的。整个人犹如宿醉一般,头昏脑涨。等她逐渐缓过神来的时候,听到徐浩气呼呼地与自己的母亲争执,母亲语气怯懦但丝毫不肯退让。

"俺没事,花那么多钱干啥?命到这儿,争它一分都要花更多的代价,不争。"

"不争!争了有命,不争就啥都没了!婶……我求你了,咱就去住院吧,你也为小冉想想。"

"不去,你说破大天俺也不去,明儿俺就回了。"

…………

明儿到了,母亲没走,也没去医院。这一天,"一家人装饰公司"的骨干聚齐了,用各自的方言与兜里的钱劝说她同一件事——住院治疗。临走时,每个人都尝到了这个瘦小妇人的固执,全部败下阵来。固执的人不只是小冉的母亲,另一个就是吴婶,大伙儿无数次地跟她说,活儿没有能干完的,该下班就下班,吴婶总是嘴上答应着,夜里仍跪在地上干活儿。今晚也是如此,吴婶抹完最后一条瓷砖缝,从跪了一天的地面上缓缓直起身子,她看着一条条整齐的金灿灿的地缝线,心满意足地离开。路上她给自己买了几个包子,在公交车上解决掉。下车后,她又买了一些水果,敲响徐浩家的门。刚到家,她就让徐浩把小冉带出去散步。他们走后,她一边洗着水果,一边开始与小冉母亲闲谈。最后一个苹果冲洗干净,装进塑料盆里,吴婶端着它放到小冉母亲的面前,就开始了固执之人的正式谈判。吴婶先是握着她的手说:"俺知道,这天下谁不稀罕自己的命?谁不怕死?但母亲会有比死更怕的东西,就是娃,你不想成为小冉的累赘,看着她一步步走到今天,不容易,不愿毁在自己手里。这些话今天来的人应该都说了,你别嫌俺啰唆,因为他们说没用,他们谁也没真正有个娃,没法真正体会你的苦。更何况你们娘俩比寻常的人更苦,小冉的今天比别人来得更不容易,俺都懂。换作是俺,俺也会跟你一样,不糟蹋钱,把钱留着给娃过日子,他们过得好,自己这辈子就行了,一闭眼,啥苦都没了。"

这些话寻常极了,可是在小冉的母亲听来极其不寻常。自从来到城里,她尝到了这辈子都没尝到的温暖,那是她极度渴望的温暖,暖得让人心醉、心酸。白天的克制此刻已达到了极限,更何况说苦之人不是旁人,是同样苦命的吴婶。她低着头,瞪着眼睛,眼泪还是流下来了。多少年了,她没让人看见过她的眼泪。吴婶看到了,她抓住机会继续说:"唉,你说这老天爷到底长没长眼睛,这苦啊总要让苦人受着,有啥法子呢?咱生下来就是受苦的命,咱认了,可是不能就这么一直欺负老实人吧,认命也得有个限度。俺现在是发现了,不认肯定不行,但一味地认命吧,苦就都来了,不仅自己苦,连累身边的人也苦。就好比妹子你吧,你认了一辈子,就苦了一辈子,但你也有不认的地方,你看你培养的这姑娘就是个活生生的例子,你要是把你认的苦都让她也认了,她也就没有今个儿了,你说是这么个理吧……这姑娘也是,她要是认了,也没有今天,她要是一点不认,她这日子啊,肯定就更苦喽……咱再说眼下,这病吧,是定下来,咱得认,但是也不能一点活泛劲都没有吧,你想想啊,人都得有走那么一天,咱这做过母亲的人,到这个时候能盼点啥?不就盼着子女好吗?病了一点都不治,就这么走了,你说你给孩子留下的是啥?钱?你能有几个钱?这些钱够不够弥补她的愧疚,她得自责一辈子啊,她会觉得是自己杀死了自己的娘啊。你想过没有?"

听到这儿,小冉母亲猛地抬起头,每滴眼泪里都在说着委屈,说着无助。吴婶叹了口气继续说:"你要是听俺劝,就去医院……先别急,听俺说完。唉……去吧,去看情况,徐浩都跟俺说了,你这个病虽然听起来吓人,可是你年轻啊,你才45岁,医生都说了亏了你年轻,扛得住手术,那就是好事。你先做个手术,住上一个星期,这钱总还不算多,俺们都能给你凑了。完事呢,再看情况,要是必须得化疗啥的,你要是不乐意,咱就回来,俺支持你,也帮你劝他们。要是不用呢?咱也回来,该治的也治了。你这样想,这一个星期,花的钱咱能承受,治好了,啥都好了,治不好,你也治了,减少娃的愧疚,让他们也知道尽力了,这样多好。"

"那得花多少钱啊?"

"这俺也不清楚,但俺估计咋的也比什么化疗便宜吧,俺看电视上,都说化疗邪乎,又难受,又贵的,咱明天去看看,你让这一步,就减了姑娘的多少罪恶……"

"她没罪!"

"谁说她有罪啊,你看大妹子你,说啥胡话呢这是……"

小冉的母亲沉默了好一会儿,这个固执的女人低着头,几次抬起,几次嚅动嘴唇,又几次咬住嘴,吞下话,低下头。吴婶见状,知其有话,不免猜想连连，甚至以为她终于要从过去的事中解脱出来，以为她要吐露那个男人，要见他最后一面，或是让小冉认爹，这样她该如何回答。她认为过去的就应当过去，尤其是错误的事，绝不应拉出来，更不应牵连子女。于是，她赶紧说："大妹子，你看俺说的成不成啊，咱们做父母的活到这个岁数还图啥啊，不就图个孩子幸福吗？咱钱虽然给不了多少，但这心上，好歹给她留个圆满不是？即便是扯谎咱也得给她扯到底，不让她愧疚、不让她有疑问……"吴婶越说越觉得自己说错了，她开始心急如焚，口气便也跟着急躁起来，"大妹子，你就说成不成吧，你说就这么档子事，非要给小冉添心病不成……"

"别……别急，俺听你的，俺去，去治病。就是俺吧……有个心事……就是他俩人到底咋样了，啥时候能办事？"

听到此话，吴婶长长舒了口气，接着又叹了口气说："唉，现在的年轻人，不比咱从前，这城里更不比咱乡下，你看看他们一个个儿的都三十好几还不结婚，俺也不知道他们是咋想的，你别说小冉了，你看大勇，那都多大了，也有对象，就是不办事。唉……"

小冉母亲再次沉默，随后她站起身，身体稍显费力地执行自己的命令，一条腿刚跪下，另一条腿正要往下落的时候，被吴婶慌忙制止，她的固执战胜吴婶的同时也战胜了自己的虚弱。现在两条腿已经跪下了，吴婶架着她的胳臂往上提，她实在是太瘦了，吴婶使出力气，她的双膝就已经微微离开地面，眼看就要被吴婶抱起时，忽然，不知道她哪儿来的力气，竟推开吴婶，双膝着实地落在地面上，说："大姐，听俺说！俺啥也不懂，这辈子都活得个稀里糊涂，俺从姑娘起到老太太挨了一辈子骂名，俺都认了。现在，俺心里清楚，俺活不了多久，俺也没能力说服俺姑娘，也不想逼她，更不指望能看到俺姑娘嫁人了……这次来，俺也看出来了，你们大伙儿都是好人，小冉走出来，真是对了，能遇到你们，俺就是现在闭眼都知足……大姐，你更是好人，俺知道你都经历了啥，现在指望啥活着。俺……俺就把姑娘交给你了，就当你自个儿的亲生娃，她懂事，也知道孝顺，你对她好，她虽然不表现出来，但心里清楚得很，她会孝顺你的……等俺走了，你看着给她找个好人家，徐浩这孩子不错，你要是觉得行，就把她给嫁了，你要觉得不行，就不嫁，全听你安排……就是，千万不要让俺娃走俺的路，千千万万不可以……还有嫁妆这事，不用你操心，俺准备好了，虽然俺穷，没啥钱，好歹也攒了个折子，来那天都给小冉了，里面有三万块钱。还有俺家里的地、房全交给你了，你看着处理。你要是同意要俺娃，俺就起来。"

吴婶泪眼婆娑地点头，搀起小冉的母亲，两个固执的妇人就这样成全了各自的固执。徐浩与小冉回来了，吴婶告诉他们明天可以安排住院时，小冉高兴地扑在吴婶怀里。两个母亲看着，心怀各自的凄楚。

第二天，几个人前往医院，这一次算是顺利，住院部刚好有人出院，他们就被安排进去，手术定在五天后。吴婶把孩子们撵走，让他们正常上班。接下来的几日，吴婶与小冉的母亲共同下了死命令，除了吴婶，其余人都不准耽误工作，晚间更不能陪护。手术的前一晚，小冉与徐浩才被允许守在病床前，直到手术来临。

手术当天的一大早，王胖子他们一伙人就到齐了。一群人看着小冉的母亲被推进手术室。六个小时过去了，走廊里的大伙儿焦急地等待着，谁也不敢问、不敢说，只能等。

当母亲从手术室被推出来时，小冉才松开徐浩的手，急忙地看母亲。医生说，手术顺利，接下来就是住院观察，看情况安排做放射线治疗。大伙儿这才松了口气，王胖子最先发出爽朗的笑声，紧接着就是胖女人，胖女人把吴婶、陈小妹、李欣欣叫到一旁，商量接下来的轮班看护。

母亲醒了,小冉忙过去,握着母亲的手。徐浩慌忙地出去喊护士、喊医生,大伙儿七嘴八舌地唏嘘,一时间,小小的病房骚乱不止。这一天总算是熬过去了,接下来的三天,小冉不接受任何人的劝说,一直守在病床前,她说总得等母亲拔掉尿管的。徐浩去上班了,换来陈小妹、吴婶、胖女人与李欣欣的轮班守护。护士们抽了一管又一管的血,换来一沓又一沓的单子,每一张单子都催着他们花钱。小冉母亲看见单子,心就疼。术后的第四天,小冉与吴婶守在医院,医生再次来看她,说了些安慰的话后,就叫家属跟着他出去。等她们回来时,小冉母亲说:"说啥了?别瞒俺,你们要是瞒着俺,俺现在就拔管走。"

吴婶忙过来安抚说:"没啥,没啥,就是说恢复得好着哩。"

小冉躲着母亲的眼神,母亲早已看在眼里,虽然这些年来,这对母女相互之间并不十分了解,但毕竟是母女。小冉母亲叫唤着小冉过来,说:"你老实跟俺说,到底咋回事?你们这样瞒着俺,你们想办的事情也办不了,毕竟都在俺身上开刀。"

"说啥呢,妈?什么开刀不开刀的?没事。"

小冉母亲急了,当下就要拔掉输液管,好在吴婶眼疾手快,制止住了。

"大妹子啊,你这是干啥呢?唉……俺说,俺说……小冉你坐下,早晚得让你妈知道,你妈说得对,背着她你也干不成,况且这事还就得跟你妈商量……医生说吧,就是还得做点放射性治疗,他说这是局部的,跟那个化疗不一样。唉,那个医生吧,说的话俺也不全懂,听着也害怕,他的意思好像是说这样可以让病情好转,但也不能保证彻底就治愈了,还有一些什么副作用,也是让俺们自己考虑,但是如果不做吧,恐怕还会复发,还有听意思这个放疗应该不止做一个疗程,医生的意思先做一个看情况再说。小冉啊,俺说得对吧?"

小冉点点头,没说话。小冉母亲打量两人一番后,目光停在自己正在输液的手上。她看到手上粗糙的皮肤松松垮垮地包裹着骨头,她清晰地看到自己的衰老,异于常人的衰老。她抬起头,再次叫唤小冉说:"小冉啊,俺的娃,你吴婶也在这儿,不要打断俺,俺已经没那么大的精神跟你辩啦,你就听俺说点掏心窝的话。俺是听明白了,这病啊,治不好,在医生那儿也是走一步看一步,如果这样,你不如让俺回家,俺不想在这儿活遭罪,死了死了还要再受一番罪。现在手术也做了,已经让俺开一次刀了,就别再折磨俺了。明天就带俺出院吧,老天爷让你活到啥时候,就是啥时候,别跟他争,没有好果子的。还有……你吴婶人好,也苦命,俺已经把你交给她了,以后凡事啊,多听你吴婶的,不要跟着瞎倔,俺看你吴婶身子骨倒是硬朗,等她老了,不能动了,你就好好孝顺她……还有,你这娃啊,啥都好,就是忒要强,拼到什么时候才是个头啊?现在年纪真不小了,俺从来都没说过你,现在真该找个踏实的人嫁了,这是俺最放心不下的。你跟徐浩,从小玩到大,那孩子心里有你,俺看得出,他家里人也好,俺还记得他娘总偷摸地让他给你鞋子还有吃的,这就很难得了,人得知足。还有……千万千万不要走俺的路,俺丢了一辈子人,你们现在……唉。"

从母亲刚开始唤自己时,她的眼泪就已经灌满眼睛,母亲的每一句话,都像是大风,搅着她心头的海水一次次向上翻腾,一次次冲破眼眶,流到嘴边,与海水一样咸。吴婶看着这对母女,嘴里也是咸咸的味道,她抹着眼泪说:"大妹子,说啥话呢,这好端端的,咱刚做完手术,一切都好着呢,医生也说了,像你这样的,做完手术,即使不用什么放疗,也说不准能好呢,这就看个人了,你得保持好心态,好好的。"

夜深了,在小冉母亲的再三催促下,吴婶才回家。吴婶走了,病房就冷清许多,小冉拎着水果去水房。邻床的病人说:"看你们这几天够热闹的,多好,人多就是好,你真有福气。"小冉母亲没回话,她不太确定对方是否在跟自己说话。第三张床上的病人叹口气,也说:"是啊,瞧人家,和和睦睦的一大家,这人啊,到这个时候,才算看明白,活的是什么。"小冉母亲这才确定,她们说的是自己,但她还是没说话。邻床的病友们互相对望了下,就聊起来了。小冉母亲听着,知道她们与自己一样都是什么癌,家里好像都挺有钱的,一个孩子在国外,另外一个孩子开什么公司……小冉母亲偷偷转头,打量着两人。她的决定便在当下她们的对话中更加确定了,那样的人才可以治疗,而她住进这家医院就已经违反老天爷给她的命了。小冉端来洗好的水果,母亲看到她的眼圈比之前更红了。快到十点的时候,徐浩来了。小冉母亲已经睡着了,小冉拉着徐浩走出病房,来到楼道的窗前,她扑在徐浩的怀里,委屈的眼泪这才畅快地奔腾出来。徐浩一边安抚,一边询问。小冉把头埋在他的怀里说:"医生说毕竟是晚期,现在手术虽然做了,但并没有清除干净,需要做放射性治疗,继续清除,但是这种治疗本身就有风险,还不能保证它不再转移……如果不做,只能听天由命……还有费用……我妈说不做了,说明天出院,吴婶也是这个意思,说继续治也不能好,花钱不说人还得遭罪,不治了,也就这样,只能听天由命了……"

"需要多少钱?"

"每个疗程最便宜的也要3000多,贵的10000多,需要很多个疗程……吴婶说她打听到邻床的病人都做了二十次了,她说要是全算下来,连带住院,还有其他药,检查……怎么也得5万起,10万、20万都有可能,还说要治就用最好的……后来吴婶又去问医生,说哪怕是用最好最贵的人也同样遭罪,不能保证寿命……"

这天晚上,小冉在徐浩的怀里哭了好久。钱就像一颗小球,随着小冉的眼泪不断向上漂浮，在徐浩的心里不断上涨。他暗自咒骂自己的无能。

　　第二天，徐浩铁青着脸，办理出院手续。当天三个人就已回到徐浩的出租房中，吴婶带着小石头过来了，她给大伙儿准备午饭。下午三四点钟的时候，胖女人带着李欣欣拎着一大兜子的菜过来了。女人们在房子里上下忙碌着，锅碗瓢盆相互碰撞的声音在厨房里此起彼伏，夹杂着胖女人的高嗓门还有孩子的笑声，使得浸泡在悲伤里的人，或主动或被动地参与到充满烟火气的生活当中。天快黑时，胖女人发出一声尖叫，原来是她在厨房的窗户里看到了自己的男人。小冉的母亲得知原因后，捂着胸口，笑了。她从没有感受过这样热闹的氛围，她不适应，她受不了胖女人的高嗓门总是发出一惊一乍的尖叫，一群人在她眼前晃来晃去她也觉得头疼，但是她愿意让自己感受这样的不自在，她打心眼里愿意。王胖子他们进门了，人更多了，更热闹了，徐浩的餐桌也终于迎来久违的热闹。但是人实在是太多了，餐桌坐不下，吴婶就说自己带着小石头上一边吃。胖女人又是一声高嗓门，说不行，她提议，把折叠床上的被褥收了，铺点塑料袋，她们几个干活儿的女人就在上面吃。王胖子大手一挥，大脑袋摇晃，鼓足中气地说："两张床并一起，大伙儿都坐地上，要吃就要一起吃。"随后，大伙儿七手八脚地忙活开了，最终全部坐在地上，餐桌再次告别聚会。

　　这一晚，比过去所有的聚会都要热闹，大伙儿笑着，好像明天好日子就要降临，也好像今晚是最后的晚餐。王胖子开始唱歌了，他浑圆的肚子随着他不成调的歌声抖动着，惹得大伙儿又是一阵欢笑。王胖子说："人嘛，咋活都是一辈子，笑呵呵的多好，这样能美一天是一天，才值当。"说完竟然搂起自己的女人，用油腻的嘴唇"啪"的一下亲在她的脸上。这个平日里看起来嚣张跋扈的女人竟然低头害羞了，这一下掀起了聚会的高潮，所有人都笑了，都领会了。吴婶笑着站起身，撤走床上的盘子，陈小妹跟随她的动作，也开始收拾碗筷，小冉的母亲手刚伸向盘子,就被胖女人制止了。她说:"让他们忙活,你们都别动,这有人愿意干活儿,你就得学会享受。"随后她又叫李欣欣和吴婶,眼神与话同步并用,最终是李欣欣与陈小妹收拾残局,其他人继续聊天。

等房子重新归回原样时,胖女人拍着厚实的手掌说走了,其他的人就听话地站起身。当晚,还是吴婶留了下来。小冉喝多了,她吐了两次后,就趴在折叠床上睡了。

吴婶说:"大妹子啊,接下来你有啥打算?"

吴婶看她没说话,继续说:"俺是这样想的,你就别走了,你这身体也干不了啥农活儿了,就留下来吧,家里的房子啊,地啊,你要是信得过浩子,就让他跟他家里人安排。这边呢,也有住的地方,你可以住这儿,也可以住俺那儿,要是都觉得不方便,让徐浩再租个两室的,你别心疼钱,这孩子现在出息,你别看他念书不咋样,俺们这里数他挣得最多。你在这儿呢,也帮着孩子们做做饭,他们平时啊,吃不上啥,下班回来都挺晚,就在外面随便对付了,你来了,他们就有人照顾了。你看咋样?"

小冉的母亲皱着眉,她还是没说话。吴婶只好继续说:"往坏里想,你再不跟你姑娘亲近亲近,还等啥时候啊?"

小冉的母亲叹口气,算是同意了。

次日,小冉的母亲催促着小冉上班,让她别再请假了,小冉不同意,这份固执跟她一模一样。徐浩那边年假早已用完,加上旷工,这个月的收入整整打了个对折,好在有王潇虎帮衬着,给了他两份单子,不至于对折再往下了。当天,吴婶给徐浩打电话,把昨晚与小冉母亲的对话结果叙述了一遍。三天后,徐浩就拿着钥匙,进入新房。他离市中心近了一步,代价是每月4000元的租金。他交付了半年的房钱,就连夜搬家,好在有王胖子他们帮忙,总算是在当晚就搬完了。他当年亲手打造的家具,带不走了,新家没有容纳它们的地方。小冉站在新家的楼下,从外面看依然是破旧的老楼,好在里面有两间卧室,虽然拥挤,但够用了。徐浩坐在比卧室还要小一圈的同为餐厅的客厅里,得意地说:"这房子离你学校还有公司都近了,离我的也近,出门拐一条小街就是地铁口,还两室,房主不差钱,就是不想房子空着,着急租,他刚放出来,就让我赶上了,太幸运了。你知道这片两室的得多少钱吗?怎么也比咱的贵个七八百呢。"

"行了,别吹了,你看都几点了,凌晨三点了,你忙活着,大家伙全跟着,赶紧睡吧,你明天还上班呢。"小冉说。

小冉与母亲走进卧室,她们躺在床上。小冉母亲念叨着房子太贵了。小冉嘴上用徐浩的话来安抚母亲,心里也心疼,实在是太贵了。第二天,徐浩的闹钟比往常晚了四十分钟,他高兴极了,他享受到新房带来的头一件好处。小冉母亲再次催小冉上班,小冉仍然拒绝。在她准备早饭的时候,手机响了,是一直以来对她尤为欣赏和宽容的老板,老板很委婉地要求小冉上班,否则,恐怕公司留不住她了。挂断电话,小冉的母亲再次说:"是你老板打来的吧?去上班吧,这都耽误人家多久了?俺没事,俺就在家里待着哪儿也不去,你放心,有事俺会给你打电话。你要是再倔,俺就待不住了,这房子钱因为俺花了,看病钱也花了,再耽误你挣钱,这日子可咋过?"

小冉用力吐了口气,说:"明天我就去上班,今天不行,你都不知道上哪儿买菜,吃啥?今天,咱俩四处转转,熟悉熟悉周边,明天我准去。"说完,她又给老板回了个电话。

随着小冉的再次上班，他们的新生活逐渐步入正轨。小冉母亲一个人守在家里，从天明等到天黑挨到深夜时，两个孩子才拖着疲惫的身体回来。她发现她做的饭，孩子们根本就吃不上，她心疼地看着他们，越发觉得自己是个累赘。这样的日子持续了一个月，天越来越热了，吴婶拿着电话，在太阳底下找了好久，才找到徐浩的新家。现在，他们的距离又远了。小冉母亲慌忙开门，接过吴婶手里的袋子，小石头从吴婶身后钻出来，在新房里四处张望。

"真远啊，俺从家到这儿，得一个小时。要不是这么远，俺天天都能来坐会儿，跟你聊聊。你说这浩子也是，找房子的时候也不跟俺们商量，近点多好……"

小冉母亲笑着。现在吴婶已经习惯她的沉默寡言，两个人一边择着菜，一边聊着小冉母亲身体的近况。小冉母亲看着小石头，眼里的欢喜与吴婶眼中的一模一样。

小冉看着母亲日渐开朗，他们的生活也步入了正轨，心才逐渐放松下来。她的书本再次端出来，往日生活的齿轮转动了。新的房子、新的成员，所有新的变化都让徐浩满意，虽然现在身体上不能与小冉有任何亲近，但他觉得他们的心更近了，他甚至觉得他的家，他亲手打造的家越来越接近了。现在的他只有加倍工作，加倍挣钱。

又过了半个月的光景，城里布满了夏天的景象，热闹非凡。小冉的母亲仔仔细细地收拾家里的每一个角落，她爱惜地抚摸着小冉的书本、小冉的衣服。熟悉的腹痛再次降临，她又尿血了。她知道她的命快到了，她给吴婶打了个电话，让她今天过来，今天来不了，明天务必要来。吴婶放下电话，心脏扑通乱跳，这不是个好兆头，她放下手里的活计，慌忙赶到徐浩的新家。

"咋啦，哪儿不舒服？你脸色咋这么难看？"

"大姐啊，俺恐怕快到日子了。"说话时，她慌忙摸向自己的裤子，手拿出来的时候，有血。她又一次小便失禁，下体流血，这是第三次了。她赶紧冲向厕所，把自己的身体处理干净后，她弯着腰，伸手去撤床单。

"你要干啥啊？咋的了这是？"

"俺给弄脏了，得赶紧洗。"

"都啥时候了？走，跟俺去医院。"说话时，吴婶拉扯着小冉母亲的手。小冉母亲推开吴婶，说："得洗，得洗干净。"

吴婶看着她弯曲近九十度的身体，还在那儿撤床单，无奈地摇摇头。只好帮她把床单撤下来，揽在怀里，大步走向厕所，迅速地揉洗。小冉母亲蹲在地上。吴婶把床单晾好后，再次拽起小冉母亲的手，说："走，你这样不行，咱得去医院。"

小冉母亲拼尽全力抽回手，蹲在地上，说："大姐啊，俺求你，你就坐着，听俺说说话。"

吴婶再次叹了口气，她搬来小板凳，让小冉母亲坐在上面，自己坐在她的对面。

"俺这身体，俺自己清楚，恐怕现在是真不行了……叫你来，是想跟你说会儿话……俺一直瞒着小冉他们，装没事，是真不想让他们再操心了……眼下，俺就愁一件事，俺要是死这儿了，给孩子们添晦气，俺现在也回不去家……俺也不想死在那个村里……俺现在不知道死哪儿去，也不知道啥时候会死……俺这些天一直在想,都不敢睡觉,怕在这床上,在俺姑娘旁死过去……想想俺都受不了,太折磨人了,现在俺想走,走在街上,但又怕孩子们担心,为了找俺,又不上班了……俺就想叫你来,让你告诉俺孩子,劝劝他们,俺想死了,别让他们费力找了,俺也不会写字,也不能给他们留言,只能拜托给你了。"

"你这说的是啥话?有托这事的吗?他们不得怨俺一辈子!"

"俺想过,但俺实在是没辙了。"

两个苍老的女人僵持住了,在命运面前。夏日的空气是焦灼的,窗户外偶尔钻进来几缕烦躁的热风,仿佛也只能把空气推动一毫米。良久后,小冉母亲忍着痛,再次开口:"这样吧,你就只当不知道这个事,唉,俺最后还得嘱咐你一件事,一定要替俺好好照顾小冉,一定要她好好地生活,一定不能走俺的老路,她就是你自个儿的亲姑娘,你答应俺这个,俺就心安了。"

吴婶吸着鼻涕,对着那双接受死亡的眼睛,猛点头。

"这俺就放心了,你走吧。"

吴婶不动,小冉母亲推她,她还是不动。

"求你,走吧,走吧。"

吴婶走了,还是走了,带着满腔的委屈、无奈与罪恶感走了。

当天下午,一个妇人站在高楼上,她低头,看了看下面往来热闹的人流，又抬起头，看着一望无际的蓝天，向前迈出一步。只这一步，便阴阳两隔。

　　小冉坐在办公室里，不知道是不是空调温度太低，她觉得浑身发冷。她不好意思擅自调空调，只好站起身给自己倒杯热水。水杯掉了，玻璃碎片撒了一地，她慌张地收拾干净。回到自己座位上时，身体更冷了。她忍不住打了个哆嗦。手机响了，对方说自己是××区派出所的，有具死尸需要她过去认领。电话被对方挂断，手机依旧贴在小冉的耳旁，她的手指僵硬了，身体僵硬了，连同包裹着她的空气都僵硬了，那一瞬间，仿佛她也是一具需要被人认领的死尸。她的死亡在几分钟后停止，意识重新归回身体，努力分辨电话里的内容，疑问、确认、否认、再疑问、确认、否认……她带着否认的信念再次拿起手机，可她的身体出卖了她，首先从手指开始，哆嗦得不像话，好像谁把看不见的空气赋予了强烈的生机，推动她的身体抖动。她放下手机，用力握了握拳，与此同时，做了个深呼吸，可是并没有什么效果。她费了好大的力气终于拨通徐浩的电话。徐浩接到电话，虽然没有听明白小冉在说什么，但也足以让他感到恐惧，挂断电话，便匆匆赶过去。等徐浩到时，小冉已经坐在大楼门口的台阶上，他们四目相对时，小冉吃力地站起身，钻进徐浩来时的出租车里，徐浩只望了她一眼，心口就疼痛万分，他握着她的手，一路到达派出所。一块白色的布盖着一个人形的东西，小冉看见它时，双腿就失去了力气，只能勉强撑住自己的身体，一步都走不得。徐浩猛吸一口气，继而憋着气，走上前去，第一眼他没有认出什么，只觉得胃部向上翻搅，工作人员迅速又熟练地递上来一个袋子，徐浩吐了一会儿后，在工作人员的引导下，去辨认死者的衣服。这一眼过后，呕吐与眼泪同时到来。小冉的双腿猛然有了力量，带着她的身体向尸体奔去，随后跪倒在地。她摸着熟悉的衣服，一句话也说不出来。工作人员把他们搀起，领到另一个房间，安排他们坐下后，又送上来热水。随后询问了几个问题，让他们签字。到家后，吴婶他们也赶来了，他们说着话，小冉仿佛与他们隔着一个世界。她恍恍惚惚地什么都没听见，好像什么也都没看见。她站起身来，像游魂一样从大伙儿身边走过，飘进卧室里。大伙儿紧随其后，看见她站在那儿，四处打量。谁叫她也都没有反应。

当晚，吴婶与胖女人执意留下，其余的人就被这两个妇人赶回家了。两个女人原本想着她们与小冉睡，这样一个人睡熟了，还有另一个人照应着小冉，她们想着下定决心要守护小冉的命。她们这样打算着也就这样说了，没想到却遭到徐浩的强烈拒绝。徐浩态度坚决地钻进小冉所在的卧室，"啪"的一声关上门，留下两个妇人尴尬地坐在客厅里。吴婶想着小冉母亲的嘱咐，心乱如麻，她看了眼胖女人，胖女人仿佛自言自语地说："唉，多余。"

徐浩搂着小冉，一遍遍地说："你说句话行吗？求你，别吓我……"

在不知道多少次的重复性追问后，小冉终于开口了："嗯，我知道了，她走了。"

只这一句，再无其他言语。徐浩从后面紧紧地抱着她，热汗粘住了两人的身体，她不动，他也不敢动，似乎稍一放松，她就消失了。这一夜他从噩梦中一次次惊醒，每次醒来，他都下意识地摸索，她还在，他才再次入睡。第二天，徐浩看着小冉进入公司，才返回自己的售楼处。这一天几乎每隔半个小时，徐浩都要给小冉发条信息，如果五分钟没有回复，他就会拨打电话。下班后，他也是急匆匆地打车到达小冉的公司，看着她出来，一起回家，晚上还是搂着她入睡。徐勇帮忙处理小冉母亲的尸体，在大伙儿的建议下，不要葬礼，不要给小冉二度刺激。

盛夏的太阳是不讲情面的，它赤裸裸地挂在空中，尽情释放它的火气，烧得整个城都湿答答、黏糊糊的。人们在拥堵的空气里工作、生活，到处都充满了疲惫与火气。徐浩在人群中穿行，衬衫湿了干，干了又湿，客户仿佛也跟着天气变得越发难缠，他也不由得变得焦躁，但一想到小冉，他就迅速降温了，无论是情绪还是身体。就这样一路熬到秋风起，他固执与谨慎的守护终于迎来结果。一天夜里，徐浩照旧搂着小冉的后背，在半睡半醒间，她突然转过身，把头埋在他的怀里，浑身抖动，她哭了，他在梦里，心碎了。

从这一刻起，城也好，村也好，哪里都不再是小冉的家，她就像是秋风中一片柔弱的树叶，彻底脱离枝干，被她无法抵抗的风吹着。而徐浩就像是太阳，虽然无法阻抗她的命运，但至少可以给予她阳光，给予她温暖。从这一刻起，她意识到，孤独之下还有孤独，绝望之下还有绝望，所谓人生的深渊是不存在的，只要活着，上面的路没有尽头，下面的路也没有尽头，所谓的痛苦只不过是对生的试炼罢了。

想到这一层后，小冉释然了，只要她还舍不得死，她就得接受活着，愿意活着。她再次打起精神，进入她的轨迹，重启她的生活。她工作到更晚，学习到更晚，她把她的时间交给它们，把自己的灵魂交给它们，交给城中的风，她放弃控制，放弃思考。

吴婶的电话频繁地打来，小冉的礼貌换来她更多的担心，徐浩的手机也在频繁地响动，还是吴婶，无论徐浩如何描述小冉的正常，都无法消除她的担心，她一旦让自己陷入这种心境里，就表现出无法自拔的精神亢奋，没人能说得清她到底只是单纯地担心，还是为了担心而担心，还是为了安心而担心。

一天夜里，她在床上翻来覆去，几个孩子在她的心头打转，逝去的人也纷纷带着记忆出面，她觉得胸口拥堵极了，呼吸似乎都变得困难。她下床，在门口摸索出钥匙，关上门。胡同里的人家早已熄灭灯火，黑漆漆、静悄悄的一片，走出胡同，街市大亮。吴婶站在胡同口，来往的车辆在她眼前呼啸而过，不远处的路口，扎堆聚集着不眠人，他们端着酒杯，从一根细长的棍子上咬下一块小得可怜的肉。平地而起的北风携带着细碎的沙砾以及烤肉的香味打在她的身上，寒冷使她颤抖，沙砾使她眯起眼睛，肉香使她产生微妙的愉悦，她伫立在风中，接受着一切，像极了生活，烟火中的生与死同步发生，互相作用，相互救赎。她深吸一口气，想起早年间还在地里干活儿的时候，这样的风就意味着快要秋收了，是大伙儿一年来最期盼的时刻，这个时候，甭管家里有多大的烦忧，此刻的一阵秋风，就都吹散了。想到这儿，吴婶又叹了口气。

"婶，干啥呢？"

突如其来的声音，吓得吴婶一哆嗦，转过头，看到从幽暗的胡同里钻出的徐勇，他光着上身，穿着大裤衩。

"你咋出来了，多冷啊？"

"正被尿憋着，就听到开门声，起来后发现你不在，就出来看看。你干啥呢，不睡觉？"

吴婶叹了口气，说："俺打算去浩子那儿住些日子，俺想怎么也得个把月的，家里交给你，俺也放心，就是小石头你得费点心，还有……那个……你跟欣欣……你们俩毕竟还没成家，你得注意……唉，说到头，俺也想问你，到底是咋想的，你要是像人家似的，结婚，恐怕现在孩子都得有小石头这么大了。唉……说到底，也是俺给你耽误了，当年你叔在的时候，没舍得给你说个媳妇，他走了，你又撑着这个家，一耽误就耽误到现在，浩子也是，你们哥俩啊，唉……"

"大晚上的不睡觉,跑出来瞎琢磨啥呢……还真冷了,走吧,回去吧……"徐勇一边搀着吴婶往回走,一边说让她放心去住,家里都有他照应着。

从王胖子的工地出来,吴婶腰酸背痛,眼睛、脑袋、胳膊、腿就没有一处舒服的。她用砂纸整整打磨了一天墙,现在别说衣服了,她的头发、睫毛,她裸露在外的每个毛孔都被白灰填满。她支撑着身体钻入地下。这个时间,地铁站里挤满了人,她跟着队伍,沿着护栏,一步步蛇形往前蠕动,汗水与白灰混合,在她脸上勾勒出交错的河流。半个小时后,她终于进入车厢,挤在门口的位置,几次到站开门,她不是被人推着下了车,就是被人骂堵着了门。又过了几站,上来的人就要比下去的人少了,地铁里松快了许多。她看准一个座位,随着到站,座位上的人站起身,她迅速坐下来,整整一天了,她也没坐过几次,小腿肚子酸胀得厉害。她弯腰揉着小腿,感受到邻座的人往两边靠。她明白过来后,这坐着就比站着还难受了。又过了三站,她觉得休息得差不多了,站起身,把自己挪到门边上。地铁继续往前行驶,又过了好几站,她才下车。出了地铁,天就已经黑了,叫卖声、人声、车声,还有音乐混杂到一起,分不清谁比谁更热闹了。她在一路的欢闹中进入一个老小区。小区虽老,但热闹还是有的,她路过几处支桌打牌的、下棋的,还有支起火炉就地摆摊烧烤的。三绕五绕,终于走到徐浩家楼下。她坐在楼外面的路缘石上,捶着小腿。徐浩电话里说,还得等一个小时才能下班。

徐浩接上小冉,俩人下了地铁,进入小区,远远就看到一个黑影缩在角落里,当距离越来越近时,他们才分辨出,那黑影是吴婶,她睡着了,小冉轻轻把她唤醒。她醒来时,腿都麻了,小冉扶着她在楼下缓了好一会儿,最后他俩扶着吴婶上楼。吴婶从布兜里掏出盒饭,往厨房走去。小冉一边帮她忙活着,一边说下次再来不用给他们带饭,一般要是加班的时候,就会在公司吃了,吴婶落寞地答应着。吃完饭,小冉让徐浩陪着吴婶,自己则埋在书本里,着手她的论文。吴婶坐在沙发上,小声地有一搭没一搭地与徐浩闲聊,眼睛则瞥向埋头苦学的小冉,这个瘦弱的背影,再次勾起小冉母亲的嘱托,她的心不由得刺痛。

她拉着徐浩进入一间卧室,轻轻带上门。

"咋啦,婶?"

"俺就问你,啥时候结婚?"

突如其来的话题让徐浩无所适从,他支支吾吾地说:"婶,这……不是我能做主的,我也想,但不知道她是咋想的……我求过婚,被她拒绝了。"

徐浩的回答,让吴婶糊涂了,虽然她也觉得浩子配不上小冉,但这些年小冉一直跟他住一块,也就是定了,可怎么会不同意呢?她只能嘱咐徐浩,女孩子家心思细,马虎不得。吴婶出来后,打断小冉的工作,把她拉进另一间卧室。先是说些不要太拼,太辛苦,身体是本钱的话,小冉嗯嗯答应着。眼看小冉急于出去,想完成未完成的工作,吴婶拍了下自己的大腿,不再犹豫了,她说:"姑娘,俺想知道你想不想嫁给浩子。"

吴婶见小冉不回话,她继续说:"你娘走前给俺下了任务,不止一次交代俺要把你当作亲生自养的姑娘,要俺照看你的婚事……其实,不用她说,俺已经把你当自个儿的孩子了,你们几个都是,说句那啥的话,俺现在就指望你们几个活着了……浩子这孩子不错,你们打小就在一块,知根知底儿,这些年也都在一块,为啥不定呢?你们这岁数都不小了……俺说这些,不是催你,更不是逼你,人心都是肉长的,你跟他这些年,感情肯定是有的,俺就是想不透……你要是能把俺当个亲人,当个可信任的人,你跟俺说个实底,究竟是为啥……唉,你不说就算了,你要是觉得他不合适,不能嫁,也不用想这些年的感情,还有跟俺们这帮人的相处问题,都由俺来沟通,解决。俺们这帮人吧,毕竟也算是共患难的交情,比你们活在世的年头多些,俺们不会因为这种小事就把你疏远了,你们年轻人那些个情啊,爱啊的俺们不懂,但俺们懂亲情,这比血还要浓的亲情,所以不管你最后嫁不嫁他都不妨碍你与俺们的关系。重点是你自个儿得想明白,愿意嫁就趁早,拖着对谁都没有好处,他也会胡思乱想,这孩子现在手里也有闲钱了,没个家稳着的男人会越飘越远,女人啊,这年龄越大越抓不住男人。你要是不想嫁他,更要趁早,你需要趁这年纪再寻个好人家,他需要时间恢复……"

吴婶说了好多话,她下了决心,准备好迎接最坏的结果。可终了也是白费口舌,小冉只是一句"等毕业吧"。

第七章

又是一年新春的轮回，万物再次复苏，大地怀了一冬的身孕在春天破土。

又是一年新春的轮回，万物再次复苏，大地怀了一冬的身孕在春天破土。小冉独自走出医院，手里捏着的单子被春风带走，她茫然地站在风中，看谱写她人生的单子被春风戏耍，呼的一下，消失不见。她抬起腿，向不知道什么方向的地方行走，一步一步，像踩着棉花，一步一步，像戴着千斤的枷锁。路边突现的长凳给了她停歇的理由，她停下脚步，坐上去。良久过后，她才注意到这是一个公园。公园里的人很多，约会的情侣，落寞的老人，一家三口，流浪汉，摆摊的人……小冉只觉得公园里到处都是孩子，有躺在婴儿车里的，有依偎在妈妈怀里的，有牵在双亲手心里的，有四处奔跑的，有漂亮的，有淘气的，有蹲在那儿挖着沙子一声不响的……她下意识地伸出手轻轻地放在自己的腹部……突然间，一种强烈的安全感还有浓浓的柔情弥漫在她心中。

小冉消失了。

小冉消失的第一天夜里，徐浩打了无数通电话、发了无数条信息，似针入海，了无踪迹。

小冉消失的第三天，徐浩打遍了他知道的电话，无果。

小冉消失的第四天，徐浩找遍了他能知道的地方，动员了他能动员的人，无果。

小冉消失的第五天，徐浩报了警，从此，小冉被定为失踪人口。

小冉消失的第七天，吴婶病了，检查结果为糖尿病，这给三所房子，九口人组建的"家庭"头顶上又加了一层阴霾。

小冉消失的第十天，吴婶出院，大伙儿再次齐聚在徐浩的出租房中，任凭八张口如何盘问，徐浩依旧不吭一声。他只说"能找的地方都找遍了""学校里的人不知道""公司里的人不知道""我不知道"……

小冉消失的第三十天，徐浩与吴婶不顾一切地寻找，他们在大街小巷上贴着寻人启事，他们认识了本不应该认识的人，这其中有张磊还有小冉公司的一名同事。找着找着，徐浩的饭碗丢了。

小冉消失的第五十七天，吴婶再次入院，所有人守在病床前，小石头哭着喊着，总算是哭回了一条命，吴婶摸着他日渐成人的脸蛋，咬着牙，带着愧疚与遗憾再次活了过来。

小冉消失的第八十一天，徐浩在宿醉中醒来，打开冰箱，掏出几瓶啤酒。王潇虎下班归来，踢倒几个空酒瓶，叫醒徐浩。次日，王潇虎拉着他，退了他的两室一厅，在呵斥中命令他停止哭泣，又胡乱地挑拣用得上的物品，打包，离开。

小冉消失的第八十三天，徐浩重回工作岗位，白日与王潇虎并肩作战，夜晚结伴出入在灯红酒绿的酒池肉林中，不醉不归。

小冉消失的第一百二十八天，小石头穿着新校服，用变声期嘶哑的声音拒绝吴婶的送行。

小冉消失的第一百六十三天，吴婶得知徐浩已搬家，她放下电话，沉默了许久。

当晚，久违的王胖子聚会开启。餐桌还是那个餐桌，人还是那些人，只是比最初少了两个，又多了两个，可就是这点微小的变化，改变了酒的滋味，王胖子端着酒杯，迟疑了半晌，才一饮而尽。

胖女人说："先搬我们这儿住，也能挤得下。我、吴婶、欣欣、小妹，咱们几个女的住一屋，你们仨瘦，睡床上，我就在旁边支一个折叠床。胖子、老二、大勇，你们一个屋，石头就睡厅里，正好！"

吴婶摇晃着一脸的愁容。

徐勇截住胖女人的话头："胖婶，先别说住的。俺这些天一直考虑一个事，俺已经跟吴婶商量过了，现在你们也都听听。拆迁办的说，补偿就是分两种，给房子和给钱。俺想着要钱，然后回老家的县城，现在这几年发展得也挺好，拿着钱在那儿买房子，买个门市，再开咱这买卖。俺想让你们也去，咱们大伙儿还是一起干。在这城里，咱到头来也都是给城市打工的，城里消费高，啥都贵，咱们在这儿混着也没啥指望，这几年的活儿，咱们大伙儿心里都有数，虽然没少干，越干越远，人家都说什么消费升级，咱的材料费用也都涨了，可咱到手的钱呢？还是那些，要贵了，人家就找有门面的正经装修公司，这势头发展下去，咱终有吃不上的那一天。原来想着有吴婶的固定房子，总算有个家，现在呢，拆了，是给分房子，可是算算也分得不大，再想要多一室的还得掏钱……你们这房租也是涨了又涨，咱们到哪儿算是个头呢？回老家，咱买个大门市，再买个房，还富余好些……"

徐勇滔滔不绝地说着，越说饭桌上的人心越痒。但痒终归还是痒，要做这么大个决定,还是不能草率的。王胖子兄弟盯着各自手里的酒杯,他们的女人看着他们。饭桌上再次安静下来,良久过后,陈小妹咬着下嘴唇,四下看了眼众人,小声地说:"俺……俺有了。"

她的声音极小,但还是引发了不小的轰动,众人都睁大了眼睛,尤其是胖女人,她半张着嘴巴,想说话却一个字都吐不出来。王老二看着自己的女人,连声问:"啥,啥,你说啥?"

陈小妹低着头,面容羞涩:"已经三个月了,稳定了。"

还没等王老二反应过来,胖女人猛然站起身,冲到陈小妹面前,抓起她的手,语没出,泪先流,她一改平时的高调门,委屈地说:"你还去工地干活儿?你咋不告诉我?"

"俺开始不敢确定,后来也害怕,怕保不住,让你们失望,现在医生说保住了。"

"你咋没个反应?也没见你吐,也没听你念叨想吃啥酸的辣的?"

"俺也纳闷,所以才不敢确定,俺真是啥反应都没有,要不是医生确定,俺到现在都以为自己是一个人的身子呢。"

在大伙儿盘问陈小妹的时候,王胖子一直坐在原位盯着他的酒杯,现在,他忽然大声地叫徐勇,表情异常严肃地说:"我们走,跟着你,去你家!"说完,一口饮尽他盯了许久的酒。大伙儿再次被震惊,但马上就反应过来,不用王胖子解释,都明白了这其中的含义。

大伙儿举起酒杯,为了他们的新生命、他们的新生活、他们的明天一饮而尽。徐勇趁着最后残存的理智，与大伙儿商议接下来的安排。

这场聚会获得了最后的胜利，李欣欣搀着徐勇回家，路上徐勇搂着李欣欣的肩膀说："知道俺为啥不跟你干那事不……"话已出，李欣欣无法阻拦，只能急躁得面红耳赤。"俺总觉得不安稳，没有家，以后有家了，俺就成事了，能成事了……"

吴婶听到前半段，就有意放慢了脚步，后半段的话她也听去了，她看着前面两个孩子的身影，心里翻江倒海，从聚会开始到现在，她都说不出是什么滋味。她抬头看了看月亮，雾蒙蒙地挂在高空，她的亲人，她的小冉，就像这枚月亮，你看得见它，看不清它，更无法触及它，就是这么远远地在那儿挂着，在心里挂着。

小冉消失的第一百六十五天，徐勇他们七手八脚地搬运行李，吴婶看着最后一个包裹、最后一口锅离开房子，装进平板车，她挥挥手，让来的人先走。

现在，房门大开，家具一字儿排开摆在左手边，离门最近的是厨房区，炉具旁竖着大橱柜，从地面升到天花板的大橱柜，橱柜的背面空着一块空间，紧挨着又竖起一个通天的柜子，吴老头笑嘻嘻地说："这是咱的衣柜！"衣柜背后，是一架巨大的双人床，大柱爬了上去，紧接着徐浩也爬了上去，他们探出两个脑袋，上面堆满说不尽的喜悦。她挑拣着东西归置在新家具里，余光中她的老头坐在马扎上，吞吐烟雾。傍晚她开始和面、剁馅，天黑的时候，灯一开，照在黄色的墙面上，暖暖地围在几盘饺子上。那是她最爱的颜色，是她少女时，他手抄着口袋问她"你喜欢啥色"，"黄色"，他漫不经心地一声"哦"，从那以后她就多了许多黄色的物品。现在他给了她黄颜色的家。晚上，孩子们兴奋得睡不着觉，他也翻来覆去，手上不老实地在她身上摸索……

现在,她从床上站起身,打开衣柜,空荡荡的;她往前挪了一步,空荡荡的,除了墙壁上有些污迹;她打开橱柜,只有岁月留下的油污,还是空荡荡的。她挪到门口,回头,空荡荡的。门关上了,她下意识地掏出钥匙,反锁。钥匙还在锁芯里,她笑自己,还有什么需要保护的?她拔出钥匙,一步一步向前挪,她很慢,慢得自己都跟着着急。25年了,这个家像她一样衰老,像她一样失去。

小冉消失的第一百八十天,徐勇买了三张火车票,王氏兄弟跟着他踏进他的家乡。他们用了一周的时间见人、见房,见他们的未来。返程时,他们收获了一个口头上的装修买卖与一纸租房契约。

小冉消失的第一百九十五天,小石头睡在拥挤的厅里,蒙着被子哭泣。他14岁了,拥有了初步思考与辨别的能力,他跟着他们搬家,跟着他们住进王胖子家里,住在足以埋没他的杂物里。他知道已发生以及即将发生什么,可是没有人跟他解释这一切是为了什么,他有一肚子的问题,越来越多的问题,过去的问题,现在的问题,未来的问题,他还有一大堆的思念,他的朋友,他的老师,他的小冉姐姐,他的浩子哥哥,他学着告别,像是他死掉了,或者他思念的人死掉了的告别。太多太多的东西汇聚在他的脑海里,拥堵在他的心中,最终也只能化成委屈的脸,他哭得伤心极了……他哭着哭着就忘记了。

小冉消失的第一百九十六天,吴婶去了她的"胡同",她看到的是一大片堆满砖石瓦砾的空地。曾经胡同口的超市、饭店通通都不见了,她找不到她的家了。她站在空地前,努力地思考,努力地找寻,她急哭了……手机铃声把她拉回现实,她拿起手机,对方喊着婶子,说了好一会儿话后,她这才反应过来这是谁。张磊来电说,他与他的女朋友要离开这个城市了,想要在离别前见她一面。中午,吴婶抵达约定地点,两个年轻的面孔出现,他们拉着她进入附近的一家饭店,火锅热乎乎地沸腾着。张磊说他们打算去 C 城，那是一个二线城市，发展前景很好，最重要的是，那里的房价没有那么贵，努力几年还是可以买一个房子的……说到这儿，两张年轻的面孔含笑对视，在火锅的雾气中渐渐模糊，换成了另一对年轻气盛的脸。男人拎着包，站在天桥上，回头看他的女人，在两人的目光里有两张涨红的脸。

"婶子，婶子，婶子。"

吴婶缓过神，笑着说："年纪大了，容易想起过去的事，就走神了。"

张磊："婶子，以后如果有了小冉的消息，一定要告诉我。"

吴婶叹了口气，点点头。这个孩子，她在哪儿啊……

小冉消失的第二百天，徐勇终于见到了徐浩，这段日子，他忙得不可开交，处理工地的尾活儿，催要未结的款，带着吴婶办理拆迁事宜，还要联络运输。几个女人不舍得丢掉的家具与电器，以及与老家那边的联系，能干活儿的人虽然不少，但事事还是需要他过目，需要他决策。眼下终于算是处理干净了，他早早地起床，按照昨晚电话约定的地址，来到一个陌生的小区，被门卫拦住了去路。他拨通徐浩的电话，一次，未接，两次，未接，第三次，电话接通了，电话那头传来困倦的女声。

女："喂，谁啊？他还睡着呢。"

徐勇："你是谁？"

女："没事挂了啊。"

徐勇："你把电话给他,给俺叫醒他!"

电话里传来三个声音。

女一："醒醒,电话。"

徐浩："烦不烦,谁啊?"

女二："大早上的,你们真烦人。"

女一："谁知道哪个土老帽儿找你,俺俺的……"

徐浩："喂?"

徐勇："俺是你哥,在你家小区门口,快下来。"

徐浩趿拉着拖鞋,脚后跟露在外面,随便裹了一件大衣,下楼。卷曲的头发垂在耳下,连着他的胡子,黑黢黢的一片。徐勇远远地看见一个高瘦的长发男人佝偻着身子,紧裹大衣朝门口走来。直到男人开口叫哥,徐勇才认得。从小区门口到徐浩的家,短短的距离,徐勇生出太多的问题,接电话的姑娘是谁?怎么是两个女的?他怎么瘦这么多?他现在做什么工作?跟谁住一起?他还找小冉吗?这么长时间,为啥不跟俺们大伙儿联系?搬家为啥不告诉俺……

"你的头发……俺记得没这么卷啊。"

"我烫了。"

"你咋穿个拖鞋就出来了,不冷吗?"

"还好。"

"还有多远?"

"快了,就前面那栋。"徐浩抬起鼻子,指着前方。

他们肩并肩走着,如儿时的模样,可徐勇心里的问题却一个也没说出口。

电梯一层一层地亮着,直到22层停止。徐浩掏出钥匙,门开了。里面传来一个男人的声音:"外面冷不?"

"可冷了,我劝你别出去了,你把人姑娘叫家来吧。"

"叫家来,就你屋那俩,我咋叫……哟,来客人了,徐浩,这是?"

"我哥。"

说话的人也是一头卷发,身高与徐浩相仿,身材也差不多。徐勇笑着说:"谢谢你照顾他。"

王潇虎"扑哧"一乐:"言重了,言重了。"随后对徐浩挤眉弄眼地说:"你也学学你哥,连句谢谢都没有,你也不介绍介绍我?"

徐浩:"用得着我说吗,就你那嘴……"

王潇虎:"我是他同事兼室友兼朋友兼师父。"

徐浩:"行了吧你。哥,来,咱去那边坐着说,不用理他。"

王潇虎:"得得得,我去给你们端茶倒水去……对了,你屋里的咋处置?"

徐浩:"赶走。"

等王潇虎离开,徐勇匆匆打量四周,他坐的是仿皮沙发,扶手处已经脱落了一大块皮,露出灰黄色的绒布;茶几是两个轮胎摞在一起的,上面罩着一张贴了软防护的玻璃,玻璃上摆放着一堆啤酒瓶,三个烟灰缸,其中一个堆满了烟头;脚下踩着一大张豹皮图案的地毯,看得出,应该是刚买没多久的;视线的正对面,在他的脑中理应是电视的位置,现在横着一个简易衣架,上面挂满了衣服;衣架的两侧,也是这面墙的两个角落,立着两扇瘦高的镜子,两扇镜子一模一样,四周都做了同样的黄铜色装裱;视线的左边是一组简易的橱柜,台面上堆满了杂物……"嗒"的一声,紧接着烟味就流淌出来。徐勇回头:"你啥时候学上这个了?"

徐浩:"今天没活儿吗?"

徐勇:"嗯,都没了。"

徐浩:"都没了,什么意思?"

徐勇:"俺这些天太忙,你也太忙,俺不找你,你也不知道找找俺们大伙儿……俺们都要走了。"

徐浩："走，什么意思？"

徐勇："俺们大伙儿一块回××县，王叔他们一大家也都跟着去，不在城里干了，回咱县干……这几个月一直在忙活这事，现在差不多都利索了，后天就走哩。"

徐浩没说话，他的烟径自烧着，时间是它的助燃剂，慢慢褪去它的外衣，留下灰色的躯体。一个微小的力量，或许是他下意识的颤抖，或许是空气中细小的风，或许是他的呼吸，烟灰散落，轻飘飘地坠在豹纹地毯上。徐浩慌忙弯下身子，屏住呼吸，粗大的手指轻轻捏住半截烟灰，谨慎地向上提起，眼看就要成功了，或许是跳动的神经，或许是指尖血液的流动，总之又是一股看不见的力量，已逝的烟灰这次摔得粉碎。徐勇几乎与徐浩同时叹了口气，徐浩拍拍双手，重新靠在沙发上，他看着哥哥双臂搭在双腿上，双手揉搓在一起，指甲里的污泥不见了，但手上的纹路依旧清晰，像是一把把刀用力刻上去的。

"走吧，也挺好，在城里不好混，回家了，家里人也开心。"

"你回不？"

两个姑娘从里面走出，她们跟徐浩打了个招呼，在徐勇正对面的镜前穿上外套，走了。徐勇只扫了一眼，就不敢再抬头，对于他来说，她们太漂亮了，漂亮得完全不知道长什么模样，但那两双穿着黑色丝袜的腿却记忆深刻。他下意识地脱口而出："入冬了，她们不冷吗？"

"这就叫要风度不要温度……放心吧，她们出门都打车。"

徐勇抬起头，看到王潇虎一手端着茶壶，一手拿着水杯站在自己面前说。

王潇虎:"你也真是的,多少送送,你这人就是绝情。"

徐浩:"你多情,你去啊。"

王潇虎把水杯往徐勇面前挪了挪,徐勇看着水杯,本能让他不要碰。他笑着说:"还不渴,那啥,浩子啊,你要是愿意在这儿待着也行,不愿意了,随时跟哥联系,咱就回家。"

徐勇望着弟弟,弟弟低着头。徐浩轻抬眼皮,对上王潇虎的目光。

徐勇:"俺这次来就是跟你说这个事,现在俺得回家了,家里头还有一堆事。"

"行吧,我想想。"徐浩说着,跟随徐勇站起身。

"不用送,怪冷的,俺认得路。"

门关上了。本来他想跟弟弟多待一会儿,一起吃个午饭,再让他带自己逛街,他计划着先劝弟弟放下小冉,然后再劝他跟自己回去,把设计捡起来,能跟他们一起干,再看情况告诉他当年赔偿的 30 万还有拆房补助怎么用……可是他终究什么都没有说,他落寞地走着,化成地面上的一个小点……

"你这个人,要么就出去送,杵在窗台上看……你的小甜甜让我问你晚上去不去。"

"去。"

…………

"他不走。"徐勇说。显然他的神态出卖了他的答案,以至于他不得不面对吴婶的再三质问,他只好一五一十地交代,除去两个姑娘的部分,他稍做了修改。吴婶听罢,叹了口气,沉默半晌后,她突然一手拽着徐勇的胳膊,一手指着自己的脑袋说:"会不会是当年的伤落下的,俺跟你说,这几年俺就觉得他不对劲儿,小冉,唉,这孩子一走,就刺激大了,直接转了性了……你带俺去找他吧。"

"没那事,出院那会儿大夫说了就是会有暂时性的记不住事,可咱们几个他都记得,再说,出院第二年,俺带他检查过,大夫都说恢复得很好,啥事没有。"

"要俺去看看他吧。"

"你呀,就别折腾了,他住的地儿挺远的,你再有个好歹的,俺找谁去?他呀,就是这两年钱挣得多了,有点骚包了。你别管,再说他跟你聊小冉,你受得住不……唉,也能理解,俺也是说得夸张了点,他现在在城里的工作不错,挣得不少还不累,该那样像城里人一样活着了,再说小冉这一走,他有个女人啥的也能缓解缓解,身边还有个又是同事又是朋友又住一起的,也算有人陪,不用咱操心……咱现在重点是把咱自己这摊做好,以后他要是想回来了,咱也能接得住不是?再说,现在什么时代了?高铁一会儿就到,还有电话,可以随时联系。"

吴婶松开徐勇的胳膊,顺从地点点头。

小冉消失的第二百零二天,徐勇带队,一行八人钻进火车,比过去热闹了许多。王胖子从口袋里掏出两副扑克,这是打发无聊的有效工具,喜爱它的人摩拳擦掌,用眼神与语言获取玩家的座位。

"开门红,顺子……"王老二得意地说。

"别急啊,要么你是老二呢,瞧瞧这是啥……"王胖子从手里一张一张地抽出牌,整整齐齐地码在小桌上……

"双王!"李欣欣喊道。

"这刚开始,你就双王,会不会玩?"王胖子嘟囔着。

"你输在小侄女手里多少次,忘了?"胖女人嘟囔着。

…………

"你们小哥俩一组,俺们两口子一组……"

"俺才不跟你一组哩,儿子,咱娘俩一组,让他们爷俩一组。"

"行啊……大勇,咱爷俩把你婶儿的钱袋子掏空。"

"妈,赢的钱给俺不?"

"全给你。"

…………

火车快速地驶向前方,驶向尘封已久的记忆。那时人都在,那时的他们上有老下有小。儿子拿起父亲的酒杯,在一次盛夏夜晚的牌桌上……儿子把手里的饭碗凶狠地砸向地面,得来母亲的一记巴掌,那是某年的落叶天……儿子说:"妈,给俺找件秋衣。"母亲不情愿地走出温暖的被窝,打开衣柜,看见陌生的盒子。儿子笑嘻嘻地说:"俺给你买的,试试合不合身。"

她穿着大红色的保暖内衣,整个冬天都是暖的……木柴在炉子里燃烧,发出"噼啪"的响声,一家四口坐在暖炉旁,为了几张牌吵得面红耳赤……吴老头牵着她的手,站在月台上,他与她的手用彼此的汗水紧紧地黏合在一起,那是他们第一次踏上城里的土地,那年她18岁。

"你就不应该那样出……"

"别废话,快记分……"

"大姐,咱俩换个位,这胖子老看俺牌……"

"谁看你牌了?自己不行还赖别人。"

"大姐,大姐?"

吴婶缓过神来,茫然地站起身,坐在对面的位置上。牌局继续,牌与牌之间夹杂的嬉闹继续。她望向窗外,她看不到前方,只有迅速后退的房子、人流、树木、山……在视线模糊的间隙,这些向后跑的事物突然变成了向前的追逐。她的心口不由得收紧,那座陌生的城市,那些熟悉的记忆,记忆中的人与情,一股脑儿地远离她,又追逐她,仿佛过去的生命在驱赶她,要她远离,又要她偿还。火车速度越来越快,不断送来新的风景，挤掉过去的风景，她那由岁月雕刻的眼皮开始下沉，厚重得足以隐藏她的心事。

再也回不去了，也不用回去了。

徐勇站在两节车厢的夹缝处，点燃一根烟，他深吸一口气，土黄色的烟丝连同包裹它的纸衣迅速燃烧，变成火红的星光，他对着窗外时刻更新的景致缓缓呼出，饱满的激情点缀着危险，他梦幻般的未来就在这风景的尽头，还有他的一双手上。

他握紧藏在口袋里的拳头，再次深吸一口气。

"我们还会回来吗？"不知何时跑过来的小石头问。

徐勇用力地吸入最后一口烟，小石头看到他被烟雾笼罩的大脑袋摇了摇。随后徐勇拍打着小石头的肩膀，示意他回去。走在后面的徐勇看不到孩子的忧伤，正如小石头听不到他说"再也不用回去了"一样。

是啊，再也不用回来了。

火车一路南下，经过一片黑暗，冲开天边的一角，露出凛冽的青蓝。

第八章

　　新年意味着什么，意味着团聚，意味着终止，意味着开始，意味着记住，意味着爱，意味着强行给予人生一个结点，一个喘息。

新年意味着什么，意味着团聚，意味着终止，意味着开始，意味着记住，意味着爱，意味着强行给予人生一个结点，一个喘息。人们赋予了它太多的意义，给予新年太多的面具，这样一来，每每到了此刻，人们就可以摘下他们所需要的面具，狂欢到钟声响起。

这大抵就是希望吧。

希望，如果没有立足的根基，它的面目还会那么美好吗？

鞭炮声还是有的，只是虚弱了许多。她站在窗边，一会儿看看街道，一会儿望望天际，还不错，总是还能看到天的，她心想。从早上起来到现在，只要空闲下来，她就这样裹着被子站在窗边，向外张望。孩子又哭了，她走过去，先是伸进被子里用手捏捏尿布，之后坐在床上，调整好自己的坐姿，抱起孩子，再次裹紧被子，掏出自己的乳房，随后她犹豫了，乳头上的血痂刺激着她的神经，唤起深入骨髓的疼痛。她叹了口气，把乳头送进孩子嘴里，小家伙一接触到猎物就不哭了，她用力地撕咬着，或许她只喝到了几滴吧，女人费力地拔出乳头，孩子哭，女人也哭。

窗外最后的暖光跑掉了，房间里的温度又降了几摄氏度，没开灯的房间朝着黑暗走。孩子终于勉强吃饱，含着泪珠又睡了。时间仿佛不再前行，它在原地打转儿，孩子哭闹着醒来，哭闹着睡着，循环着。女人保持着哺乳的姿势，像黑夜里的一尊雕像。偶有烟花突兀地出现，在女人眼中闪出光亮,不消眨眼,它就灭了。

徐勇点燃地上的"小蜜蜂",不需几秒,火线燃尽,随后"小蜜蜂"高速旋转,火光四溅,不过也就几秒钟的工夫,回归平静。小石头已经看了两盒了,兴趣依旧不减。李欣欣点燃两根"满天星",递给小石头,他举着"满天星"上下飞舞,在黑夜中划出一道道炫目的光线。灶屋里,徐勇的母亲提着刚烧开的水壶,往暖壶里灌,徐浩的母亲面色沉稳,把刚切好的芹菜倒进大盆里,紧接着,毫不含糊地往盆里撒下各种调料,动作干脆利落。

"八点啦!"王胖子推开堂屋大门,喊着。

紧接着从屋里传来王老二的声音:"快关门,热气放跑啦!"

"妈、婶,八点哩!"徐勇向灶屋喊道。

紧接着,所有人慌忙放下手中的活计,聚集在堂屋。

四十八位主持人挤在小屏幕里热闹地唱着《欢歌庆新春》。一曲未罢,徐家的儿媳走出堂屋,从灶屋里端出她们的家伙什儿,面盆啊,案板啊等,在堂屋的一角摆下她们的天下,吴婶、胖女人、陈小妹、李欣欣加入其中。小石头挣脱徐家老奶奶的怀抱,挤在女人堆里,把面团捏成各种形状。《我要上春晚的小品》结束,一家人评头论足,感慨没有赵本山的春晚就是没意思,随后又被潘长江、蔡明逗得阵阵发笑。两个孩子打扮成春联里福娃的模样在屏幕里说话时,王胖子端着麻将盒,嚷叫着"谁玩儿"。

"刚才还准点儿叫俺们看,现在就玩啊。"徐勇一边移步到麻将桌旁,一边说。

"大春晚放着,小麻将搓着,这才叫过年,是吧,兄弟?"王胖子说。

王老二拎着两瓶啤酒走近麻将桌,兄弟二人默契地点头。

"我去了哈。"胖女人放下刚捏成形的饺子,对其他女人说。

"玩去吧,不妨事,人多着哩。"徐浩的母亲说。

偌大的堂屋就这样划分成三个区域,干活儿区、麻将区,还有徐家两位父亲陪老母亲区。干活儿区的女人们低声聊着家常,麻将区就热闹多了,王家的人总是能引发声音的高潮,不论是音量还是内容,而第三区的人只有默默听着的份儿,偶尔发出几句声音,很快就被其他两区淹没掉。小石头在三区之间跳跃,往来全凭兴趣。

徐家的堂屋,在这个守岁夜里,演奏着人间烟火的交响曲。

"浩子最爱吃芹菜馅,今年没他的份儿哩。"徐浩母亲擀着面皮说。

"就差这孩子了……但这孩子有出息,能挣大钱,人虽没回来,可给你汇了五万块钱呢,你揣着兜里多热乎啊,比俺们这穷小子回来强。"徐勇母亲捏着饺子说。

"这话说得,俺不要儿子就要钱哩!"徐浩母亲嘴上埋怨着,心里却乐意她这么说。

牌桌上的王家人,酒桌上的王家人,都是一副模样,高着嗓门,插科打诨。这家人有一种本能寻找快乐的特质，不论他们身在何方，陷入哪种处境。吴婶他们早就习以为常，只是徐氏的老家人们受惊不小。这不，王老二和牌了，嘴里突然高声哼唱着什么，引得徐家女人们面面相觑，而后又怯怯发笑。王胖子狠命地把牌往池里一推，嘴里还不忘夹杂着脏话，好像这牌是他的仇人。即便不在牌桌上的人也明白，他又点炮了。而在牌桌上的人，可以从王胖子脸上获取更多信息，比如他面红耳赤，喘气声开始发粗，就可知他已经听张了。这些信息每每都是由他的媳妇点破，胖女人一边揭着自家人的短处，一边抓着好牌就眉飞色舞，毫不掩饰地落下弃子。

这边的热闹应该是胜过了春晚，惹得徐家糊涂老太太的注意，老人家痴笑的嘴角正流着她不知道的口水。

现在，小屏幕里一群男人挥拳踢腿。干活儿区的女人们早已结束了她们的活计，手里捧着或是瓜子或是花生等小吃食，一会儿评论下节目，一会儿八卦下她们自己或是别人家的家常。她们总有说不完的话题，这不，眼下她们正关心着陈小妹的肚子，念叨着自己曾经生娃的种种经历。李欣欣讨好地坐在未来婆婆身边，一边给长辈们倒水，一边努力插入她们的讨论，同时竖起耳朵听着麻将桌上的交谈，因为她的男人在那里。

屏幕里一男一女互相配合着上演高难度动作时，麻将桌上已经打了五六圈了。看样子，现在是胖女人略占优势，她面前的零钱胡乱摊着一大堆。

徐勇手里捏着一张牌，看样子是犹豫要不要出手，牌落下时，他说："五条，俺打算开春租个门面，再做做广告……你们看行不？"

"等会儿，明杠，三万谁要？"王胖子落牌。

"小鸟。"王老二落牌。

"吃,一二三条,四条。"胖女人落牌。

"有牌你还吃?"王老二说。

"你管呢?我乐意,坐你下家,半天吃不上一张。"胖女人说。

"三万。现在回来两个月了,咱就干了两家活儿,还都是熟人家的。这样下去不行,咱得让人看见。"徐勇说。

"九条。"王胖子落牌。

"自摸,和了!"胖女人高声嚷叫着,摊开牌面。

输牌的人垂头丧气地在牌池里搓牌。

"俺都想了,咱这一大家子人……"徐勇说。

"先等会儿,要演小品了。"王胖子在凳子上移动屁股的方向。

小屏幕上写着《今年的幸福2》,全家人的眼睛跟着演员移动,用各式各样的笑声接着演员抖下来的包袱。

主持人李咏:"和我们说说你的幸福。"

主持人朱军:"我觉得人到中年,妻贤子孝、家庭和睦这就是最大的幸福……只有到了咱们这个年龄,人到中年,方知上有老下有小,中间跟自己的妻子那叫执子之手,与子偕老……"

笑罢,主持人的这番串词,游走在徐家堂屋里每个人的心上,制造出大同小异的波澜。在沉默的最后,胖女人挂着桌子,突然向她的男人抬起没有鞋的左脚,大声叫嚷:"打败你的不是天真,是无'鞋'。"

波澜瞬间抹平,就连羞涩的徐家男人都忍不住笑出声来。

王胖子看着自己的女人,那份爱意化成心中的两个字"值了"。随后他又看向自己的弟弟与弟妹的肚子,在转回身时,他一边码着麻将,一边说:"大勇,可以试试,年后咱算算账,看看地方啥的,干得起,咱就干!"

院子外,鞭炮声此起彼伏地炸开,院子内饺子在沸水中翻腾,麻将牌相互碰撞,伴随着沙宝亮、徐千雅唱的《美丽中国》,零点报时开始。

第九章

窗外的风,卷着沙砾打在窗户上,噼啪作响。野猫闯进邻家的院子,惹得院里的狗连连吠叫,一只狗叫,便招来数只狗叫。谁也不懂它们的语言,听不懂的话与听不到是一样的。

正月二十七，吴婶躺在县城的"新家"里。

整个正月不得闲。原来徐勇早就选好了地址，只等大伙儿同意。这是一栋在建筑风格上杂交的房子，你站在门口，就可以看到它的前世今生。它临街而立，与它一排的伙伴站在一起，努力适应世事变幻。用来迎客的是一栋二层小门面房，规矩的骨架，施着白粉，面门上贴挂着花花绿绿的招牌与广告。在它旁边是枣红色的窄门，这里原本应该是一扇双开的大门，为了增加门市的面积只好改动了，房屋主人说。推开窄门，迎面是一面画着牡丹的影壁，过了影壁，一个朴素的老院端然呈现在眼前。没有人讨厌院子，尤其是对于刚从城里归来的人，他们盘算着在院里种花、种菜、放工具，再养只小狗。灶屋在院子东侧，凹陷在门市房里，老旧的火炉与现代煤气设备对视而立；西南角有个小房，一个竹竿、一片脏布就是房门，这是整个院子里唯一的茅房；院子北侧，横着一排房屋，当中为堂屋，左右各有一间卧室，古朴的青砖裸露在外，堆砌在外墙底部，向上延伸到窗沿，再往上则是平整的灰墙，局部墙皮脱落，露出红砖，视线继续上移，抵达屋顶，由枣红色的瓦片铺设成两项坡，在垂脊的尾部端坐着模糊不清的仙人走兽。

冬末的风窝在院子里，少了点尖锐，但寒意未减，徐勇站在院子中间，手指门面一楼，说这就是起点，他们的公司，王氏兄弟顺着手指方向，那一刻疑虑消散，模糊的美好近在咫尺。徐勇指向二楼，说这里已经租给了培训机构。接着他指向院子北侧，说开工。于是，现在北屋的格局就变成四个狭长的卧室，所有的门全部朝向院里开，老院的历史痕迹又被抹掉了一些。徐勇说等以后生意好了，给这房子盖个二楼，让大伙儿住得都舒坦。

夜深了，吴婶还没有睡着，简易的隔断无法阻隔声音，更何况，隔断墙与老式屋顶间的空隙，最大处足有一米。眼下形态各异的鼾声清晰地传入吴婶耳中。她给小石头掖好被角，借着月光，看到孩子熟睡的面孔，爱怜之情涌入心头。今晚她怎么也无法入睡，她感到异常的幸福，仿佛自己又年轻了。这些天她看着徐勇他们忙碌的身影，恍惚看到了过去，在他们身上跳跃着吴老头与大柱。仿佛她重新看到了希望，那美好的未来。温热的眼泪从眼角滑出，停滞在皮肤的褶皱里。幸福的极致走向了悲伤，那来源于愧疚，来源于对所有希望的失去……月亮还是那样明晃晃地挂在窗前，她看着月亮，看到了她的儿子、她的丈夫，那股悲情逝去了，幸福的悸动也缓和了，她擦了擦脸上的泪水，坐起身，下了床。她再次爱怜地抚摸小石头的脸，随后走出房门，走入院子，来到徐勇门前，轻轻敲了几声门，没有回应。她推开门，轻轻拍打徐勇的肩膀，徐勇眯缝着眼睛，刚想说话，就被吴婶捂住了嘴，她指了指床上的王老二，又指了指院子。徐勇只好一百个不情愿地走出房门。一阵冷风，徐勇瞬间清醒了许多，他披着大衣的躯体瑟瑟发抖。

"干啥啊，你咋穿这就出来了？多冷啊，快……快回屋睡觉，有啥事明儿说。"

"你去俺屋里，把小石头抱你屋去。"

"这是干啥哩……"徐勇哑巴着嘴，烦躁写在脸上。

"听话，就当婶求你……他太折腾，婶睡不着。"

徐勇挠着头,喘着粗气,走进吴婶的房间,抱走小石头。他刚勉强把自己与小石头安顿好,准备入睡,吴婶又来了。"还干啥哩?"徐勇嘘声说。

吴婶拽起被角,仔细给徐勇与孩子掖好,又伸出手抚摸着小石头的脸颊。随后转身出去,走到门口时,她一手握着门把手,回过头来说:"钱啊,省着点花。"

太阳刚露头的时候,邻居院里的公鸡开始工作。陈小妹最先醒,眼下她的肚子越来越大,她困难地支起上身,靠在床头上。紧接着是胖女人,她跑进院里的厕所,在寒风下裸露着屁股。王老二敲打陈小妹的房门,吵醒房里的李欣欣。现在大伙儿差不多都起来了,徐勇拎着买回来的早点,在院子里喊"吃饭喽"。随后,大伙儿聚集在他们的"公司",开始享用他们的早餐。

"吴婶还没起呢?"徐勇问。

"刚才敲她门了,估计这两天累着了。"胖女人说。

"你们先吃着,俺去叫她。"徐勇说话站起身。

早饭都快吃完了,徐勇与吴婶还没过来。胖女人扯起她的大嗓门儿,喊叫几声,没人回应。她不耐烦地站起身,推开后门,看到徐勇一个人蹲在院里。

"咋啦,你干啥呢,这是?"

徐勇不说话,胖女人只觉得心慌,其他人也都出来了。王胖子快步走进吴婶的房间,随后叫他女人过来。

王胖子:"大姐……她……人走了。"

胖女人瞪圆了眼睛,还没来得及消化,就看到小石头正往这边来。胖女人赶紧迎上前去,拉着小石头的手,一边往外走,一边说:"今天咱去看老奶奶,老奶奶想你了。你徐二婶、三婶都想你了。"

随后他们钻进出租车,走了。

H城的夏天分外着急,在春天刚刚降临之时,它就已蠢蠢欲动,跃跃欲试了。手机显示当日最高温度30℃,多云转阵雨,风力3~4级转4~5级。某老旧的公寓楼发出阵阵恶臭。住户们不堪其扰,寻得臭源后报警。当日,几位居民同民警及开锁师傅上楼,在开锁师傅暴力打开门锁后,扑面而来的恶臭引得开锁人员狂吐不止,随后,所有人急急退到楼下,等法医的到来。当晚,谣言四起,有人说看见了巨大的怪物和一个肉球,有人说那是一对母女,有人说是不正经的女人与野种……人们踊跃地贡献"资料"与"想象",谱写了不同版本的陌生人的一生。再之后,楼里开始流传鬼怪的故事,起初是说楼道里看到白衣女子怀抱婴孩,之后就变成红衣女子怀抱婴孩,最后的版本就统一为红衣女子怀抱红眼睛的婴孩。直到道士、和尚、神婆……加入言论盛宴,各显神通后,几户有条件的人家搬离此处,陌生人的故事变成了禁忌。

在楼里热闹编辑故事的同时,千里之外的徐浩、徐勇互通着电话。两兄弟举着手机,除了陈述"亲人"离世的事实外,剩下的就是长久的沉默。

正月二十八,徐浩抵达H城。正月二十九下午,他怀抱着一个木盒,坐在湖边的长椅上。从前天下午他接到一通电话开始，感知就处于疏离状态，至于第二天哥哥电话里的信息，他的回应也是冷淡的。现在他恍惚记得有人说"该女子先是给婴儿服用了老鼠药与农药的混合物，之后掐住婴儿脖子，导致婴儿窒息死亡，随后自己服用了大量该药物，又割破手腕动脉自杀……她自杀的决心，在我们处理的这么多自杀案件中也是少见的……"他还记得他曾问"男孩女孩"，对方说"女孩"，其余的事情他就记不清了。微风吹动湖面，产生丝绸质感的涟漪，他注意到了，并且略微感觉沉迷，这让他舒适。过去的点滴与当下的事情，都变得不真切了，他觉得他困在噩梦里。来自手上的触感是真实的，他低头看着木盒。随后他站起身，打开盒盖，一把一把地抓出骨灰撒到湖里，偶尔风向不顺时，会把骨灰吹到他的脸上、身上，他只好等风安静些，再继续，最后他把盒子倒扣过来，把剩下的骨灰全部倾倒进湖中。灰白的粉末在湖面漂浮了许久，随着涟漪分离，逐渐消散。徐浩把木盒投入湖中，拍了拍手掌，抖落下残留在指缝间的骨灰。

"小冉，这个城市是你最后的选择，就把你留在这儿吧，远离老家，远离B城，远离我。"

连续两天晚上，徐勇都守在吴婶旁边。按照老家的规矩，人死后要在家中停尸三天，说是死者三天内要回家探望，所以子女要在一旁守着，等她的魂魄归来，第四天方可火化入葬。

吴婶在村里早已没了老家，查找村里族谱，询问村里的长辈们，才依稀理出吴老头的祖辈并非本村之人，因吴家品行良好，才受到徐家村的接纳，而吴家三代单传，所以现下无亲无故，而吴婶是邻村娘家的养女，与娘家素来不合，遂出嫁后，就少有联系，后因娘家老人的离去，便彻底断了关系。徐勇听着父亲对于吴家的描述，心生百般滋味，他终于明白为何全村第一个进城的是吴老头，为何这么多年吴婶一直以吴姓自居。他告诉父亲,吴婶的灵堂就安置在她的卧室,他来守灵。随后他又交给父亲两个骨灰盒,他说这是吴老头与大柱的,这么多年来,他一直不知道该如何处置,只好秘密保存着,连吴婶都不知道,现在他交代父亲此次葬礼是吴家的葬礼,连同吴老头与大柱的一起办了,一定要办得风光,钱全由他出,告诉村里人,不用随份子,但人必须得来。又让父亲寻得吴家坟地,让他们团圆。

至于新宅院里的其他人,在最初的震惊、伤心过后,便乱了阵脚。

先是胖女人带着小石头在徐浩家死活不回来,村里人劝她说,小石头得尽孝,她捂着小石头的耳朵,坚决反对,她私下里跟徐浩母亲说她不想让小石头再次面对死亡,她害怕勾起他过去的回忆,害怕他想起原来他的奶奶不是睡着了,而是死了,他睡在腐烂的尸体旁边足足三天……现在的小石头已经忘了,她不想冒险,吴婶肯定也是这样想的,要不然不会在临死之际,把徐勇叫出来,让他抱走小石头,至于以后小石头提起吴婶,慢慢告诉他吧,总之坚决不能让他参加葬礼。

而一向没有主见,凡事采取无所谓态度的王老二则围着自己大肚子的媳妇,坚决地说要自己租房子,搬出去住,不能让自己的孩子与死亡沾上关系,他说出"死亡"二字后,懊悔地连连说"呸"。陈小妹好生劝阻,她先是搬出对吴婶的记忆,描绘着一个无依无靠的善良之人,又搬出他们与徐勇的关系,要她的丈夫做个明事理的男人。在陈小妹的坚持下,原本就顺从媳妇的王老二只好闷声,随后他说不出去也可以,但晚上必须让李欣欣走,自己与媳妇同屋睡。李欣欣听到这话就急了,吴婶生前虽然待她很好,可她害怕吴婶的尸体也是事实。她也想跟自己的胖姨回村,可是想到未来婆家极重孝道,徐勇与吴婶的感情,还有吴婶的魂魄,她就不敢提了。如果王老二把她撵走,她就得自己睡觉了,而徐勇现在根本没心思理她。就这样她哭闹了一通,与王老二的分歧也没有解决。直到村里的大家长来主持丧葬事宜,大家长刚看到孕妇就皱着眉头,严厉地说让王老二带媳妇住旅店,葬礼期间不许孕妇过来,也不许多问,禁忌的肃穆感瞬间笼罩院子,王老二藏着得意之心,带着媳妇出去了。村里来的人里还有徐勇的母亲,她坐镇后院,安排吃食与住宿等琐事,李欣欣被安排与未来的婆婆同住。虽然她并不情愿,但总比一个人睡好。至于他们的"一家人装饰公司"只能错过吉日,暂缓开业了。

总之,这两天的白日,院里热闹异常,大伙儿来不及悲伤,要做的事情太多,要讨论的事情太多,比如酒席在哪儿办,按照老家习俗,就是在院子正对的巷子里搭流水长棚,可是眼下,他们的院子正对面是新修的公路,还有孝服怎么裁剪,按照什么辈分什么关系做,等等。

直到正月二十八的夜里,徐勇穿着侄辈的孝衣样式,头戴两角孝帽,守在吴婶身旁。徐勇的父母陪他坐了一会儿,看着自己亲生儿子的扮相实属不适,便回房睡了。王胖子坐在徐勇身边,用白酒灌胃暖身,他起初说了许多宽慰徐勇的话,后来则变成夸奖徐勇的话,还说什么"大勇兄弟……你这个朋友仗义,我交定你了,你想把生意做大,哥哥陪你,以后你的事就是我的事……"徐勇唤了声:"王叔,你喝多了,回屋睡吧。"随后他搀扶着王胖子走回他的卧室。现在只剩下他自己了。他叹了口气,倒了两杯白酒,一杯洒下地面,一杯送入喉中。随后他喃喃地说:"婶,对不起,俺还有好多事都没告诉你。唉……来不及了……不是俺刻意隐瞒,实在是不好开口。现在俺一样一样告诉你。先是吴叔与大柱的骨灰,俺一直留着,俺也闹不清为啥要留着,总觉得不能让他们住在城里,埋在老家吧,也不能这么不声不响,不敢跟你提,怕引你伤心。你也从不问俺,俺想你也是怕吧……唉,现在好了,俺会把你们风风光光地送走,让你们在另一个世界团聚,到了那头,你可要跟他们解释,不要怪俺。唉……还有……还有当初俺背着你……拿补偿金了!一共30万!这么多年了,俺一分都没敢花。刚出事那几年,俺背着你上访,想方设法地想给吴叔、大柱讨个说法……他们第一次给俺钱，俺没要，就觉得这人命怎么能拿钱算……后来俺也累了，乏了，看着钱就拿了，自己安慰自己说就当给你养老吧。再后来看你辛苦挣钱，俺生气！其实是因为手里有钱，可俺怎么告诉你哩……这钱就一直放在那儿，卡在俺心里，不敢花，也不敢提……"

"最后，还有一件事，是俺最说不出口的……算了，俺说，你在城里的房子，拆迁后的补偿金，已经发了，是俺代领的，那时俺让你签了好多字，就是委托书还有各项手续……"

"那钱……俺……俺动了……这个宅子不是租的，是俺买的……自从知道那房子要拆迁，俺就开始琢磨了……俺就想买个大宅子，属于自己的大宅子，再做个买卖，多挣钱，俺就能与欣欣成家了，那时，俺也能成事了……"

"这是俺的私心……俺还觉得自己没多大的错！俺会给你养老，俺还想等公司做起来了，再找机会给你说，然后再告诉大伙儿，到时就跟他们说，房主要卖房，你觉得住这儿挺好，然后就掏钱把这儿买了……这宅子啊，真挺好，俺真喜欢，后院住人，前面开公司，还不贵，原来的房主也不舍得卖，就因为盖门面借了高利贷，还不上了，急着出售，才落到俺手里。这还有土地使用证，俺就想着，等大伙儿都知道的那天，咱就把二楼盖起来，好好装修，大伙儿一起住……俺会好好孝敬你，可是……你怎么就这么走了，怎么就……"

"你一天的福都没享到……怎么就……"

"从俺15岁到你家，说句真心话，你比俺娘都亲，尤其是大柱走了，俺在心里就把自个儿当成你儿子了。俺就……就花了本属于你的钱，认为没多大的错。婶,你醒醒啊!你告诉俺,俺错了吗?你会怪俺吗……"

窗外的风,卷着沙砾打在窗户上,噼啪作响。野猫闯进邻家的院子,惹得院里的狗连连吠叫,一只狗叫,便招来数只狗叫。谁也不懂它们的语言,听不懂的话与听不到是一样的。

正月二十九,吴婶离开的第三天。前来帮忙的村里人还是把席棚搭在了门市的人行道上,长达十多米。好在当地民风淳朴,周围邻居原本也都是村民,只是被刚刚扩建的县城纳入而已,所以对于丧事,出于同理心、出于禁忌,没有人出头阻拦。油桶炉子已经架起,就在门市的门口,席棚的正中间。炉子周边摆满了食物,那些食物已经不能按个、按盘或盆数了,是按桶,比如脱了毛的鸡,一桶大概有十只,摆在炉外的就有四桶,白花花的鸡头鸡屁股鸡爪子横七竖八地躺在桶里,招摇过市。从村里请来的掌勺大厨,带着3个助手(都是自家人),从清早开始便在此忙碌。前来吊唁的人经过大师傅,走到影壁旁,在那里会有几个妇人给他戴上孝帽子。所谓的孝帽子,实际上就是一块半白不黄的布,由女人们三针两线缝制而成,只不过现在只有一个老妇人会,其余的就跟着她照方抓药,七手八脚地忙活。戴上孝帽子后,吊唁者需要酝酿情绪,要在群体中立足,此时的演技是必备技能。随后吊唁者步入院内,在铺好的席子上跪倒(不论与死者的辈分关系,因为死者为大),扯着嗓子大哭一通,流不下眼泪没关系,只要有哭腔就好,直到被徐家人扶起为止。在席子旁有张木桌,上面平铺着宣纸,后面站着一个戴眼镜的人,这是村中的文人,也是大家长之一,门前的白事对联就是他写的,现在他拿着毛笔书写理事名单,吊唁者的姓名会根据辈分罗列在此。被扶起的吊唁者通常会安慰家属几句,只不过吴家的葬礼特殊,没有真正的血缘家属,他们只好嘱咐徐勇别哭坏了自个儿身子。随后走出院子,自发地转化为帮忙小工,择菜、切菜、配菜等,他们早已习惯这种排场,驾轻就熟,按部就班,分工负责,把事情办得妥妥帖帖。手上忙碌着,嘴上感慨着吴家亡了,徐勇真仁义,能帮就帮点,葬礼有场面等。

来的人越来越多,大家戴着不同样式的孝帽子,看上去有的像是厨师,有的像是大夫,还有的像是回民,还有两个比较具有戏剧性的,一个就像是民间戏曲舞台上的扮相,另一个是一个孩子,他刚把帽子戴上,哭着的大人都笑了,指着他说太像济公了。这时,掌勺大厨的菜已经烧好了几样,风一吹,肉香飘入每一个可以呼吸的鼻孔中,那些跑着的孩子闻到了,跪着哭的大人也闻到了。流水席正式开始了。

徐家人安排吊唁者在席棚就座,大家长们的待遇是不一样的,在门市的一楼里有专门为他们摆放的八仙桌。前菜有八个,四荤四素,随同上来的还有烟酒,按照徐勇的意思是每桌上一条中华烟,为此徐母大怒,现在就是每桌两盒玉溪烟。随后陆陆续续上热菜,在妇人带小孩的酒桌上,新菜刚到,几乎是抢食一空,大家互相嫌弃着,又铆足劲地往自己的碟碗里舀食。热菜一共十六道,全部上完后,餐桌上就呈现菜摞菜的景象,空盘是不允许撤走的,哪怕餐桌再不够用。等酒足饭饱后,总有人会拿着袋子,或是自带的饭桶,伸向垂涎已久的剩菜,甚至是他桌的剩菜,一边倒菜,一边会说家里老人爱吃,或是给家里狗带着。通常酒席吃到这个时候,大伙儿会回自己的家,傍晚时再过来吃。眼下,大部分人都是从村里赶来的,没地儿去,只好把打包的剩菜自行藏在徐家院里的某个角落。王胖子忙活了一上午,现在倒在自己的卧室里休息,一个妇人突然推门而入,看见王胖子愣了一下,随后把剩菜包裹放在床边的小桌上,嘴里嘀咕几句话就走了。王胖子全程看着,当地的方言他还没听懂,只好耸耸肩继续小憩。

下午,吃饱饭的妇人们又自发地劳动,洗盘子、洗碗、择菜等。男人们则聚在一起,听大家长们的安排,处理大事,比如明天几点去火化,何时吹喇叭,送葬队伍的行走路线,等等。

傍晚,流水席再次开启,所有的环节与中午一样,只不过剩菜更多了些,大家吃不动了。只有徐勇上不了酒桌,每次都是李欣欣盛了一大碗饭菜,递给王胖子,让他送给徐勇。这一天她都跟在徐母的身后,前后忙乎着,相较于王胖子,她对于本地方言熟悉得快些,她听到有人跟自己的未来婆婆夸奖自己,干起活儿来就更卖力气了。

入夜后,人们纷纷离去。剩下的人清理完残局,总算是可以喘一口气了。徐浩的父亲开着他的三轮车前往火车站。回来时,车里多出一个人——徐浩。

徐家的老人与王胖子、李欣欣,热络地上前迎接,徐浩冷漠地打着招呼,询问勇哥在哪儿,随后径直走向吴婶的卧室。大伙儿跟着他走到卧室门口,想跟他多说说话,被徐浩轰了出来,说想跟勇哥单独待一会儿。大伙儿只好失落地离开,心想浩子与他哥一样,与吴婶的情感太重了。

"回来了。"

"嗯。"

"明天就送去火化了。"

"嗯。"

"吃饭没?外面有饭。"

"吃过了。"

沉默,或许是默契,或许是距离,两兄弟再无他言。

正月二十九，吊唁的村民会以家族为单位跪在席上叩首，先叩神，再叩族谱，最后叩拜死者。全程由大家长主持。对于族谱能出现在此，意味着吴家得到了村里极大的认可，也是村里对徐勇仁义的表彰。跪拜仪式结束后，在一片哭声中，吴婶被送上灵车。由徐勇、徐浩与两位大家长和几个村中小伙儿跟随。与此同时，掌勺大厨的菜已经备好，流水宴即将开始。

一轮饭局吃罢，吴婶回来了，变成一个木匣与一个大麻袋。随后被装进一个小棺材里，同时放入的还有吴婶的衣物、五谷和几枚硬币等陪葬品。在她旁边还有两副棺材，放着吴老头与大柱。

吉时到，锣鼓响，出殡的长队出发。哭声沿街而行，直至一片空阔之地。向天鸣三声炮，纸质的彩房、彩车、彩人、家用电器等在大火中熊熊燃烧。哭声在此抵达高潮。徐浩跪在队伍前列，浑身颤抖，忽然他大叫一声"小冉"便晕了过去。这一下，仪式就乱了套。哭声骤停，队伍后面窃窃私语。徐浩的父亲慌乱地推着儿子。站在远处的炮手大爷看到骚乱，离开他的炮车，拨开人群，掐住徐浩的人中，徐浩幽幽转醒，随后大爷从口袋里掏出一颗糖，拆掉包装，送进徐浩口中。徐浩咀嚼着糖块，身体稍微恢复了点力气，他缓缓地坐起身。大伙儿见人醒了，才松了口气。大爷云淡风轻地说："常有的，家属难过吃不下饭，加上折腾，就容易犯低血糖。"随后他扔给徐浩一把糖，回到自己的岗位上。仪式继续，人们的心乱了，队伍里有人说晦气，有人说他晕倒就是现世报……

随着最后的三声炮响，仪式结束。两辆大巴车与三辆灵车已经就位，队伍上车，前往坟地。那一声"小冉"，唤起村民的记忆，尘封已久的故事，那个为村里带来耻辱的女人，那个独自抚养小冉的女人的故事，在车厢里蔓延，在提到她的死亡时，有人谨慎地提醒："徐浩刚才大叫小冉，晕过去，会不会是……她回来了。"说话者声音不大，她只是对着她身边的妇人说,可是诡异的氛围瞬间笼罩大巴车。紧接着,话题由小冉的母亲转移到吴婶、吴家。在那一刻,吴婶的形象突然转化成圣人,成为村民心中阻挡妖魔鬼怪的神灵。

车行驶到一片麦田地旁,大家长手指前方的坟包说那就是吴家的祖坟。说是祖坟,无非就是三座坟包,吴老头的父母与爷爷安居在此。年轻力壮的小伙子们扛着锄头等农具开始刨坑。吴老头、吴婶、大柱下葬了。随着泥土一层层地覆盖在棺材上,吴家便随着太阳渐渐消失在大地之上。事先准备好的公鸡,此刻被徐勇松下脚绳,咯咯嗒地叫唤着向远处的草丛奔跑。远处人群里有个小男孩,拽着妈妈的衣角慌张地说:"鸡跑哩,跑哩!"妈妈赶紧捂住小孩的嘴,说:"别慌,那鸡,就是让它跑。"孩子并不在乎妈妈的训斥,依旧不依不饶地问。孩子旁边站着个老爷爷,他抱起孩子说:"这叫放生。""啥叫放生?""就是放开它,让它活命。""俺们家的鸡都活得好好的,没放也没死啊。"小孩子的嘴再次被捂住,老爷爷皱着眉头,放下孩子,独自走远了。

徐家兄弟与王胖子对着坟包磕了几个头,就是生者对亡人最后的告别。

再见了,撑起一座小家,总爱坐在马扎上乐乐呵呵的吴老头。

再见了,总爱新鲜事物,永远年轻的大柱。

再见了,遭了一辈子罪,却总能给大家端出一碗热饭的吴婶。

再见了,再也见不到了……

有关吴家的葬礼,总算是体面的。甚至成为徐家村引以为傲的美谈。这种体面只有在小地方才能实现,更确切地说,应该是村里。首先是人多，几乎大半个村子的人都参与了。村里就是这样，只要你遵守村里的规矩，赢得一份好口碑，那么你家的事就是大家的事了。虽然徐勇早已发话，不用份子钱，可大伙儿还是 50、100 地捐献出来，在大家长的带领下，不遗余力地操办各项事宜，并且真诚地落下几滴眼泪。因为在他们眼里，吴家自此算是绝了，他们出于同情、自我安慰，出于警示后代、塑造自我在村里的口碑，出于敬畏神灵与命运的心理真诚地为吴家贡献自己的力量。总之，这一次，徐勇再也不用独自面对亡人了。

两天后，徐氏兄弟站在火车站的广场上。这是一座颇为气派的火车站，历经两年的翻修，在去年重新投入使用的火车站。广场中心是一座大型的音乐喷泉，可惜现在是冬季，无法看到它开启后的壮丽景象了。

徐浩看着地上的孔洞说："哥，还记得吗？小时候我总追着你屁股后面跑，看着你钻进火车……"

徐勇："你呀，过年都不回家，这好不容易回来了，也不在家多待些日子。"

徐浩："小冉走了。"

徐勇："你这是魔怔了，人早就走了。"

徐浩："哥，我走了。"